취사병, 전설이 되다

취사병, 전설이 되다 5

지은이 오종필(제이로빈)

초판 1쇄 발행일 2025년 10월 20일

발행인 오종필
책임 편집 위크래프트
디자인 김경희
발행처 제이알매니지먼트
주소 경기도 부천시 원미구 길주로17, 803호(상동, 웹툰융합센터)

ⓒ 제이로빈, 2025
ISBN 979-11-94274-30-8 04810

- 이 책은 저작권법에 따라 보호받는 저작물이므로 무단 전재와 복제를 금합니다.
- 이 책의 전부 혹은 일부를 이용하려면 저작권자와 출판사의 동의를 받아야 합니다.
- 잘못된 책은 구입하신 곳에서 바꿔드립니다.
- 책 모서리에 찍히거나 책장에 베이지 않게 조심하세요.

제이로빈 현대 판타지 소설

취사병, 전설이 되다

5

제이알매니지먼트

작가의 말

안녕하세요. 제이로빈입니다.

2008년부터 2015년까지 7년간 장교로 군복무를 하며, 정말 좋은 인연들을 많이 만났습니다. 국가를 위해 일하는 동안 힘든 점도 많았지만, 결과적으로 보면 저에게는 최고의 경험을 선사한 곳이었습니다.

군 제대 후, 웹소설 작가로 입문하게 되었습니다. 군 복무시절에 대한 즐거운 기억들을 여러분과 함께 하고 싶은 마음에 기억에 남는 에피소드를 바탕으로 제가 좋아하던 부하들과 상관, 그리고 동료들의 모습을 재구성해 '취사병, 전설이 되다' 라는 작품을 집필할 수 있었습니다.

과분하게도 여러분의 많은 사랑을 받아 웹소설이 나오고, 웹툰으로도 연재되고, 이번에는 종이책으로도 만들어질 수 있었는데요.

이 책이 군 생활을 마친 예비역 분들이나, 이제 막 복무를 해야 하는 예비군인 여러분, 그리고 군인 가족들께 많은 도움이 되었으면 좋겠습니다.

마지막으로 지금 현재도 군 복무를 열심히 하고 계신 군인 여러분, 힘내세요!

예비역의 한 사람으로서 응원합니다. 당신들이 있기에 현재의 대한민국 국민들이 안전할 수 있습니다. 대한민국 현역 군인 및 예비역 여러분, 파이팅입니다.

2021년 8월

제이로빈

5권 등장 인물

강성재 상병
이 책의 주인공. 우연히 알게 된 요리사의 길 시스템의 도움을 받아 요리사가 되기 위해 매진하는 대한민국 육군 장병.
현재 사단의 철벽회관에서 조리병으로 근무하고 있다.

서호석 병장
철벽회관 조리병. 10대 때부터 중화요리 한 길을 걸어온 실력파로 성재에게 중화요리를 가르쳐준다.
성재의 선임이자 요리에 관해서는 선의의 경쟁자.

윤호영 일병
철벽회관 조리병. 회뜨기에 일가견이 있고 요리에 대한 자존심도 강하지만 이기적이고 협동심이 없어 주변과 마찰을 빚는다. 든든한 빽이 있는 듯?

철벽회관 조리병이자 분대장. 요리대회에서 성재와 대결하여
패배한 적이 있으나 합리적인 성격이어서 뒤끝이 없다.

김종태
상병

배원영
대령

성재를 아들처럼 아끼는 60연대장.
성재의 도움을 받아 결혼식을 무사히 치르고
행복한 중년의 신혼을 보내는 중.

배윤아
고등학생

요리를 잘 하는 성재에게 호감을 가지는 여고생.
아버지 배 대령을 설득해 요리를 전공하기로 하고
특성화 고등학교로 전학간다.

윤동현
예비역 병장

강림소초 시절 성재의 선임 취사병.
지금은 육군 병장 만기 전역하여 르 꼬로동 블루로 유학을 갔다.
전역 후에도 성재와 지속적으로 연락하고 있다.

까둘로프
요리학교 교수

프랑스의 유명한 요리학교 르 꼬로동 블루의 교수이자 윤동현의 은사.
미슐랭 쓰리스타 레스토랑인 〈라이프 가든〉의 셰프이기도 하다.
윤동현의 주선으로 강성재와 만나 깊은 감명을 받는다.

5권 차례

197	오셨습니까? 캡틴!	10
198	아니, 누가 도와줬어?	17
199	사업자 번호 불러드릴게요	25
200	캡틴, 이거 정말 괜찮은데요?	33
201	충격의 패배	41
202	새로운 직업선택	49
203	흑막은 흑막, 요리대회는 요리대회	56
204	부담스러운 요리대회	61
205	왜 나만 군생활이 꼬일까?	68
206	그놈! 잡아서 자수시키세요!	75
207	대통령을 만났습니다	83
208	나중에 훌륭한 요리사가 되어라	91
209	전역해서도 자주 연락하자	99
210	저 올해 유격 훈련 받았습니다	106
211	할아버지, 할머니 감사합니다	113
212	장성들의 마을, 성우마을	121
213	실수를 만회하셔야 합니다	128
214	꼬여버린 군생활	136
215	아버님! 허락해주십시오	143
216	건방진 별 하나	151
217	천하태평 조리실장	159
218	성재의 정체는 도대체 뭘까?	166
219	성재의 컴플렉스	173
220	세계 군인 요리대회	181
221	징병제인 국가가 유리합니다	189

222	휴가 나갑니다	197
223	저 녀석 셰프 맞아	205
224	내가 잘 챙겨줄게	212
225	다음에 또 요리 알려주실 거죠?	219
226	배원영 준장의 위기	227
227	홍어는 아무나 먹는 게 아니야	235
228	다시 만난 그녀	244
229	루루 공주!	251
230	떠날 사람과 남을 사람	260
231	술하고 담배 끊으세요	268
232	정치의 왕, 조리실장 (1)	276
233	정치의 왕, 조리실장 (2)	284
234	정치의 왕, 조리실장 (3)	292
235	정치의 왕, 조리실장 (4)	302
236	용서해줘. 정말 미안해! 미안하다	310
237	수갑 채워!	318
238	연락해라	326
239	도전?	332
240	저 병사 이름이 뭐라고 했죠	340
241	요리대회 2차 예선 (1)	347
242	요리대회 2차 예선 (2)	356
243	이제는 무시할 수 없는 녀석	364
244	연애보단 요리 (1)	371
245	연애보단 요리 (2)	378

오셨습니까? 캡틴!

"교수님, 이제 비행기 타러 가셔야 될 시간입니다."
윤동현의 말에 모두가 아쉬움을 표했다. 윤동현이 몇 개월 전부터 소개시켜주려던 사람. 이렇게 엄청난 사람이었을 줄이야.
까들로프는 성재에게만 시선을 집중한다. 그리고 악수를 청했다.
성재는 악수를 받아들였다. 외국인 특유의 커다란 손. 그러나 안에 담긴 따뜻한 정.
그가 자신을 진심으로 대한다는 것. 시스템 메시지가 없어도 충분히 느낄 수 있었다.
"아, 어떻게 하지?"
그는 무언가 고민하는 듯했다. 백동원이 까들로프의 초조함에 의문을 가졌다.
"어떤 것 때문에 그러세요?"
"머물고 싶어. 한국에 더 있고 싶어. 좀만 더 지켜보고 싶어 미치겠다."
아직 다듬어지지 않은 금강석. 세공을 거치면 만들어질 다이아몬드.
세공사의 솜씨에 의해 다이아몬드의 가치가 달라지듯.
여기 있는 강성재라는 청년 곁에는 뛰어난 셰프가 있어야 했다.
그 뛰어난 셰프가 바로 여기 있는데! 이 금강석을 세공할 시간이 없다.
'젠장…'
그가 프랑스로 귀화하라는 말은 결코 농담이 아니었다.

첫 이미지부터 끝까지 마음에 쏙 들었던 동양인 청년.
나이는 22살이지만 프랑스에서는 15살이라고 해도 믿을 정도로 왜소한 체격.
그래서 더 신경 써주고 싶고, 아껴주고 싶다.
"동현아, 비행기 시간 미루자."
그래서 나온 말. 하지만 윤동현은 고개를 젓는다.
"안됩니다. 교수님, 안 그래도 알아봤는데, 오늘 못 타면 1주일 동안 비행기 표가 없답니다. 환승해도 표가 없어서 출국 못 합니다. 지금 가셔야 합니다."
스스로도 답답한지 화가 치밀어오르는 까들로프. 제자한테 화풀이를 하고 만다.
"아, 진짜! 윤동현! 너는 이런 애랑 친구였으면 미리 말했어야지!"
"2월부터 말씀드렸잖아요. 괜찮은 녀석 알고 있다고…."
윤동현은 성재를 보며 흐뭇한 미소를 지었다.
그리고 생각했다.
'미안하지만 까들로프 교수님께도 넌 안 넘겨. 나중에 나랑 사업하자. 성재야! 너와 함께라면, 너 같은 인재와 함께라면! 우리 회사를 최고의 회사로….'
윤동현의 숨겨왔던 목적. 그것을 알 리 없는 사람들.
그리고 떠나는 두 사람을 배웅하는 백동원 조리장과 성재.
"교수님! 멀리 안 나갑니다."
"조심히 들어가세요."
그리고 백동원은 성재를 따로 불렀다.
"성재씨, 아까 한 말, 농담 아닙니다. 휴가 기간이라도 우리 레스토랑에서 일 해보는 게 어때요?"
예비역 병장, 국방의 의무를 충실히 지낸 사람. 백동원.
이러한 제안을 하는 이유는 따로 있었다. 그건 방송에서 본 성재의 가정사. 힘들게 살고 있다는 내용을 알고 있었기에, 조금이라도 보탬이 되려 한 것.
물론 일손도 부족하다. 성재는 머뭇거렸다.
"군인은 영리 행위를 하면 안 된다고 배웠습니다."
"그거, 지휘관 허락받으면 가능하잖아요. 나도 군 시절 때 다 그렇게 했어요. 설마 다른 일이 있는 건가요? 이 기회가 흔치 않은 거라는 건 알 텐데."
성재 또한 동감했다. 남은 휴가 13일. 휴가는 길고, 할 일은 딱히 정해지지 않았다.

"다른 일은 없습니다. 저도 꼭 하고 싶습니다."
"그래요. 그럼 성재씨, 부대에 전화해서 정식으로 허락 맡고, 내일 이력서 들고 와요. 전화번호 적어 줄 테니까, 출근할 거면 저녁까지 연락줘요. 많이 안 기다려요. 알죠?"
"알겠습니다."

그날 저녁, 성재는 부대에 전화를 걸었다.
"충성! 상병 강성재, 휴가 중 이상 없습니다."
- 그래. 수고해라!
"실장님?"
- 어? 왜 할 말 있어? 지금 카운터 보느라 바쁜데?
"저, 휴가 기간에 아르바이트 해도 되겠습니까?"
- 왜?

왜라고 질문하면, 딱히 답변할 게 떠오르지 않는다.
성재는 머뭇거리다 자신의 사정을 이야기하려 하는데….
- 해! 대신에 사고 치진 마라. 알았지?
조리실장 차상철 상사는 쿨하게 허락해줬다.
"감사합니다! 정말 감사합니다!"
- 성재야. 너랑 효석이 때문에 미치겠다. 진짜! 외부 손님들도 많아지고!
"죄송합니다. 실장님!"
- 아니야. 휴가 끝나고 오면, 빡세게 일해야 돼! 알았지?
"네. 감사합니다!"
성재는 곧바로 문자 메시지를 보냈다.
- 셰프님, 오늘 뵀던 강성재입니다. 내일부터 출근 가능합니다. 내일 몇 시까지 가면 되겠습니까?
그리고 곧바로 온 답장. 성재는 환한 미소를 지었다.
- 오전 6시 30분, 유성구 노은동 농수산물시장, 복장 자유 복장, 늦지 말고 오길, 올 때 이력서 꼭 첨부.
- 감사합니다. 열심히 하겠습니다. 좋은 기회를 주셔서 정말 감사합니다. 평생 잊지 않겠

습니다.
- 그래요. 내일부터는 친절과 거리가 멀 거예요. 미리 말해두니까, 마음 단단히 먹어요. 좋은 셰프가 될지, 평범한 요리사가 될지, 거기에 달렸어요.
- 네. 정말 감사합니다.
좋은 셰프, 평범한 요리사?
그가 말하려는 건 뭘까? 성재는 부푼 꿈을 안고, 밤새 이력서를 적었다.

다음날 아침 오전 6시 15분. 시끌벅적한 대전 유성구의 아침.
시장은 수백 대의 트럭들이 오가며, 그날 아침 전국 각지에서 몰려든 싱싱한 농수산물의 경매로 북적대었다.
성재는 15분이나 일찍 도착해서 약속장소에서 기다렸다.
정확히 5분 뒤, 6시 20분에 나타나는 백동원.
"안녕하세요."
그는 약속시간보다 일찍 나와 있는 성재를 보며 일단 합격점을 주었다.
'교수님이 탐 낼만하네. 요즘 이렇게 빠릿빠릿한 젊은 친구가 없는데…'
그러나 오늘은 칭찬에 인색하다.
"왔어? 일단 들어가자."
나중에 실수를 했을 때, 제대로 가르쳐주기 위해서!
오늘 일하는 첫날부터 그에겐 가혹한 시련이 이어질 것이다. 생선 고르는 것부터, 주방에서 일하는 것 하나하나까지, 모든 것이 그에게는 새로울 터. 실수도 잦을 것이고, 그것을 지적하는 사람은 분명 자신일 것이다.
이제는 그도 레스토랑의 일원. 비록 아르바이트지만, 전역하면 정식으로 채용할 생각도 있기에 하나하나 제대로 가르쳐주고 싶다는 마음이 앞서는 것.
그래서 어찌 보면 더 냉철하면서도 차가운 그의 태도.

그러나.
성재는 이게 사회생활의 처음은 아니었다. 더 냉혹한 세계에서도 일해 왔다.
현장직. 일반 잡부에서 배관공까지 올라가며 쌓았던 치열하면서도, 배고프던 지난 인생 경험. 그래서 익숙했고, 그의 변한 태도를 그리 신경 쓰지 않았다.

이럴 때는?

'잘하면 돼. 내가 눈치 빨리빨리 채서, 하루라도 빨리 배우도록 노력하자.'

백동원은 성재를 데리고 일단 수산물 시장으로 향했다.

"형님! 저 왔습니다."

"동원씨! 매일매일 고생이 많아. 내가 직접 갖다 줘도 되는데, 뭐 이리 고생을 해?"

"후후, 손님 먹는 건데, 직접 보고 사야죠."

"으이구, 말해놓은 거 여기 구해놨어."

"잠깐만요."

백동원은 곧바로 상인이 내놓은 새우의 사진을 찍었다.

찰칵!

그리고 그 색깔과 미리 찍어둔 새우의 색깔을 비교하며 고개를 저었다.

"에이, 오늘 상태별로고만! 형님! 나중에 뵐게요."

"동원씨! 오늘 상태 괜찮아! 오늘 좋은 상품이라니까?"

"형님! 색깔이 검정빛이 많이 돌잖아요. 제가 미리 찍어둔 거 보세요. 산뜻해 보이잖아요. 대하는 분홍색을 띤 게 최상품이죠. 검은색이면 변질되기 시작한 건데…."

"……."

"한번 뜯어볼까요?"

백동원은 새우를 집어, 껍질을 만졌다. 힘도 별로 주지 않았는데, 껍질이 분리된다.

"이것 보세요. 원래 살하고 껍질하고 단단히 붙어있어야 되거든요. 아…."

그리고 코에다 가져다 대는 백동원.

정상적인 바다의 비린내가 아닌 야리꾸리한 냄새. 썩기 시작한 것.

"형님! 다음에 오겠습니다. 그럼!"

"아… 동원씨! 동원씨!"

백동원은 꼼꼼했다.

모든 식재료를 살 때 직접 맛보거나, 만져보고, 색깔을 비교하며 골랐다.

성재는 곧바로 주머니의 메모장과 펜을 꺼내, 그가 고르는 법을 적었다.

유리사의 눈으로 확인하면 금방 알 수 있지만, 그건 그 현장에서뿐이다.

그리고 만약에, 이 능력을 잃게 된다면? 그런 일은 없겠지만, 만약을 대비해야 한다.
그래서 더욱 꼼꼼하게 적었다.
백동원 또한 뒤에서 따라다니며 메모장에 무언가를 적는 성재를 보며 흐뭇해 했다.
단, 절대 티를 내진 않았다.
'큰일이네. 참… 3년 차, 봉진이보다 훨씬 낫네. 걔네들도 얘처럼 좀 적극적이고 알아서 행동하면 좋을 것 같은데….'
아니다. 비교를 하면 안 된다.
'아직 이 녀석 본지 하루밖에 안 됐는데, 무슨 생각을 하는 거야? 침착하자.'

어느덧 과일 가게. 성재는 요리사의 눈을 켜서 자세히 살펴보았다. 가게마다 등급이 천차만별. 백동원은 수박을 고르다 성재의 실력이 궁금해졌다.
"성재야. 넌 수박 먹을 때, 어떻게 골라?"
성재는 요리사의 눈을 켜고 있었기에 금방 대답할 수 있었다.
"검은 줄무늬가 선명하고, 껍질이 얇고, 표면이 매끄러운 게 건강하게 자란 것으로 알고 있습니다."
"그것뿐이야?"
성재는 곧바로 상품을 보며 더 자세하게 말했다.
"꼭지에 달린 줄기 부분이 싱싱한지 꼭 살펴봐야 합니다."
그의 명쾌한 대답에 백동원이 씩 웃었다.
성재는 다행히 그의 질문에 넘어갔지만 이런 생각도 들었다.
'만약 앞에 수박이 없었다면, 내가 대답할 수 있었을까?'
참외, 사과 바나나, 오렌지, 키위에 방울토마토까지, 하나하나 물어볼 때마다 차분히 대답하는 22살의 청년. 백동원은 성재의 지식과 판단력에 감탄했다.
'대단하잖아. 모르는 게 없네. 모르는 게 없어. 정말 요리를 배운 적이 없어? 군대에서만 이 정도에 올랐다고?'
반면, 성재는 실력이 아닌 능력으로 대답하는 것에 찔렸다. 그래서 마음이 아팠다.
'공부도 열심히 해야 돼. 노력을 게을리하면 안 돼. 오늘 일도 잊지 않도록 하자!'
그리고 결심했다.
오늘부터 시간을 허투루 보내지 않겠다고.

아침 7시 30분. 카니발 차량을 타고 들어오는 두 사람. 성재와 백동원.
그리고 그를 기다리고 있던 3명의 요리사.
그들은 카니발 차량에서 오늘 구입한 농수산물을 내리며 백동원에게 말했다.
"고생하셨습니다. 셰프!"
"좋은 아침입니다. 셰프!"
"올라가서 쉬십쇼. 셰프. 저희가 준비해놓겠습니다."
마치 군대. 하지만 누가 시켜서가 아닌 다들 좋아서 하는 일.
성재는 물품을 내려놓고 주차하러 가는 백동원을 뒤로 한 채, 어제 처음 봤었던 선배 요리사들을 향해 힘찬 목소리로 말했다.
"앞으로 열심히 하겠습니다. 잘 부탁드리겠습니다!"
"그래! 잘 해보자!"
"그래요. 힘들어도 포기하지 말아요!"
오늘 온 재료들을 손질하는 선배들.
성재는 레스토랑도 군대와 똑같은 방식으로 일한다는 것을 알게 되었다.
재료를 받으면 그 자리에서 손질하기 시작한다. 누구 할 것 없이 한 명도 게으름 피우는 사람 없이 노력한다. 잠을 제대로 자지 못했는지 하품을 하는 선배들. 손에는 기름에 의한 화상 자국, 칼에 베인 상처 등이 즐비하다.
'다들 열심히 사는구나.'
성재도 재료를 손질하려 다른 선배들의 곁에 다가갔다.
그때, 누군가가 들어오자 모두들 갑자기 90도로 고개를 숙이며 인사했다.
"오셨습니까? 캡틴!"
캡틴? 캡틴은 과연 누구일까? 성재가 고개를 돌려 그를 쳐다보았다.

198

아니, 누가 도와줬어?

캡틴의 등장.

그의 눈빛은 달랐다. 사람을 압도하는 짙은 눈썹과 눈매. 꼼꼼히 주방을 챙긴다.

"주원아! 테이블 닦았어?"

"네. 캡틴!"

그런데 방식이 조금은 구식.

아일랜드를 직접 손으로 만져보더니, 손에 물기가 묻자, 1년 차 김주원을 나무란다.

"닦았다며? 많이 더럽다?"

"다시 닦겠습니다."

그다음은 재료를 손질하는 3년 차 이봉진을 쳐다보았다.

"봉진아! 너 잠 못 잤냐? 눈이 왜 그래?"

성재는 어제 대결했던 이봉진을 보았다. 확실히 그의 눈이 퀭하다. 잠을 못 잔 모양.

"죄송합니다."

"나한테 죄송할 게 아니고 손님한테 죄송해야지. 컨디션 조절 똑바로 못해?"

"이런 일 없도록 하겠습니다."

"그래! 똑바로 하자! 내가 일일이 다 지적을 해야겠니?"

그 후, 그의 눈이 한 곳에 고정되고, 얼굴이 순식간에 붉어진다.

캡틴의 입에서 고함이 터져 나왔다.
"스토브! 저거 뭐야! 너희들 스토브 저거 뭐야? 저 그을음 안 닦고 뭐 했어?"
"닦겠습니다. 캡틴!"
"말로만 캡틴! 캡틴 하지 말고! 행동을 똑바로 하란 말이야! 저 그을음 손님 입에 들어간다고 생각해봐! 내가 고개를 들겠니? 아니면 너희들이 책임질 거야? 하나라도 실수하면 이 바닥에선 끝인 거야. 알았어? 알았냐고!"

강압적인 분위기. 그러나 다들 일상인 듯, 복명복창을 실시했다.
"잘하겠습니다. 캡틴!"
하나하나 확인을 끝내고, 홀로 이동하는 캡틴.
그가 짙은 화장을 한 여성 지배인을 보며 입을 열었다.
"윤정씨! 오늘 특별한 일 있어요?"
캡틴이 시선을 돌려 매니저에게 말을 걸었다. 그러자 세미 정장에 검은 치마를 입은 그녀가 미소를 지으며 말했다.
"백동원 셰프가 새로 인원을 뽑았나 봐요. 면담하실 건가요?"
여성 매니저의 말에 캡틴이라 불리는 사내가 주방을 쳐다보았다.
그리고 찾아냈다. 새로 본 얼굴.
성재는 그의 눈빛을 보며 압박을 느꼈다. 맹수의 눈, 금방이라도 잡아먹을 듯한 그의 눈에선 마치 살기가 뿜어져 나오는 것만 같았다.
그는 곧바로 성재를 불렀다.
"이리 와 봐요!"
"네. 캡틴!"
성재는 곧바로 적응하며 그의 호칭을 불렀다. 그는 성재의 얼굴을 보며 입을 열었다.
"몇 살?"
나이부터 물어보는 그의 질문.
"22살입니다."
"그래? 어디 학교?"
"옥천 중학교 나왔습니다."
"아니, 최종학력 말해야지."

"옥천 중학교 맞습니다. 고등학교는 검정고시 쳤습니다."
성재의 대답의 말문이 막힌 캡틴이 여성 매니저를 불렀다.
"윤정씨, 이 친구! 이력서 좀 갖다 줄래요?"
"아, 아직 제출 안 하셨어요. 오늘 가져오기로 했는데…."
그녀의 말에 성재는 캡틴에게 말했다.
"안쪽 옷걸이 안에 있습니다. 가져와도 되겠습니까?"
그러자 못마땅한 얼굴로 쳐다보던 그가 성재를 향해 말했다.
"일단 가져와요."
성재는 그의 표정에 기분이 상했다. 공사현장에서는 중졸이 전혀 문제되지 않았다. 그래도 미래를 위해서 가족들을 위해서, 없는 시간을 내가며 검정고시를 통과했다.
이력서를 본 캡틴의 얼굴엔 아직도 불만이 가득했다.
'답이 안 나온다. 사는 곳도 그렇고, 학업도 그렇고, 막노동에서 굴러다녔네. 이력서만 봐도 답이 안 나오는데, 애를 왜 받는다고 한 거야?'
그의 고압적인 시선이 22살의 청년을 훑었다. 성재는 일단 버텼다.
사회생활이 쉽지 않을 거란 것은 알고 있었다. 일 자체보다 사람과의 관계가 가장 어렵다는 것은 인생 경험을 통해 배웠다.
그래도 이겨낼 수 있을 거라 믿었다. 그의 부름.
"저기요."
성재는 무엇이든 할 수 있다는 자신감을 목소리로 표현했다.
"네. 캡틴!"
그러나 그의 마음을 사기에는 역부족.
"캡틴이고 뭐고, 일 할 수 있겠어요?"

처음 직업소개소를 갔던 날, 용역아저씨가 하던 말.
'왜소해 보이는데, 일 할 수 있겠어요?'
성재는 그때의 기억이 떠올랐다. 위험하고, 힘들고, 근육이 욱신거려서 아팠던 첫날.
배관 용접하는 걸 옆에서 지켜보다가 각막이 손상되어 '아다리'가 걸린 기억.
거기에 비해서 여기는 천국.
"네. 잘할 수 있습니다."

"보건증은?"

"있습니다."

군대에서 받은 보건증. 지갑 안에 다행히 간직하고 있는 성재.

"일단 설거지부터 해봐요."

"알겠습니다."

첫 임무. 성재는 호텔의 각 방에서 회수한 접시와 그릇을 하나하나 닦았다. 그리고 차를 주차하고 올라온 백동원 조리장. 캡틴과 함께 탕비실로 들어가고. 안쪽에서 말하는 게 바깥까지 웅웅거리며 들린다. 무슨 대화를 하는 지까진 들리지 않지만, 큰 소리가 오가는 것은 다 아는 상황.

"야! 누가 네 맘대로 뽑으래? 우리 레스토랑에 오고 싶어 하는 사람이 수백 명이 넘어! 네가 네 멋대로 하면 네가 캡틴 해! 조리장 하지 말고! 어?"

"죄송합니다. 그런데 정말 괜찮은 녀석입니다. 믿어주세요."

"동원아, 상식적으로 생각을 좀 하자. 괜찮고 말고가 아니잖아. 요리의 요짜도 모르는 녀석인데? 정규 교육도 못 받은 녀석인데? 이제 막 한식조리기능사 딴 녀석! 취사병을 뽑자고? 그리고 쟤 현재 군인이잖아. 쟤를 뽑는 건 아니지~ 안 그러냐?"

"그건 그런데요. 직접 보시면 달라진다니까요."

"동원아!"

"네, 캡틴!"

"인마, 후배들 생각 안 하냐? 설사 걔가 대한민국에서 100년에 한 명 나올까 말까 한 천재 요리사라고 해도! 저렇게 뽑는 건 아니지? 너! 작년에 경력 없는 놈 뽑아놓으니까 하루 만에 도망간 거 봤어? 못 봤어? 최소한 근성 있는 놈을 뽑아야 될 거 아니야. 학교 제대로 다니고, 개근했나, 안 했나 확인하고! 근데 뭐? 중졸을 뽑아?!"

"목소리 너무 큽니다. 다 들립니다. 일단 저 믿고 지켜봐 주세요. 제가 책임질게요."

"됐어. 오늘까지만 일하고, 집에 가라고 해!"

"캡틴!"

백동원이 처음으로 화를 냈다. 자신보다 학교 6년 선배, 요리 실력도 뛰어나고, 두바이, 덴마크 등 해외경험도 풍부한 총괄 셰프, 정종구.

미슐랭 2스타 레스토랑에서 일했던 풍부한 그의 경험과 요리 실력을 배우기 위해 자신도 이곳으로 직장을 정했다.
그가 유성호텔에 신규 레스토랑을 런칭하기로 결심한 5년 전, 백동원에게 말했다.
'동원아, 함께 가자. 내가 키워주고 밀어줄게.'
그래서 믿고 온 곳. 그때부터 진심으로 따라온 선배를 향해 처음으로 반항한 것이다.
"동원아, 너 좀 변했다?"
"종구 형! 나 좀 믿어."
"안 돼. 형평성에 안 맞아. 오늘 내가 정식 면접봤고, 결과는 불합격! 잘린 거로 해."
"형! 형! 정말 이럴 거야? 그럼 난 뭐가 돼? 쟤 괜찮다니까!"
"공(公)은 공이고, 사(私)는 사야. 네가 녀석의 어떤 점을 높이 봤는지 모르겠는데, 난 아니야. 알았어? 오늘까지 일한 건 일당 쳐 주고 내보낼 테니까, 그렇게 알고 있어."
"그러지 말자. 내가 책임질게. 그럼 휴가 기간이라도 일하게 하자. 쟤 집안 엄청 어려워. 그래서 온 거야. 요리사가 꿈이래. 방송에서도 봤다고."
집안 이야기를 꺼내오자, 짜증이 솟구치는 캡틴.
동원이 힘들게 살아왔기 때문에 정에 약하다는 것을 알고 있었다. 그래서 화가 났다.
"하아… 이 새끼, 역시 그럴 줄 알았다! 넌 그 정 때문에 망하는 거야. 사람한테 배신당하고! 그러니까 전 직장에서 밀린 월급도 못 받고, 퇴직금 못 받고!"
"나도 나 멍청하게 사는 거 알아. 그래도 이번에는 즉흥적으로 선택한 거 아니야. 성재란 친구, 까들로프 교수가 점찍은 애야. 귀화시키고 싶다는 말까지 나왔다니까?"
까들로프라는 말에 정종구가 정색하며 말했다.
"귀화는 얼어 죽을! 그리고 설사 그렇다고 해도! 전역도 안 한 놈을 뽑냐?"
"휴가기간만이라도 일 시키자. 어? 오늘 자르는 건 심하잖아. 아직 어린데 상처입어."
"어릴 땐 상처도 입고 하는 거야. 세상이 뭐 다 오냐오냐할 줄 알았어?"
"형! 형!"

옷을 훌훌 털며 캡틴이 탕비실을 나오자, 갑자기 쥐죽은 듯 조용해진 조리실.
그는 아무렇지 않은 듯, 화장실로 향하며, 성재를 훑어보았다.
'까들로프가 선택했다고?'
휴가를 다녀온 정종구. 그는 레스토랑에 상주하며, 모든 것을 컨트롤 했다.

심지어 손님까지도.
앞 테이블 여성 손님에게 향하는 밝은 웃음.
캡틴이 직접 비벼주는 스파게티, 그리고 직접 서빙하는 치즈조각.
미슐랭 2스타 출신 총괄셰프가 직접 나와 손님들을 마주하니, 손님들도 자연스레 그를 좋아할 수밖에 없다.
"손님! 이거는요. 프랑스에서 직접 가져온 샤므와 도르에요."
"샤므와 도르?"
"네. 샤므와 도르, 위의 솜털이 사실은 곰팡이에요. 탈지유를 숙성시켜 만들거든요."
"아… 곰팡이면….."
"드셔 보세요!"
곰팡이란 말에 거부감도 들었지만, 그의 환한 미소가 의심을 반 정도 덜어주었다.
그리고는 살짝 혀를 댔을 때…. 남은 의심이 순식간에 날아가고.
"어때요? 순하죠?"
"네. 혀가 놀랬어요. 치즈인데 달콤하네요. 처음 느껴봐요."
"크림 맛 반압착 치즈로 살균도 다 된 겁니다. 해물 스파게티와 아주 잘 어울리죠. 그럼 즐거운 시간 되시길!"
그가 다른 테이블로 떠나고, 조금 전 여성 손님은 얼굴에 미소가 걸렸다.
"셰프님! 매너 봐! 오길 잘했어."
"정말!"

그는 선망받는 셰프였다. 요리에 관해선 양보가 없는 인물. 그래서 그의 레스토랑 요리는 미슐랭 등급을 받지 못했다 하더라도, 퀄리티가 높았다.
성재도 인정했다. 거의 대부분 5성에서 6성, 심지어 안 보이는 등급도 있다.
그러나 요리의 등급이 높다고 해서, 모든 게 잘 되어 있는 건 아니다.
캡틴은 또 하나 지적했다. 냉장고와 식재료 창고 정리가 하나도 되지 않은 상태.
"야! 너희들 진짜, 내가 휴가 간 사이에 이 지랄로 관리해?!"
그의 말에 가장 경력이 많은 조리장 백종원이 나섰다.
"캡틴! 어제 비즈니스 세미나가 점심에 한 번, 저녁에도 한 번 열려서 정리할 시간이 없었어. 그냥 넘어가자!"

"이건 아니잖아! 밤이라도 새워서 정리했어야 될 거 아니야?"
"밤 새웠어! 아까 형이 말한 봉진이도 그렇고, 다 새벽 2시까지 설거지하고 정리하다가 들어간 거야. 오늘 마저 끝내놓을게. 그러니까 화내지 말자. 애들 힘들어하잖아.
"아… 진짜 제대로 하는 게 없어."

정종구는 다시 주변을 둘러보았다.
그러고 보니 다들 정상이 아니다. 얼굴에는 피곤함이 가득해 보이고, 동작은 느릿느릿 금방이라도 포기할 듯한 표정. 반면, 유일하게 빠릿빠릿한 사람.
그가 그 이름을 불렀다.
"성재씨!"
"네."
"양도 별로 없는 설거지 하지 말고, 냉장고 정리해요. 그 정도는 할 수 있죠?"
"네. 알겠습니다."
성재가 떠나고, 백동원이 불만 가득한 표정으로 말을 했다.
"형! 혼자 못해. 저걸 왜 쟤한테 시켜? 아직 가르치지도 않았는데…."
"형이라는 말 하지 마. 내가 휴가가면 네가 캡틴인데, 똑바로 통제 못 해서 레스토랑이 엉망이 되는 거잖아."
"그건 나도 할 말 없는데…."
"할 말 없으면 하지 마. 손님에게 집중해. 요리에 집중하고! 그게 Good Chef(훌륭한 셰프)야. Good Cook(훌륭한 요리사)으로 남고 싶어?"
그의 말에 백동원이 고개를 숙였다.
'저걸 혼자 하라고? 3시간은 걸릴 거야. 기어코 자르려는 거구나. 성재 자르면 나도 그만둔다. 이제 형 밑에서 일하는 것도 힘들어. 못 버티겠어. 차라리 까들로프 교수님한테 어떻게든 받아달라고 하는 게 낫지.'
일 잘하고, 요리 잘하는 건 인정하지만, 너무 강압적이라 후배들이 힘들어한다.
융통성 있게 가도 되는데, 그게 안 되는 정종구 셰프.
가끔은 느슨하게 해도 될 것 같은데, 그는 계속 업무적으로 조이기만 한다.
그때, 여성 지배인이 캡틴에게 다가갔다.
"셰프님? 회장님께서 찾으시는데요?"

"회장님께서요?"
"네. 잠깐 회의할 게 있다고 오시래요."

그래서 다녀온 회장실. 여러 임원들과 함께 회의에 들어가고.
'나한테 해당되는 내용도 없는데… 시간 낭비했네.'
호텔에 입점한 순간부터 당연히 해야 될 일. 그는 잡념을 털고 레스토랑에 돌아왔다.
그런데 자신이 시킨 일을 하지 않고, 주방에서 다른 사람과 히히덕거리는 막내.
제아무리 브레이크 타임이라지만, 할 건 하고 해야지.
"성재씨!"
"네. 캡틴!"
"나 따라와요."
캡틴은 성재를 데리고 곧바로 탕비실 옆에 있는 냉장고로 향했다.
"냉장고 정리하라고 했죠? 정리 어떻게 했나 같이 확인해도 될까요?"
"네. 캡틴!"
성재의 대답에 그가 냉장고를 열어젖히며 생각했다.
'뭐지? 저 자신만만한 태도는? 한 시간 만에 할 작업량이 아니었는데?'
그러나 말끔하게 정리되어 있는 냉장고. 냉동실의 성에도 완벽하게 제거되어 있다.
그것뿐만이 아니다. 냉장고 재료 하나하나에 라벨까지 직접 만들어 붙였다.
"아니, 누가 도와줬어?"
그때, 어느새 뒤에 따라온 백동원이 얼굴에 미소를 지으며, 대답했다.
"도와주긴 누가 도와줘. 성재 혼자 했지. 성재가 한 건 이것만이 아니야."
백동원은 곧바로 탕비실 옆 창고를 열었다. 창고 내부도 완벽하게 정리되어 있다.
"뭐야? 다 같이 청소한 거야?"
"아니, 성재 혼자 한 거야. 내가 말했지? 이 친구, 괜찮다니까!"

사업자 번호 불러드릴게요

정종구는 일단 성재에게 합격점을 주었다.
"군인이라 그런지 정리는 잘하네. 그럼 설거지하고 있어요."
"네. 알겠습니다."
성재가 인정을 받자, 백동원이 성재의 머리를 쓰다듬으며 말했다.
"가자!"
"네! 셰프!"
둘이 떠나고, 정종구 총괄셰프는 군더더기 없이 말끔하게 치워진 창고와 냉장고를 보며 생각했다.
'밥값은 하겠네.'

하지만 강성재에 대한 모든 것을 인정한다는 것은 아니다.
단지 아르바이트로서, 10일간 써먹어도 괜찮을 만한 녀석이라는 것.
그가 성재를 단순히 아르바이트로만 생각한 것은 학력 때문이었다.
자신이 졸업한 학교는 미국 CIA 요리 학교. 세계 3대 요리 학교 중 하나.
체계적인 커리큘럼을 이수한 사람과 아닌 사람의 차이는 극명할 정도로 심각하다.
더구나 녀석은 요리 관련 경력도 없지 않은가?

여기서 일하는 녀석 중 대학을 졸업하지 않은 녀석은 없다.
왜냐고? 서류에서 걸렀으니까.
그는 1주일간 접수된 10장의 이력서 중 하나를 바라보며 흐뭇한 미소를 지었다.
서류전형 통과한 유일한 사람. 자신이 뽑은 그 친구가 면접을 보러 오기 때문이었다.

- 여보세요? 김민현씨, 오고 있나요?
"네. 거의 다 왔어요."
- 네. 호텔 1층 로비에서 좌측입니다. 늦지 말고 오세요.
그의 학력, 일본 핫토리 영양전문학교.
세계 Top 3까지는 아니지만, Top 5에 간혹가다 들어오는 일본의 명문요리학교.
기초를 배우는 1년과 전문가 과정인 2년을 합쳐, 3년의 과정을 모두 이수한 김민현은 자신이 뽑고 싶은 인재 중 최고의 인재.
그러나 약속 시간이 지났는데도 모습을 보이지 않는다.
'거의 다 왔다며?'
그는 20분이나 지각했다. 정종구는 심기가 불편했지만 미소 담긴 얼굴로 말했다.
"우리 레스토랑에서 일하고 싶다고요? 어떤 점이 마음에 들었나요?"
"셰프님이 마음에 들었습니다."
"그랬어요?"
정종구의 얼굴엔 미소가 가득했다.
학벌, 외모, 싹싹한 태도까지 모든 것을 다 갖춘 친구.
"경력은 없나요?"
"네. 학교 졸업 후, 바로 국내에서 취업하고 싶어서 자리를 알아보는 중입니다."
"좋네요. 우리 레스토랑은 한 달간의 견습 기간을 가져요. 그 후 정식으로 채용할지 결정하죠. 월급은 견습기간에도 동일하게 나갑니다. 오늘부터 일 할 수 있나요?"
"네. 하겠습니다. 준비됐습니다. 자신 있습니다."
"그래요. 김민현씨, 마음에 드네요."
캡틴의 얼굴에 환한 미소.
학벌 좋은 남성이 신입으로 들어왔기에, 자신의 꿈인 일류 레스토랑에 한 발자국 다가선 것 같아 마음이 편하다.

성재는 김민현이란 사내와 함께 설거지를 했다. 캡틴의 고함은 계속되고, 그가 주방 구석에서 옆에서 같이 그릇을 닦고 있는 성재를 향해 물었다.
"여기 원래 분위기 이렇게 삭막한가요?"
"아니요. 저도 어제 들어와서 잘 모르겠습니다. 아르바이트생입니다."
"아, 그렇구나. 여기선 접시 언제까지 닦아야 하나요?"
"제가 듣기로는 1년 정도는 그릇만 닦는다고 합니다."
성재의 대답을 듣고, 김민현의 얼굴에 묘한 표정이 드러났다.
그리고 어느덧 시간이 흘러 오후 7시. 백동원이 성재를 불렀다.
"성재야!"
"네. 셰프!"
"오늘 고생했고, 내일 아침에 같은 시간에 나와. 이번 주는 오후 7시까지만 일할 거야. 우리는 한 주마다 오전 타임, 오후 타임 로테이션으로 돌려. 그러니까 같이 퇴근하자. 네가 아까 설거지랑 냉장고, 창고 정리 일찍 해서 덕분에 너랑 나랑 야근 안 하고 일찍 퇴근하는 거야. 오늘 고생했다."
"아닙니다. 전 시킨 일만 했을 뿐인데요."
"그게 잘한 거야. 시킨 일 하는 게 얼마나 힘든 건데! 집까지 태워줄게."
"감사합니다."
백동원은 캡틴에게 인사했다. 모두가 있는 자리라서 그런지, 존댓말을 하는 조리장.
"캡틴, 먼저 가보겠습니다."
사적인 자리에서는 반말을 하는 그이지만, 공적인 자리에서는 되도록 존댓말을 하려고 노력하는 백동원. 그의 명철한 성격이 성재의 눈에 엿보였다.
"그래. 조심히 들어가라! 내일은 장, 내가 볼 거야. 그리고 막내!"
"네. 캡틴!"
"내일 힘 좀 써야 되니까, 목장갑 끼고 나와."
"알겠습니다. 오늘 감사했습니다."
"감사는 무슨, 아무튼 내일 아침에 보자고!"
조리장의 차를 탄 3년 차.
백동원은 성재를 집까지 데려다주며 말했다.
"캡틴 미워하진 마. 말은 거칠어도 먼저 배신은 안 해. 끝까지 믿어주는 스타일이야."

"네. 전 크게 신경 안 씁니다."
"그래?"
청년의 말에 백동원의 마음 한편이 뭉클해졌다.
'요즘 보기 힘든 녀석이네. 든든하고 마음이 따뜻해져. 아, 나 왜 이러냐?'
갈마동 빌라촌 골목 입구.
"여기니?"
"네. 태워주셔서 감사합니다."
성재는 차에서 내리며 감사의 인사를 드렸다.
"그래요. 고생했어요."
그리고 쪼르르 달려가는 청년. 그 청년이 들어간 빌라.
정말 허름하기 짝이 없다. 어릴 때의 자신과 겹쳐 보이는 백동원.
자신도 어렵게 살았기에, 성재의 저런 모습이 마음에 짠했다.
성재는 집 안에 들어가 방 청소를 시작했다. 할머니와 아버지가 번갈아가며 하시지만, 요즘은 두 분 다 일을 하시기 때문에 성재가 직접 하기로 마음먹은 것.
"어디 갔었어? 배고파."
"그래? 기다려. 밥해줄게."
물론 동생도 챙겨야 한다.
민지는 휴가 나올 때마다 몰라볼 정도로 훌쩍훌쩍 크고 있었다.
먹는 것도 제법 잘 먹고.
"맛있어."
발음도 좋아진다.
"그래? 다행이다. 많이 먹어."
직접 만들어 본 미트볼. 동생이 좋아해 주니 성재의 얼굴에 미소가 번졌다.

다음 날, 농수산물 시장으로 간 성재. 이번에는 백동원 대신 정종구가 나와 있었다.
"막내, 힘 좀 쓰지?"
"네. 그건 자신 있습니다."
"그래. 따라와."

캡틴의 말에 뒤꽁무니를 쫓아가는 청년.

성재는 캡틴과 조리장의 차이를 발견했다. 그는 한 곳에서 모든 해산물을 주문한다.
"사장님! 저 왔습니다."
"아, 오셨습니까? 우리 투스타 셰프님!"
"하하, 그렇게 불러주시니 감격이네요. 물건 들어왔나요?"
"네. 어제 말씀하신 대하 10kg랑 돌문어 3kg, 그리고 해삼, 꽃게 등 다른 것들 포함해서 여기, 다 미리 챙겨뒀습니다."
"얼마죠?"
"38만 원인데 현금으로 35만 원만 주십시오."
그러자 흥정도 않고, 바로 돈을 꺼내는 캡틴. 요리사의 눈으로 바라본 신선도. 분명 최상이다. 싱싱함 그 자체. 그러나 캡틴의 행동에 고개를 젓는 성재. 바로 가격 때문.
'시장에서 기본은 가격 흥정인데, 그냥 준다고?'
경영 상태도 그리 좋지 못하다고 들었는데…. 애용하는 거래처라서 그렇겠지만….
아니, 그것도 아니다. 백동원 셰프는 가게 하나하나를 둘러보며 맛도 보고 신선도를 직접 확인하며 시장에서 직접 고른다.
"성재야. 차에 실어라."
"네."
고기도 채소도 가격 흥정이 없다. 최상품이지만 부르는 가격 그대로 지불하는 캡틴.
'아니, 이런 데서 가격을 최대한 줄여야지. 그건 장사의 기본인데….'
그러나 그의 생각은 달랐다.
"어때? 우리 레스토랑에 대한 신뢰가 생기지? 우린 최상품만 써."
어떤 가치에 우선을 두느냐에 따라 사람의 생각이 다르다지만, 조금만 발품을 팔면, 충분히 더 이윤을 남길 수 있는데….
'내가 아는 사람한테만 연락해도 더 싸게 구입할 수 있겠다.'
그럼에도 성재는 미소로 캡틴의 말에 대답했다.
"네. 그래서 더 신뢰받고 있는 것 같습니다."
다시 호텔. 성재가 식재료를 분류하는데, 주방에서 캡틴의 큰 소리가 이어졌다.
"야! 접시 이거 뭐야? 누가 이렇게 닦으래?"

그때, 대신 혼나는 3년 차 이봉진.

"죄송합니다. 캡틴."

"죄송할 짓 하지 말라고 했지? 손님이 먹는 음식을 담는 그릇인데 제대로 안 닦인 게 말이 되니? 이거 하나로 이 손님 영영 잃는 거야. 기본 중 기본인데, 못 지켜?!"

"다시는 이런 일 없도록 하겠습니다."

"대충 할 생각이면 그만둬. 알았어?"

"죄송합니다!"

이봉진은 문제가 된 접시를 다시 닦았다. 캡틴이 떠나자 그는 김민현에게 말한다.

"민현아. 똑바로 하자. 이런 기본적인 걸로 지적받아야 되겠니?"

"……."

성재는 김민현을 쳐다보았다. 일본에서 온 에이스, 김민현. 그의 얼굴에 걸린 썩소.

"괜찮으세요?"

"말 걸지 마."

그리고 불과 한 시간도 안 돼, 그가 갑자기 조리복을 벗는다.

성재는 직감했다. 아니, 모든 사람이 예상했다. 김민현이 캡틴에게 말했다.

"그만두겠습니다."

"뭐? 하루 밖에 일 안 했잖아."

"저랑 안 맞는 곳인 것 같습니다."

그러자 캡틴의 얼굴이 다시 한번 붉으락푸르락.

"김민현씨! 이대로 가면, 우리 레스토랑은 다시는 못 들어오는 거 알죠?"

"상관없습니다. 아, 그리고 어제 일한 돈은 안 받아도 됩니다."

자리를 박차고 떠나는 일본 유학 출신의 청년. 황당한 표정으로 바라보는 캡틴. 잠시 후, 캡틴은 곧바로 다음 이력서를 꺼내 학력을 체크하며 좌절했다.

'내가 무슨 잘못이라도 했나? 뭐 다들 일주일도 못 버티고 나가냐?'

그런 그를 보며 다가온 동생, 백동원.

"형! 표정 풀어. 캡틴이 그렇게 울상이면 어떻게 해?"

"오늘은 일찍 퇴근하련다. 아 참! 막내, 힘 좀 쓰더라. 내일 시장에 또 나오라고 해."

"마음에 든 거야?"

"그냥, 마음에 든 것까지는 아니고, 그냥 힘 좀 쓴다는 거지."

백동원이 고개를 저었다.
'뭘 그렇게 솔직하지 못해? 학력이 다는 아니잖아. 인정 좀 해라.'
하지만 굳이 그 말을 하진 않았다. 그의 원대한 계획.
일류 레스토랑에 학벌 좋은 셰프들이 모여, 최고의 음식을 만드는 것.
자신도 그래서 뽑힌 거고, 여기 있는 인원들 또한 다들 그렇기 때문에.
그 목표가 너무나 추상적이고, 답이 나오지 않아서 문제였지만.

성재는 퇴근 후, 고민에 싸였다.
'이대로 그냥 넘어가야 되나?'
그러나 인정받고 싶었다. 단순한 들러리가 되고 싶진 않았다. 레스토랑에서 일하는 것만으로도 레시피를 배울 수 있기에 이익이지만, 본인도 도움이 되고 싶었다.
그래서 일단 조리장님께 전화를 걸었다.
"셰프님!"
- 응, 성재야. 잘 들어갔니?
"네. 혹시 내일 시장 볼 식재료 목록 좀 보내줄 수 있을까요?"
- 아, 그럴래? 잠깐만!
목록을 받은 후, 또다시 어디론가 전화를 거는 성재.
중앙시장, 아름고기 백화점에서 고기를 팔고 있는 사장님 김동수.
"동수 형! 저에요."
- 어? 성재 아니냐? 요즘 너희 아버지 대박 났다며?
"네. 죄송해요. 고기도 원가에 주셨는데, 다른 사업을 하게 되어서 민망하네요."
- 아니야. 오히려 내가 고맙지. 원가에 주는 것도 사실은 손해니까. 한 번 쏴야지?
"네. 그것보다 형! 제가 불러주는 식재료들, 시가 좀 알려주실 수 있어요? 제가 레스토랑에서 일하게 되었는데, 가격이 적절한지 알고 싶어서요."
- 그래? 아! 그건 내가 금방 알아볼 수 있을 거야.
"감사합니다."
- 감사는 뭘? 너희 어머니한테 고맙다고 해라.
"네. 그럴게요."

다음날 시장에서 만난 캡틴. 그 역시 밤을 새웠는지 얼굴에 피곤함이 가득했다.
"캡틴? 이거 드십시오."
"어?"
"시장표 커피입니다. 아주머니가 한 잔에 500원에 팔고 있어서, 두 잔 샀습니다."
"후후, 내가 인스턴트 커피 좋아하는 거 어떻게 알았어?"
"시장 다니시는 분들은 다 이거 좋아합니다."
"시장 많이 다녀본 것처럼 말한다?"
"사실 많이 다녔긴 했습니다. 어머니가 푸드트럭 하시기 전에 시장에서 일하셨었거든요. 아버지도 중앙시장에 하루에 한 번씩 가시고요."
"그래?"
몰랐던 사실. 그리고 또 하나 알게 된 사실. 어제와 달리 성재가 적극적으로 행동한다?

"우리 투스타 셰프님! 오늘은 총 44만 원입니다. 현금으로 40만 원만 주세요."
"아저씨! 잠시만요. 제가 중앙시장에서 판매되는 최상품 가격 알아왔거든요? 이거 카드로 38만 원까지 되더라구요. 현금가 35만 원 가능하신가요?"
성재가 수첩에 적어놓은 빼곡한 수산물의 산지가격. 그리고 성재의 말.
"현금영수증도 해주세요!"
"무슨 현금영수증까지 해달라고 해?"
"아, 그럼 옆집 갈게요. 옆집에서 살까요?!"
얼굴이 일그러지는 상인. 그리고 그 자리에서 갑자기 해맑게 웃는 캡틴 정종구.
'뭐야? 바로 5만 원이나 깎았잖아?'
그리고 성재의 쐐기.
"사업자 번호 불러드릴게요. 303 - 81-XXXXX에요. 다시 한번 말씀드릴까요?"

200

캡틴, 이거 정말 괜찮은데요?

성재는 무거운 재료들을 번쩍 들어 옮기며 환한 미소를 지었다.
그를 바라보는 캡틴.
'볼수록 매력 있네.'
정종구는 성재를 바라보았다.
작은 체구로도 당당한 의사표현, 말뿐 아닌 행동까지 뭐 하나 빠지는 게 없다.
그리고 수첩 내에 빼곡하게 적힌 가격.
'저걸 또 언제 조사한 거야? 일머리가 대단하네.'
어제 새벽에만 해도 침묵했던 녀석이 오늘은 마치 다른 사람이 된 기분이다.
"아침은?"
"못 먹었습니다. 출근해서 계란 하나 삶아 먹겠습니다."
"됐어. 시장에 왔으면 국밥을 먹어야지. 순대 먹지?"
"네! 좋아합니다."
먹는 것도 가리지 않고, 싹싹하게 대답하는 어린 친구.
"아줌마! 순대국밥(특)으로 2개 주세요."
"잘 먹겠습니다. 저 순대국밥 완전 좋아합니다."
뭐가 그리 좋은지 싱글벙글. 얼굴에 미소가 가득한 청년.

"잠깐 화장실 좀 다녀와도 되겠습니까?"
"그래. 다녀와."
성재가 화장실에 간 사이 정종구는 인터넷에서 강성재라는 이름을 검색해보았다. 그러자 차례대로 떠오르는 기사.
〈강성재 소방관, '최강소방관' 경연 1등〉.
이건 아니고….
〈부고 (강성재 / 단일정문당 속초시 연락소장)씨, 모친상〉.
이것도 아니고….
〈캐슈넛새우볶음을 만든 군 장병, 요리대회 우승〉.
뭐지? 이건? 클릭해볼까?

국방일보 1면.

이는 23사단에서 출전한 요리대회 성적상 최고의 성적이며, 지역사회에서 맛집으로 통하는 요식업 관계자들을 제치고, 종합 1위를 차지한 것은 괄목할만한 성과임에 틀림없다.
이와 함께, 지역 주민들을 대상으로 실시한 설문조사에서 삼척시를 맡고 있는 23사단은 폭설시 재난, 구호 작전은 물론, 평시 대민지원활동, 각종 문화활동 면에서도 다양한 참여를 하고 있어, 강원도 내에서 주민 만족도가 가장 높게 나타났다. 앞으로 얼마나 대단한 요리사가 될지 기대가 되는 대목이다.
※ 위 기사는 23사단 정훈공보장교의 제보를 받아, 국방일보에서 발행하였습니다.

'뭐야? 군대 기사잖아. 캐슈넛새우볶음이면 중화요리인데, 시간 나면 시켜볼까?'
그때, 화장실에서 돌아온 성재. 곧바로 핸드폰 화면을 끈 캡틴은 청년을 향해 말했다.
"먹자! 빨리 먹고 가서 일해야지."
"네. 알겠습니다."
작은 입에도 불구하고, 한입에 많은 양을 넣는 군인. 뭐가 그리 급한지, 식사속도가 엄청 빠르다. 그가 손을 들더니, 부족한 김치를 더 달라고 했다.
"이모! 여기 깍두기 좀 더 주시고요. 김치도 더 주세요."

"덜어서 먹으면 되는데?"
"다 먹었어요."
왜 그럴까? 항상 여유가 없었나?
그냥 조그만 녀석이 순대국밥을 먹는데, 저절로 웃음이 터져 나오는 종구.
"크크크…."
그러자 체구 작은 성재가 놀란 듯 입을 열었다.
"죄송합니다. 천천히 먹겠습니다."
"아니야. 더 시켜줄게. 많이 먹어. 이모! 여기 순대 중(中), 하나 추가해주세요!"
매번 진지하기만 했던 정종구의 얼굴에는 모처럼 만에 흐뭇한 미소가 걸렸다.

오늘도 손님이 여전히 많았다. 그래서 그런지 다들 바쁘다.
하지만 주방 분위기가 나쁘지 않았다. 오히려 이상하리만큼 조용하면서도 평온하다.
"동원아! 3번 테이블, 메인 요리 늦는 것 같은데?"
"네. 캡틴! 스테이크가 오버쿡돼서, 버리고 다시 구우라고 했습니다."
"그래?"
스테이크를 잘못 구운 후배를 다그치기 전에 손님에게 다가가 인사를 하는 캡틴.
"안녕하세요."
얼굴마담을 자처하는 캡틴의 등장에 손님들의 얼굴엔 활기찬 미소가 피어나고.
"어제 제가 제자들 야근 좀 시켰거든요. 그래서 스테이크가 실수로 살짝 탔나 봐요. 메인 요리 나오는 동안 스테이크 맛있게 먹는 법에 대해 말씀드려도 될까요?"
그러자 손님의 얼굴에는 당연히 환한 미소가 번진다.
그는 손님의 옆자리에 앉아 같이 사진도 찍어주고, 악수도 나누며, 발생할 수 있는 컴플레인을 사전에 막는다. 그래서 지배인도 웨이터와 웨이트리스도 한숨 놓으며, 즐거운 분위기로 근무할 수 있었다.
'무슨 좋은 일 있나?'

그리고 이어지는 브레이크 타임.
평소라면 쉬는 시간도 고객을 위해 준비하는 시간이라며 청소를 시킨다.

"청소 끝났어? 깨끗하게 다 치웠어?"
주방은 분명 깨끗했지만, 어떤 욕을 들을지 몰라, 깨끗하다고 대답 못 하는 분위기.
'뭐지? 또 혼내려고 하시나?'
주방 사람들은 늘 캡틴의 고함에 고개를 숙이며.
'다시 한번 청소하겠습니다.'
'깨끗이 청소해놓겠습니다.' 라고 기계적으로 대답했다.
그런데 캡틴은 평소와는 다른 말을 꺼냈다. 그가 성재를 부른다.
"막내! 너, 캐슈넛새우볶음으로 요리대회 우승했다며?"
남들이 모르고 있던 사실을 말하는 캡틴. 다른 요리사들의 시선이 성재를 향했다.
"네. 맞습니다."
"할 수 있어?"
"지금 말씀이십니까?"
"그럼 지금이지. 언제야? 재료는 다 있는 것 같은데? 우리도 저녁은 먹고 일해야 되잖아. 오늘 저녁, 네가 만들 수 있냐고?"
그때, 떠오르는 상태창.

돌발 퀘스트 캡틴의 인정 1
캡틴 정종구가 강성재의 요리 실력을 직접 확인하고 싶어 한다. 자신의 최고 실력을 발휘해 캐슈넛새우볶음을 만들어라

"네. 가능합니다!"
"브레이크 타임 몇 시간 남았지?"
"한 시간 삼십 분 남았습니다."
"빨리 만들어봐. 10인분!"
백동원은 캡틴을 보며 고개를 끄덕였다.
'형도 인정했구나? 알아차린 거지? 성재란 친구의 가능성을⋯.'
성재는 요리를 시작했다.
튀김기. 기름의 열기를 손으로 느끼고, 160도 정도에서 오늘 구입한 대하(大蝦)를 투하한다. 그러자 커다란 새우가 기름의 열기를 흡수하며 익어가기 시작한다.

성재가 쓰는 튀김기는 특이하게도 하나가 아니었다.

두 개를 동시에 쓰는 성재. 새우를 튀기는 160도의 튀김기와 캐슈넛을 튀기는 180도의 튀김기가 동시에 작동한다.

백동원의 얼굴엔 희미한 미소가 걸렸다. 아니 백동원 뿐 아니었다.

스테이크를 구울 때는 잘 몰랐는데, 조리 실력이 상상 이상으로 숙달된 성재.

손목의 스냅. 재료를 툭툭 치듯이 집어넣는 유연한 동작. 채소를 손질하는 칼질까지.

성재는 자신의 레시피 그대로 진행되는 조리법을 살짝 비틀었다. 캐슈넛이 든 기름 180도의 튀김 솥에 아몬드를 추가해서 넣는다.

견과류와 새우의 만남. 이보다 좋을 수 있을까?

 recipe 　　　강성재가 만든 아몬드캐슈넛새우튀김 ★★★★☆　　　

캐슈넛새우볶음의 본래 레시피에 자신만의 독특한 조리법으로 변화를 추구하며, 튀김요리로 승화시킨 음식

달콤하고 진득한 전분소스를 따로 만들어, 부먹파와 찍먹파, 두 조건을 모두 충족시킨 음식

거기에 건포도, 아몬드, 캐슈넛과 새우의 조화는 항상 훌륭하다

성재는 본래 등급이었던 5성 반을 그대로 유지했지만, 한편으론 아쉽다.

'직업 보너스가 없어서 6성이 아니네. 어쩔 수 없나?'

위수지역 안과 밖. 그 차이에서 나타나는 등급.

그러나 등급 차이는 오늘은 크게 중요하지 않은 것 같다.

"어? 이게 우승한 요리야? 진짜 맛있당."

"우승한 요리는 아니고, 비슷하게 만들어봤습니다."

"그래? 정말 맛있다."

반응도 썩 괜찮은 편.

김주원도, 이봉진도, 5년 차 최현준도, 8년 차 고태훈도 다들 고개를 끄덕인다.

그리고 백동원의 말.

"캡틴, 이거 정말 괜찮은데요? 정말 괜찮지 않아요?"

우물우물.

캡틴은 재료 하나하나를 음미하며, 재료의 맛과 조화를 하나하나 따지기 시작했다.

그리고는 고개를 끄덕이며 미소를 지었다.

성재는 만족했다. 요리로 전문가에게 인정받는 기분, 얼마나 좋은 일인지 모른다.

더구나 이건 서효석의 요리에 자신의 요리법을 더해 만든 신메뉴.

아무도 만들어보지 않은 요리. 직접 창작한 요리. 그래서 더욱더 기분이 좋았다.

퀘스트도 당연히 완료.

> ⚙ ✓ ✗
>
> 돌발 퀘스트 (캡틴의 인정 1)를 달성하여 EXP 5,000을 획득하였습니다

시간은 순식간에 흘렀다. 어느덧 휴가 복귀 전날. 마지막 근무일이다.

성재는 11일간 레스토랑 아르바이트를 하며 많은 것을 보고, 경험했다.

짧은 기간일지는 모르겠지만, 어떻게 보면 너무나 알차게 보낸 시간.

더구나 오늘은 특별한 날.

그것을 알고 있는지, 브레이크 타임에 캡틴이 생크림 케이크를 들고 걸어온다.

다들 알고 있었다는 듯 일어나는 사람들. 성재는 깜짝 놀라 모두를 바라보았다.

"잠깐만요… 잠깐만요!"

그러나 성재에게 시간을 주지 않는 동료들. 성재에게 노래를 불러준다.

"생일 축하 합니다! 생일 축하 합니다."

"사랑하는 우리 성재! 생일 축하 합니다."

노래가 끝나자, 캡틴이 성재를 향해 말을 꺼냈다.

"우리 막내! 뭐하냐? 후! 안 불고!"

후~우! 후~우!

긴 초 2개, 작은 초 2개.

빵! 빵! 빵!

여기저기서 터지는 폭죽.

이어서 터져 나오는 박수와 축하 멘트.

"생일 축하해! 생일 축하해!"

"성재야! 넌 꼭 성공할 거야."

"성재! 고마웠다. 생일 진심으로 축하한다!"
동료들의 축하 말에 성재는 감격의 눈물을 글썽였다.
생일은 여느 날과 똑같이 힘든 날이었다. 작년까지만 해도 아버지는 장사가 안되는 푸드트럭을 이끌며 술에 쩔어 사셨고, 여동생은 먼 시골에서 할머니와 살고 있었다.
그래서 대부분 중학교 졸업 이후의 생일은 노가다 아저씨들과 함께 외지 숙소에서 술로 시간을 지내는 경우가 많았다.
그만큼 우여곡절이 많았던 삶. 그런 생일이었는데….
오늘만큼은 달랐다. 며칠 보지도 않았던 사람들이 자신을 진심으로 축복해준다.

"정말 감사합니다."
성재의 말에 백동원이 캡틴을 쳐다보았다.
캡틴 정종구. 그가 고개를 끄덕이자, 백동원이 메뉴판 하나를 가져온다.
"캡틴, 펼까요?"
"그래. 공개해야지. 열어."
캡틴의 말에 조리장이 자신의 손에 있던 레스토랑 메뉴판을 열고.
메뉴판에 성재가 며칠 전 만들었던 아몬드캐슈넛새우튀김이 적혀있다.
그리고 더욱 영광인 건….

셰프 강성재가 추천하는 아몬드캐슈넛새우튀김 : 48,000원
    견과류의 달콤함과 달달한 소스, 새우의 바삭한 맛이 일품인 튀김 요리.
    ※ 2018년 6월 자체 평가 결과 최고의 음식.
    총괄세프 정종구가 가장 추천하는 메뉴.

"성재야. 축하한다. 네 이름으로 캡틴이 메뉴를 추가해주셨다."
"와! 대박! 3년 차인 나도 저런 거 없는데…."
"저도 아직 제 이름으로 된 메뉴 없습니다."
후배들의 성화에 서열 3위 8년 차 고태훈이 녀석들을 탓하고.
"예끼! 너희들도 노력해서 캡틴한테 인정받으면 되잖아. 자기가 할 생각을 안 하고!"
성재는 감동의 눈물 뒤로, 환한 미소로 캡틴에게 고마움을 표현했다.

"정말 감사합니다. 캡틴!"
그러자 칭찬에 인색한 캡틴이 고개를 돌리며 입을 열었다.
"뭐가 감사하다고 그래? 네가 잘해서 그런 거지. 야! 케이크 빨리 안 먹냐? 다들 빨리 먹고 저녁 장사 준비해야지 시간이 남는 줄 알아! 웃지 말고 빨리 케이크 다 먹어! 4만 원이나 투자해서 가장 큰 케이크로 사 온 거다. 다 안 먹으면 죽는다?!"
그러자 동시에 대답하는 1~5년 차 요리사들.
"감사히 먹겠습니다. 캡틴!"
성재는 감동 절반, 이제 곧 헤어져야 된다는 아쉬움 절반의 얼굴로 케이크를 잘랐고.
캡틴은 그런 성재를 향해 여지를 남겨두었다.
"휴가 전에 미리 전화해. 네 자리는 항상 있으니까."
"네! 캡틴!"
성재는 그 어떤 휴가보다도 보람찼다고 여기며, 일을 깔끔하게 마무리했다.

성재를 며칠간 지켜보며 자신의 생각을 바꾼 캡틴.
그는 탕비실에 홀로 들어가 이력서들을 들춰보다가 한 명에게 전화를 걸었다.
"여보세요? 김정문씨죠? 저희 레스토랑에 지원하신 것 같은데…."
- 네! 맞습니다.
"내일 면접 보러 오실 수 있나요?"
- 아… 저 고졸이라서 그런데 괜찮을까요? 고졸은 안 뽑는다고 들어서요.
"괜찮습니다. 저희는 학벌 안 보기로 했거든요. 내일 2시까지, 늦지 말고 오세요."
- 감사합니다! 정말 감사합니다! 정말 열심히 하겠습니다.

충격의 패배

부대에 복귀한 성재를 환영하는 조리병들.
왜 환영하나 봤더니, 회관 안에 사람들이 너무나 많다.
"충성! 휴가 복귀했습니다."
"그래. 바로 연미복으로 갈아입어. 지금 바쁘니까, 서빙부터 도와줘."
"네. 바로 갈아입겠습니다."
손님들이 홀을 가득 채운 것은 물론이고, 밖에는 예약번호표까지 받고 있는 것.
『언리미티드 챌린지』 방송에 출연했을 때부터 늘어나기 시작한 민간인 손님들. 처음에는 열에 아홉이 군인에 민간인 하나 정도였다면, 지금은 민간인이 여덟.
맛집에 가격까지 저렴하다는 소문이 방송을 타고 퍼져버린 것. 어느새 지역 주민들이 일부러 군 부대 앞에 있는 회관까지 찾기 시작했다.
부대가 창설되고 20여 년간 단 한 번도 없었던 현상.

그 이유는 가성비.
인건비가 들지 않는 철벽회관.
밖에서 1만 원인 메뉴를 회관에서는 7,000원에, 5만 원 짜리는 3만 원에 팔 수 있다.
임대료도 내지 않는다. 회관 또한 국가의 자산이기 때문이다.

장사를 할 때 가장 중요한 지출 3대 요소가 인건비랑 임대료, 재료비인데, 이 중 2가지가 빠지니, 다른 요식업자들에 비해 엄청난 경쟁력을 갖춘 것.
더구나 오늘의 특별메뉴 담당자는 서효석이었다. 방송 중 서효석이 미슐랭 등급을 받은 중화요리 레스토랑 전문점에서 일했다는 경력이 밝혀지며, 오른 몸값.
젊은 셰프 100인에 드는 그의 실력. 게다가 준수한 외모는 엄청난 인기를 불러왔다.
그가 만든 요리는 대부분 4~6성. 사람들이 싫어할래야 싫어할 수가 없는 등급.
서효석은 땀을 흘리며 성재를 보며 말했다.
"왜 이렇게 늦게 왔어?"
"죄송합니다."
"빨리 올라가서 갈아입고 와. 다들 힘들어 해. 일손 부족해 죽을 것 같다."
"알겠습니다."

손님이 많아지면, 수익이 남고, 그 수익의 85%는 장병 복지를 위해 쓰인다.
그래서 장사 매출이 높을수록, 조리실장의 얼굴은 싱글벙글.
매출이 높으면 자신의 인사평정도 높게 나온다. 지휘관 평가도 좋게 받을 수 있다.
그러나 병사들은?
손님이 많을수록 회관 조리병들은 할 일이 많아진다. 그러나 보상은 없다.
땡똥.
벨이 울리고, 복귀하자마자 연미복으로 갈아입은 성재가 4번 테이블로 향했다.
"어떤 것 때문에 부르셨습니까?"
"소주 3병 추가! 김치도 더 가져와라."
"알겠습니다. 소주 3병, 김치 추가 하겠습니다."
그런데 옆에 있던 3번 테이블에서 버튼도 누르지 않고, 성재를 향해 말한다.
"여기 깍두기 추가해주고, 백숙 덜어먹게 앞접시 3개만 갖다 줘라."
"3번 테이블, 깍두기, 앞접시 3개 갖다드리겠습니다."
그리고 7번 테이블은? 성재를 알아보고, 성재의 요리를 맛보고 싶어 한다.
"어? 너 방송 우승자잖아. 넌 요리 안 만들어?"
"책임주방제 차례를 보시면, 저는 내일모레 배정되어 있습니다. 죄송합니다. 다음에 오시면 맛있는 음식 만들어드리겠습니다."

"그래? 내일모레 다시 와야겠네."

저녁 장사가 끝난 밤 10시. 김종태 병장은 한숨을 내쉬며 서효석을 향해 말했다.
"고생하셨습니다."
"아, 종태 너도 고생 많았어."
"얼른 쉬십시오. 내일 사단 요리대회 나가시지 않습니까?"
성재는 둘의 대화를 통해, 요리대회가 있다는 것을 기억해냈다.
군사령부에서 주최하는 요리대회. 그 요리대회 출전자를 뽑기 위한 사단 요리대회.
생각해보니, 군대에서 요리대회를 실시하는 것은 처음. 과연 다른 연대와 사단들의 취사병들 수준은 어떨까?
성재가 상념에 잠겼을 때, 서효석이 성재를 불렀다.
"너 준비했어?"
"어떤 것 말씀이십니까?"
"요리할 거 준비했냐고, 했어?"
"둘이 같이 나가시는 것 아니셨습니까?"
"단체전 아니야. 개인전이야."
"엇? 정말입니까?"

다음날, 각 부대 취사병들은 만반의 준비를 마친 채, 사단의 간부식당으로 향했다.
한때 중대장이었던 사제장교 조석호 대위가 참석한 병사들을 호명하고.
"강성재!"
"상병 강성재!"
"서효석!"
"병장 서효석!"
"김필중!"
"일병 김필중!"
각 부대에서 요리 좀 한다는 녀석들은 서로 눈을 힐끗거리며 견제 중.
그리고 호명하는 인원 중에…

"강희철!"

"병장 강희철!"

성재와 친했던 선임도 보인다.

"강희철 병장님!"

"오우! 강성재! 끝판왕이네. 결국, 너도 왔구나?"

그리고… 그를 알아보는 또 한 사람.

"희철이. 오랜만이다."

"서효석 병장님! 잘 지내셨습니까?"

선임과 선임의 만남.

"당연하지. 요리 좀 많이 늘었어?"

"잘 모르겠습니다. 이번에 많이 준비하긴 했습니다."

"소문 들었다?"

서효석이 강희철을 향해 미소를 지었다.

"어떤 소문 말씀이십니까?"

"네가 짱 먹었다며? 60연대에서 요리 제일 잘한다고, 그런 소문이 들리더라?"

"크큭, 그렇습니다. 지금은 제가 요리 제일 잘하는 편입니다."

서효석과 성재는 강희철이 60연대에서 인정받는다는 말에 웃음을 터트렸다.

"강성재 뭐야? 그 기분 나쁜 웃음은?"

"기분 나쁜 웃음 아닙니다. 잘하신다고 들으니까, 제가 기분이 좋아서 웃는 겁니다."

"마음에도 없는 소리는 됐어. 오늘 내가 너 이길 거야. 그리고 서효석 병장님? 서효석 병장님도 긴장하십시오."

"뭐? 나도 이기려고?"

강희철의 자신감. 그래서 더욱더 보기가 좋다.

한때, 강림소초에서 성재의 후임자로 내정되어, 한 달간 욕만 먹었던 강희철 상병.

과연 혼자서 얼마나 성장했을까?

반가운 얼굴만 있는 건 아니다. 중대장이었던 조석호 대위의 표정이 좋지 않다.

"장정민?"

"일병 장정민!"

"너도 왔니?"

"그게 무슨 말씀이십니까?"

"소속이 어딘데?"

"61연대 간부식당 조리병입니다."

떨떠름한 표정을 짓는 조석호, 일단은 영혼 없는 응원을 보내준다.

"알았다. 성적 잘 나와서 군사령부 대회 꼭 나가라."

그러자 혼자만 들릴 정도로 작은 목소리로 말하는 장정민.

"마음에도 없는 말 하네."

비전캠프와 그린캠프를 돌다 영창 15일을 다녀온 녀석이 배정된 곳은 61연대.

그곳의 간부들에게 억울하다고, 취사병이 하고 싶다고 울부짖던 그에게 기회가 왔다.

그 기회를 준 사람이 바로 61연대장. 안타깝게도 61연대에서는 요리를 잘하는 취사병이 없었다. 그래서 그 녀석을 간부식당 조리병으로 임명했다.

그리고 장정민은 요리를 제법 잘해냈다.

뷔페 레스토랑, 일식코너 전문이었던 정민의 요리를 맛본 61연대장은 깨달았다.

이 요리라면 배원영 대령이 발굴한 강성재, 서효석 두 조리병보다 더 잘할 거라고.

"그 두 병사, 이길 자신 있나?"

"그렇습니다. 기회를 주셔서 감사합니다. 반드시 이기겠습니다."

"그래. 꼭 이겨라!"

"네! 연대장님! 믿어주셔서 감사합니다!"

그래서 시작된 조리병들의 요리.

조건은 단 하나. 재료비 1만 원을 넘기지 않을 것.

서효석은 닭다리 살과 월남고추, 청양고추를 재료로 매콤한 깐풍기를 만들어냈다.

성재는 서효석의 완성된 요리를 보며 고개를 끄덕였다.

별 5개 반, 나쁘지 않은 등급.

"서효석 병장님, 무난한 거로 하셨습니까?"

"어차피 여긴 예선이잖아. 2명 뽑는데, 무리할 필요는 없지."

"5성… 이시면서, 무리를 안 했다는 건…."

"뭐? 5성?"

"아무것도 아닙니다. 무리하지 않은 것 치고는 엄청난 정성을 들인 것 같아서 드리는 말씀입니다. 꼭 1등 하시길 바라겠습니다."

"됐어. 너나 1등 해. 난 2등이나 하련다."

사실 그가 요리에 힘을 안 준 이유는 따로 있었다.

'예선부터 제대로 요리하면, 본선에서 네가 베낄 거잖아. 안 그래?'

성재의 요리를 지켜본 서효석. 그런데 녀석은 중화요리가 아닌 다른 요리를 한다.

"어?! 야! 뭐야?! 너 뭐야?"

"왜 그러십니까?"

"너! 프랑스 요리 언제 배웠어? 어디서 배웠어?"

"휴가 나가서 배웠습니다."

"야! 이거 진짜! 이 사기꾼!"

성재는 미소를 지었다. 까들로프 교수가 만들었던 도미 스테이크 라따뚜이.
그 조리법을 그대로 따와 연어 스테이크 라따뚜이를 만들어냈다.

| recipe | 강성재가 만든 연어 스테이크 라따뚜이 ★★★★★ ✕ |

잡내를 제거하고, 겉을 바삭하게 익힌 연어 스테이크, 식용유와 버터를 같이 넣어 풍미를 살렸다
브라운 색깔로 적당히 녹은 버터에 껍질을 센 불로 충분히 굽고, 갈색 겉면이 올라왔을 때, 기름을 끼얹어 약한 불로 조리한 연어스테이크. 주황색으로 익은 부드러운 생선 속살, 거기에 토마토를 기반으로 한 라따뚜이를 곁들였다
사단회관 조리병 직업 보너스에 의해 ☆만큼 등급이 향상되었다

휴가 나갔을 때와 다르게 향상된 등급까지! 모든 것이 완벽.

그런데 서효석이 놀란 것은 강성재뿐만이 아니었다.

"어?! 야! 강희철! 쟤 뭐야!"

성재가 희철을 바라보았다. 반죽을 만지작거리는 선임, 그가 면을 뽑는다?

전통방식 그대로, 서효석이 전수한 방법 그대로 면을 뽑는 강희철.

그리고 그의 손에서 만들어지는 완벽한 수타면.

위에서 아래! 아래에서 위! 왼쪽에서 오른쪽, 오른쪽에서 왼쪽. 반죽이 손에서 손을 타고, 길게 늘어지며, 자꾸만 얇아진다.

더구나 색깔도 다르다. 밀가루 반죽이 아니라 무언가를 첨가한 것. 그리고 그가 만드는 레시피는 당연하게도 짬뽕.

그런데… 뭐?!

"쭈꾸미?!"

"강희철 병장님! 언제 그걸 배우셨습니까?"

"야! 나도 놀고만 있었던 건 아니야. 자신 있는 메뉴 하나 정도는 있어야지."

"헉, 대박이십니다!"

그리고 그 등급은?

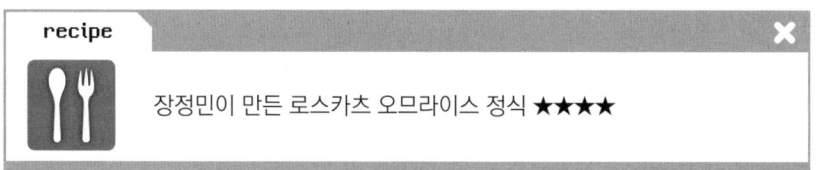

강희철이 수백 번 연습해서 완성해낸 쭈꾸미수타메밀짬뽕 ★★★★☆

밀가루와 메밀가루를 5:5로 섞어 숙성한 반죽을 이용해 만든 수타면에, 쭈꾸미를 베이스로 넣은 모둠해물로 얼큰하고, 매콤한 짬뽕을 만들어냈다

그의 발전은 미라클, 그 자체.

"나는 연습밖에 없더라고. 연습하니까 되긴 되더라고."

물론, 장정민도 놀고만 있던 것은 아니다. 그 또한 회심의 요리를 내놓았다.

장정민이 만든 로스카츠 오므라이스 정식 ★★★★

일본식 돈가스에 밥 대신 오므라이스를 내놓은 정식.

일식 특유의 깔끔함과 정갈함은 있었지만, 문제는 심사위원들이 다들 50대라는 것. 사단장, 참모장, 사단 주임원사. 평균 연령 52세. 그들은 돈가스를 선호하지 않는다.

결과는? 어찌 보면 시작할 때부터 그의 탈락은 결정되었다고 봐도 무방했다.

그날 오후 4시 40분. 회관에 돌아온 성재와 효석. 그들을 반기는 조리병들.

"서효석 병장님! 어떻게 되셨습니까? 1등입니까? 2등입니까?"

"성재야! 네가 1등 했냐? 아니면 서효석 병장님이 1등 했냐?"

성재는 대답이 없고, 서효석은 머쓱한지 고개를 저으며 김종태 병장에게 말했다.

"에이! 진짜!"

"앗? 뭐 때문에 그러십니까? 2등 하신 겁니까? 또 성재한테 지신 겁니까?"

"그래. 성재가 1등 했어."

"엇? 그럼 2등?"

그러나 성재는 얼굴에 미안한 기색만 역력할 뿐.

"서효석 병장님, 정말 죄송합니다."

"아니야. 내가 질 줄은 몰랐지. 어쩔 수 있나?"

서효석은 체념한 듯 옷을 갈아입으러 떠나고, 김종태가 성재를 붙잡고 묻는다.

"뭐야? 어떻게 된 거야?"

"…서효석 병장님 떨어졌습니다."

"뭐?! 서효석 병장님이?!"

"네, 60연대에 강희철 병장이라고, 제 선임이었는데, 그분이 2등 하셨습니다."

"정말?! 야! 말이 되냐? 서효석 병장님이 위쌍러우스로 1등 한다고 엄청 연습하셨단 말이야. 이거면 100% 1등한다고…."

"아, 이번엔 그냥 깐풍기 내놓으셔서…."

"뭐? 깐풍기를 내놨어?!"

어느새 조리복으로 복장을 갈아입고 나온 서효석, 그가 성재를 부른다.

"강성재! 가서 내 몫까지 열심히 해서 1등 해라! 다른 녀석들한테 지면 죽는다?!"

"알겠습니다! 열심히 하겠습니다."

새로운 직업선택

국방부의 시계는 계속 돌아간다지만, 개인적인 생각으로는 훈련이나 일과가 굉장히 빡빡할 때가 제일 빨리 가는 것 같다.
그리고 그 일과가 빡빡하다고 느낀 것은 바로 최근이다.
"강성재 상병님? 3번 테이블 장어덮밥 2개, 오코노미야키 2개 주문 들어왔습니다."
"어. 알았어."
"성재야, 7번 테이블, 나가사키짬뽕 2개!"
"알겠습니다. 김종태 병장님!"
또다시 3분 후.
"강성재 상병님? 광어회 2kg 예약손님 오셨습니다."
"그래? 엄청 밀리는데?"
"도움 못 드려서 죄송합니다."

책임주방장 제도. 그날의 요리를 담당하는 조리병.
분명 계획할 때는 3일에 한 번씩만 요리하면 된다고 해서, 좋은 제도인 줄 알았는데….
밖에 기다리고 있는 손님만 무려 30명. 줄이 어마어마하게 길다.
삼척에는 이렇게 줄 서서 음식을 먹는 곳이 그렇게 많지 않다.

『요리의 달인』 프로그램에 소개된 원덕읍 호산리에 있는 꽈배기집하고, 근덕면에 있는 찹쌀도넛 집, 그리고 이제『언리미티드 챌린지』 방송으로 유명해진 군부대에서 직접 운영하는 철벽회관.

인구 7만, 작은 소도시. 그곳에서 이렇게 인기 있다는 건 그만큼 굉장하다는 이야기.

더구나 하루마다 일식, 중식, 한식을 번갈아가면서 내놓는 철벽회관의 수준은 삼척 음식점 중에는 Top of Top.

그래서일까? 성재는 메뉴판이 조금은 부담스럽다.

〈책임주방장 상병 강성재〉
- 나가사키짬뽕 6,000원
- 오코노미야키 6,000원
- 와쇼쿠잉 2,000원 / 1개
- 장어덮밥 10,000원
- 창코나베 25,000원 / 3~4인분
- 각종 회 / 시가

같은 시각, 사단 본부 1층. 인사참모처. 사무실에서 매출 결과를 보고 있던 복지부사관이 얼굴에 싱글벙글 환한 미소를 짓다가 사제장교인 조석호 대위에게 입을 열었다.

"사제장교님? 이번에 철벽회관 한 달 순수익이 1천 500만 원을 넘었습니다."

"1천 500만 원이나요?! 순수익이?!"

"네. 15%인 225만원은 사단장님 공관에 시스템 에어컨 교체하고요. 나머지 85%는 수색대대 체력단련장 리모델링, 헌병대대 노래방 현대화작업에 투자할 계획입니다."

"아, 그렇구나. 참모장님 결재 났나요?"

"네. 사단장님 결재까지 끝났습니다. 에어컨이 구형이고 소리가 컸는데, 조리실장이 열심히 일한 덕분에 신형 에어컨 들어와서 사단장님 기분이 좋으신 것 같습니다."

복지부사관의 말에 사제장교도 입가에 미소가 걸렸다.

"그 이야기는 본부계원 현수한테 들었어요. 하긴, 그 공관 에어컨 10년도 더 된 거였잖아요. 본부대 영선반에서 고생하더라구요. 시스템 에어컨은 전문 업자들이 시공하는데, 구형 에어컨 뜯는 건 자기들이 해야 싸다고."

조석호의 말에 복지부사관 또한 미소로 일관했다.

"그건 그렇고, 철벽회관이 그렇게 맛있습니까? 요즘 바빠서 한 번도 못 가봤습니다."

"오늘 저녁, 같이 회관 가서 소주 한잔 합니까?"
"사제장교님이랑 같이 먹으면 저야 좋죠! 콜!"

그래서 일과가 끝난 후, 방문한 철벽회관. 기다리는 줄이 끊임없이 이어져 있고, 조리실장은 곤란한 얼굴로 뒤편에 있는 민간인 분들에게 양해를 구하고 있다.
"죄송합니다. 30번까지만 받겠습니다."
그의 말에 50대 남성이 소리를 지른다.
"장사를 하겠다는 거야 말겠다는 거야! 서울에서 일부러 여기까지 왔는데 못 먹는다고?"
"정말 죄송합니다. 죄송합니다."
"하아, 기분 엿 같네!"
번호표를 받은 사람들은 안심한 듯 기다리고, 나머지는 기분이 상한 채로 발걸음을 돌리는데, 빠져나가는 차량의 수만큼 또 들어오는 고객 차량. 조리실장은 한숨을 내쉬며, 다시 손님들에게 양해를 구하기 위해 머리를 조아렸다.
조석호 대위는 한 달 만에 이렇게 변한 분위기를 보며, 고개를 절레절레 저었다.
"방송 파급 효과가 정말 대단하네요. 군 부대에서 운영하는 회관 중에서 이렇게 사람 많은 곳은 없겠죠?"
복지부사관의 말에 사제장교가 고개를 끄덕였다.
"정말 말이 안 나오네요."
그리고 조리실장의 곤란한 표정.
"사제장교님? 죄송합니다. 오늘은 예약이 꽉 차서, 식사를 못 하실 것 같습니다."
차상철 상사의 말에 조석호 대위가 고개를 끄덕였다.
"어쩔 수 없죠. 성재는 휴가 복귀했죠?"
"네. 그나저나 전 정말 축복받은 것 같습니다."
"아, 뭐 때문에 그러신가요?"
"얼마 전에 청와대에서 연락이 왔습니다."
"네?! 청와대요?"
"네. 비공식으로 표창 수여를 할 예정이랍니다. 저랑 성재랑…."
"그렇습니까?! 축하드립니다. 진급은 따놓은 당상이네요."
인사처에 근무하는 사람들은 청와대 표창 수여가 얼마 전 간첩 사건 때문이란 것을 알고 있었다.

헌병에서 발간하는 『주간사고 분석 결과』라는 배포금지 문건을 자유롭게 열람할 수 있는 곳이 바로 인사참모처이기 때문이었다.

다음주 월요일. 군사령부 요리대회가 진행되려 하고 있었다.

예하 말단 소초 취사병부터 대대, 연대, 사단 병영식당, 간부식당, 회관 조리병 거기에 장군관사 공관 조리병까지….

이렇게까지 몰린 이유는? 군사령관 관심사항이기 때문.

성재는 계속해서 울리는 직업퀘스트를 보며 고민에 빠졌다. 직업등급이 무려 레전드, 아마 요리사의 길 튜토리얼에서 제시하는 직업 중 가장 높은 직업.

직업 퀘스트 육군본부 무궁화회관 요리병 / Legend

해당 직업은 육군 참모차장(★★★)으로 발령되는 군단장에게 잘 보여야 갈 수 있는 직업입니다

참모차장은 육군 전체 서열 5위, 육군 중장 중에서는 서열 1위로서, 막강한 권력을 가진 장군 중 하나입니다. 그에게 인정받아, Legend 직업인 육군본부 무궁화회관 요리병으로 전직하십시오

Legend 직업부터는 상대방의 호감도를 볼 수 있으며, 스킬 투자에 대한 모든 랭크 제한이 해제됩니다

달성조건 1 군단장의 호감도 1,000이상 / 달성
달성조건 2 군단장의 시련 : 미각 테스트 통과 / 달성
달성조건 3 사단 요리대회 참석 / 달성
달성조건 4 군사령부 요리대회 참석 / 달성

그리고 드디어 열린 달성조건 5.

달성조건 5 총장님이 좋아하는 요리 만들기

그리고 새로 열린 직업퀘스트 2개.

첫 번째 직업.

> **직업 퀘스트** 군사령관 공관 조리병 / Legend
> 해당 직업은 군사령관(★★★★)이 요리대회 성적 우수자에게 3인에게 제안하는 보직입니다
> 군사령관은 육군 전체 서열 공동 2위로서 강원도에서 최고의 권력을 가진 군인입니다. 그에게 인정받아 군사령관 공관 조리병 / Legend으로 전직하십시오
>
> **제한시간** 48시간
> **달성조건 1** 군사령부 주관 요리대회 1~3위
> **달성조건 2** 보직변경 희망의사 표현

생각보다 쉬운 전직 조건. 그리고 두 번째 직업.

> **직업 퀘스트** 군사령관 통일회관 조리병 / Magic
> 해당 직업은 군사령관(★★★★)이 요리대회 성적 우수자에게 10인에게 제안하는 보직입니다
> 군사령부의 통일회관은 1층 회관, 2층 숙소, 3층 단구동 주민센터로 운영하는 관, 군 통합시설입니다
>
> **제한시간** 48시간
> **달성조건 1** 군사령부 주관 요리대회 4~10위
> **달성조건 2** 보직변경 희망의사 표현

군사령관 공관 조리병, 군사령부 통일회관 조리병,

2개의 직업이 아른거리는 가운데, 기존의 선택지였던 육군본부 요리병.

'총장님이 좋아하는 요리를 만들어라?!'

쉬우면서도 난해한 과제. 총장님을 언제 만날 것이며, 직접 만든 요리를 대접하는 기회는 언제 올 것인가? 군사령부에 도착한 강희철이 성재를 향해 물었다.

"뭘 그렇게 생각하냐?"

"아무것도 아닙니다."

"너! 내가 서효석 병장님 이겨서 삐진 건 아니지?"

"절대 아닙니다. 그럴 리가 있겠습니까?"

"그럼 됐고… 그런데 성재야. 나, 이번에 진짜 노력했다! 너하고 서효석 병장님 사단을 가고 나서, 하루 24시간 중에 16시간 이상 요리만 생각하고, 요리만 연습해서 나온 거야."
"그럴 것 같았습니다. 정말 대단하셨습니다."
"대단하긴, 그래도 너한테는 졌잖아. 서효석 병장님도 봐주신 거고…"
"아닙니다. 요리에 지고 이기고가 어디 있습니까? 요리대회니까, 1, 2등을 낸 거지. 제 요리도 맛있고, 강희철 병장님 요리도 맛있습니다. 너무 연연해 하지 마십시오."
강희철이 자신의 건빵 주머니에서 수첩 하나를 꺼냈다.
"이게 뭡니까?"
"내 레시피!"
"아…."
빼곡하게 적혀 있는 칸.
그가 스스로 만들고, 수백 번을 연습하며, 만들어낸 쭈꾸미메밀수타짬뽕 조리법.
"이거 만드느라 죽는 줄 알았어. 줄 때 받아."
성재는 사실 노트가 필요 없지만, 그의 성의를 무시할 순 없었기에 일단 받아두었다.
"이거 정말 저 주셔도 되겠습니까?"
"그래. 당연하지. 너한테 도움받은 게 얼마나 많은데…."
"감사합니다."

원주에 도착하자, 삼척과는 달리 엄청나게 발전했음을 한 눈에 알 수 있었다.
시내를 제외한 도로 대부분이 2~4차선인 삼척과는 대조적.
통합 인솔간부인 허란희 상사는 차량에서 병력을 하차시키며, 성재에게 말했다.
"많이 준비했어?"
"네. 열심히 준비했습니다."
그녀는 성재를 위아래로 훑다가 입을 열었다.
"못 본 사이에 훌쩍 큰 것 같네."
"키는 별로 안 컸습니다."
"키 말고, 인상! 인물이 많이 좋아졌다고! 유명해져서 그런가?"
성재는 칭찬인지, 빈말인지 모를 그녀의 말에 머쓱한지, 고개를 숙였다.
"저, 유명하지 않습니다."

그러나 성재를 알아보는 타 부대 병사들.
"어? 방송 나왔던 그 아저씨다!"
"오우! 정말? 대박! 저 아저씨가 요리를 그렇게 잘한다며?"
그들의 시선을 한 몸에 받으며, 부담스러워하는 성재.
"아, 군대라서 그런지, 엄청 알아보네. 신경 쓰진 마. 대회에만 신경 쓰자."
별거 아니라는 듯 성재의 어깨를 토닥이는 강희철. 그들을 뒤로하고, 성재는 허란희 상사의 뒤를 따라 군사령부 주둔지 안에 있는 안보교육관으로 들어갔다.
넓은 극장형 건물, 커다란 무대, 스크린. 그곳에 모인 취사병, 조리병, 그리고 각 부대의 지휘관 및 간부들. 그러고 보니 이 행사에서 요리대회가 메인은 아닌 것 같다.

〈강원도 지역 경제 활성화를 위한 육군 통일호텔 건립 추진 계획 소개〉.
참석 숫자만 400여 명. 그중 병사들이 약 100여 명.
성재는 주변을 둘러보며 다른 사람들의 실력을 가늠했다.
미식등급이 최소 ★★★등급부터 자신보다 높은 ★★★★★★까지.
그만큼 맛을 감별할 수 있는 특별한 능력을 가진 병사들.
'이 사람들이 내 경쟁자들인가?'
요리는 자신 있지만, 이길 수 있다는 확신은 없다. 조리병 교육대에서 취사병들의 수준을 확인했을 때는 다들 이등병, 일병이었다. 여기 참석한 사람들은 상병, 병장.
그래서 더욱 불안하다. 성재는 수첩을 꺼냈다. 식재료의 특징들을 읽고 기억하며, 되된다.
직접 눈으로 확인해야만 진정되는 마음. 그만큼 중요한 자리.
중요한 자리인 만큼, 대회 시작에 앞서 행사 준비도 철저히 하는 간부들의 모습이 눈에 훤하다. 성재는 자신의 앞줄에 놓인 VIP석의 네임카드를 확인해보았다.
〈특별 심사위원 초빙〉
그리고 깜짝 놀라는 성재. 그건 자신이 아는 사람의 이름이 적혀 있었기 때문.
'까들로프 교수님?!'
그때, 바깥에서 들려오는 헬기 착륙 소리.
- 총장님 오셨습니다. 곧바로 행사 진행하겠습니다. 다들 자리에서 일어나 주십시오.
'총장님까지 오셨어?!'

흑막은 흑막, 요리대회는 요리대회

총장님이 들어오자, 다 같이 일어나는 장병들.
그리고 총장이 웃음을 머금으며 대화하는 사람. 성재는 자신도 모르게 말했다.
"대단하다."
"응?"
"저 외국인 말입니다. 제가 아는 셰프님입니다."
"그래? 유명해?"
"저는 잘 모르는데, 주변에서는 유명하다고 합니다."
희철에게 대답하는 와중, 시작되는 행사.
"이 자리에 참석해주신 민, 관, 군 관계자분들에게 감사의 인사를 드립니다. 이번 통일 호텔 건립 추진 관련해서 궁금하신 분들이 많은 것으로 알고 있는데, 그건 우리 군인공제회 회장님께서 나와서 설명해주실 겁니다. 우리 육군의 숙원사업이기도 하고, 강원도 균형 발전을 위한 자리이기도 하기 때문에 많은 응원 부탁드리겠습니다."
총장의 말은 딱딱하지 않았다. 군대의 지휘관이라고 하나, 자신은 어디까지나 들러리.
오늘의 메인은 군인공제회에서 계획하고 있는 장기 사업. 군인공제회 회장은 총장의 바통을 이어받아 설명을 이어갔다.
"총장님께서 직접 저를 소개해주시니, 정말 영광입니다. 아시는 분은 아시겠지만, 저는

"육사 43기, 육군 소장으로 예편한 최유석입니다. 정말 운 좋게도 많은 연이 닿아, 지금 군인공제회를 맡게 되었는데, 이렇게 커다란 영광을 주실지는 상상도 못 했습니다. 17년 말 기준으로 우리 공제회는, 회원에게 지급할 원금과 이자 전액을 제외하고도 자본잉여금이 무려 2,300억이나 보유할 정도로 엄청나게 성장했습니다.

부동산 투자는 어느 정도 사업타당성을 검토해보아야 되는 사항입니다. 그러나 이미 우리 공제회는 수많은 프로젝트를 진행하며 많은 경험을 쌓았습니다. 그래서 이번에는 그 경험을 살려, 다른 투자자들 없이 저희 공제회 자금만을 이용해 직접 토지 매입부터, 건물 준공까지 30층 호텔 건립에 관한 건 전부를 시작부터 끝까지 직접 진행할 예정입니다. 다들 박수 부탁드립니다."

짝짝짝짝!

거의 1,000억대 프로젝트. 그것을 수익 잉여금으로만 투자하겠다는 거포.

장성들은 다들 거대한 숙원사업이라며 박수를 치기 시작했다.

하지만 일반인들 중 일부는 고개를 저었다. 그리고 한 사람이 손을 들었다.

"저 질문 있습니다."

그는 금융계의 마이다스 손. 저금리 시대에도 투자하는 곳마다 연 5% 이상 수익을 가져오는 금융계의 신! 수천억 대의 사모펀드, 헤지펀드를 운용하고 있는 김태석,

"네. 말씀하십시오."

"사업 타당성 면에서 문제가 없다면, 위험부담이 있는 직접 투자보다는 담보 없는 프로젝트 파이낸셜(PF)로 진행하면 될 것 같은데, 왜 직접 투자하시기로 하신 거죠?"

"음, 프로젝트 파이낸셜로 진행하면, 금융비용이 많이 듭니다. 그러면 장병들이 이용하는 호텔 비용도 자연스럽게 올라갈 수밖에 없죠. 저희는 장병 복지를 위해서…."

"잠깐만요. 제가 알기론 이번 사업, 타당성이 전혀 없는 것으로 알고 있거든요. 금융권에 투자 제의를 했다가 반응이 없어서, 단독으로 추진하는 것으로 알고 있고요."

"아직 KDI측에 조사를 의뢰하진 않았습니다. 지금 말씀은 저희 육군을 흠집 잡으려는…."

"잠깐만요. 말 돌리지 마세요. 흠집이 아니고요. 이미 군인공제회에서는 호텔 사업을 하셨었죠? 위례신도시에 운영하는 M호텔, 지금 2년 동안 45억이나 적자 본 것으로 알고 있거든요. 그런데 서울도 아니고, 강원도 원주에서 호텔을 짓는다? 그것도 30층? 사업성이 있다고 보십니까? 자본논리로 도저히 이해가 안 가는데요."

그의 말에 각 장성들의 얼굴엔 썩은 미소가 드러나고, 군인공제회 회장은 애써 괜찮은 표

정을 지으며 설명을 이어갔다.

"사업성 관련 많은 논란을 가지고 있는 것은 알고 있습니다. 하지만 어디까지나 이번 사업은 장병 복지사업입니다. 30층 중 약 12개 층은 우리 초급 간부들과 병사들, 그리고 민간인을 위해서 개방할 예정이고, 가격 또한 원가만 받을 예정입니다."

"이 사람아! 장병들이 원주에 있는 그 호텔을 이용하겠어요? 그래요! 외박 때 이용한다고 칩시다. 그걸 위해서 1천억을 넘게 투자한다고?!"

"……."

"야~ 이! 사기꾼들아. 그게 다 너희 군인공제회 자회사 부실률 감추려고 자체 사업하는 거잖아. 병사들 피엑스에서 이용하는 푼돈 모아서 얻은 수익금으로! 너희 군인들이 운영하다 망한 업체, 적자 보전하게 생겼냐?!"

그가 펼쳐보는 공사장기계획 팜플렛. 공사업체에도 군인공제회 자회사, 용역업체에도 자회사, 유통업체까지 군인공제회의 자회사가 연결되어 있다. 그 기업들은 하나같이 자본잠식 위험에 빠질 부실회사들. 그제야 큰 소리가 오가기 시작하고.

"야! 쟤 내보내! 누가 초대했어?! 저런 사람 누가 초대했어?!"

결국, 행사는 흐지부지.

사실 군대에서 진행하는 계획은 자본주의에 입각해서 움직이지 않는다.

조직 전체의 이익을 위해서가 아니라, 특정 집단의 이익을 위해 움직인다. 초급 간부들 돈을 모아서, 특정 세력이 그 이권을 챙기는 곳.

차라리 전부 위탁해서 운영하면 좋을 텐데, 그 권리는 절대 놓지 않는다.

왜냐고?

당신이라면 놓겠는가?

폐쇄적인 환경! 전부 다 선, 후배로 엮인 사이.

중령 이상, 상사 이상으로 전역하면 들어갈 수 있는, 근무자 80% 이상이 군 출신인 군 관련 업체들. 철조망 설치, 가로등 설치, CCTV, 감시장비, 장병들이 입고 있는 양말, 속옷, 전투복에 충성마트, 회관, 호텔, 골프장, 수영장 등등 모든 것들이 이들과 연관되어 있다.

그런데 이들을 감시하는 조직이 없다는 게 가장 큰 문제.

기껏해야 국회의원들이나 손댈 수 있을까? 그것도 뭐, 선거가 있기 5~6개월 전 반짝이지만 말이다. 폐쇄적인 조직은 항상 문제가 많았다.

문제의 발언을 한 자가 강제로 끌려나가고, 다시 이어지는 행사.
"저희 호텔을 건립하게 되면, 미슐랭 쓰리스타, 까들로프 셰프님께서 저희 호텔 1층에 한국 지점을 내주시기로 약속하셨습니다. 모두 환영의 인사 부탁드립니다."
모든 것을 알아버린 까들로프는 어색한 미소를 띈 채, 감사의 인사로 고개를 숙였다.

행사가 끝나고, 참모총장은 고개를 저으며 군인공제회 회장을 나무랐다.
"야! 이 자식아! 이게 뭐야? 고개를 못 들겠잖아. 개가 하던 말 사실이야?! 너희 자회사, 적자 보전하려고 사업 추진하는 거야?"
"죄송합니다, 선배님…. 사실은 더 복잡합니다."
그 사업을 추진하지 않으면, 군인공제회의 자회사 중 3개 업체가 자본잠식에 들어간다. 그리고 그 업체의 사장들은 전부 참모총장의 육사 선배들.
"선배라는 것들이 하나같이 도움이 안 돼! 어떻게 해야 돼? 진짜 추진해야 돼?!"
"이미, 성우호국회에서는 만장일치로 통과시켰습니다. 무조건 추진하셔야 합니다."
"장난하냐? 그럼 나는?! 이 건 터지면 물러나는 건데?!"
"전역하시면 방산 쪽 업체로 연결해드리겠습니다. 무기 한 건만 계약해도 5억은 받으실 수 있습니다. 어차피 더 진급하실 곳도 없으시지 않습니까?"
그의 말에 참모총장이 진심으로 화를 내기 시작했다.
"야! 야! 야! 이 새끼야! 나보고 방산업체를 가라고?"
"…이미 여러 선배님들이 그쪽 루트를 타셨습니다. 정치 쪽보다는 그쪽이 리스크도 적고, 전망이 더 좋습니다. 현실적으로 생각하십시오."
참모총장은 그의 말에 단단히 화가 난 채, 어디론가 전화를 걸었다.
- 네! 참모총장! 무슨 일입니까?
"장관님! 오랜만입니다."
얼굴이 일그러지는 군인공제회장 최유석. 그러나 개의치 않는 총장.
"군인공제회 사업, 문제 많은데, 알고 계셨습니까?"
- 아, 말 많지요. 얼마 전 용산 육군 호텔 사업 재개한다고 해서, 간신히 틀어놨지요.
"그걸 원주에 하겠다네요. 이번 건, VIP 승인 사인 사항입니까?"
- 아닐 텐데?! 금시초문인데요? 거기 회장이 누구였지? 최 소장이었나?

"네. 옆에 있습니다. 바로 바꿔드리겠습니다."
국방부 장관의 전화를 받은 그는 아연실색한 표정을 지으며, 참모총장을 노려보았다.

 성재를 비롯한 취사병들은 한데 모여, 요리대회 혜택에 대한 설명 듣고 있었다.
 "이번에 10등 안에 드는 장병분들에게는, 전역 후! 저희 셰프들이 직접 운영하는 레스토랑에 취직할 수 있는 기회를 드릴 겁니다."
 "와~아아아아!"
 "그리고 정말 우수한 인원이 있다면! 가능성이 충분한 셰프 지망생이 있다면, 교수님이 직접, 재직중인 프랑스 르 꼬로동 블루에 입학할 수 있는 추천서도 써 드릴 예정입니다."
 강희철은 셰프들의 설명을 듣고, 싱글벙글 얼굴에 미소가 가득 찼다.
 "대박이다. 프랑스, 르 꼬로동 블루 추천서래. 너 거기 알지?"
 성재는 선임의 말에 알 수 없는 미소를 지었다.
 '당연히 알죠. 이미 전 까들로프 셰프님이 자신이 일하는 레스토랑에서 같이 일하자고 제안까지 받았는걸요.'
 하지만 그것을 알 리 없는 강희철은 자신의 각오를 다짐하며, 성재에게 말했다.
 "성재야! 같이 열심히 해서, 우리 꼭 프랑스 요리학교 추천서 받자. 어?!"
 이제 요리대회가 어떻게 진행되느냐인데…. 그건 까들로프가 직접 나와 설명한다.
 "우리 프랑스의 코스 요리는 17~18세기 가장 화려했던 귀족, 궁정 문화를 기본으로 만들어졌어요. 식전 요리, 한입 요리를 뜻하는 아뮤즈 부쉬부터 전채요리인 앙트레, 생선 요리인 푸아송, 육류 요리인 비앙드 등 나오는 순서가 있죠."
 성재는 이미 레스토랑에서도 일해 본 경험이 있기에 고개를 끄덕였다.
 주변 취사병들 반응은 다르다. 다들 이게 뭐지? 수준이 왜케 높지? 이런 느낌이다.
 "여러분은 여러 번에 걸쳐 평가를 받게 될 거에요. 그럼 첫 번째 평가! 자신만의 아뮤즈 부쉬를 만들어보세요. 같은 요리로 두 접시를 만들어야 합니다. 그럼 시작하세요!"
 아뮤즈 부쉬를 처음 듣는 병사들과 그것을 이미 알고 있었던 병사들. 정식 교육을 받았느냐? 받지 않았냐의 차이. 멘붕에 빠진 취사병들 사이로 성재가 달려나갔다.
 "강성재! 어디 가?"
 "강희철 병장님! 재료 선점 하러 가야죠! 빨리 뛰어오십시오."

204

부담스러운 요리대회

까들로프의 말에 의아함을 품는 남자.

"스승님, 갑자기 메뉴를 바꾸시면…."

교수님의 한국인 수석 제자 김상현 셰프.

그는 프랑스에서 까들로프와 함께 미슐랭 3성 레스토랑을 운영하고 있다.

"보고 싶었어."

"어떤 거 말씀하시는 건가요?"

"쟤! 성재가 만드는 코스 요리. 내가 말했잖아. 제자로 삼고 싶은 녀석이 있다고."

"아…."

까들로프는 지난번 대전에서 시간이 없어서, 성재의 요리를 확인하지 못했던 것이다.

한편, 김상현은 까들로프가 눈길을 주는 사내를 바라보았다.

작은 체구의 청년. 아뮤즈 부쉬 식재료를 한참 동안 고르고 있는 게 보였다.

과연 그가 누구이기에 기존에 실시하려던 대회 메뉴까지 바꾸는 걸까?

"설마, 코스 요리 전 과정을 평가하실 건 아니죠? 재료가 부족할 텐데요."

"아니, 부족하지 않을 거야. 내 기준에 맞는 사람은 별로 없거든."

평소에 교수님은 즉흥적인 분이 아니셨다. 그런데 오늘은 뭔가 달랐다. 초롱초롱한 눈빛이 오로지 한 사내를 향해 있었다.

"제가 그 친구를 잠시 보고 와도 될까요?"
한국에 지점을 내기 위해, 교수님과 같이 고국에 들른 김상현.
때마침 투자를 해준다는 곳이 있어 사업설명회도 듣고, 조그마한 부탁인 요리대회 심사위원도 참석해 준 것.
그런데 평소에는 프랑스인들에게도 눈길도 안 주던 스승님이 한국인에게 눈길을 주다니, 그것도 군인을? 이건 있을 수 없는 일이었다.

성재는 김상현이 자신을 관찰하러 오는지도 모르고 아뮤즈 부쉬에만 집중했다.
요리사의 눈으로도 감을 잡을 수 없는 아뮤즈 부쉬. 역시 능력은 만능이 아니었다.
하지만 그에겐 레스토랑에서 10일 동안 일했던 실무경험과 인터넷 서핑, 서적 등을 열람하며, 공부를 했던 가닥이 있었다.
'아뮤즈 부쉬를 평가한다는 건 적어도 7~8가지 요리를 이어서 계속 본다는 거야. 그래서 같은 요리를 2개 하라고 한 거겠지. 심사위원 거 하나, 그리고 관상용 하나. 그것을 기초로 코스요리의 조화 또한 평가할 거야. 너무 하네. 군대 요리대회인데.'
기초와 상식은 물론 전문지식까지 보유해야만 대회에서 유리한 고지를 점할 수 있다. 이제 십 대 후반에서 이십 대 초반인 장병들이 과연 이 수준을 맞출 수 있을까?
강희철 한 명만 봐도 알 수 있었다.
"성재야. 이거 어떻게 해야 돼?"
"일단 단조로운 맛을 내는 음식을 만드십시오. 아주 적은 양이어야 합니다."
"단조로운 맛?"
"아뮤즈 부쉬는 입맛을 돋우는 음식입니다. 너무 강하면 다음 요리에 방해가 되니까…."
그리고 둘의 대화를 못마땅하게 쳐다보는 김상현 셰프.
"거기! 대화하지 마시고, 대회에 집중하세요."
강희철은 성재와 다른 고민에 빠졌다.
아뮤즈 부쉬에 대해 아예 들어본 적도 없었다.
코스 요리를 한 번 먹어본 적이 있긴 했다. 성재와 함께 갔었던 강릉 힐튼 호텔.
하지만 남이 만든 요리를 베끼는 것만큼 추악한 짓도 없다. 그리고 그 요리에 대한 조리법도 모르고.
그래서 결심했다.

'나만의 요리를 해야 돼. 생각하자! 생각해!'

그렇게 갈라진 두 사람. 두 사람은 각자의 테이블에서 요리를 시작했다.
요리대회라기엔 기본적인 아일랜드조차 구비되어 있지 않은 곳. 덩그러니 놓여 있는 테이블과 휴대용 가스레인지.
그래도 열악한 조건 속에서 요리를 완성해 나가는 참가자들.
성재는 키조개를 이용한 관자구이를 만들었다. 거기에 손톱만한 수박과 사과를 플레이팅하며, 자칫 밋밋할 수 있는 관자구이에 산미를 가미했다.
'형들이 이렇게 했었을 거야. 조리법이 익숙하지 않으니까, 힘드네. 프랑스 요리 레시피라도 있었다면, 이렇게 어렵진 않았을 텐데….'
능력을 사용하지 못하고 만드는 레시피라 그런지 썩 만족스럽지는 않다.
역시나 등급 또한 자신의 기준에 한참 미달이다.

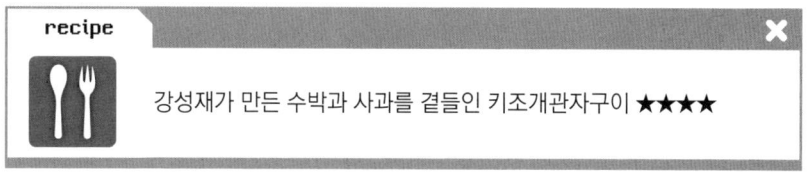

등급이 낮게 나온 이유가 있었다.
'내가 부족한 게 이거였나?'
성재는 요리사의 눈을 통해 자신의 부족함을 깨달았다.
김상현 셰프와 까들로프는 어느덧 성재와 희철이 있는 곳까지 걸어왔다.
성재가 세팅한 음식을 본 김상현이 입을 열었고.
"다 완성한 건가요?"
성재가 대답했다.
"그렇습니다."
"좋습니다. 그럼 시식해보겠습니다."
김상현과 까들로프의 흔들리는 눈.

까들로프는 기대치에 못 미친 성재의 요리에 실망한 눈빛을 드러낸 채, 아무 말도 하지 않고, 김상현은 나름 고개를 끄덕이며 성재의 요리에 평가를 실시했다.

"맛은 먹을 만해요."

"감사합니다."

"따뜻함과 차가움의 조화가 포인트였죠? 키조개를 이용한 관자구이에서는 따뜻함이 전해졌고요. 사과와 수박에서는 반대로 시원함이 전해졌어요. 그리고 상큼함과 크리미한 느낌도 있었고요. 그런데…."

성재는 고개를 푹 숙였다.

"죄송합니다."

"자신의 문제가 무엇인지 알고 있나요?"

"알고 있습니다. 플레이팅에 문제가 있습니다. 손님이 만족하지 못할 것 같습니다."

"그래요. 코스 요리는 맛만 중요한 건 아니에요. 요리의 외관, 맛, 분위기, 스토리, 그 모든 것들이 조화를 이루어야 되요. 플레이팅이 이렇게 형편없으면 요리에 입을 대기부터 싫어져요. 요리가 그리 맛있는 것도 아니었고요."

"네. 죄송합니다."

"실망하긴 일러요. 강성재씨는 첫 단계의 첫 번째 통과자가 되었으니까요."

첫 번째 통과자라고?

심사위원들이 자신의 앞을 떠나고, 그는 자신보다 먼저 평가받았던 병사들을 바라보았다. 거의 20여 명. 그중에서 단 한 명도 합격자가 없었다?

이쯤 되니, 자신의 옆에 있던 희철의 결과가 궁금해진다.

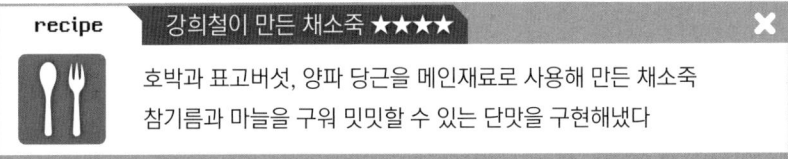

의외로 높은 등급. 그리고 호평. 까들로프가 입을 열었다.

"성함이 어떻게 되시죠?"

"강희철 병장입니다."

"좋아요. 나쁘지 않았어요. 양도 딱 적당했고요. 먹는 동안 부드러운 맛이 아뮤즈 부쉬로 딱 좋았네요. 축하합니다. 두 번째 통과자가 되었습니다."

강희철은 미소를 지었다.

사실 그에겐 굉장한 도전이었다.

실험정신.
한정식집이나 경양식 레스토랑을 가면, 죽이나 수프를 준다. 그래서 고른 채소죽.
서양인이 먹기에도 좋고, 한국인이 먹기에도 좋다. 만들기 어렵지도 않고,
그런데 까들로프 심사위원이 성재를 쳐다보더니, 강희철을 다시 칭찬했다.
"앞선 강성재씨보다 훨씬 좋았어요. 죽 위에 뿌려놓은 참깨도 딱 좋았고요. 특히 모양도 보기 좋았습니다. 현재까지 평가한 사람들 중에서는 1등입니다."
성재는 고개를 푹 숙였다. 자신에게 말은 하지 않았지만, 분발하라는 뜻이다.

물론 까들로프의 의도도 같았다.
'성재…. 실망이잖아. 나한테 보여주었던 그 수타짬뽕은 뭐고, 스테이크는 뭔데?'
하지만 그의 의도를 알면서도 성재는 자신감이 팍 떨어졌다.
이건 코스 요리라고 하지 않았나? 프랑스 요리는 자신이 없었다.
레시피도 배우지 않아 직접 익힌 요리 말고는 코스를 내놓을 실력이 되지 않는다.
그런데 불현듯 이런 생각이 스쳐 지나갔다.
'잠깐! 이건 프랑스 코스요리대회가 아니잖아. 프랑스 요리라고 하지도 않았고….'
그런데 또 이런 생각도 든다.
'아니야. 프랑스 요리로 인정받아야 진정한 가치가 있지.'
심각할 정도로 탈락한 사람이 많은 가운데, 김상현이 모두의 앞에서 입을 열었다.
"여러분들은 저희가 원하는 기본 요건을 충족하고 계신 분들입니다. 어느 정도 요리에 대한 상식을 알고 있는 분들이죠."

기본 요건?
김상현 셰프의 말에 합격한 사람들의 눈동자가 초롱초롱 황금빛으로 물들었다.
프랑스 요리학교 입학 추천서냐? 아니면 레스토랑 취직 추천서냐?
그런데 갑자기 이상한 사람이 끼어든다.
군복 입은 중령.
병과 마크, 병참.
아마도 급양대장?
"이건 더 좋은 요리를 배울 수 있는 기회다. 1차 합격한 14명은 여기 서명해!"

〈보직 변경 희망서〉

(   ) 소속 (계급 :   ) (성함   )는 (   )으로 개인 희망에 의한 보직 변경을 희망합니다.

그리고 이어지는 설명.

"이번에 뽑힌 장병들은 우선적으로 통일회관에서 일하고, 전역 후에는 우선적으로 취업이나 학업에 연결을 해줄 수 있도록 MOU(양해각서)를 체결하였다. 다들 나쁜 거 아니니까, 다들 서명해."

본격적으로 드러나는 계획. 어안이 벙벙한 가운데, 강희철이 손을 들었다.

"저! 질문 있습니다."

"그래 뭐지?"

"전역 3개월밖에 안 남았는데, 부대 꼭 옮겨야 합니까?"

"응. 옮겨야 돼. 다들 부대에서 설명 못 들었어? 이번 요리대회, 취업, 학업 연계 프로그램인 거! 다 너희들한테 좋은 거야."

"……."

"잘 생각하고 서명해. 강요는 아니지만, 너희한테는 좋은 기회다."

다른 사람들은 각오를 한 모양이다. 하나둘, 아무렇지 않게 서명을 하기 시작한다.

성재는 생각했다.

'1등에서 3등은 공관 조리병, 4등부터 10등은 회관 조리병?'

퀘스트는 거짓말을 하지 않고, 성재는 공관병이라는 말에 의지가 꺾여버렸다.

'4등부터 10등을 노려야 하나…'

하지만 그러면 6성 이상 요리를 확인할 수도, 능력으로 레시피를 익힐 수도 없게 된다.

서명을 마친 후, 회의를 마쳤는지 들어오는 장군들.

"충성! 요리대회 진행 중!"

그를 보며 힘찬 경례를 하는 급양대장.

"그래. 서 중령은 보직이 뭔가?"

"급양대장입니다!"

군사령관은 흐뭇한 미소를 지으며 통과한 사람들의 얼굴을 바라본다.

"이게 최종 합격한 병사들인가?"

까들로프가 군사령관에게 입을 열었다.
"저, 장군님?"
"네. 말씀하세요. 우리 스타 셰프님!"
"아직 1차 통과밖에 안 했습니다. 이제부터 본격적으로 평가해볼까 하는데, 괜찮을까요? 제가 임의로 평가 방식을 좀 바꿨거든요."
"아… 저녁 만찬이 계획되어 있었는데요. 우리 셰프님도 참석하셔야죠."

그때, 들어오는 군인공제회장과 대화를 끝내고 들어오는 참모총장.
포스타 하나만으로도 압도적인데, 두 명이 나타나니, 병사들은 식은땀이 흐른다.
"1군사령관! 식사하러 가야지?"
"오늘 행사, 번외로 실시하는 요리대회 평가가 안 끝나서, 우리 셰프님이 좀 시간 좀 필요할 것 같습니다. 총장님!"
"그래요? 그럼 어떻게 하나? 우리 먼저 먹을 수도 없고?"
그러자 까들로프는 고개를 숙이며 미안함을 표했다.
"먼저 드셔도 됩니다. 금방 진행하고 따라가겠습니다."
그런데 참모총장이 용납하지 않는다. 오히려 더 좋은 방법이 없나 생각하는 총장.
그의 결론은?
"아, 잠깐만! 그럼 이렇게 할까? 우리가 심사위원 하는 건 어때? 어차피 요리대회니까, 식사도 될 것 같고, 우리 장병들 요리 수준도 보고, 우리 셰프님과 대화도 하고, 이동시간도 줄고, 정말 좋은 생각인 것 같은데?!"
그의 말에 14명의 병사의 얼굴은 더욱더 굳어지는데….
군사령관은 그런 병사의 분위기도 생각하지 않고 덥석 그의 제안에 동의했다.
"좋은 생각인 것 같습니다. 총장님!"
"그래? 그럼 그렇게 하자고! 괜찮죠? 셰프님!"
까들로프는 총장의 말에 고개를 끄덕이며 말했다.
"네. 문제없습니다."

왜 나만 군생활이 꼬일까?

김용우 상병, 미식등급 6성. 그는 재야의 고수였다.
그는 1등 했다는 자신감에 미소를 머금었다. 까들로프로부터 극찬을 받은 상태.
"요리를 전문적으로 배운 것 같아요."
"네. 미국 CIA 요리학교에서 정규과정 배웠습니다."
"그랬구나. 깜짝 놀랐어요. 그런데 왜 한국에?"
"국방의 의무를 다하려고 왔습니다. 전역 후에는 미국 맨해튼에 자리를 잡을까 합니다."
아뮤즈 부쉬, 미국에서는 에피타이저라고 부른다.
그는 쉬림프(구운 새우)와 메로구이를 크림소스로 만든 아뮤즈 부쉬로 극찬을 받은 것.
'까들로프 셰프님! 당연히 놀래야지. 내가 준비한 게 얼마나 많은데?'
그는 우승하기 위해서 식재료도 미리 공수했다. 아침부터 인솔간부인 행정보급관에게 부탁해서 대형마트를 갔고, 자신의 월급에서 무려 73,000원이나 쓰며 최상급의 재료를 신중히 골랐다. 새우, 메로⋯. 어떻게 보면 반칙. 다른 관점에서 보면 철저한 준비. 대회에 규정이 거의 없었기에, 혼자 한 발자국 앞서 나갈 수 있었던 것.
그러나 변수가 발생. 참모총장이 개입하자, 긴장한 장병들. 용우는 물론 성재도 당황하기는 마찬가지.
그러나 성재는 다른 사람과는 조금은 다른 관점.

'누구한테 맞춰야 되는 거야?'

요리사의 눈으로 확인한 참모총장의 좋아하는 요리에는 중화요리, 까들로프의 좋아하는 요리에는 듣도 보도 못했던 프랑스, 이탈리아 요리가 대부분이다. 반면 군사령관의 좋아하는 요리는 한식이 대부분. 누구 장단에 맞춰야 될지 도저히 감이 잡히지 않는 것.

성재는 그중 가장 자신 있는 중화요리를 택했다. 그 이유는 간단했다.

'서효석 병장이 옆에서 한 거 많이 봤었으니까.'

코스 요리를 내놓기 시작하는 병력들.

나름대로 수준 있는 사람들이라 그런지 다들 괜찮은 수준의 요리가 나왔다.

기본 4성에서 5성짜리 요리들. 그리고 김용우 상병의 요리는 평균 5성 반이다.

참가자들의 요리가 한꺼번에 제출되고, 시식하는 심사위원들.

그런데 성재의 예측대로 평가가 갈리기 시작한다.

군사령관이 먼저 입을 열었다.

"셰프님! 셰프님은 어떤 게 잘 만든 것 같아요?"

"저는 아무래도, 이쪽 코스 요리가 잘 만든 것 같습니다."

그가 선택한 것은 김용우 상병이 만든 요리.

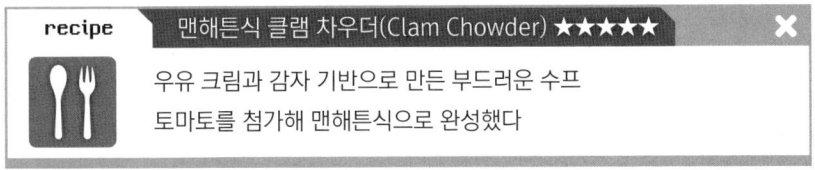

샐러드는 구입했던 메로를 재활용해서 '메로구이 샐러드 ★★★★★☆'를 만들어냈다. 생강과 맛술, 설탕과 굵은 고춧가루로 만든 자극적인 소스와 메로구이의 만남.

까들로프는 여기서 감점을 주었다.

'좀 아쉽네. 재료를 다양하게 가져갔으면 좋았을 텐데, 메로를 두 번이나 사용했어.'

그럼에도 남들보다는 훨씬 뛰어난 편.

그리고 김용우의 메인 요리.

마무리로는 시중에서 구입한 푸딩. 까들로프는 그의 코스요리를 평가했다.

'나이 어린 청년치고는 나쁘지 않네. 역시 CIA에서 배운 게 티가 나.'

그런데 참모총장은 이 요리보다는 다른 요리에 관심을 두고 있는 것 같다.

"셰프님! 이 요리는 어떻게 생각하세요?"

그가 선택한 코스 요리는 중화요리.

'중화요리 코스? 누가 만든 거지?'

그리고 제출자의 이름을 보고 깜짝 놀란 까들로프.

'뭐야?! 중화요리 코스를 내놓았어? 아뮤즈 부쉬는 전혀 중화요리 아니었는데?'

그리고 놀라는 참모총장.

"어? 군사령관! 이거 내가 장군 진급할 때 먹었던 음식이다. 엄청 맛있게 먹었었는데."

첫 장군 진급 발표가 난 후, 아내와 함께 먹었던 음식. 그리고 다음 요리.

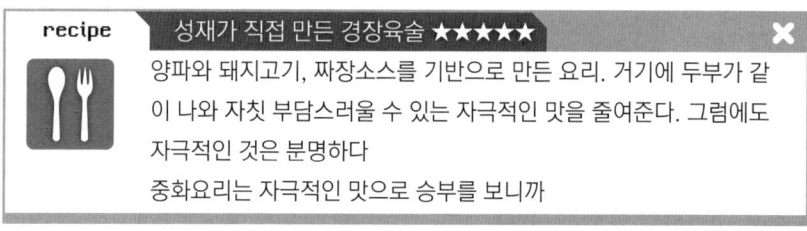

까들로프는 고개를 젓지만, 참모총장은 또 한 번 갸웃거리며, 입안에 넣는다.

"후후, 이건 내가 총장으로 첫 부임하고 먹은 음식이잖아. 기억이 나. 무궁화회관 조리실장이 특별히 나를 위해 만들어준 음식이었거든."

반면, 까들로프의 입장에서는 영 탐탁지 않았다.

'성재야. 이건 아니잖아.'

그리고 참모총장이 또 한 번 놀란다.

"칠리탕수육?!"

'후후후, 내가 강릉에서 연대장 할 때, 매일 먹던 거네.'

그리고 그 맛도 자신이 기억하고 있던 맛과 같다.

엄청 맵고 자극적일 거라 생각한 음식의 붉은 빛이, 의외로 매운맛은 적고, 달콤한 맛이 강하다. 그런데 여기서 끝이 아니다.
'성재가 직접 만든 수타해물짬뽕국물 ★★★★★☆'하고
'성재가 만든 게살 볶음밥 ★★★★★☆'을 보고 두 눈이 휘둥그레 뜨이는 참모총장.
'아, 이건 내가 결혼하기 전에 미연이랑 자주 먹었던 건데? 미연이는 잘 지내고 있으려나? 벌써 30년이 더 지났네.'
물론 성재가 참모총장의 기억까지 알고 있었던 것은 아니다. 이 모든 것이 우연.
"1군사령관! 나는 이 코스 요리가 가장 마음에 드는데? 회식 자리에 딱이야! 군대에선 이게 최고지? 안 그래?"
그러자 1군사령관은 자신이 눈여겨보던 한정식 코스요리를 접어두고, 총장님이 먹고 있는 중화요리에 한 표를 던졌다.
"네! 저도 이게 가장 맛있는 것 같습니다."

성적 발표가 시작되려 하자, 김용우 상병은 소리 없는 환호성을 내질렀다.
'제대로 된 코스요리는 나밖에 없어.'
해외에서도 통할 요리. 서양식 요리를 제대로 배워놓은 것이 진가를 발휘했다.
그리고 까들로프 셰프. 자신이 존경하는 세계 최고의 셰프임에 틀림없다.
'저 사람 밑에서 배우고 싶다. 저 사람 밑에서… 그러려면 1등을 해야 돼. 아니, 내가 1등이야. 분명해.'
그는 확신했다.
맛의 조화. 코스 요리의 스토리. 음악처럼 단계를 밟아 올라가게 배열한 맛의 순서.
하지만 발표는 달랐다.
"23사단 강성재! 축하한다."
참모총장이 직접 호명하는 병사는 자신이 아니었다.
'뭐지?'
그런데 다행히 자신의 이름도 부르는 총장님.
"21사단! 김용우! 뛰어나와!"
다행이었다. 내가 1등이구나. 그럴 수밖에 없지.

그런데?

[시상식이 거행되겠습니다.]
"요리대회 1등, 23사단 강성재! 위 사람은 평소 조국에 헌신하는 자세로 복무해왔으며, 1군사령관 주관 요리대회에서 두서와 같은 성적을 거두었기에 이에 표창함."
참모총장이 표창과 메달을 건네고, 큰 목소리로 대답하는 성재.
"감사합니다."
"요리대회 2등, 21사단 김용우, 이하 내용은 같습니다."
이번에는 군사령관이 표창과 메달을 건넨다.
"감사합니다."
그런데 반응이 이상하다.
총장님이 옆에 있는 병사에게 필요 이상의 관심을 보인다.
"강성재! 내가 누군지 알지?"
"상병 강성재! 제가 존경하는 참모총장님이십니다!"
"후후후, 나를 존경하나?"
"그렇습니다!"
"그럼, 나랑 저번에 만났던 것 같은데? 기억하고 있니?"
"그렇습니다. 저번 미군과 같이 훈련 때 만났었습니다."
"많이 컸네? 진급도 하고!"
"감사합니다! 군 생활! 열심히 하겠습니다."
"그래. 수고했다. 오늘 요리 네가 최고였어!"
"감사합니다!"
반면, 자신에게는?
"김용우? 고생했다."
저 말이 끝.
'내가 실력에 진 게 아니야? 인맥에 진 건가?! 참모총장 인맥이 있었어?'
김용우는 억울한 마음이 들었지만, 말을 꺼내진 못했다.
군대에서 최강 인맥. 참모총장이라는 든든한 백을 가진 성재.
참모총장의 얼굴은 싱글벙글. 자식 보는 표정으로 성재를 보고 있다.

그의 느낌은 정확했다.

'후후, 녀석 덕분에 과거 추억도 새록새록 기억나고 좋네.'

참모총장 또한 그렇게 생각했었으니까.

총장이 떠나려 하고, 군사령관이 떠나려는 그를 배웅하러 나갔다.

"군사령관! 요리대회 괜찮았어. 그런데 통일회관 그 건은 장관님이 VIP께 보고 다시 드려 본다니까, 나중에 추진했음 해. 내 말 무슨 말인지 알지?"

"네. 알겠습니다. 제가 군인공제회장 말만 듣고, 너무 앞서 추진한 것 같습니다."

"아~ 참! 성재 있잖아."

"성재? 누구 말씀하십니까?"

"아, 조금 전 1등 한 애. 병사! 걔가 간첩을 잡았던 애지?"

그의 말에 군사령관도 비로소 기억을 떠올렸다.

"아! 그렇게 기억하고 있습니다."

"다음 주에 한번 또 보겠군."

군사령관, 그는 참모총장이 떠나고 곧바로 급양대장에게 전화를 걸었다.

- 충성! 급양대장입니다.

"그래! 아까 1등한 애 있지? 걔는 명단에서 빼라."

- 알겠습니다. 그럼 2등, 3등 해서 2명만 집어넣겠습니다.

한편, 김상현 셰프는 까들로프의 지시를 받고, 김용우에게 갔다.

"김용우씨? 저희 교수님께서 제안을 하라고 하셔서요."

"네?"

"전역하시면, 저희 프랑스 본점, 미슐랭 쓰리스타 라이프 월드에서 같이 일하시는 거 어떠신지요?"

"정말입니까?! 감사합니다."

같은 시각, 다른 장소.

복귀를 앞둔 성재는 고개를 저었다. 코스 요리에 대한 미숙함. 그리고 노력의 부족.

'이번엔 요행으로 1등 한 거야. 절대 이런 식이면 안 돼.'

자신을 경멸하듯 쳐다보는 인접 부대 병사의 눈빛. 아직도 잊히질 않는다.

'노력하자. 더 노력해서, 내 실력을 키워야 돼. 공부도 많이 하고, 연습도 많이 해서….'

그런데 그의 앞에는 새로운 시스템창이 떠 있다.

> ⚙ ✓ ✗
>
> 영원한 경쟁자가 탄생했습니다
>
> 〈영원한 경쟁자〉
> 1. 김용우

'김용우? 아까 내 옆에서 같이 상 타던 그 병사인가?'

부대에 복귀하는 차량. 강희철은 아쉬운 목소리로 말했다.

"성재야. 너 부럽다. 부러워!"

"죄송합니다."

"아니야. 네가 죄송할 게 뭐가 있어? 다 실력이 있어서 그런 건데…."

"아닙니다. 이번에 강희철 병장님이 만드신 한식 요리도 괜찮았습니다."

다음 날. 철벽회관에 전화가 걸려왔다.

"통신보안, 철벽회관 조리병 상병 강성재입니다. 무엇을 도와드릴까요?"

- 성재야! 강성재!

"어? 강희철 병장님이십니까?"

- 어! 큰일 났다.

"네?! 어떤 것 말씀이십니까?"

- 나! 군사령관님 공관병으로 보직 발령 났어.

"네?! 어? 제 이름은 없습니까?"

- 어. 나랑 21사단에 김용우랑 이렇게 2명이네. 뭐가 어떻게 된 거지?

"아, 강희철 병장님? 축하드립니다. 가서 열심히 하십시오. 응원하겠습니다."

- 강성재! 야! 강성재! 뭐야? 왜 나만 이렇게 군생활이 꼬이는 건데?

그놈! 잡아서 자수시키세요!

[일동! 묵념!]

오전 10시, 회관은 물론 군 부대 전역에 사이렌이 울렸다.
동족상잔의 비극. 조국과 나라를 위해 헌신한 호국영령에 대한 추모.
전쟁기념관, 평화의 광장에서 치러지는 방송을 보고 있는 장병들.
고개를 숙이고 국가를 지키기 위해 목숨을 바친 선조들에 대한 묵념을 실시했다.
대한민국. 전 세계에서 현존하는 유일한 분단국가.
대한민국 남성들에게 주어진 국방의 의무. 나라를 지키기 위해 복무하는 군대.
성재는 자신의 선임에게 물었다.
"이제 군 생활 얼마 남으셨습니까?"
"말출 빼고 한 달?"
서효석은 싱글벙글 전역 날짜를 셌다. 분대장인 김종태도 옆에서 웃음을 터뜨린다.
"서효석 병장님? 저도 이제 팔땡입니다."
"벌써?"
"저랑 서효석 병장님하고 사실 한 달 밖에 차이 안 나지 않습니까?"
"음, 그럼 네 다음은 누구지?"
김종태는 강성재를 바라보았다. 두 달만 지나면 왕고가 되는 녀석.

그러고 보니 분대장을 인계해야 될 때가 다가왔다.
"아! 성재야! 너 분대장 교육대 안 갔다 왔냐?"
"갔다 올 리가 없지 않습니까? 회관 조리병들도 분교대 갑니까?"
"어. 꼭 가야 돼. 그래야 분대장 달 수 있거든. 미리 신청해야겠네."
"가기 싫은데 말입니다."
"안 돼. 그럼 내가 분대장을 못 넘기잖아. 나도 빨리 떼야지."

분대장 교육대.
부분대장들이 분대장을 달기 전 분대장으로서의 자세와 기본을 배우기 위해 다녀오는 교육기관. 보통 사단에서 직접 운용한다.
대부분의 부대에서는 사고 칠 가능성이 있는 병사들은 보내지 않는다.
그렇기 때문에 분대장을 다는 병력 모두가 가는 곳은 아니다.
물론 교육계원이 모르고 짬을 시키는 경우도 있고, 근무인원이 부족해서 안 보내는 부대도 있다. 한 소대에 분대장이 3명이라면 분교대를 다녀온 사람은 한 명 정도.
다 가는 곳은 아니라지만, 여기 부대는 예외였다.
왜? 사단 직할대니까.
같은 주둔지에서 교육받는데, 빠져나갈 구석이 없는 것이다.
그리고 교훈처에서 가만히 놔둘 리가 없다. 안 가면, 직할부대장 지휘관 평가에서 점수를 깎고, 그게 다 부대 평가에도 반영된다.
"여기 있는 것, 한 달 안에 다 외워. 그럼 1등 할 수 있어."
그래도 다행인 것은? 선행 학습 자료가 있다는 것.
성재는 김종태 병장의 말에 일단 안심했다. 조리병 교육대 입교할 때만 해도 선행 학습 자료가 하나도 없어서 고생했었는데, 이번엔 자료가 있어서이다.

그날 오후. 역시나 손님들이 물밀 듯이 몰려왔다. 예약손님 외엔 받을 수 없을 정도.
그런데 오늘은 손님만 온 게 아니다. 시위꾼들도 있었다.
"가격 후려치는 철벽회관! 폐쇄하라! 폐쇄하라!"
"소상공인 죽이는 23사단장은 즉각 사과하라! 사과하라!"
여기저기 현수막을 내걸고, 시위에 나서는 사람들.

조리실장이 밖에 나가서 사람들을 말려보는데, 그들은 막무가내로 나온다.

"사장님! 여기서 이러시면 곤란합니다. 여기 수익금 장병 복지기금으로 나가는 돈인데, 왜 그러세요?"

"장병 복지기금? 너희 사단장! 장사 잘 되는 돈으로 최신형 에어컨으로 바꿨다며?"

"맞아. 맞아! 커튼도 바꾸고, 이번에 안마 의자도 새로 산다는 얘기도 다 들려! 그게 사단장한테 들어가는 거지. 어디서 병사 핑계를 대?"

"사장님들! 잘 들어보세요. 여기 수익의 85%는 장병 복지를 위해 쓰게 되어 있어요. 노래방 현대화 공사도 하고요. 체력단련장 운동기구 구입에도 쓰여요."

"그럼 어쩔 거야? 우리가 장사가 안 되는데?"

장사가 안 된다니, 조리실장은 어이가 없었다.

손님의 50%가 외지에서 방문하는 사람들이었다. 그들은 맛집이라고 소문난 회관까지 일부러 찾아온다. 그리고 여기까지 온 기념으로 지역 관광지에 들러 기념품도 사고, 관광도 하며 오히려 지역 경제에 도움을 준다.

그들이 불만을 가질 수도 있다. 군대 회관은 시중에 비해 30%~40% 저렴하니까.

하지만 결코 개인 사리사욕을 위해서 하는 것은 아닌데, 오해하는 상인들.

일단은 그들을 진정시키는 게 조리실장의 임무.

"사장님들! 손님들 계시니까, 오늘은 여기서 이러시지 마시고, 나중에 정식으로 협의하는 자리에서 이야기해요. 제가 담당자 연결해드릴게요. 네?"

"무슨 말을 해? 이미 수차례 담당자하고 말해도 안 되니까, 하는 말이잖아!"

"담당자하고 협의하셨다고요?"

"그래! 똑바로 들어! 오늘은 이만 하고 가지만, 내일은 회관을 폐쇄하든, 발전기금을 내놓든 대책을 세워야 할 거야! 알았어?"

그들이 떠나고 조리실장은 담당자인 복지부사관에게 전화를 걸었다.

"어떻게 된 거야? 상인들 와서 난리 치고 갔다."

- 죄송합니다. 그런데 복지 규정상, 회관은 민간인에게도 개방하게 되어 있습니다.

"복지규정? 그 규정이 어떻게 나온 건데?"

- 보통 전방 사단 주변에는 숙소가 없지 않습니까? 고성도 삼척도 주말에는 모텔이 1박에 8만 원에서 10만 원까지 바가지요금으로 받잖습니까? 그래서 장병들 면회 오는 부모

님이나 친구들에게 값싸게 숙소를 제공하기 위해서 복지차원에서 운영하는 회관이라서 민간인들에게 개방해야 합니다. 회관 운영 목적이 바로 그것입니다.
"아, 미치겠네. 주변 상인들이 피해를 본다고 항의를 하잖아. 내가 뭐라고 말을 해?"
- 그럴 리가요. 오히려 주변 장사는 더 잘 될 걸요? 그 사람들은 돈이 목적인 것 같던데요. 발전기금을 한 달에 500만 원씩 내라는데, 규정상 가능하지도 않고, 설사 가능하다고 해도 그건 날강도 아닙니까?
"복잡하네. 일단 그렇단 말이지? 그럼 참모님은 알고 계셔?"
- 사단장님께는 보고가 된 것으로 알고 있습니다.
"그래?! 그런데 왜? 아무 말씀 없으셔?"
- 그렇습니다. 일단은 조금 더 지켜보자고 하셨습니다. 민간인들하고 괜히 엮여봐야 좋겠냐면서, 시간이 지나면 해결될 거라고….
"우리는 직접 상대해서 진짜 피곤한데, 민원 제기하면 어떻게 하려고?"
- 그쪽도 잘한 것은 없으니까, 민원은 제기 못 할 것 같습니다. 설사 제기해도, 저희가 꿀릴 게 뭐가 있습니까? 너무 걱정하지 마십시오. 저희가 관심 안주면, 자기들도 지쳐 그만두지 않겠습니까?

하지만 일은 순탄하지 않았다. 다음날, 어제보다 더 많은 사람들.
"야! 이 군바리 새X들아! 누가 장사하래?! 어?! 누가 여기서 장사하래?"
"이 망할 것들! 다 나와! 나오라고!"
성재는 장사 시작 전, 아침부터 나와 시비를 거는 사람들을 보며 몸을 사렸다.
"서효석 병장님, 쟤네 분위기가 심상치 않습니다."
"그러게, 우리가 잘못한 것도 없는데 왜 이러냐?"
"깡패도 아니고, 진짜 너무 한 것 같습니다."
회관 안까지 들어오는 사람들. 성재는 사람들이 들어오는 것을 말렸다.
"죄송합니다. 아직 장사 시작 안 했습니다. 들어오시면 안 됩니다."
"안되긴 뭘 안 돼? 간부 불러와! 간부 불러오라고!"
때마침 나오는 조리실장. 평소에 입던 연미복이 아닌 정식 군복차림을 하고 나왔다.
"죄송합니다만, 대화로 하시죠."
"대화? 얼어 죽을 대화는 무슨 대화? 야! 발전기금 내던지! 장사를 접던지! 둘 중 하나 하라니까? 아니면 사단장 데리고 와! 너희 사단장하고 담판을 짓게! 어?!"
조리실장인 차상철은 결국 굳게 마음을 먹고 그들에게 마지막으로 말했다.
"죄송합니다. 사단장님은 이런 일에 나오시지 않습니다. 계속 이러시면 저희도 영업 방해로 경찰을 부를 수밖에 없습니다."
그러자 녀석들이 그의 말에 피식 웃으며 조리실장의 목덜미를 붙잡았다.
"야! 경찰? 불러봐! 이 자식아! 불러봐!"
목덜미를 잡힌 그는 상인의 손길을 뿌리치지만, 다른 상인이 밀치자, 뒤로 넘어졌다.
콱!
벽에 부딪힌 그의 머리.
"으…"
신음소리와 함께 머리에 출혈이 생긴 차상철.

성재가 깜짝 놀라 차상철 상사의 앞에 선 채, 사람들에게 소리쳤다.
"나가십시오! 제발! 나가십시오! 여기서 뭐하시는 겁니까?"
그동안 다른 병사들 또한 놀란 얼굴로 간부를 보며 말했다.
"실장님! 괜찮으십니까? 괜찮으십니까?"
"괜찮아. 너희는 나서지 마."
하지만 이내 어지러운지 다시 쓰러지는 실장.
"조리실장님! 실장님!"
예고치 않은 몸싸움이 일어난 것에 당황한 상인들. 그들도 상황이 심각한 것을 알고는 일단은 억지를 부리며, 자리를 피했다.
"에이! 재수 없어! 너희 내일도 장사하면 다 부숴버린다. 알았어?!"

같은 날. 사단장은 그 소식을 듣고 노발대발했다.
"뭐야? 조리실장이 다쳐?"
"네. 가벼운 뇌진탕 같습니다. 강릉 병원 후송시켰고, CT촬영 후 문제없으면 다시 복귀 예정입니다. 대리임무는 임시로 본부대 행정보급관이 실시하고 있습니다."
"우리는 뭐 했어? 5분대기조는? 초동 조치반은?"

"그게 영외이고, 조리실장이 병사들에게 신고하지 말라고 통제했습니다. 제 딴에는 일을 크게 만들지 않으려고 한 것 같습니다."

"야! 무슨 개소리야? 군인이면 그냥 맞고 있어야 돼? 경찰 불렀어? 경찰 불렀냐고!"

인사참모와 헌병대장은 사단장의 욕설에 깜짝 놀라 고개를 푹 숙였다.

"야! 헌병대장?"

"중령 차일환!"

"이 멍청한 새끼야! 지금이라도 당장 신고해! 알았어?"

그러나 경찰은 호의적이지 않았다. 군인 편이 아니라 시민 편을 드는 경찰.

시장 또한 마찬가지.

- 사단장님, 이런 거 가지고 일 크게 만들지 맙시다.

"뭐라고요? 시장님! 어떻게 저한테 그런 말씀을 하실 수가 있습니까?"

- 끊습니다.

"시장님! 시장님!"

전화를 툭 끊어버린 삼척시장.

사단장은 갑자기 모른 체하는 삼척시장의 행동에 속에서부터 열불이 올라왔다.

시민들의 편을 들지 않으면, 지지율이 떨어져 자신이 낙선할 수 있다. 재선하기 위해서는 지금은 시민의 편을 들어야 할 때.

시장은 사건 정황을 알면서도 무시한 것이다.

3일 뒤, 경찰 조사결과는 더 놀라웠다.

쌍방폭행.

이쪽은 때린 적이 없는데, 밀친 사람이 찰과상이라는 전치 2주 진단서를 떼어온 것.

"야! 헌병대장! 이게 일방적으로 맞은 거지. 어떻게 쌍방이 되냐? 우리는 뇌진탕이고, 저쪽은 찰과상이라는데? 그리고 우리는 폭력을 행사한 게 없잖아! 안 그래?"

"죄송합니다. 그쪽에서도 맞았다고 주장하고 있고, 상대측 증인도 나타났습니다. CCTV 사각지역이어서 증인이 절대적인데, 저희 측 주장과 상인 측 주장이 정반대여서, 경찰에서도 쌍방폭행으로 결론 내린 것 같습니다."

"미치겠네. 평소에는 사람 좋은 척하던 시장 새끼도 갑자기 남인 듯, 고개 돌리고, 짭새들도 그런 식으로 나오면 우리보고 어쩌라는 거야?"

헌병대장은 몸을 덜덜 떨었다. 아직 보고할 게 남아있었기 때문이었다.
이것을 보고하는 순간, 자신의 무능력함이 드러나지만, 어쩔 수 없었다.
"추가 보고 드리겠습니다. 현재 쌍방폭행을 이유로, 상대방 측에서는 조리실장에게 합의금도 요구하고 있습니다."
"뭐? 합의금? 미쳤어? 우리가 안 때렸는데 왜 합의금을 줘?"
"법무참모 말로는 합의하지 않으면, 군 인사규정상 조리실장은 품위유지 위반 혐의로 감봉 이상의 징계를 받는다고 합니다. 이걸 빌미삼아 협박하는 것으로 보입니다."
"이것들이! 이것들이!"

사단장은 깊은 빡침에도 불구하고, 해결방법이 없다는 것에 통탄했다.
법대로 해결해도 군인이 손해, 법대로 하지 않아도 군인이 손해.
녹봉을 받고 국민을 수호하기 위해 국가에 헌신하는 군인들이 현실에서는 무시당하고, 이용당하는 게 대한민국의 현실.
그는 자신이 믿고 있는 참모장, 배원영 대령을 불렀다.
"배 대령! 이걸 어떻게 해야 돼?"
그러자 그는 일단 고개를 저으며 사단장님께 사실을 고했다.
"정상적으로는 저희가 해결할 방법은 없습니다."
그러자 사단장은 배 대령의 숨겨진 뜻을 알아차리고는 되물었다.
"그럼? 비정상적인 방법은 있다는 거야?"
"그렇습니다."

철벽회관은 배원영 대령의 조언대로 문을 닫았다.
그것을 보며 상인들은 자신의 의지가 관철되었다며, 환호했다.
이제 먹거리 골목인 자신들의 상권이 활성화되겠다며, 승리를 만끽했다.
하지만 이상하게 하루하루 매출은 더욱더 줄어든다.
"철호 엄마? 군바리들 뭔 일 있어? 병이라도 걸린 거야? 왜 한 놈도 안 보여?"
"민수 엄마네도 그래? 우리도 그래! 주말에 우리 모텔 방이 없어서 난리잖아. 그런데 오늘은 다 하나같이 다 빈방이야. 이게 어떻게 된 거야?"

어느 날부터인가 주말 특수는 물론, 평일 손님조차 없어졌다.
휴가 가는 군인도, 복귀하는 군인도 눈에 띄지 않는다. 평상시라면, 수백 명씩 시내에 나와 숙소도 잡고, 피시방, 당구장, 볼링장, 음식점 등을 이용하며 지역경제 활성화에 도움을 줬을 군인들이 보이지 않자, 지역 상인들도 무언가 이상한 낌새를 차렸다.
지역상인, 수백여 명이 시장에게 단체로 항의하러 찾아왔다.
"시장님! 이걸 어떻게 합니까? 군부대 외출, 외박 통제 풀어주라고 좀 해주세요!"
"우리 임대료도 못 내요. 뭐 먹고 삽니까? 살려주세요! 우리들 다 굶어 죽어요!"
"삼척 지역에 근무하는 군인들이 삼척 지역 상가를 이용 안 하는 게 웬 말입니까?"
"23사단장이 우리를 안 만나 줍니다! 시장님이 나서셔야 합니다!"

삼척시장은 상인들의 항의에 울며불며 군부대에 찾아왔다.
그럴 수밖에. 지역 민심이 바닥으로 떨어진 탓에 재선이 불투명해졌기 때문이었다.
사단장은 무덤덤한 얼굴로 말했다.
"네. 시장님? 저 아십니까?"
"아니! 사단장님! 삼척지역에 외출, 외박을 통제하면 어떻게 해요? 우리 지역 경제 다 군인들이 먹여 살리는데, 그걸 통제하면 어떻게 하란 말입니까?"
"시장님이 처음부터 잘 협조하셨어야죠? 그 선량한 시민들의 주먹에 우리 군인들이 맞고 있는데도 협조 안 해주시는데 저희가 무슨 협조입니까?"
"이러지 맙시다. 네? 하루에 2억이에요. 2억! 군인들이 주말에 나와서 하루에 쓰는 돈이 2억이라고! 나 선거 떨어져요. 예? 돕고 삽시다."
"그렇군요. 2억이군요. 100억 채우려면 몇 달이 남았나? 배 대령! 몇 달 남았어?"
"50일이니까, 주말이 2일이니까, 25주, 6개월 정도입니다."
배원영 대령의 말에 사단장이 빙긋 웃었다.
"시장님, 6개월간, 저희 병력들이 삼척 지역에 외출, 외박 나가는 일은 없을 겁니다."
"사단장님! 사단장님?!"
"시장님? 여기서 이러지 말고 잡아오세요! 우리 조리실장 때린 그놈, 잡아서 자수시키세요! 그전까지는 우리 병력들 삼척 시내, 다시는 안 나갑니다."

207

대통령을 만났습니다

국군 강릉 병원. 뇌진탕으로 입원한 차상철 상사를 면회 온 병사들.
"실장님… 괜찮으십니까?"
"그래. 괜찮지. 너희들은… (누구?)."
모범적인 부사관으로서, 한 번도 흐트러진 모습을 보이지 않았던 차상철 상사.
참 군인인 그의 마지막 말 '너희는 나서지 마.'라는 말이 아직도 기억에 남는 병사들.
평범한 사람이라면 전면에 나서지 않고, 상황을 지켜봤을 텐데. 그는 병사들이 휘말리지 않도록 앞에서 막아서는 용기를 보여주었다.
"그렇습니다. 이상 없습니다. 실장님! 저희 때문에 죄송합니다. 정말 죄송합니다."
성재의 사과에 괜찮다는 말을 하면서도, 차상철은 이상한 말을 해댔다.
"죄송하긴 뭐가 죄송해. 나, 괜찮아. 그런데 너 이름이 뭐지?"
"상병 강성재?"
"아… 그랬나? 너는 윤성인가?"
"병장 김종태! 종태입니다."
"사람 이름 기억이 잘 안 나네. 네가 종태고, 네가 성재?"
"그렇습니다."
"둘 다 내 부하들인가?"

그리고 들어오는 간호장교.
"차상철님? 억지로 기억을 떠올리려고 하지 마세요. 가벼운 기억상실이니까, 금방 돌아올 거예요. 무리하면 몸에 안 좋아요."
"아… 네. 금방 돌아오겠죠? 그런데 제가 정말 넘어져 다친 게 맞나요?"

면회 후 돌아오는 길.
"죄송합니다. 제가 먼저 실장님 말리고, 나섰어야 했습니다."
"아니야. 우린 잘한 거야. 잘한 건데…."
억울하다. 그 사람들은 일면식도 없는 사람들인데, 갑자기 와서 행패라니.
일시적 기억상실? 어처구니가 없다.

다음날. 성재는 청천병력과 같은 소식을 들었다.
"그거 들었냐? 쌍방 과실이래."
"무슨 말도 안 되는 소리입니까?"
"그쪽에서 그렇게 주장하나 봐."
"이건 말이 안 됩니다. 정말 말이 안 됩니다."
그리고 또 며칠 후.
결국, 사단장님까지 나서서 '삼척지역 외출 / 외박 통제'라는 최후의 수단을 사용했고, 결국 시장의 진두지휘 아래, 범인을 특정해내는 데 성공했다.
그래서 잘 처리되는 줄 알았다.
삼척시장은 재선에 성공한 뒤, 앞으로 다시는 이런 일이 없을 거라며, 지역 사회는 군부대에 보다 좋은 환경을 제공하기 위해, 바가지요금 근절, 상인회는 물론 삼척지역 주민들에 대한 계도의식 전파 등 다양한 활동을 할 거라고 약속했다.
그래서 '삼척지역 외출 / 외박 통제'도 금방 해제되었다.

하지만….
좋아지나 싶었는데, 고작 1주일 만에 바뀌어버리는 바닷가 사람들.
군부대 사람들은 이 상황에 어이가 없었다.
음식점들 대부분이 가격 대비 양이 부실해, 1만원인 갈비탕은 갈비가 단 한 점도 들어있지 않는 어처구니없는 사태가 벌어지기도 했다.
삼척뿐만이 아니다. 동해, 강릉, 양양 모든 해안 지역이 바가지요금을 받는 것이다.

시간이 흘러 7월 9일(월).
청와대로 가는 날이 확정되었다.
성재는 자신을 인솔하러 온 간부를 향해 힘찬 경례를 실시했다.
"충성!"
"그래. 성재야."
청와대로 가는 거라 그런지, 인솔 간부의 등급도 높다. 무려 참모장.
배원영 대령이 성재를 데리고 직접 청와대로 가기로 한 것.
그것도 부담스러운 직접 운전이다.
직접 운전을 하는 이유는 당연했다. 청와대는 출입 1주일 전, 신원 조회를 해야 한다.
그때, 출입 인원으로 신청한 사람이 성재와 배원영 대령.
"잘 지내셨습니까?"
"그래. 너도 잘 지냈니?"
"잘 못 지냈습니다."
"간첩도 잡아놓고, 왜 그래? 좋은 일이잖아. 너 대통령님께서 직접 수여하는 훈장 받으러 가는 거야."

훈장이라는 말에도 기운이 없는 병사. 그는 자신의 생각을 똑바로 말했다.
"연대장님…. 세상은 왜 불공평한 겁니까?"
보통의 병사는 할 수 없는 이야기. 하지만 성재는 자신이 좋아하는 간부인 배원영 대령에게는 용기 내어 말할 수 있었다.
"그건, 힘이 없어서 그래."
"연대장님은 힘 있으시지 않습니까? 차상철 상사 밀친 사람, 처벌할 수 있지 않습니까? 당사자는 지금 기억상실로 병원에서 치료받고 있는데, 이게 말이 되는 겁니까?"
참모장이 아닌 연대장으로 부르니, 아끼는 부하였던 녀석의 이등병 시절이 기억난다.
P.X에서 힘찬 경례를 했던 녀석.
안 좋은 환경에서도 항상 최선을 다했던 녀석이 억울함을 표현한다.

그것도 자신의 억울함이 아니다. 간부를 위해서, 자신의 직속상관인 차상철 상사를 위해서 억울함을 호소한다. 그래서 더 마음이 쓰인다.

자신보다 남을 위하는 마음.

"…성재야. 나도 마음이 아픈데, 어쩔 수 없는 거야. 나도 그걸 해결할 힘은 없고….."
"연대장님이 힘이 없으시면 누가 해결할 수 있습니까? 차상철 상사 밀친 그 사람 처벌하려면, 누구한테 이야기해야 합니까?"
성재의 말. 자칫 건방져 보일 수 있는 그의 격앙된 태도.
"그만하자. 성재! 더 하면 연대장이 화낼 거야."
그의 마음을 이해하면서도, 여기서는 끊어야 한다.
영동고속도로, 인천 방향 강릉대관령 휴게소. 녀석은 같이 우동 한 그릇을 먹으면서도 한마디도 하지 않았다.
"성재야."
"상병 강성재."
"너 인마! 그러면 못 써."
"저도 제가 마음 약한 거 압니다. 제멋대로 행동하는 것도 알고 있습니다. 하지만 제가 생각하는 게 옳다는 것. 누구보다 연대장님이 잘 아실 거라 생각하고 있습니다."
배원영 대령은 성재의 심술에 자신도 모르게 손이 나가고 말았다.
"이 자식이!"
뺨을 맞은 성재. 자신도 모르게 구타를 한 배원영도 놀란 듯 미안한 표정을 짓는 가운데, 성재가 입을 열었다.
"맞아도 싼 거 알고 있습니다. 그러니까 연대장님께서 성공하십시오. 군인들이 억울하게 당하는 일 없게 해주십시오. 연대장님같은 분께서 높은 곳에 올라서….."

바른말만 하는 녀석. 체구도 작은 주제에 깡다구는 있어가지고, 무슨 지가 잘났다고 자신한테 하소연을 해댄다.
'내가 힘이 있었으면 당연히 해결했지. 내 성격에 보고만 있을 것 같냐?'
말이 목 바깥으로 튀어나오려 하는데도 일단은 참는 배대령.
배원영 대령은 순간 성재의 어리광에 자신의 죽은 자식을 생각해내고 말았다.

윤아가 2살 때, 죽었던 8살 아들. 철도 없고, 자기주장 강하고, 떼도 썼던 녀석. 윤아는 자신의 오빠가 있었다는 것조차 기억하지 못한다.

그만큼 너무 빨리 세상을 떠났던 아들 녀석의 큰 모습이 배원영의 기억 속에서 성재와 대비된다. 그래서 더욱 마음이 쓰이고, 모질게 말이 나간다.

"질질 짜지 마! 빨리 먹어!"

다행히 배원영 대령이 성재의 뺨을 때린 것을 본 사람은 없었다.

성재가 눈물을 훔치며 우동 면발을 흡입하고던 배원영도 애써 씁쓸한 마음을 감췄다.

오후 2시. 청와대 안에 들어온 성재와 배 대령.

청와대 비서실장은 미소로 일관하며, 명단을 확인했다.

"배원영 대령님 맞으시죠?"

"네."

"옆에 청년은 강성재 상병?"

"네."

"이야기 전해 들었습니다. 차상철 상사는 교통사고 때문에 못 오게 되었다면서요. 배 대령님께서 대신 위임 수여받는다고."

말도 안 되는 소리에 배원영 대령이 고개를 숙이며 대답했다.

"그렇습니다."

성재의 두 눈이 동그랗게 커졌다. 이게 무슨 소리인가? 교통사고라니! 맞은 거잖아. 상인한테 맞은 건데! 교통사고가 무슨 소리야?!

병사의 눈을 애써 외면하는 대령. 그리고 비서실장 뒤에서 얼굴을 보이는 1군사령관.

"충성!"

"충성! 23사단 참모장이 사단장 대신 왔는가?"

"그렇습니다."

"비서실장님, 특별히 정해진 양식이나 행사는 없지요?"

"그렇습니다. VIP께서 직접 수여 하실 예정인데, 식순 같은 것 없이 티타임으로 대체하자고 하셨습니다. 양식에 구애받지 않으시거든요. 10분 전까지 접견대기실에 계시면 되겠습니다. 화장실 이용하시려면 이용하시고, 남은 시간은 허용된 구역 내에선 편히 움직이셔도 됩니다."

군사령관, 배 대령, 그리고 성재.

군사령관은 배원영을 향해 말했다.

"VIP께서 차 상사 왜 안 왔냐고 물어보면 뭐라고 대답할 거야?"

"출근길, 교통사고 때문에 제가 대신 수여받겠습니다, 라고 답변하겠습니다."

"그래. 괜히 VIP께서 언론에도 나오지 않은 일, 알게 돼서 좋을 일 없어. 안 그래도 안 좋은 군대 이미지, 시민들한테 맞고 다닌다고 알게 되어봐. 우리 꼴이 어떻게 되는지! 이건 선의의 거짓말이다. 곧 장군 인사 있는 것 알지?"

"네. 알고 있습니다."

"그 멍청한 놈은 뭐하는데 시민들한테 처맞고 있었던 거야?"

"……."

성재는 그제야 이게 다 1군사령관이 기획한 시나리오라는 것을 알게 되었다.

그리고 성재에게도 압박이 들어왔다.

"병사야!"

"상병 강성재."

"너도 그 차 머시기 부사관! 교통사고 당한 거로 알고 있어라. 알았냐? 이게 다 육군 전체를 위한 거야. 알았어?"

성재는 대답하지 않았다. 부당한 지시는 직속상관이라도 따르지 않을 수 있다.

"야! 너! 뭐야? 왜 대답이 없어?"

그러자 옆에 있던 배원영이 나섰다.

"잘 교육 시켜놓겠습니다."

"그래. 실수하지 마. 이번 기회에 내가 높은 데 올라가면, 좋은 소식 있을 테니까."

군사령관의 말에 배원영 대령은 고개를 숙였다. 배원영. 그는 고민에 빠졌다.

'그래. 그래서 사단장님이 날 대신 보낸 거였어.'

유야무야. 흐지부지되어버린 위수지역 통제. 그리고 이번 훈장 수여 건.

'젠장….'

군생활의 종지부가 될 수도 있고, 라인을 잘 타서 승승장구할 수도 있는 기회.

이성적이라면 군사령관의 라인을 타면, VIP에게도 인정받고, 군사령관의 인정도 받아 최고의 결과를 낼 수 있다. 자신도 그러한 결심을 하고 여기까지 왔다.

그런데 녀석의 표정이 걸린다.

그래서 나섰다. 넌 아무 말 하지 말라고.

"강성재!"

"상병 강성재."

"실수하지 마."

그리고 녀석은 자신의 말이라면 껌뻑 죽을 것이다. 항상 그래왔으니까.

VIP의 훈장 수여가 끝나고, 진행된 티타임.

"그래요. 1군사령관은 군 생활을 몇 년이나 한 거죠?"

"36년 정도 했습니다. 제가 대대장이고, 대통령님께서 국회의원이셨을 때, 제가 수행한 적이 한 번 있었습니다."

"아, 그랬나요?"

"네. 1사단 GOP, 장병 격려차 방문하셨을 때, 제가 해당 부대 대대장이었습니다."

"아! 1사단! 그랬구나. 어쩐지 낯이 익더라. 세상 참 좁아요?"

"그렇습니다."

"강원도를 담당하는 총 대장이라… 힘든 점은 없고요?"

"네. 강원도민들을 지키기 위해, 전국 각지에서 국방의 의무를 하러 온 장병들이 24시간 주야 할 것 없이 GOP와 300Km의 해안을 지키는 덕분에 힘든 점은 없습니다."

"그래요. 이번에 청와대가 장병 월급을 대폭 인상했으나, 아직 부족하다는 것을 실감하고 있어요. 분단국가라는 것을 잊지 말고, 앞으로도 열심히 일해주길 바랍니다."

"네. 알겠습니다."

대통령의 말에 군사령관이 대답했다.

그다음 차례는 배원영 대령이었다.

"배원영 대령, 대령치고는 많이 젊네요. 비결이 뭔가요?"

"아내 덕분인 것 같습니다. 아내가 매일 같이 좋은 음식을 챙겨주는 덕분에 젊어 보이는 것 같습니다."

"하하하, 옆에 아내가 있었으면 아주 현명한 대답이겠네. 나도 써먹어야겠어. 배 대령은 군복무 하며, 애로사항은 없나요?"

"그렇습니다. 존경하는 대통령님께서 나라를 잘 이끌어주시니, 저희는 국방의 의무에만 집중하면 되기에, 애로사항이 있을 리가 없습니다.”
“후후. 그래요. 그럼 다음은 우리 간첩 신고한 병사 얘기 좀 들어볼까?”
성재는 자신을 노려보는 군사령관의 얼굴을 보았다.
그럼에도 말을 해야겠다고 생각했다. 그의 굳어진 표정. 그리고 이어진 결심.
그것을 옆에서 지켜보고 있던 또 다른 한 사람. 배원영.
'결국, 말할 생각이지? 이 고집불통 자식!'
결국 말할 거라면, 자신이 직접 말하는 게 낫다.
그래서 병사에게는 말을 할 기회가 주어지지 않았다.
“저 대통령님, 생각해보니 애로사항이 있습니다.”
그러자 대통령의 얼굴엔 환한 미소가 피어났다.
“아, 생각났어요? 말해 봐요. 나, 사실은 실망했었다니까? 국민의 애로사항을 듣고 조치해주는 게 이 자리인데, 밑에서는 다 잘한다. 잘한다. 이런 말만 하니까! 진짜 도와줘야 될 곳을 못 도와주잖아. 그래! 허심탄회하게 말해봅시다.”
대통령이 자리를 깔아주자, 그의 입에선 담담한 사실이 흘러나왔다.

“훈장을 받아야 되는 차상철 상사는 사실 교통사고를 당한 게 아닙니다.”
배원영의 말에 성재는 깜짝 놀랐다. 그리고 군사령관은 눈을 부릅떴다.
배원영은 걱정하지 말라며, 옆에 있던 성재의 손을 꼭 잡으며, 말을 이어갔다.
“차상철 상사는 시위하러 온 지역 상인들로부터 병사들을 지키기 위해 나서다가 벽에 부딪혀 뇌진탕으로 국군 병원에 입원 치료 중입니다.”
“뇌진탕?”
“그렇습니다.”
그리고 대통령의 이어지는 질문.
“왜 미리 말 안 했어요? 그런 사정이 있었으면 미리 말을 했어야지.”

208
나중에 훌륭한 요리사가 되어라

대통령의 질문에 갑자기 군사령관이 끼어들었다.
"배 대령! 그게 무슨 이야기야? 그런 일이 있었으면 말을 했어야지."
성재는 군사령관의 돌변한 태도를 보며 고개를 저었다.
'군사령관님, 본인이 꾸민 일이면서 모른 척을 하시면 어떻게 합니까?'
하지만 배원영 대령은 성재와 같은 말을 할 용기는 없는 듯했다.
식은땀이 흐르면서 말문이 막힌 그를 두고, 군사령관이 자기 입맛대로 풀어간다.
"혹시 군대의 이미지 때문에 선의의 거짓말이라도 하려고 한 건가? 그럼 잘못 생각한 거야. 올바른 실태와 있는 그대로의 사실을 보고해야지. 언제까지 과거에 연연해 있을 거야? 지금이 80년도 군사정권도 아니고!"
그러더니 배원영 대령을 쳐다보는 시선을 다시 대통령에게 돌리는 군사령관.
"죄송합니다. 제가 부하 교육을 잘못 시킨 것 같습니다. 한 번만 용서해주십시오."
그는 부하가 거짓말 한 것이 자신의 탓이라며 용서를 빈다. 가식의 끝판 왕. 하지만 그게 그가 살아남을 수 있는 유일한 길. 어떻게 군대의 ★★★★까지 오를 수 있나 봤더니, 잔머리가 몸에 배어 있었던 것. 상황 판단만 보면 정말 전쟁의 신이나 다름없다.
성재는 안타까움에 눈물을 글썽거렸다.
고개를 들지 못하는 연대장의 모습과 위기를 기회로 만들어 대통령에게 더욱더 좋은 모습으로 어필하는 군사령관.
'연대장님한테 뒤집어 씌웠어?'
결심했다. 이건 경우가 아니라고. 자신이 나서야만 해결할 수 있다고.
그래야 억울한 상황을 풀 수 있을 거라며 행동에 옮겼다.
"저…."
그러나… 꾹 잡힌 손.
자신을 믿으라며 잡았던 연대장의 손이 성재의 손을 더욱더 세차게 붙잡았다.
'연대장님… 왜 말리시는 겁니까?'
제아무리 바보가 아닌 이상에야 그가 꾹 잡는 손의 의미를 모를 리 없다. 성재는 연대장의 행동에 자신도 모르게 눈물을 글썽거렸다.
'혼자 책임지실 겁니까? 군사령관님이 이대로 가만히 놔둘 것 같습니까!'
배 대령은 자신의 운명을 직시한 채, 군사령관이 의도하는 대로 입을 열었다.
"미리 보고를 못 드려서 죄송합니다. 사실은 지역 상인회에서 발전기금이라는 명목 하에 불법 찬조금을 요구하고, 그 요구에 응하지 않자 저희 군 부대 회관에 강제침입하여 폭력을 행사한 바 있습니다. 군사령관의 말대로 제 임의 판단으로, 비밀로 감추고 제가 대신 수령하는 게, 대통령님의 걱정을 덜어드리는 거라고 생각했습니다."

그의 말에 대통령은 고개를 갸웃거렸다. 군사령관을 보는 시선.
"군사령관! 그게 사실입니까?"
"그런 것 같습니다."
그러나 대통령은 계산이 빨랐다.
'그럴 거면 끝까지 모른 척했어야지. 왜 네가 직접 말해? 배 대령! 진짜 멍청한 거야? 아니면… 아니면?'
걷는 놈 위에 뛰는 놈. 뛰는 놈 위에 나는 놈. 대통령은 둘러보았다. 당당하게 말하던 군사령관의 얼굴은 상기되어 있었고, 병사의 얼굴엔 눈물이 글썽거렸다.
'군사령관이 지시한 거였구나. 그래서 말을 끊은 거고!'
그는 단번에 무슨 상황인지 파악했다.
그러나 지금 당장 문제 삼지 않았다. 여기서 자신이 화를 내면, 상황은 더 악화된다.
핵심은 그게 아니다. 어떤 일이 있었느냐가 중요한 법이다.

"좋아요. 배 대령, 그래서? 내가 어떻게 하면 좋겠나요? 차상철 상사를 때린 상인들은 법대로 해결하면 될 것 같은데?"
"그게 좀 복잡합니다."
징계에 대한 문제, 합의에 대한 문제, 일말의 사건들을 모두 들은 대통령은 말했다.
"1군사령관은 이런 일을 어떻게 해결해야 한다고 생각합니까?"
"저는 저희 군에서 조금 양보하여, 상인들과 협력하고 시민들의 안녕과 행복을 위해서 화해를 모색하여 지역 사회의 발전을 위해 노력해야 된다고 생각합니다."
"정말 그렇게 생각해요? 그럼 배 대령은 어떻게 생각하지요?"
"우리나라는 아직 분단국가입니다. 휴전 중일 뿐, 언제든 전쟁이 발발할 수 있는 상태이기도 합니다. 군인, 경찰 등 일선에서 고생하는 우리 특수공무원들의 위상과 안전이 우선시 되어야 된다고 생각합니다."
"저도 그건 알고 있습니다. 구체적인 방법을 묻는 겁니다."
"사회적인 공익광고와 실천 캠페인을 국가에서 주도해서, 말단 병사, 순경들에 대한 시민의식이 제고되었으면 좋겠습니다."
'원론적인 말이네. 그렇다고 상인들이 바뀔 리가 없는데….'
양식, 자연산도 속여 팔고, 양도 속여 파는 상인들이 시민의식이 제고된다고 바뀔까? 그럴 리가 없다. 방법은 간단한데, 왜 말을 못하는지 답답하다.
"하고 싶은 말이 있는 것 같은데?"
대통령의 말에 성재가 고개를 끄덕이고, 군사령관은 병사를 째려본다. 성재는 군사령관을 폄하하려는 의도는 없었다. 그건 배원영 대령도 원하지 않는 행동이었기 때문이었다. 하지만 이번 대응에 대한 해결책은 생각해둔 게 있었다. 그것을 말하려는 것.
"대통령님, 한 가지 해결 방법이 있습니다."
"해결 방법? 그게 뭐지?"
"네. 위수지역을 해제하시는 겁니다."
"위수지역?"
대통령의 두 눈이 커다랗게 커졌다. 병사의 입에서 위수지역이 나오다니….
놀랍기 그지없다. 그런데 이어지는 말은 대통령을 더욱 놀라게 만든다.
"저희 23사단 직할대는 기존 삼척, 동해였던 위수지역을 사단장 명령에 의해 강릉, 양양까지 확대해서 실시하고 있습니다. 그것을 전국으로 확대해주시면, 비싼 곳에서 일부러

묵지 않아도 되고, 상인들도 바가지요금을 고수하진 못할 것 같습니다."
성재의 말에 대통령이 고개를 끄덕였다. 생각해보니 그렇다. 외박 때, 특정 지역만 나가게 되니까, 모텔 요금을 20만 원씩 받아도 할 수 없이 어쩔 수 없이 이용할 수밖에 없다. 그게 군법이니까. 그것을 삭제한다면? 허용범위를 전국으로 늘린다면?

배원영 대령은 성재의 의견에 무언가가 생각난 듯, 추가 의견을 내기 시작했다.
"좋은 의견인 것 같습니다. 이건 강원도만의 문제가 아닙니다. 육군 훈련소에서도 퇴소 때가 오면 1박 2일간 부모님 외박이 주어지는 데, 이 날의 숙소 요금은 20만 원을 훨씬 넘어갑니다. 이게 바가지요금이라는 것을 누구나 알지만, 부모들은 훈련에 지친 병사들을 조금이라도 더 재우기 위해, 울며 겨자 먹기로 논산에 있는 숙소에 20만 원을 내고 쓸 수밖에 없다고 들었습니다. 위수지역을 확대하면…."
그러나 군사령관은 다른 의견을 내놓았다.
"그렇게 되면, 민심이 돌아서게 됩니다. 특히 군부대가 밀집한 강원도, 경기도 북부에서는 정부에 책임을 묻게 될 우려가 있습니다. 그리고 위수지역은 장병들의 신속한 부대 복귀를 위해 2시간 이내 지역으로 출타를 제한하는 게 목적입니다."
배원영 대령은 또 다른 의견을 냈다.
"과거에는 교통편이 좋지 않았지만, 최근에는 전국 4시간 이내 생활권으로 들어섰습니다. 결코, 무리한 정책은 아닐뿐더러, 병력들도 외출, 외박 때 이동시간 대비 주변 상권의 가격이 합리적이라면, 멀리 나가지도 않을 거라 생각합니다. 저는 이 의견에 적극 동의하는 바입니다."

'저 개자식이 내 말을 끊어?'
군사령관이 주먹을 꽉 쥐었다. 배원영은 자신의 실수를 금방 깨달았다.
'너무 나갔나?'
그러자 이번에는 성재가 자신의 손을 꽉 붙잡아주었다.
'잘 말씀하셨습니다. 연대장님.'
믿음과 신뢰.
'잘 말한 거야. 이미 엎질러진 물, 신경 쓰지 말자. 잘한 거다. 잘한 거야. 배원영!'
대통령 또한 그들의 의견에 동의했다.

"좋아요. 그건 검토해봅시다. 아, 그리고 강성재 청년? 남은 군 생활, 여기 있는 군사령관 하고 참모장처럼 열심히 하는 거다. 알겠지?"

"상병 강성재! 알겠습니다."

훈장을 받고 청와대를 나온 세 사람.

"충성! 복귀하겠습니다."

"따라와!"

배원영 대령의 말에 군사령관이 갑자기 건물 뒤편으로 끌고 간다.

성재는 발을 동동 굴렀지만, 할 수 있는 게 없고. 배원영 대령만 혼자 돌아온다.

가까이 다가온 그의 얼굴은 성하지 못했다.

"괜찮으십니까?"

"차에 타. 나는 괜찮아."

얼마나 맞았는지, 얼굴이 벌겋고, 입술은 찢어졌고, 입안에서는 핏물이 나온다.

성재는 그때야 소문으로만 듣던 간부 간의 폭력이 실제 존재한다는 걸 알게 되었다.

갑질이 정형화된 곳. 계급이 우선인 곳. 어떻게 보면 가장 곪은 곳은 가장 조직의 상부.

고속도로를 타고 복귀하며, 배원영은 걱정 말라는 듯 성재를 향해 농담을 건넸다.

"강성재!"

"상병 강성재?"

"너! 사실 우리 윤아 좋아하지?"

"아….”

"나중에 훌륭한 요리사가 되어라. 그 전까진 내가 윤아 허락 안 해. 알았냐?"

"네. 알겠습니다."

그러자 멍든 그의 얼굴에서 해맑은 웃음이 나왔다.

"알겠습니다는 뭐야? 윤아를 정말로 좋아한 거야?"

"앗, 그건 아닙니다. 그냥… 저는 그냥… 연대장님께서 저 때문에 이번 일로 잘못되시는 건 아닐까 싶어서… 그래서 얼떨결에 대답했습니다."

그러자 배원영은 운전대에서 오른손만 떼고 성재의 머리를 쓰다듬으며 말했다.

"후후, 내가 너 때문에 인생을 걸겠니?"

성재는 그의 말에 반박하고 싶었다. 그래서 이번엔 실제 행동에 옮겼다.
"인생… 거셨지 않습니까? 이걸로 전역하시는 거 아닙니까?"
말을 내뱉고 나니 또 슬프다. 그러나 이게 현실.
성재도 오늘 사안이 얼마나 중요한 사안이었는지 알고 있다.
"원래 전역할 생각도 했었어. 성재 너도 연대장, 전역하려는 거 알고 있었잖아."
"연대장님…."
"네가 신경 쓸 일 아니야. 연대장은 군생활 오래 해서, 연금도 받을 테고, 설마 대령으로 전역했는데, 내가 할 일 없을까 봐? 연대장은 전역해도 아직 파릇파릇한 50대. 잘 안 되면 나중에 딸이랑 레스토랑이라도 차리지 뭐."
"연대장님…."
"그러니까 부대 가서는 아무 말도 하지 마. 연대장 오늘 다친 것도, 오늘 들은 것도, 오늘 있었던 일도 아무 말도 하지 마. 알겠니?"
"……."
"알겠냐고?"
"대답 못 합니다."
그러자 처음으로 눈물을 보이는 연대장. 병사 앞에서 글썽이며, 다시 한번 말했다.
"부탁이다. 성재야."

다음 날. 참모장이 전역 지원서를 냈다는 소문이 싹 퍼졌다.
보직해임 당했다는 소문도.
그건 사실이었다.
배원영 대령은 사단장실에서 마지막 보고를 마쳤다.
"어제 있었던 일, 전부입니다. 그동안 감사했습니다."
보고를 들은 사단장은 씁쓸한 얼굴로 배 대령에게 말했다.
"어디서 대기하나?"
"보직해임 후, 다른 보직으로 임명될 때까지는 사단 보충중대에서 생활하는 것으로 통제 받았습니다."
"군사령관님이 직접 전화하셨나?"
"아닙니다. 군사령관님께 지시를 받은 군단장님께서 전화하셨습니다."

"이의신청서 내지 그래? 30일까지는 부당한 보직해임에 이의신청 할 수 있는데?"
"사단장님도 아시지 않습니까? 그렇게 되면 사단장님은 물론, 주변 사람 모두에게 영향 갑니다. 여기서는 제가 빠지는 게 좋습니다."
"미안하다. 만약에 나였어도 가면 똑같이 했을 거야. 알면서도 너를 보내서… 정말 미안하다. 원영아."
"괜찮습니다. 어차피 전역할 생각도 했습니다. 사단장님이 미안해하실 일 아닙니다."
짐을 챙겨 보충중대로 내려가는 참모장. 챙겨주는 사람은 아무도 없었다. 군대의 현실. 제아무리 잘 나가는 사람도, 저렇게 징계를 받게 되면 아무도 말을 걸 수 없게 된다.
그런데 놀라운 일이 일어났다.

〈장군 인사 발표〉

한 일간지는 능력 있는 장교는 장군 진급연한이 되지 않았더라도 높은 자리에 오를 수 있도록 '기존의 틀'을 깨는 청와대의 면모가 인상 깊었다고 평가했다.
그리고 같은 시각. 군사령관실.
"뭐야? 난 왜 이름이 없어?! 왜 이름이 없어?"
장군인사에 이름이 없다는 것. 그건… 후임자가 오면 바로 전역해야 된다는 뜻.
군사령부 지휘통제본부는 그 어느 날보다 싸늘한 분위기에, 쥐죽은 듯 조용해졌다.
반면, 3군단, 8군단, 23사단 지휘통제실은 축제 분위기였다….
"군단장님이 대장님으로 진급하셨다!"
"오오오! 그러실 줄 알았습니다."
"군단장님이 육본으로 발령 나셨습니다. 그것도 육본 참모차장으로 가신답니다."
"육본, 회관 조리병들 빡세지겠습니다."
"야! 최 중령! 그런 얘기를 꼭 오늘 같은 날 해야 돼?"
"사단장님! 진급 축하드립니다."
그리고 보충중대도.
사제장교 조석호 대위는 꽃다발을 들고, 한때 자신의 지휘관이었던 연대장을 찾았다.
"왜 왔어? 오지 말라니까."
"진급 발표 못 보셨습니까? 전화 많이 왔을 텐데…."

"전화? 꺼뒀지. 그리고 사단장님이 진급하신 건가?"
자신이 진급하려면 3년 이상 남았다. 그렇기에 전혀 예상하지 못했던 배원영.
"참모장님! 계룡대 근무지원단장으로 진급하셨습니다! 장군 되셨습니다. 참모장님!"
"뭐? 나?! 내가?"
"그렇습니다. 축하드립니다! 정말 축하드립니다."
"진짜? 진짜야?!"
"그렇습니다. 사단장님이 전역 지원서 반려하셨습니다. 장군 진급하신 것 맞습니다!"

같은 시각. 청와대 비서실장이 국방부 장관과 함께 대통령 집무실을 찾았다.
"잘 쉬셨습니까?"
자신이 직접 선임한 비서실장과 국방부 장관에게는 말을 편하게 하는 대통령.
"잠이 오겠어? 임기 끝날 때까진, 하루라도 사고 나지 않을까 잠을 못 자겠어. 힘들다."
"저희도 대통령님 모시느라 힘듭니다. 뭐 그리 일을 많이 하시는지…."
"그만큼 우리나라가 잘못된 게 많다는 거지. 지시한 건은 어떻게 하기로 했나?"
"저번에 말씀하신 위수지역 해제 건은 오늘 공식석상에서 발표하도록 하겠습니다."
"그래. 그리고 군인공제회는?"
"원주에 회관 짓는 것은 최종 보류시켰습니다. 사업성이 없어서 계획은 무산될 것 같습니다. 또한, 군인공제회 운영자금은 자금운용기관에 분산해서 위탁 운영하기로 했고, 앞으로는 군 관련 인사는 전부 배제하도록 규정을 바꿀 예정입니다. 군 간부, 특히 장성급 출신들의 부정부패가 일어나지 않도록 원천 봉쇄하겠습니다."
"비위자는 색출했나?"
"그렇습니다. 현재 식별된 군인공제회장과 1군사령관은 오늘 위수지역 확대 발표 전에, 현장에서 신병구속 하겠습니다."
"그래. 이걸로 군대의 이미지는 조금은 개선되겠지. 국방부장관! 군인들이 다 나쁘다는 건 아니야. 구조가 잘못된 거니까, 바로잡으면 돼. 서운해하지는 마. 내가 조만간 직업 군인도 제대 후, 안정적인 일자리를 얻을 수 있도록 각 장관들하고 의논을 해볼 터이니."
국방부 장관이 대답했다.
"신경 써주셔서 감사합니다."

전역해서도 자주 연락하자

"연대장님, 식사는?"
"거의 다 준비했습니다."
"행정보급관님께 보고하고, 갖다 드리자."
자신의 지휘관이었기에 애틋한 마음. 정성을 가득 담아 만든 백반.
철제 보온도시락통에 담아, 보충중대에 들렀다.
똑똑똑.
"들어와!"
성재와 효석이 문을 두드리자, 들리는 목소리.
평소에는 아무 말씀도 없으시더니, 오늘은 활기찬 목소리다. 왜일까?
"충성! 식사 가져 왔습니다."
그런데….
성재의 중대장이었던 조석호 대위와 연대장이었던 배원영 대령이 어떤 문서를 보며 해맑게 웃고 있다. 그리고 자신들을 부르는 배 대령.
"성재야! 효석아!"
"병장 서효석!"
"상병 강성재!"

"이리 와! 포옹 한 번 하자!"

갑자기 연대장이 둘을 허그했다. 영문 몰라하는 둘을 향해 조석호 대위가 입을 열었다.

"다시 한번 진급 축하드립니다."

"고맙다. 효석이도 고맙고, 석호도 고맙고…."

연대장은 둘에게 고마움을 표현하다 성재를 바라보고, 다시 한번 포옹을 시도했다.

"우리 성재가 제일 고맙고!"

"앗… 연대장님."

〈위수지역 제한 구역 해제〉. 그 파급효과는 대단했다.

강원도 내 양구군번영위원회는 즉각 대응하며, 데모를 시작했고. 화천군상인협회는 생존권 보장을 위한 혈투를 결의했다. 철원군은 다른 지역 상인들과 긴급회의를 통해 향후 대책을 모색하기로 했다. 반면, 강릉, 동해, 삼척, 양양, 속초, 고성 지역은 바닷가 도시답게, 너희들이 없어도 관광객이 다 먹여 살린다면서, 배짱을 부렸다.

또한, 일부 언론에서는 이번 사태로 강원도의 민심을 잃어, 대통령 지지율이 하락할 거라는 강원도 상인을 옹호하는 기사도 발표했다. 하지만 댓글들의 반응이 가관이었다.

[조0까] 기사 쓰는데 얼마 쳐 받았냐? 어디서 개수작이야! (찬성 10,513 반대 27)

[pandt] 전방 사람들 왜 이럼? 오히려 자신들 그동안 먹여 살려 준 군대에 고마워해야 되는 거 아님? 개진상 오진다. (찬성 5,673 반대 33)

[서울상인] 강원도 ㅋㅋ, 솔직히 말만 상인이지. 가격만 바가지로 불려먹고! 저것들 다 한 번씩 망해봐야 정신 차릴 듯. [찬성 5,541 반대 151]

[백친송자] 위수지역 폐지되어도 가격 쳐내리면 문제없음. 군인들이면 다들 공감함. 비싼 거 알면서도 시간 아까워서 다 근처 감. 정상요금만 받으면 문제없다. 아, 다 바가지 상인들 귓방망이 후려치고 싶네. [찬성 5,141 반대 464]

[조만성] 강원도 땅값 싸니까 오히려 더 싸져야지! [찬성 4,911 반대 412]

[예비역 5년차] 21사단에서 외박 나왔었는데 냉동 삼겹살 1인분에 15,000원 쳐먹었었음. 그 할머니 지금도 생각하면 죽이고 싶다. [찬성 4,413 반대 612]

그리고… 다음과 같은 기사가 1면에 실렸다.

위수지역 해제 발표로 인해 저번 주보다 대통령 지지율 5.2% 상승
여론 악화로 인해, 강원도 관광객 50% 이상 줄어….

"충성! 그동안 감사했습니다."
그러자 사단장이 미소를 띠며 배원영에게 말했다.
"원영아! 잘 풀려서 다행이다."
"감사합니다."
"그래. 내가 청와대 안보수석하고 연이 있어서 한번 물어보니까 VIP께서 너 콕 집어서 진급시켰다더라. 운이 좋았어."
"네. 저한테는 정말 행운이 따른 것 같습니다."
"그래. 비출신(육사를 제외한 장교)이 이렇게 성공하기 힘든데… 잘 됐다."
"감사합니다. 사단장님! 부탁드릴 게 있습니다."
"뭔데? 뭐든 말해봐. 해줄 수 있는 건 다 할게."
"네, 성재 말입니다."

같은 날, 퇴원환 차상철 상사가 철벽회관에 돌아왔다. 병사들이 쪼르르 달려가 그를 맞이했다.
"실장님!"
"별일 없었지?"
"네. 저희는 별일 없었습니다. 이제 다 기억나십니까?"
"그래! 일시적 기억상실이라 금방 돌아왔다. 안에 행보관님 계시냐?"
"잠깐 본부대 결산 있어서 올라가셨습니다."
차상철 상사는 회관을 쳐다보았다. 손님 하나 없는 철벽회관.
"내일부터는 다시 열어야겠지?"
"행보관님께서 다음 주부터 다시 연다고 하셨습니다."

자신을 진심으로 걱정해주는 병사들. 녀석들과 함께였기에 재미있었던 추억들.
군 생활, 우여곡절이 많았지만, 자신을 반겨주고 믿어주는 사람들이 있기에 어려워도 헤쳐 나갈 수가 있다. 그리고 자신을 보러 온 상급자.

"조리실장! 이제 몸은 괜찮나?"

"충성! 그렇습니다."

참모장의 말에 죄송한 얼굴로 고개를 숙이는 차상철.

"고개 들어. 네가 왜 미안한 얼굴을 하고 그래?"

"죄송합니다. 이번에 합의 건은, 참모장하고 사단장님께서 적극적으로 해결해주셨다고 들었습니다. 다시는 문제 일으키지 않겠습니다."

"그래. 금방 해결 못 해 미안하다. 징계는 사단장님 직권으로 안 하는 거로 결정되었어. 물론 네가 훈장 받은 것 때문이 크고. 내일 사단장님 면담 때 감사인사 드려."

"알겠습니다. 저 때문에 여기까지 오실 필요는 없는데, 몸 둘 바를 모르겠습니다."

참모장은 조리실장의 말에 피식 웃었다.

"꼭 그것 때문에 온 것만은 아니고…."

의아해하는 차 상사, 배 대령이 누군가를 부른다.

"강성재! 짐 싸라. 나랑 같이 가자."

성재는 그때 상태창이 떠오르는 것을 확인했다.

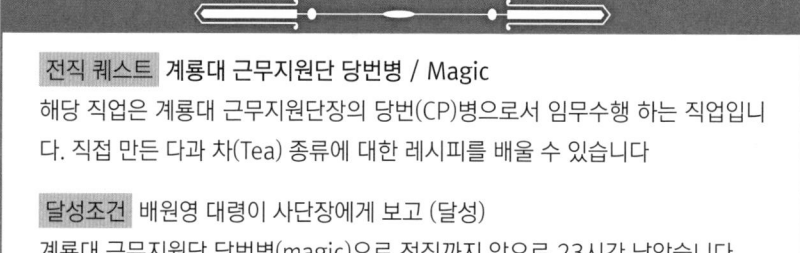

그리고….

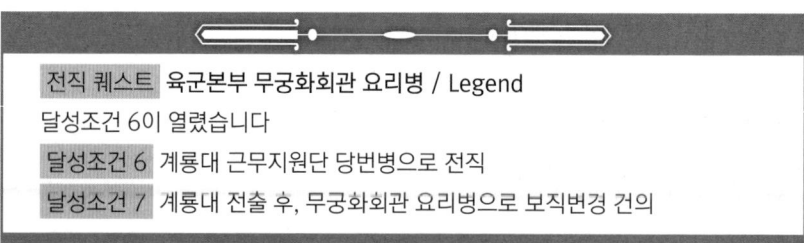

성재는 그제야 배원영 대령이 하는 말을 이해했다.
"왜? 참모장이랑 같이 가기 싫어? 너 데려간다고 사단장님께 보고까지 다 했는데?"
"어디로 가는 겁니까?"
"계룡대, 대전 근처라 좋아할 줄 알았는데? 내가 싫은 거야?"
"싫은 건 아닙니다."
성재는 아쉬움이 가득했다. 이제 곧 전역하는 서효석, 김종태 병장과 언젠가는 헤어져야 되는 줄 알고 있었지만, 이렇게 급작스럽게 다가올 줄은 몰랐다.
성재의 헤어짐은 처음이 아니다. 소초에서 연대로, 연대에서 사단으로. 이번엔 사단에서 계룡대로 가는 것뿐이다. 언젠가는 다시 만날 인연들.
그러나 그것보다 더 걸리는 것은 포상 휴가.
"저, 포상 휴가가 많이 남았습니다. 포상 휴가는 미리 다 쓰고 싶습니다."
"휴가? 그래, 다 쓰고 와야지. 암! 다 써야지. 가서 써. 며칠 남았지?"
"30일은 되는 것 같습니다."
"뭐?! 포상 휴가만?"
잠시 곤란한 표정을 짓는 배원영 대령. 그러더니 질문을 바꾼다.
"군 생활은 많이 남았지?"
"네. 아직 1년 남았습니다."
"그래. 가서 쓸 수 있게 해 줄게. 성재야! 같이 가자. 내일 아침 참모장이 데리러 올 테니까, 그때까지 개인 짐 다 싸놓고 있어."
참모장이 떠나고. 조리실장은 멍한 표정으로 성재를 바라보았다.
"뭐야? 지금 무슨 일이 벌어진 거지?"
그러자 서효석이 어이없다는 표정으로 실장님께 보고했다.
"실장님, 참모장님께서 준장으로 진급하셨고, 그래서 성재를 발령 난 부대로 데려가시려는 것 같습니다."
"뭐?! 어떻게? 대령 진급하신 지 2년도 안 되신 것 같은데?"
"대통령 만나 뵙고 나서, 진급하셨다고 합니다. 성재도 같이 만났었답니다."
"진짜야? 강성재! 진짜야?"
성재는 실장의 말에 고개를 끄덕였다.
"네. 만나 뵀었습니다. 정말 좋은 분이었습니다."

"아… 나도 갔어야 되는데….."
"아! 실장님 드릴 게 있습니다."
성재가 갑자기 쪼르르 달려가 무언가를 들고 온다. 파란색 케이스 안에 든 훈장.
"인헌 무공훈장이라고 합니다."
"네가 받아둔 거야?"
"그렇습니다. 참모장님이 대신 가서서 받아오신 겁니다."
어떻게 보면 이 훈장도 사실 성재가 만들어준 것.
성재의 신고가 없었다면, 이 훈장을 자신이 받을 일은 없었다.
"강성재. 고맙다. 정말 고맙다."
강성재는 작은 체구로 살짝 저항해보지만, 남자의 찐한 포옹을 막을 수 없었다.
'아, 남자 포옹은 싫은데….'

이야기로 밤을 지새우는 병사들. 뭐 그리 할 말이 많은지, 새벽까지 멈추지 않는다.
"성재야. 너 계룡대 가지? 계룡대에서 근무했던 병사 이야기인데…, 거기는 장군들이 굉장히 많대. 육군본부부터 해군본부, 공군본부도 있는 곳이거든."
"아… 그건 들었습니다."
"가서 잘해라. 병사는 진짜 아무것도 아니라더라. 못하면 죽는대."
"설마 그렇겠습니까?"
"중령이 직접 프린터 고치고, 창문 청소하고 그런다는데?"
"아닐 것 같습니다."
"그렇다니까? 중령이 그러는데, 병사들은 어떻겠냐? 죽어나겠지?"
"겁주지 마십시오. 다 사람 사는 동네지 않습니까? 전 잘할 수 있을 겁니다."
새벽 4시. 서효석은 자신의 속마음을 털어놓았다.
"사실 너! 밉기도 했다? 네가 수타면 처음 뽑던 날, 사실은 정말 기뻤어. 네가 열심히 하는 모습을 봤었잖아. 그런데 어느 날부터인가 네가 내 요리를 너무 쉽게 쉽게 배우는 거야."
"…죄송합니다."
"그런데 지내보니까, 내가 잘못 생각한 거더라. 오늘, 짐 싸는 거 도와주면서 느꼈지."
"어떤 것 말씀이십니까?"

"너… 책 얼마나 본 거냐? 네가 가지고 있는 요리책만 10권이 넘더라."
성재의 짐. 거의 다 요리에 관련된 것들.
"그냥 모르는 부분은 많이 찾아서 보고 있습니다. 부족한 점이 많기도 하고, 아직 배워야 할 요리도 많아서…."
"넌, 전역하는 순간 성공할 거야. 어디 레스토랑이든 널 영입하려고 난리 칠걸?"
"그렇습니까? 전 잘 모르겠습니다."
"모르겠으면, 우리 레스토랑 올래? 내 제자로 들어와라. 내 요리 다 알려줄게."
서효석의 말에 성재가 미소지었다.
"죄송합니다. 그건 안 될 것 같습니다."
"후후, 역시 그러냐?"
"그렇습니다."
"성재야. 그동안 고마웠다."
"서효석 병장님, 저도 감사했습니다."
"전역해서도 자주 연락하자. 그때는 요리사 대 요리사로."
"싫습니다."
"뭐?"
"요리사 대 요리사 말고, 훌륭한 셰프 대 훌륭한 셰프로 만났으면 좋겠습니다. Good Chef 말입니다."
"크크, 그 말은 또 어디서 배웠냐? 레스토랑 현장 용어인데?"
"말하지 않았습니까? 휴가 기간에 아르바이트 했었다고."
밤을 꼬박 새운 성재와 효석. 그들은 정말 헤어졌다.
"충성! 그동안 감사했습니다!"
"그래. 가서도 잘하고!"
"네! 가서도 열심히 하겠습니다."
"그래!"

헤어짐에 익숙한 사람들.
그들의 직업은 군인.

저 올해 유격 훈련 받았습니다

계룡대. 육해공본부의 요람. 그래서일까? 주둔지의 크기가 장난이 아니다. 그야말로 압도적. 부대 내에 6차선 도로가 깔려 있고, 그 안에는 육군본부, 해군본부, 공군본부가 함께 있는 가운데….

군사법원은 물론 제1 간부식당, 제2 간부식당, 제3 간부식당. 해군 식당은 물론 병사들이 사용하는 병영식당도 세 군데나 된다.

주둔지가 얼마나 큰지, 철책을 맡는 소초도 있고, 그 소초는 해안, GOP에서 근무하던 방식을 동일하게 적용한다. 그야말로 24시간 불철주야 교대시스템.

본부 막사에 들어간 성재와 배원영 대령. 그를 해군 준장이 환영한다.

"오셨습니까? 우리 배 장군."

"아직 대령입니다. 선배님. 합동본부에서 보고, 또 이렇게 뵙게 될지 몰랐습니다."

전임자와 후임자. 그들은 합동참모본부에서 근무했던 인연.

"인생이 참 묘해. 이렇게 만날지 어떻게 알았어?"

"그렇습니다. 선배님!"

"그나저나 여기 보직은 육군이 온 적이 없는데, 희한해. 무슨 빽이라도 있나?"

"그건 아닙니다. 운이 좋았던 것 같습니다."

"후~우. 자네가 오니까 나도 이제 군 생활 끝나가는 게 느껴지는군."

전임 계룡대 근무지원단장 오태석. 안타깝게도 다음 보직을 받지 못했다. 그말은 즉 전역.
"그동안 고생 많으셨습니다. 퇴역하시면 어떤 일 하십니까?"
"일단은 안보강연 다니면서 쉴까 하고, 아직 정한 건 없어. 그런데 이 병사는 뭔가?"
해군 준장 오태석이 성재를 보며 배원영 대령에게 물었다. 배원영은 웃었다.
"제 당번병으로 쓰려고 합니다."
"그래? 보직일은 다음 주잖아. 왜 이렇게 일찍 데려왔어? 휴가 좀 보내고 그러지."
휴가라는 말에 성재의 눈이 말똥말똥 커졌다. 하지만 배원영은 단호했다.
"먼저 부대 적응 좀 시켜야 되지 않겠습니까?"
성재의 커다랗게 뜬 눈은 이내 실망의 눈빛을 띠고, 오태석 준장은 당번병을 불렀다.
"그렇지. 아~ 태양아."
"상병 최태양!"
"저 병사, 데리고 가서 짐 풀고 회관 양복점 가서 정복도 맞추고, 부대 지형도 익히고 와."

기존 당번병인 해군 상병 최태양. 그는 친절한 사람이었다.
"몇 월 군번?"
"17년 9월 군번입니다."
"아… 그렇구나. 내가 2개월 선임이네."
"아… 네. 앞으로 잘 부탁드리겠습니다. 최태양 상병님."
"아니야. 잘 부탁드릴 게 뭐가 있어? 궁금한 거 있으면 그때그때 물어봐."
최태양은 성재를 데리고 단장실에서 당번실을 통해 중앙복도로 나왔다.
복도 좌우, 지휘통제실과 통신실, 지원과 그리고 간부이발소가 있다?
"건물 안에 이발소도 있습니까?"
"아… 간부 전용 이발소인데, 계룡대 안에 총 5개소가 있고, 안에는 군무원분들이 일해서. 군무원분들에게는 '충성!'하고 경례할 필요까진 없으니까 그냥 목례하면서 안녕하십니까? 라고 인사드리면 돼. 알겠지?"
새로운 환경에 적응하는 것은 피곤하다. 한 달만 있으면 분대장을 달았을 성재.
여기서는 후임일 수밖에 없다. 그래도 자신이 선택해서 온 일이기에 후회는 없었다.
막사 밖으로 나가자 바로 보이는 검은색 차량. 그랜저 HG. 그리고 붙어있는 ★짜리 성판.
"아, 저게 단장님 차량이야. 보면 경례하는 건 알지?"

"네. 기억해두겠습니다."
그리고 검은색 차량 앞에 2차선의 도로. 도로 앞에는 연병장이다.
연병장을 기준으로 좌측에도 병영막사. 우측에도 병영막사가 있는데, 최태양은 우측으로 걸어가며, 성재에게 말했다.
"좌측은 경비단, 우측은 우리가 속한 지원대대."
그는 성재의 전투복 이름표를 보더니, 다시 물었다.
"성재? 너 혹시 공관병은 해본 적 있어?"
"상병 강성재! 대리임무로는 해본 적 있습니다."
"그래?! 오! 잘 됐다."
"왜 그러십니까?"
"아~ 육군 총장님, 해군 총장님, 공군 총장님 공관병이 다 우리 소대거든. 개네 대리임무를 우리들이 해."
"정말입니까?"
청천벽력. 공관병은 정말 적성에 안 맞는데, 최악의 상황.

막사에 들어가니, 해군 상사가 있다. 그의 보직은 행정지원관, 줄여서 지원관.
"얘가 개야?"
"그렇습니다. 지원관님! 새로운 단장님이 데려온 제 후임입니다."
"오~ 똘똘하게 생겼네."
"지원관님?"
최태양이 지원관에게 말하자, 성재가 고개를 절레절레 저었다.
'설마? 공관병 말하는 건 아니겠지?'
아니나 다를까, 예상은 빗나가지 않고. 또다시 성재에겐 불안감이 엄습한다.
"성재, 얘! 공관병도 해봤다고 합니다."
"그래?! 잘 됐네. 어이쿠! 잘됐어."
불안한 분위기는 더욱 안 좋게 흘러가고.
"어? 잠깐만! 너 혹시 방송에 나오지 않았니?"
자신의 얼굴을 알아보기까지 한다. 성재는 체념한 듯 고개를 숙이며 대답했다.
"저번 언리미티드 챌린지 10주년 방송 특집 때 촬영했었습니다."

"아! 그렇구나. 요리 잘하는 애! 맞지? 개 맞지?"
"그렇습니다."
"오! 장군님들 사모님들이 좋아하시겠네."
행정지원관의 얼굴엔 웃음꽃이 피고. 성재는 고개를 숙인 할미꽃이 되었다.
최태양은 단장이 지시한 사항을 지원관에게 보고했다.
"지원관님! 단장님께서 인수인계하고 오라고 지시하셨는데, 복장 맞추고 와도 되겠습니까? 양복점 가서 정복 치수 좀 재고, 국방부 마크 오바로크도 치고 오겠습니다."

막사 시설은 대부분 괜찮았다. 개인 침대에 관물대가 결합된 구조.
전투복을 들고 최태양 상병을 따라 나가는 성재.
잘 정돈된 잔디들. 테니스장. 족구장. 풋살장, 커다란 체육관 같은 건물도 있다.
"설마 체육관인 겁니까?"
"맞아. 그런데 병사는 주말하고 일과 이후밖에 못 쓰고, 오후 4시부터 6시까지는 간부들만 쓸 수 있어. 대신 풋살장하고 족구장은 체력단련시간에도 신청하면 사용가능하고."
간부 우선의 시스템. 그걸 감안하더라도 너무나 잘 되어있는 복지여건.
사단급하고는 비교도 할 수 없을 정도. 군부대 안에 인도와 차도가 따로 구분되어 있을 정도니, 얼마나 좋은 시설인지는 직접 와 본 사람만이 알 수 있다.
그리고 표지판에 적힌 충격적인 팻말.
"설마 수영장도 있는 것입니까?"
"수영장? 당연히 있지. 해군이 있는데, 수영장이 없을 리가 없잖아."
그러고 보니, 최태양 상병은 해군이다.
육군에서는 상상도 할 수 없는 일. 부대 내에 수영장이라니.
"아… 놀랐습니다."
"놀래긴, 영화관도 있는데…."
충격.
부대 내에 영화관이라니….
"지금 가는 곳이 거기니까, 가서 보여줄게."
"네. 알겠습니다."
회관은 정말 압도적이었다. 대도심지의 시청 건물을 보는 것과 같은 웅장함.

겨우 2층 건물이었지만, 화려하게 올라온 기둥과 건물 외관은 얼마나 고급스러운지 성재의 두 눈을 놀라게 만든다.

그때, 선임인 태양이 앞에 지나가는 간부를 보며 경례를 실시한다.

"충성!"

경례를 받아주고 지나치는 남자들.

반팔 회색 정복 셔츠를 입은 남자의 계급장은 무려 중령. 그게 한 명도 아니고 4명.

그리고 또다시 간부가 지나가고. 최태양이 또다시 경례를 실시했다.

"충성!"

그러자 웃으면서 대답해주는 여성들.

"그래."

성재는 더욱더 깜짝 놀랐다.

여성들이 웃고 지나가는데, 그들의 계급이 무려 대령. 그것도 둘.

'와… 삭막하다.'

사단회관 안에서도 중령이나 대령이 오면 까마득하게 높다고 생각했는데, 여기는 보이는 사람 대부분이 중령, 대령이다. 부사관하고 위관 장교를 보기 어려울 정도.

정신을 차리고 보니 1층 안내데스크. 연미복을 입은 사람들이 대기하고 있고.

문제의 장소가 시야에 포착되었다.

〈무궁화회관 제1홀〉, 〈무궁화회관 제2홀〉, 〈무궁화회관 제3홀〉.

그 3개의 중앙에 위치한 주방. 그 안에서 일하는 병사들.

'저기가 내가 갈 곳인가?'

성재의 시선이 한곳에 집중되자, 태양이 웃으며 말했다.

"아! 원래 요리 했었다고 했나?"

"네. 요리사가 꿈입니다."

"꿈이 좋네. 당번병들이 요리는 못해도, 차는 잘 타야 되거든. 암기할 게 태산이야."

"그렇습니까?"

"응. 나중에 고생 좀 할 거야."

아쉬움을 뒤로하고 2층에 올라간 성재는 곧바로 전투복 오바로크를 맡겼다.

흰색 국방부 마크를 박아주는 아주머니. 양복점에서 성재의 치수를 재는 아저씨.

여기 부대의 병사들은 전투복 말고도 근무복이라는 것을 입는다고 한다.

"날짜에 따라 다르고, 단장님 따라 다른데…. 2015년에 해병대 출신 단장님께서는 전투복만 입게 하셨고, 공군 출신 단장님은 근무복만 입고 근무하게 하셨어."

"아…."

"그리고 지금 단장님은 월요일엔 전투복, 화부터 금요일은 근무복!"

"아… 네. 무슨 말씀이신지 알겠습니다."

무궁화회관 건물. 그곳은 정말 없는 게 없었다. 지하에는 목욕탕과 헬스장. 1층에는 회관과 연회장. 그리고 영화를 볼 수 있는 극장형 강당까지 마련되어 있다. 그리고 2층에는 군용 통신사대리점, 충성마트, 문구점, 양복점, 군장점에 심지어 꽃집까지 있다.

"신기해?"

"그렇습니다."

"여기가 제일 큰 곳이고, 이런 복지회관이 총 세 군데 더 있거든. 영외에 하나, 그리고 위관, 부사관 영내 아파트 앞에 또 하나."

"이런 게 또 있습니까?"

"당연하지!"

오후 4시. 간부들이 반바지에 반팔 운동복을 입고 뜀걸음을 실시하기 시작한다. 그들의 계급은 그들의 흰색 운동모를 통해 확인할 수 있었다.

"충성!"

"충성!"

충성을 몇 번이나 해야 하는지, 감이 잡히지 않는다.

회관에서 부대 오는 데까지 무려 50회? 70회는 했나?

다시 본부막사에 도착하니, 배원영 대령은 이사를 위해 집으로 간 상태.

계근단장 당번실에서 최태양의 선임 당번병이 웃으며 성재를 맞이한다. 알고 보니 최태양은 당번병 중 후임이었던 것.

"얜 누구냐?"

"새로운 단장님이 데려온 당번병입니다. 인사드려. 같은 당번병 선임 최용균 병장님."

"충성! 상병 강성재! 잘 부탁드리겠습니다."

"응. 목소리 낮춰. 단장님 지금 오침하신다."

성재는 최태양의 선임을 보며 놀라움을 감추지 못했다.
훤칠한 키, 잘생긴 얼굴. 오똑한 코에 짙은 눈썹. 매끈하고 하얀 피부까지.
"왜? 잘 생겨서 그래?"
거기에 뻔뻔하기까지.
"아… 그렇습니다."
"공군 최용균 병장님! 모델 출신이셔."
"모델…."
그는 병장 특유의 여유로움을 가지고, 성재와 태양에게 말했다.
"태양아. 단장님이 전투 수영, 당번병도 예외 없이 훈련받으라신다."
성재는 전투 수영이 무슨 말인지 몰라 입을 열었다.
"전투 수영이 뭡니까?"
"아… 너 육군이지? 해군의 유격 훈련이라고 하면 알기 쉬우려나…."
성재는 고개를 저었다.
'유격? 설마? 나도 해야 돼? 나는 유격 다녀왔는데?'
그래서 물었다.
"언제부터입니까?"
"내일부터 금요일까지."
병장의 말에 성재는 잠시 고민하다 입을 열었다.
"저 올해 유격 훈련받았습니다."
그는 이제 상병. 병사끼리는 할 말은 충분히 말할 수 있는 계급.
이라고 생각했지만… 전혀 아니었다.
"얘! 빠졌네."
선임의 말. 이때는 곧바로 태세 전환해야 한다.
"죄송합니다. 농담이었습니다. 훈련 제대로 받겠습니다."
"클클! 수영복은 지원관님께 보고해서 받아. 수영은 잘하냐?"
"한 번도 안 해봤습니다."
"근데, 얘, 왜 이렇게 불쌍하냐? 오자마자 전투수영이라니, 클클"
성재는 처음 보는 선임의 말에 고개를 저었다.
'전투수영이 뭔데? 뭔데?'

211
할아버지, 할머니 감사합니다

계룡대라 그런지 훈련강도는 그리 세지 않았다.
각군 본부의 행정병이 대부분인 지원대대의 훈련은 일과 종료 후, 체력단련시간인 16시부터 18시까지 2시간만 치러진다.
실내 수영장 내부 전광판.

   수온 28.3℃
   실내온도 26.4℃

전투수영.
해군 훈련병들의 3주차 인내 훈련과정에 정식 포함된 교육과목.
"전투수영은 너희들이 긴박한 위급상황이 발생했을 때, 스스로의 생존능력을 향상시키는데 그 목적이 있다."
"훈련에 앞서, 안전수칙 설명하고, 등급 분류에 따라 훈련을 실시하겠다."
안전수칙을 설명한 교관. 그는 곧바로 다음 진행을 이어갔다.
"자신의 등급을 모르는 육군, 공군 장병들은, 일단 수영을 할 수 있는 자와 할 수 없는 자로 분류해서 집합한다. 수영할 수 있으면 좌측, 할 수 없으면 교관을 기준으로 우측! 헤쳐 모여!"
성재는 전투수영을 해본 적이 없어 우측에 모였다. 대부분이 신병들.

전투수영의 등급은 총 4가지.
성재는 자신의 당번병 선임병을 바라보았다.
공군임에도 멋진 수영자세가 인상적인 최용균 병장.
그리고 해군 출신 전투수영 2등급인 최태양 상병.
성재는 그들의 모습을 보며, 자신감을 얻었다.
'나도 저 자세 똑같이 하면 할 수 있겠지?'
그런데 4등급이라서 그런가 죽으라고 PT체조만 시키는 교관.
반면, 옆에서는 승급 심사가 이어지고 있다.
[1급으로 한 번 올라가 보겠다? 거수!]
거친 물살을 가르는 혜엄으로 1등급으로 올라가는 최태양 상병.

성재는 부러움을 뒤로하고, 자신의 차례가 오기를 기다렸다.
그런데 몸이 뜨질 않는다.
머리를 위로 하고, 교관의 지시처럼 몸을 최대한 넓게 펼치며, 발을 구르는데도 꼬르르 가라앉는 성재의 몸. 그리고 코와 입으로 물이 한가득. 어지러움, 두통, 기침.
순간 아찔해지는 그는 허우적대며, 발을 땅에 대고 일어섰다.
"야! 바닥에 누가 발 닿으래?! 다시!"
재시도. 그러나 물에 몸을 띄우는 것조차 쉽지가 않다.
"너! 나와!"
"너도 나와!"
열외된 성재의 눈앞에는 자연스럽게 몸을 물에 띄운 채 숨 쉬는 장병들이 있다. 부럽기만 하고, 아는 사람 없이 혼자 낙오된 것이 한없이 서럽기만 하다.
옆에 서효석 병장이나, 강희철, 김종태 상병이라도 있었으면 덜할 텐데, 멀리 계룡까지 와서 소외감을 느끼니, 이등병 때 관심병사로 취급받던 시절까지 떠오른다.
그러나 그는 혼자가 아니었다.

"성재야."

"상병 강성재."

"이리 와!"

모델 출신 최용균 병장의 말에 성재가 쪼르르 달려갔다.

"일단 다리를 수영장 가장자리 벽 끝에 걸치고, 몸을 띄워봐."

성재가 다리를 걸치고, 몸의 90%를 띄우자, 손으로 받쳐주는 선임병.

"자, 이제 손 뗀다. 발장구쳐야 돼!"

"넵!"

그러나 금방 가라앉는 몸.

몇 번을 해봐도 금세 코와 입으로 들어오는 물에 정신이 혼미해지고. 최용균은 고개를 저은 채, 성재를 포기하고 말았다.

[1급! 2급! 3급! 이제 모인다. 이함 훈련 실시한다.]

이함 훈련. 다이빙 대(이함대)에서 뛰어내리는 훈련.

구명의를 착용하고, 떨어질 때 자신의 몸을 보호하거나, 멀리 이탈하고, 뛰어내린 이후 영법(수영방법)에 대해 배우는 훈련.

결국, 3급 안에 들지 못한 성재는 이 멤버에 포함되지 못했다.

그날 저녁 식사시간. 성재는 미안한 표정으로 선임병들을 바라보았다.

"죄송합니다."

"아니야. 연습하면 다 돼."

"인수인계받아야 되는데, 훈련 통과를 못 해서 어떻게 될지 모르겠습니다."

"밤에 연습하러 갈까?"

"가도 됩니까?"

"응. 19시부터 21시까지 야간 개방도 하거든."

훈련 통과한 사람은 다음 날부터 정상일과. 통과 못 한 사람은 재교육.

모델 출신 최병장이 불렀다.

"태양아. 내가 인솔해서 같이 갈게. 넌 남아서 당번실 청소하고, 정리 좀 해."

"네. 알겠습니다."
다시 간 수영장. 아까 오전과는 많이 다른 분위기.
아줌마들도, 아저씨들도 많이 있어, 조금은 많이 시끄럽다.
"다 군인 가족들이야. 너무 신경 쓰지 마."
"네."
"일단 몸 띄우고 있어. 난 다이어트 좀 하게."
최용균. 그의 목적은 사실은 몸매 관리.
혼자 50m 트랙을 자유형, 배형, 평형으로 번갈아 주파하며 실력을 뽐낸다.
성재는 한숨을 내쉬며, 홀로 연습에 매진했다.
몸을 돌려 물장구를 쳐보는데, 코에 물이 들어와 도저히 자세를 유지할 수가 없다.
'아, 한심하다. 진심….'

그런데 여리여리한 몸매에 나이치고는 관리를 잘한 할머니가 성재를 향해 말했다.
"훈련이에요?"
"네."
"4등급?"
군인 가족이라 그런지, 등급도 알고.
"네. 4등급입니다."
그래서 뻘쭘한데, 소속도 묻는다.
"해군?"
"육군입니다."
"아! 우리 손자도 이제 육군 입대하는데, 계룡대근무지원단?"
"네. 그렇습니다."
그러자 할머니가 옆에 있는 할아버지를 불렀다.
"당신! 여기 병사 좀 가르쳐 봐요. 몸이 뜨질 않네. 뜨질 않아."
"그래?"
성재는 흰 머리가 수북한 남성을 바라보았다.
간단히 목례를 실시한 성재. 그러자 그가 아무렇지 않은 듯 성재를 향해 말했다.
"누워봐!"

"네. 알겠습니다."
할아버지의 말에 성재는 몸을 틀었다. 그러자 60대가 넘어 보이는 그 남자가 성재의 등을 밑에서 받치더니, 말을 꺼냈다.
"팔을 최대한 벌려. 죽은 개구리처럼!"
"넵!"

그러자 갑자기 할아버지가 손을 놓으며 성재에게 당부했다.
"움직이지 마! 발장구도 치지 말고!"
할아버지의 말에 꼼짝 않는 성재.
그런데 신기한 일이 벌어졌다.
성재의 몸이 움직이지 않는데도 뜨고 있는 것.
"어? 뜨네."
"뜨지? 허허, 표면적을 넓게 하면 뜨는 거야. 이제 여기서 발장구를 쳐봐!"
할아버지의 말대로 발장구를 치자, 성재의 몸이 자연스럽게 앞으로 가기 시작하고.
그때, 그 남자는 또 한 번 조언을 한다.
"팔도 같이 휘저어봐. 그럼 빨라질 거야."
신기하게도 할아버지가 한 번 가르쳐주자, 제대로 되는 몸.
이렇게 쉬운 건데….
"할아버지, 할머니 감사합니다."
성재는 고마움을 느껴, 두 노인에게 감사의 인사를 건넸다.
둘은 어색한 미소를 지으며, 이름을 묻고는 열심히 하라는 격려를 해주었다.
"이름이 성재라고? 정말 좋은 이름이네. 수영 잘하고!"
"감사합니다. 좋은 하루 되십시오."
두 노인과 헤어진 후, 성재는 홀로 25m 생존수영을 연습했다.
아까와는 달리 확연히 쉽게 움직여지는 몸.
'해보니까 어렵지 않네. 교관님들도 할아버지처럼 쉽게 설명해주면 좋았을텐데….'

다음날, 성재는 확연히 좋아진 자세를 유지하며 수영등급 2등급을 획득했다.
5m에서 뛰어내리는 이함 훈련과 지원대대 동료들과 수상행군까지 통과했다.

'전투수영 종합평가 합격증 = 종합등급 2등급'을 획득한 성재.
그는 다른 동료들과 훈련이 끝났음을 기뻐하며 미소를 짓고, 당당히 복귀했다.
자신의 선임병을 향해 생활관에서 경례를 실시.
"충성! 복귀했습니다."
"합격했냐?"
"그렇습니다."
자신 있는 목소리로 대답하고.
최태양과 최용균도 성재의 합격소식을 들으며, 고개를 끄덕였다.
성재 또한 첫 이미지는 수영으로 인해 깎아 먹었지만, 하루 만에 바로 만회한 것에 안도하며, 선임들로부터 인수인계받을 것을 숙지했다.
해안에서 근무했었기에 통신장비 다루는 것도 익숙했고, TD(군 전화) 받는 요령도 이미 완벽하게 숙지된 상태.
군대 예절, 군에서 자주 실수하는 압존법 또한 간부식당, 회관 등을 거치며, 나무랄 곳이 없다. 상병급 중에서도 이 정도면 에이스 오브 에이스.
그래서일까? 선임들은 성재에게 갈굼도, 터치도 없다.
오히려 최태양은 막내생활을 벗어나려고 챙겨주려 안달.

최용균은 수영장에 몸매 관리하러 나가고, 최태양이 성재를 데리고 어디론가 향했다.
"배고프지?"
"식사 방금 하셨지 않습니까?"
"그걸로는 부족하지. 부대 안에서 피자 먹어봤냐?"
"피자 말씀이십니까?"
"응. 피자 먹으러 가자."
"네?!"
지원단 막사에서 50m도 떨어지지 않은 곳에 신기하게도 정말 피자 가게가 있다.
가격도 무척 저렴. 가장 비싼 치즈크러스트 피자 라지 한판이 겨우 12,900원.
가격대는 6,900원부터 12,900원까지 다양하고. 콜라 PT 사이즈도 겨우 1,500원.
더구나 배달도 한다.
좋은 선임과 함께하는 자리.

요리 등급도 이 정도면 나쁘지 않기에, 서로 웃을 수 있는 자리.

이어지는 선임의 칭찬.

"성재야. 네가 와서 참 고맙다?"

"그렇습니까?"

성재 또한 이런 선임을 만나게 되어 반갑다.

그런데… 선임은 다른 의미였나 보다.

"응. 사실 나 내일부터 휴가거든. 너 안 왔으면 잘렸어."

"어떤 것 때문에 잘리십니까? 종합평가도 다 합격하신 것 아니십니까?"

"아, 해군 총장님 관사 공관병이 내일부터 휴가 가거든. 대리임무로 너 올려놨다."

"……지원관님한테 들은 게 없습니다."

"당연하지. 우리는 간부들 통해서 전달 안 해. 병사끼리 할 수 있는 건, 알아서 조율해. 내일 아침에 보고 드릴 거야."

"……."

육군 입장에서는 조금은 빠져있는 부대. 하지만 이게 여기 부대의 특성.

병사의 자율의지가 과감히 보장된 선진강군이 나아가는 길.

국방부 국직부대. 계룡대 근무지원단.

그래서일까? 다음날 행정지원관도 쿨하게 넘어간다.

"그래? 문제없지?"

"그렇습니다."

성재는 아침부터 해군 참모총장님 관사에 영내 순환버스를 타고 올라갔다.

때마침 기다리고 있는 병사 1명. 그의 계급은 일병.

"아, 강성재 상병님이십니까?"

"네."

"말씀 편하게 하십시오. 해총공관병 김의신 일병입니다. 같은 중대 후임입니다."

"아… 그래?"

총장님 관사는 총 3곳.

육군 총장님, 해군 총장님, 공군 총장님.

육군 총장님 관사가 가장 크고, 해군 총장님과 공군 총장님의 관사 크기는 그보다 작지만, 흰색 페인트로 칠해진 목재로 만든 2층 별장이다.

"엄청 좋네."

"그렇습니다. 일단 들어가시고, 사모님께 인사드린 다음에 할 일 알려드리겠습니다."

"응. 말 놓을게."

"네. 편하게 하십시오."

공관에 후임병과 함께 들어가는 성재. 그리고 그를 반갑게 맞이해주는 총장 사모님.

성재는 그녀를 보며 인사를 건넸다.

"안녕하십니까?"

그런데 그녀의 표정이 심상치가 않다. 왜지?

"어머! 성재구나."

"?!"

어떻게 내 이름을? 그녀를 자세히 쳐다본 성재.

짙은 화장이지만, 어디서 본 윤곽. 그리고 집안에 걸려있는 가족사진.

성재는 깜짝 놀라 그녀를 향해 굽신거리고, 그녀는 미소를 지으며 말했다.

"올라오느라 고생했어. 할머니가 물 좀 줄까?"

노인 둘의 정체는?

해군 총장님과 사모님이었던 것이다.

'하아… 내 인생 X 됐다!'

장성들의 마을, 성우마을

할머니가 해군 참모총장님 사모님이셨을 줄이야.
최악의 상황. 방긋 웃고 있지만, 과연 저 웃음의 의미는 무엇일지? 곧바로 사과를 드렸다.
"할머니라고 말해서 죄송합니다. 다시는 이런 일 없도록 하겠습니다."
"아니야. 뭘 그런 걸 신경 쓰고 그래?"
"아닙니다. 죄송합니다."
다행이었다. 그리 크게 신경 쓰진 않는 듯.
"괜찮아. 일단 활동복으로 갈아입고 와."
챙겨온 활동복. 육군 특유의 회색 복장. 옷을 갈아입는데 후임병이 성재에게 말을 건넸다.
"혹시… 어제 수영장?"
"어. 맞아."
"헉, 그것 때문에, 어제 총장님하고 사모님 난리 났었습니다."
"뭐?"
"다시는 수영장 같이 안 간다면서, 병력 교육 똑바로 시키라고 했다고…."
"…… 어떻게 하지?"
"초면에 이런 말씀드려도 될지 모르겠습니다."
"괜찮아. 말해."

"저 같으면 말입니다."
"응."
"오늘 바로 탈영할 것 같습니다."
"농담이지?"
"진담입니다."

사모님은 그냥 사모님이 아니었다. 남편이 해군의 수장. 그래서 그녀의 포스도 장난이 아니다. 합법적인 범위 내에서 괴롭힐 수 있는 방법을 너무나 잘 아는 그녀.
"옷 갈아입었으면 마당에 풀부터 뽑을래?"
"어떤 풀 뽑으면 되겠습니까?"
"잡초."
시설도 좋고, 풍경도 근사해 근무하기 좋을 줄 알았는데, 전혀! Never, Never.
성재는 공관병 후임과 같이 쭈그려 앉아 풀을 뽑기 시작했다.
"와 왜 이렇게 마당이 넓어? 원래 직접 이렇게 뽑아?"
"그렇습니다. 군인공제회에서 자회사에 위탁해서 처리했는데, 얼마 전에 실 용역비를 최저임금으로 책정하니까 파업했다고 들었습니다. 그 후부터 저희가 직접 합니다."
"정말이야?"
원래는 하지 않던 일이지만, 지금은 해야 될 일.
불만 품어봐야 소용없다. 열심히 해서 빨리 끝내는 게 최선.

성재와 후임병은 하나하나, 잡초를 골라내는 데 집중했다. 끝이 보일 것 같지 않던 잡초도 의외로 오래 걸리진 않았다. 둘이 3시간을 집중하니, 대략적인 정리는 끝낼 수 있었던 것.
사모님은 생수를 떠오며 두 병사에게 말했다.
"이거 먹고, 씻고 들어와. 밥 먹자."
"네. 감사합니다."
그때 시끌벅적. 위에서 내려오는 병사들.
"아… 더워. 아 더워 미치는 줄 알았습니다."
"진짜, 오늘 두 타임인데, 장난 아닙니다."
소총을 들고, 단독군장을 한 채, 초소에서 내려오는 병사들. 누구지?

"경비단입니다. 천호봉 소초 인원들인데, 저희 공관 외곽 경비 서고 있습니다. 저희 울타리를 24시간 지키고 있습니다. 아, 저희는 그쪽 소초하고 친합니다."
"어? 왜?"
"사모님 안 계시면, 저희가 식수인원 조정신청 해서, 거기서 밥 먹어야 합니다."
"그래?"

같은 육군이라 반갑고, 해안 소초랑 같은 근무를 한다는 게 반갑다. 전방이나 후방이나 고생하는 보직은 어디나 있다. 성재는 끔찍했던 이등병 시절을 떠올리며 동질감을 느꼈다.
점심식사.
사모님이 직접 차려주신 밥상. 성재는 사모님의 요리 실력을 보며 고개를 끄덕였다.
"고생했어. 같이 먹자."
"네. 잘 먹겠습니다."
호박전에 고등어구이, 싱싱한 배추김치와 더불어, 돌김, 제육볶음, 거기에 콩자반, 시금치볶음까지. 그야말로 집안 밥상.

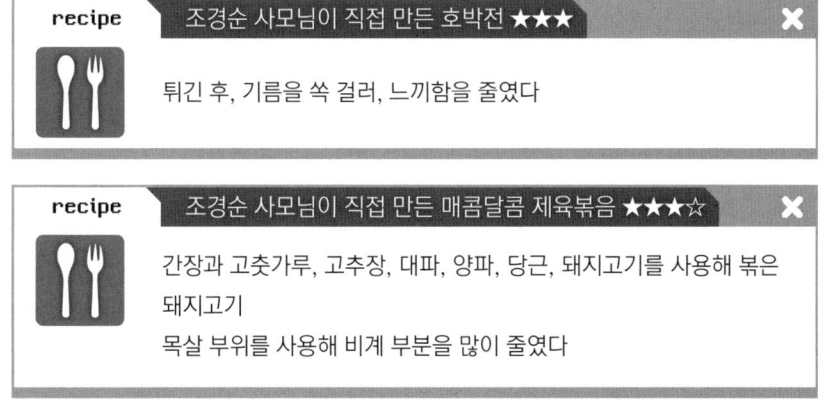

실력 또한 일반인치고는 수준급. 시중 맛집 기본 수준인 4성보다는 못하지만, 반찬가게 수준은 유지하는 게 특징.
'조금만 손보면 더 맛있게 할 수 있을 것 같은데?'
성재가 등급을 보느라 머뭇거리자, 사모님이 또 한 번 성재를 향해 농담을 내뱉었다.
"뭐해? 먹지 않고? 할머니가 주는 거라 안 먹는 건 아니지? 호호호."
"아닙니다."
"많이 먹어. 젊을 때는 먹어야지."

실수만 안 했다면, 이렇게 불편하진 않았을 텐데…. 할머니, 할아버지 소리 때문에….
오후. 사모님은 공관 사모님들과 등산을 하러 떠났다. 별장 1, 2층을 청소하는 두 병사.
"여기 일과가 어떻게 돼?"
성재는 궁금한 점을 물었다.
"특별히 하는 건 없습니다. 사모님하고 총장님께서 심부름시키시면 하고, 총장님 혼자 계시면 쓸쓸하니까, 사모님이 해주신 식사 함께 먹는 것하고, 가끔 철책 순찰 가실 때, 동행 가시면 됩니다. 그리고 사모님들께서 매일 돌아가면서 저녁 때마다 초대를 하십니다."
"응? 그게 무슨 소리야?"
"여기 관사를 성우마을이라고 하는데, 성우마을 사모님 모임이 있습니다. 오늘은 사모님께서 육군 참모차장님 댁에서 식사하실 것 같습니다."

성우마을. 장군 관사가 모여 있는 90년대 지어진 5층짜리 아파트. 준장은 20평 아파트를, 소장은 25평 아파트를 배정받고, 중장(★★★)부터는 별장을 쓰고 있다.
성우마을 안에 사는 장군이 무려 40여 명이 넘으니, 국방부 전체 장성의 10% 가까이가 이 조그마한 동네에 몰려 살고 있는 것이다.
후임병의 말처럼, 사모님은 등산을 다녀온 후, 옷을 갈아입고 육군 참모차장님 댁으로 이동할 채비를 마쳤다. 부임 후 처음 시작된 집들이라며, 곱게 차려입은 사모님.
그리고 저녁. 집에 들어온 백발 할아버지.
'총장님… 이다.'
성재는 그를 보자마자 큰 소리로 경례를 실시했다.
"충성!"
그러자 할아버지가 고개를 저으며, 성재에게 말한다.
"필승! 이라고 해야지. 다시 해봐!"
성재는 해군 대장의 말에 다시 정 자세로 힘찬 경례를 실시했다.
"필승!"
"필승! 강성재 맞지?"
"그렇습니다!"
"할아버지라고?"
"죄송합니다!"

"이 좌식이! 나보고 할아버지라고 부르는 병사는 처음 봤다 인마! 너 때문에 어제 소문이 얼마나 퍼졌는지 알아? 공공장소에서 그런 말을 해가지고!"

"죄송합니다!"

한 마디, 한 마디가 살벌한 해군 참모총장님.

간부여서 그런지 짧은 헤어스타일이 아닌 8:2 가르마 있는 머리라 헷갈린 것인데….

"잘해. 총장은 한 번은 넘어가도, 두 번은 실수 용납 안 해. 알겠나?"

"알겠습니다! 잘하겠습니다!"

"목소리는 좋구만! 그래. 방에 가 있어."

공관병들이 있는 방. 작은 보조 주방이 딸려있고 3~4명은 잘 수 있는 방도 있다.

다행히 TV도 있고, 공용 휴대폰도 있다. 성재는 후임병에게 물었다.

"휴대폰은 뭐야?"

"아, 저희 공동으로 쓰는 겁니다. 지금은 일단 일과 끝나서 따로 부를 일 없을 것 같긴 한데, 일단 그곳에 두겠습니다."

"그래."

"아, 전화는 10초 이상 울리기 전에 받아야 합니다."

"그래? 못 받으면 화내서?"

"그건 잘 모르겠습니다. 저도 선임 분께 배운 것이 그렇게 배웠습니다."

"TV는 보고 싶은 채널 보셔도 됩니다. 점호도 없고, 10시 넘으면 주무시면 됩니다."

"좋구나."

"네. 편합니다. 할머니, 할아버지, 이런 말만 안 하시면 정말 편하실 겁니다."

"…응. 주의할게."

"네. 먼저 씻겠습니다."

후임병 입장에서는 성재는 굴러온 돌. 저렇게 말하는 것도 이해가 가는 성재.

'아, 실수하지 말자. 잘 보여야 된다. 응? 잘 보이자.'

다짐을 해보지만, 할머니, 할아버지 발언을 만회할 방법이 떠오르질 않는다.

'일단은 좀 쉴까?'

TV를 보며, 채널을 돌리는 성재. 그때, TV옆에 있는 핸드폰이 울렸다.

"의신아! 김의신! 전화 왔어!"

샤워하느라 들리지 않는 모양. 할 수 없이 TV 소리를 줄이고 전화를 받았다.

"통신보안! 해군 총장공관병 상병 강성재입니다."
- 응. 성재니?
"네. 그렇습니다!"
할머니… 아니 사모님의 전화.
- 거실 방 안에 내 핸드백 있을 거야. 그것 좀 육군차장 사모님 집으로 가져다줘.
"네. 알겠습니다."
성재는 전화를 끊고, 샤워하는 후임병에게 물었다.
"육군 차장 사모님 집이 어디야?"
"아, 내려가면 바로 옆 2번째 별장 있습니다. 첫 번째 별장은 인사사령관님 관사고, 두 번째 별장이 육군 차장님 별장입니다. 왜 그러십니까?"
"사모님이 핸드백 가져오라고 하셨거든."
"선물 준비하신 거 있으시던데, 그것 때문 같습니다. 빨리 다녀오십시오."

성재는 사모님의 핸드백을 들고, 곧바로 육군 차장님 별장으로 향했다.
여름. 오후 7시임에도 해가 떨어지지 않은 밝은 저녁. 같은 색깔, 같은 구조. 마당에 모여 있는 사모님들과 장성들. 남자가 8명이니까, 장성이 8명이고, 여성이 8명이니까, 장군 사모님이 8명이다. 식사 하고 계시는 해군 총장님께 힘찬 경례를 하는 성재.
"필승!"
해군 총장이 경례를 받아주고, 성재는 곧바로 사모님에게 가서, 핸드백을 건넸다.
"수고했어."
"네. 돌아가 보겠습니다."
그런데 갑자기 성재의 이름을 부르는 남성.
"어? 성재야! 강성재!"
성재는 장군 중 하나의 부름에 자신도 모르게 학습된 듯 큰 목소리로 대답했다.
"상~병! 강! 성! 재!"
"후후후, 군단장이야. 알지?"
"그렇습니다! 사랑합니다! 군단장님!"
"어이쿠! 우리 귀염둥이!"
성재는 자신이 여러 번 보았던 군단장을 보며 힘찬 경례를 다시 한번 실시했다.

"필승!"
그러자 옆에 있던 참모차장의 사모님이 미소를 지으며 말했다.
"어머?! 성재?! 사모님! 어제 수영장 걔 아니에요?"
"맞아. 걔야. 얘는 운도 없지? 글쎄, 우리 공관병으로 대리임무 왔네?"
해군 총장 사모님의 얼굴이 해맑게 웃으면서도 한편으론 찡그려지고.
해군 총장은 새로 온 참모차장에게 입을 열었다.
"육군 차장님, 얘를 알아요?"
"네. 그렇습니다. 요리 엄청 잘하는 병사입니다. 제가 원래 공관병으로 쓰려고 했었는데, 원영이 자식이 빼돌리는 바람에…."
"원영이?"
"네. 이번에 계근단장으로 오는 녀석 있습니다. 총장님도 아실 겁니다. 이번 간첩 보고 하러 갔다가, 진급한 운 좋은 녀석 있지 않습니까?"
"아! 그 친구? VIP 앞에서 잘 보인 그 친구 말하는 거지?"
"그렇습니다. 아! 저 병사가 간첩 신고한 그 병사입니다."
"뭐? 그래?!"
"그렇습니다. 대외비로 하기로 청와대에서 결정했으니까, 여기 분들만 알고 계십시오."
"후후후, 그래?"
해군 총장은 멋쩍은 웃음을 지어 보이며, 성재를 바라보았다.
그리고 자신이 가슴에 담아둔 말을 장성들과 그들의 사모님 앞에서 말했다.
"얘가 어제 나한테 수영장에서 할아버지라고 부른 그놈인데, 얘가 간첩을 잡았어?!"
그러자 빵 터지는 장군들. 어떤 장군은 물개 박수를 치고, 어떤 장군들은 입가에 싱글벙글 미소를 머금는다. 육군 중장인 인사사령관이 씩 웃으며, 해군 총장님께 말했다.
"아! 그 소문의 계근단, 개념상실 병사가 얘였습니까?!"
"응. 성재!"
성재는 침울한 표정으로 총장의 부름에 대답했다. 오늘만큼은 기죽은 애완견 치와와.
"상병… 강성재?"
그의 기죽은 모습을 보며, 해군 총장이 미소를 띤 채, 성재에게 옆 자리를 내주었다.
"앉아. 술 잘 먹지?"

실수를 만회하셔야 합니다

장군들의 대화는 생각보다 건전했다. 다들 군대에 관한 것들.
"다들 휴가 반납했더군. 여름 휴가 못 가서 어떻게 하나?"
해군 총장의 말에 준장들은 미소로 화답했다.
"괜찮습니다. 다 업보라고 생각합니다."
"지휘관인 나만 부대에 남으면 돼. 괜찮으면 다녀오지그래."
국제정세의 급변으로 휴가를 취소한 총장. 부하를 배려하면서도 충성심을 시험한다.
원스타 장군 중 하나가 총장의 말에 대답했다.
"장군 달아보니 휴가가 부담스럽습니다. 총장님도 준장 때는 그러하셨습니까?"
그러자 무거웠던 표정이 밝아지는 해군참모총장.
"뭐가 부담스러워? 주요 직위자 아니면, 다녀온다고 누가 지적할 거야? 뭐라 할 사람이 누가 있나?"
그러나 부하들은 한결같았다.
"괜찮습니다. 이 한 몸, 국가를 위해 헌신하겠습니다."

반면, 사모님들의 대화는 대부분 가십 거리.
"그거 들으셨어요? 아나운서 전헌무랑 모델 한혜정이랑 결혼을 한다네요!"

"어머나~ 그랬구나. 2월 말에 사귄다고 들은 것 같았는데…."
물론 연예인들 이야기만 하는 것은 아니다.
"이번에 세종시 아파트값이 또 올랐대."
"어머, 평당 천 만 원은 훌쩍 넘었겠네요."
"으이구, 작년에 사둘 걸. 4월 부동산 대책 때문에 안 샀는데…."
여기서 특이한 점. 사모님들이 나이순으로 존댓말을 하는 게 아니라는 것.
그들은 철저히 남편 계급순으로 존대를 했다.

시간이 흐르고. 자리에 앉은 게 무색할 정도로, 철저하게 외면받는 성재.
그도 그럴 것이 여기서 병사는 자신뿐.
앉으라고 해서 앉았지만, 술을 혼자 먹을 수도 없고, 장군들하고 같이 술잔을 짠! 하고 먹을 수도 없다. 그래서 곤욕스러운 분위기.
한편으론 장군들도 안쓰럽다.
부대 밖도 아니고, 영내라서 민간인들이 보는 것도 아닌데 스스로 절제하는 사람들.
장군들이라서 그런지 위관, 영관급들과 노는 법이 다른 편.
많이 건전하다고 할까? 그래서 장성까지 달 수 있었던 거겠지?
신원조사에서 통과하지 못하면, 절대 달 수 없는 게 별이니까.

오늘의 주인공. 예전 군단장님이었던 참모차장님의 아내분이 집 안에서 나왔다.
공관병과 함께 들고 오는 음식들. 반찬수가 많기도 하다.
그 수준은?
하나같이 맛집 버금가는 수준.
찌개 종류 2개.

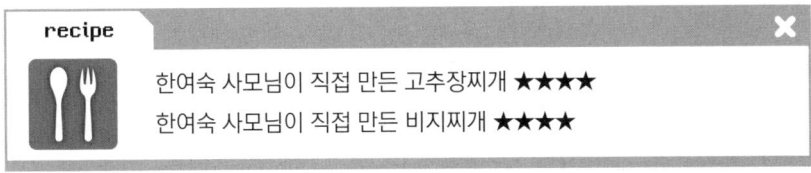

밑반찬으로 3개.

recipe

한여숙 사모님이 직접 만든 연근조림 ★★★☆
한여숙 사모님이 직접 만든 장조림 ★★★★
한여숙 사모님이 직접 만든 콩나물무침 ★★★☆

여기까지면 놀라지도 않았을 터. 본격적인 것은 지금부터.
특식으로 불고기, 갈비찜, 월남쌈까지.
때마침 도착하는 두 가족. 육군 참모총장 가족 내외와 공군 참모총장 가족 내외.
"아! 미안! 늦었지?"
"아닙니다. 총장님! 얼른 앉으십시오. 식사 아~주 맛있습니다."
군단장은 곧장 일어나서 자신들보다 상관인 총장님들을 챙긴다.
식사가 끝나자, 공관병들과 사모님이 상을 치웠다. 이제 집들이가 끝나나 싶었다.
그런데 본격적인 술안주가 나온다. 육군 총장이 놀란 얼굴로 차장에게 물었다.
"우와 이걸 직접 다 가족분께서 준비한 거야?"
소시지 채소볶음에 만두튀김, 두부김치에, 콘치즈, 거기에 골뱅이무침까지.
등급도 평균 4성.
역시 호국미식회를 결성한 군단장의 사모님. 그녀는 다른 사모님들보다 젊어보인다.
실제로도 젊다. 참모차장이 50대 후반임에 비해, 그녀는 40대 후반.
오늘의 주인공인 그녀는 익살스러운 얼굴로 총장님 앞에서 애교 섞인 목소리를 냈다.
"어머, 총장님! 우리 남편 좀 혼내주세요."
"왜요? 무슨 일 있나요?"
"말도 마세요. 우리 남편은…요. 이렇게 맛있는 음식을 매일 해줘도 불평한다니까요."

그러자 어이없는 표정으로 자신의 부하에게 묻는 육군 총장.
"참모차장! 진짜 그래? 이 정도면 진수성찬이잖아. 이걸 가지고 반찬 투정을 해?"
호국미식회의 주요 멤버 참모차장이 씩 웃었다.
"총장님! 원래 요리는 불평해야 실력이 좋아집니다."
"그게 무슨 말이야?"
"장군들의 부인은 내조를 잘해야 된다고 생각합니다. 제가 말씀드린 그 내조는 바로 요리

실력이라고 생각합니다. 솔직히 저희들끼리 하는 말이 있지 않습니까?"
"뭔데? 무슨 말을 하려는 건가?"
그러자 장성 특유의 농담이 흘러나오고.
"여자 얼굴이 예쁘면 3개월 가고, 마음이 예쁘면 3년 가고, 요리를 잘하면 30년 간다고, 하하하. 사모님들~ 다들 요리 잘하시죠?"
그 말에 또 혹하고 넘어가는 남성우월주의 집단. 각군 총장들.
'맞아. 내조 없으면 장군 생활 못 하지. 먹는 것부터 입는 것, 주요 행사자리까지…'

그래서일까? 먼저 육군 총장이 먼저 나섰다.
"자네에게도 우리 가족의 요리 솜씨를 보여줘야겠군. 다른 분들 내일 어떠세요? 우리 집에서 내일 한잔 드시는 게! 골프 나인 홀 한번 치고, 식사 한번 하고!"
그의 말에 이때다 싶어 공군 총장님이 말을 꺼내려는데, 그의 부인이 얼굴을 붉히며, 남편의 허리를 잡아당기며 제지했다.
'나서지 마! 주책아. 저게 준비하는 게 쉬울 줄 알아?'
그러나 기회는 이때! 라고 생각한 해군 총장이 나섰다.

바다 사나이는 두려움을 모른다.
진정한 남자하면 해군 아닌가?
육군에 있어서 절대 밀리기 싫은 해군.
해군 총장이 육군 총장에게 들으라는 듯, 자신의 아내에게 말했다.
"땅에서 전투하면, 바다에서도 해야지. 안 그렇습니까? 부인?"
벙찐 해군 총장 사모님.
그녀가 남편을 째려보는 가운데, 육군 총장이 해군 총장에게 은근히 디스했다.
"가족분께서는 자신 없는 것 같은데? 바다에서 전투하기에는 아직 이른 것 같죠?"

육군과 해군이 끼는데, 공군이 나서지 않을 수 없다. 공군 총장이 말했다.
"바다가 싫다면 넘어갑시다. 하늘의 왕자 공군이 나설 때인 것 같네요. 땅에서 전투한 후에는, 공중정원에서 전투하는 것으로 하죠."
사모님께 한 차례 제지를 당했던 공군 총장 또한 참전의사를 밝히며, 서막을 알렸다.

그러자 밀리기 싫은 해군 총장이 나서고.
"저희도 하겠습니다!"
"그럼 육, 해, 공 순인가요?"
"아니죠. 육, 공, 해 순서죠."

그래서 시작된 육해공 별들의 전쟁.
계룡대에서 15분 거리 이상 나갈 수 없는 장군들, 일과 후 활동은 운동과 회식.
그래서 부대 안에 골프연습장, 테니스장, 풋살 경기장, 체육관, 수영장도 있다.
그러나 7월의 더운 날씨는 테니스를 하기에는 너무 체력 소모가 심하고, 풋살장은 젊은 친구들의 체력을 따라잡기 힘들다.
그리고 그러한 종목을 자신이 직접 뛰는 것은 그야말로 민폐.
충성축구나 충성풋살을 해봐야 뭐가 좋겠는가?
남자들로서는 회식이 여가시간 즐기기에는 가장 좋은 법. 반면, 자식을 전부 출가시키고 한가한 사모님들은 뭐가 그리 불만인지 집에 오자마자 남편들을 들들 볶는다.

"아니! 장난하는 것도 아니고, 집에 왜 초대를 해? 내 생각은 안 해?"
"아니, 육군 총장이 시비를 걸잖아. 당신은 내가 땅개들한테 무시당해야겠어?"
"그거랑 요리랑은 틀리지. 당신, 그 여자들 요리실력 알아? 요리 준비하는 거 봤냐고? 그 사람은 평생 요리만 하던 사람이야. 딱 보면 알잖아. 망신당하기 짝인데!"
사모님의 언성에 술 취한 해군 총장도 반론했다.
"당신도 이제 등산이나, 골프 이런 거 하지 말고, 내 내조나 했으면 좋겠다. 진짜 농담 아니고, 아내가 요리해서 손님들한테 내놓으니까 정말 좋아 보이잖아."
"진짜 사람 미치는 꼴을 봐야 되니? 온종일 준비해도 못할 양인데… 갑자기 당장 어떻게 준비하라는 거야?"
"당신이 가장 마지막이잖아! 왜 이리 불만이 많아!"
"여보! 당신! 말을 왜 그렇게 해?"
그러나 이미 저질러진 일.
남아일언중천금(男兒一言重千金).
해군 사나이 대장부의 말에 후퇴란 없다.

"하라면 해! 잘 테니까."
그날 저녁, 그녀는 먼저 침실에 들어간 남편을 두고, 자신이 오래전 사두었던 요리책을 꺼낸 사모님의 얼굴엔 짙은 패색의 기운이 돌았다.

다음날 아침. 해군 총장님과 함께 하는 아침식사.
성재는 매일 밥을 직접 해먹다가 얻어먹으려니, 적응이 되지 않아 미칠 것 같았다.
나름 나쁘지 않은 밥상.
그러나 어제 두 분이 언성을 높이고 싸운 것을 알기에 목에 넘어가지 않는 탓이다.
어젯밤과는 다른 총장님의 분위기.
"당신."
"왜?!"
그는 어제의 일을 돌려 말했다. 이유는?
술이 깨자, 어제의 행동이 미안했던 것.
"당신… 부담스러우면 하지 마. 근처 전문 업체에 시키자."
"망신당하라고? 그리고 이미 여자들의 승부는 시작됐어."
"응?"
"여기서 포기하면, 나중에 그 여자들이 뒤에서 욕하고 다닐 거라고. 이럴 때는 더 완벽하게 만들어서 콧대를 낮춰야 돼. 철저하게 부숴버려야지."
"자신 있는 거지?"
"해봐야지. 할 거야. 생각해보니 당신 말대로 내가 나약했어. 윤호 엄마(육군 총장 사모님), 택진 엄마(공군 총장 사모님) 코를 납작하게 만들어야지."
여성들을 자극하는 승부욕. 그것이 오늘은 패션이 아니라 요리일 뿐이다.

그날 육군 총장님네 가족은 중화요리를 선보였다.
깐풍기부터 집에서 간단히 만들 수 있는 탕수육. 잡채에 마파두부까지.
알고 보니 그녀는 중식조리 기능사 자격증을 따 놓았던 것.
그래도 해군 사모님은 안도의 한숨을 내보였다.
자신이 자신 있는 한식 쪽은 건드리지 않았기 때문이었다.

'나도 한식은 자신 있어. 제사상 많이 차려봤으니까.'

그런데 다음 날 공군에서 선수를 쳤다. 너비아니부터 타락죽, 오색빛깔의 화양적까지. 제사상을 넘어, 전통 궁중요리를 만들다니.

'저 여자가 미쳤어! 미쳤어. 무슨 가정집에서 궁중 요리가 나와?'

그러나 남자들은 싱글벙글. 여성들이 얼마나 진지한지 모른 체 서로를 칭찬한다.
"오, 이거 공군 총장님이 아내분을 제대로 두셨습니다?"
"그렇죠? 하하하, 아내 요리 솜씨 덕분에, 진급 꽤나 수월했죠. 상관들 대접에 궁중요리만큼 제격이 없거든요. 하하하"
총장들의 대화. 남편은 아내가 얼마나 스트레스를 받는지 몰랐다.
그럴 수밖에.
먹기만 하면 되니까.
해군 총장은 육군과 공군 앞에서, 오히려 떵떵거리며 자부심을 내뱉는다.
"후후, 연이를 얻어먹기만 했군요. 내일은 기대하셔도 좋습니다. 마누라가 이렇게 말했거든요. 육군! 공군을 납작하게 만들어버리겠다고! 하하하, 농담인 것 아시죠?"

접대 당일 아침. 조경순은 요리를 하다가 짜증을 부렸다.
"이걸로는 안 돼! 여시 같은 게!"
자신이 자신 있던 요리는 궁중 요리의 하위호환. 도저히 이길 자신이 없다.
남편이 어제 남들 앞에서 납작하게 만든다는 이야기만 하지 않았어도, 이렇게까지 짜증나진 않았을 텐데, 그 말 때문에 오히려 더 원망스럽다.
이미 공관병들 사이에서는 소문이 다 났다. 사는 곳은 달라도 같은 부대인 공관병들.
그들은 각군 총장님, 차장님, 인사사령관님 집에서 있었던 일은 TD(군내전화)나 군용 핸드폰을 통해 서로 공유하기 때문이었다.
"어제는 공군 공관병 성태가 궁중요리 돕다가 미치는 줄 알았답니다."
"우리도 도와야 되는 거 아니야?"
"아… 전 요리를 잘 못 합니다. 아! 강성재 상병님 요리 잘하시지 않습니까?"
"조금은?"

"기회 잡으십시오. 지난번 할머니, 할아버지라고 발언한 실수를 만회하셔야 합니다."

후임병의 조언. 그래서 움직인 성재.
"저, 사모님?"
그녀는 혼자 요리를 하다말고, 자포자기하는 심정으로 반찬 가게 전화를 알아보고 있었다. 그때 성재가 말을 건 것.
"지금 대화할 기분 아니니까, 나가 줄래?"
"저 이건 말씀드려야 될 것 같아서… 혹시 제가 도와드려도 되겠습니까?"
"농담할 기분 아니야. 나가."
"저, 제대로 된 경력은 없지만, 강원도 삼척에서 주관한 요리대회도 우승했었고, 군사령부에서 주최하는 부대 자체 요리대회도 1등 했었습니다."

그러자 고개를 돌리는 그녀.
"정말?"
성재는 쐐기를 박았다.
"검색창 뉴스 항목에서 '강성재'를 쳐 보시면, 제가 우승했던 경력 나올 겁니다. 제가 도와드려도 되겠습니까?"
그녀는 성재의 말에 자신의 휴대폰을 열어 검색창을 열었다.
동그랗게 커진 그녀의 눈. 그가 만든 요리 사진도 같이 나온 인터넷 뉴스.
'먹음직스러워. 고급스럽고. 이걸 만들었다고?'
세상을 다 잃었던 것 같은 그녀의 얼굴이 활짝 펴지고.
입술에선 희망의 말이 흘러나왔다.
"성재야!"
"상병… 강성재?"
"할머니랑 어떤 요리를 만들까?"

꼬여버린 군생활

성재는 사모님과 대형마트에 나갔다. 차량을 운전하는 사모님과 옆에 탄 병사.
그는 순식간에 필요한 재료들을 메모장에 적어낸다.
'뭐야?'
성재는 거침없었다. 필요한 재료들을 시스템창에서 확인한 후, 메모장에 기입한다. 그리고는 사모님께 건넸다.
"여기 있습니다. 이 재료대로라면 충분할 것 같습니다."
"설마… 이걸 다 기억하고 있는 거야?"
"네. 사모님! 그리고 전화 한 통만 써도 되겠습니까?"
그녀가 놀란 것은 재료를 정확히 적어낸 것이 아니었다. 그가 하려는 요리.
'맞아. 이 요리라면, 남편 말대로 걔네들을 납작하게 만들어줄 수 있어. 그런데 진짜 믿어도 될까? 집에서 확인이라도 해보는 건데….'
그녀는 일단 속는 셈 치고, 핸드폰을 넘겨주었다.
확실히 옳은 선택이었다.
왜냐하면?
"캡틴! 저 성재인데요."
- 어 성재야. 휴가 나오니?!

"그건 아니고, 잠깐 들리려고요. 식재료 구비한 거 조금만 빌려주시면 안 될까요?"
- 뭐?!
"한 번만 부탁드릴게요."
- 어딘데? 아니다. 일단 와. 몇 시까지 올 수 있니?

늦은 시간. 해군 참모총장의 집에는 클래식이 울려 퍼졌다.
남편에게 해군 정복을 입히고, 자신은 화려한 드레스를 입었다.
짙은 화장, 빡세게 힘준 얼굴. 남편은 부끄러운 얼굴로 말했다.
"꼭 이렇게까지 해야 돼?"
"당신이 말했잖아. 내조받고 싶다고. 이 정도는 해 줘야지."
"아, 몇십 년 만인지 모르겠네. 발이 자꾸 꼬여."
"그래도 해. 몸은 다 기억해. 자~ 봐! 나도 되잖아."
같은 시각. 육군 총장 사모님은 공군 총장 사모님께 전화를 걸었다.
"최 여사! 준비됐어?"
- 네. 언니! 어젠 궁중요리 전문가 소개해주셔서 감사했어요. 비용이 조금 세서, 남편한테 혼날 줄 알았는데, 뭐라고 하진 않더라고요.
"후후, 당연하지. 지 자랑시키려고 하는 건데, 남자들은 자기들을 위해 쓰면, 100만 원이든 200만 원이든 아무렇지 않게 생각해. 그나저나 너 샤넬 2018, 신상 컬렉션 한정판매 핸드백 샀더라? 그거 조 여사한테 보여준 적 있어?"
- 아니요. 오늘 보여주려고요. 기 팍 죽여야죠!
"그럼 너 그거 언니, 오늘 하루만 빌려주고 넌 내꺼 베루사체 메고 나와. 빌려줄게."
- 언니!!! 그거 저 한 번밖에 안 맨 거예요.
"언니 말 들어! 조 여사가 저번에 내가 베루사체 핸드백 멘 거 봤었단 말이야. 언니가 걔 앞에서 쪽팔려야겠니?"
- 그럼 저는요? 언니가 빌려준 거 보면 바로 알 텐데….
"너도 같은 거 샀다고 우겨. 언니도 옆에서 그렇다고 해줄게. 같이 샀다고."
- 알았어요. 대신 언니! 내일 네일(손톱관리) 비용 쏘셔야 돼요?
"당연하지. 언니가 그거 하나 못할까 봐?!"

보이지 않는 여성들의 치열한 눈치싸움.

해군 총장 집에 도착한 손님들. 육군 총장은 호탕하게 웃으며, 해군 총장에게 말했다.
"하하, 해군 총장님이 어제 말씀 그대로 준비하셨나 보네. 안 그래요? 공군 총장님?"
"후후, 육군 총장님도 그렇게 느끼셨습니까? 준비가 아주 철저한 것 같습니다."
그리고 같이 도착한 육군 총장 사모님과 공군 총장 사모님. 명품으로 치장한 둘의 패션은 강남 사모님과 견주어 전혀 밀리지 않는다.
그들은 현재 계룡에서 가장 잘 나가는 센 언니들. 두 여자는 자신감 있는 미소로 해군 총장 집에 들어갔다. 그런데….
원형 테이블과 화려한 식탁보. 빈 와인잔과 넓은 그릇. 서빙을 맡은 지배인까지.
레스토랑에서나 입을 법한 연미복을 입은 병사가 자리를 안내하며 의자를 뒤로 뺀다.
"이쪽으로 앉으시면 됩니다."
마치 호텔 레스토랑에 온 느낌.
그리고 미소를 지으며, 두 가족 앞에서 평소 삶이 화려한 척, 연기하는 여성.
"어머! 오셨어요? 미안해서 어쩌지?"
"네?"
"내가 약속시간을 잘못 알고, 요리를 거의 다 해놓았지 뭐예요. 바로 앉아요. 내놓을게요."
경건한 클래식 음악이 나오고, 식탁 위의 꽃장식을 보며 두 여성이 눈을 마주쳤다.
'이 여자, 요리도 못 하면서 무슨 자신감이야? 설마 요리사 고용이라도 한 거야?'
그때 나오는 직접 갈아 만든 당근 주스. 성재는 주방에서 대기하며, 사모님을 응원했다.
육군 총장이 당근 주스를 바라보며, 미소를 지었다.
"음, 레스토랑에 온 기분이군요."
그러자 육군 총장 사모님이 남편의 말을 이었다.
"30년 전, 경양식 레스토랑 같은 느낌이에요. 그땐 참 어렸죠. 서양 문물을 그대로 받아들였을 때, 뭐가 좋다고 그 레스토랑을 매일 찾았는지, 그때의 올드한 느낌이 생각나네요."
그러자 공군 총장 사모님이 언니의 말에 화답했다.
"아, 맞아요. 이다음은 뭐였더라? 채소수프하고 돈가스! 요즘은 골목마다 있는 분식점에서도 돈가스 팔잖아요. 설마 돈가스 나오는 건 아니겠죠?"
여성들의 심상치 않은 기운에 순간 눈치를 보는 각 군 총장들. 그러나 해군 총장 사모님은 결코 밀리지 않았다. 그녀들이 그렇게 나올 줄 알았다는 듯, 오히려 미소를 지었다.
그때, 성재가 가지고 오는 두 번째 음식.

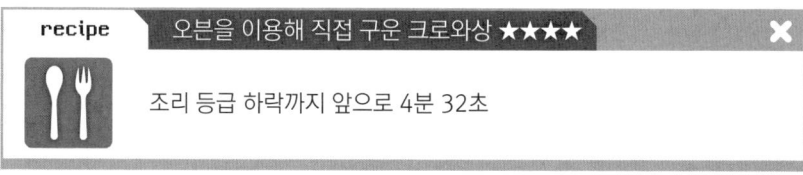

그녀는 직접 구운 크로와상을 보며, 미소를 지었다.
"아뮤즈 부쉬 드셨으면, 다음 요리도 드셔야죠?"
"아뮤즈 부쉬요?"
"아, 아뮤즈 부쉬 하면 못 알아들으시는구나. 에피타이저! 프랑스에선 아뮤즈 부쉬!"
그녀 또한 오늘 배운 용어. 아뮤즈 부쉬라는 말을 쓰며 둘의 콧대를 꺾었다.
두 여성은 일단 할 말을 잊은 채, 크로와상을 딸기잼에 찍어 먹어보았다.
'이 여편네, 런던바게트에서 사온 후에 전자레인지에 돌린 거 아니야?'
그런데 남편들이 자신들에게 동조를 하지 않는다.
"맛있네요. 뜨끈한 게, 촬촬 찢어져서 입안에서 사르르 녹습니다. 해군 총장님 부인께선 제빵 쪽에 소질이 있으신 모양입니다."

놀라는 건 이제부터 시작이었다. 다음 요리. 성재는 미소를 지으며 다음 요리를 가져왔다. 그리고 혹시 모를 총장들에게 설명을 이어갔다.
"사모님께서 직접 만든 관자요리입니다. 잘 익힌 관자하고, 대파를 참기름에 튀겨, 크림소스와 함께 내보았습니다."
'쟤 원래 취사병이잖아.'
육군 총장은 이미 몇 번 보았던 병사를 보며 의아해했다. 그래서 물었다.
"강성재!"
"상병 강성재?"
하지만 물어보려니, 해군 총장의 눈치가 보인다. 지켜야 될 선이란 게 있는 법.
"혹시 네가 만…, 아니다. 나중에 물어볼게."
성재는 육군 총장의 말에 고개를 숙인 채, 사모님께 이 영광을 돌렸다.
"사모님께서는 평소 프랑스 요리에 관심이 많으셨다고 들었습니다. 바로 다음 요리 가져오겠습니다."
역시나. 해군 총장은 난감한 얼굴로 육군 총장을 쳐다본다. 육군 총장은 헛기침을 했다.
'저 자식! 프랑스 요리도 하네. 중화요리만 잘하는 게 아니었어. 아내가 속 타겠군.'
고개를 돌려 자신의 아내를 쳐다보는데, 눈빛이 찌릿찌릿. 분위기가 심상치가 않다.

그다음 요리.
"구운 아스파라거스와 연어, 청어알입니다. 옆에 있는 소스는 발사믹 소스와 허브, 비트 (사탕무) 소스입니다. 기호에 맞게 찍어 드시면 될 것 같습니다."
막 시작된 프랑스 코스. 끝나려면 멀었는데, 두 여성의 얼굴에는 미소가 사라지고.
눈치 없는 공군 총장과 해군 총장 가족만이 행복한 얼굴로 음식을 즐기고 있다.
"다들 드시죠?! 오우! 무슨 정상회담 온 줄 알겠습니다. 하하. 정말 좋네요."
성재는 그동안의 경험을 토대로, 레스토랑에서 배운 메뉴들을 차례차례 내놓았다.
요리가 나올수록! 해군 총장 사모님의 얼굴에는 함박 미소가 걸려있었다.
그래서일까? 이번에는 그녀가 직접 요리를 가져왔다. 이유는 간단했다.
'요리에 대해 외웠으니까. 이번엔 내가 가져와도 돼.'
"대구코코넛메밀튀김이에요. 대구살을 코코넛애 버무렸고요. 메밀을 튀겨 올렸어요."
코코넛이 대구와 만났다. 생선의 부드러운 속살과 코코넛의 달콤함. 메밀을 그물처럼 얇게 튀겨 바삭거리는 식감. 좋아하지 않을 수가 없다. 육군 총장은 다른 의미로 감탄했다.
'강성재! 이 자식! 물건이잖아.'
그때 떠오르는 시스템창.

사용자 강성재에 대한 육군 참모총장의 호감도가 300 상승했습니다

지금은 표정관리를 해야 할 때.
모든 코스요리가 끝나고. 해군 총장 사모님이 미소를 지으며, 두 사모님을 배웅했다.
"너무 잘 얻어먹어서, 준비를 안 할 수가 있어야지. 어떻게 만족했나 모르겠네요. 다들 괜찮았죠?"

다음 날. 성재는 부대 복귀 전 해군 총장님과 사모님께 인사를 건넸다.
"필승! 대리근무 마치고 내려가 보겠습니다."
그러자 해군 총장은 미소를 지으며, 성재에게 말했다.
"잘 먹었다. 요리 잘하던데?!"
"감사합니다."
그리고 사모님.
"성재야. 우리 손주, 또 언제 올라오니?"
"죄송합니다. 앗… 잘 모르겠습니다."
그녀는 아쉬운 듯 작별인사를 건네고.
"다음에 또 와."
"알겠습니다! 필승!"
성재는 계룡대 영내순환버스를 타고, 부대에 복귀했다.
걸어가면 30분 넘게 걸리는 탓에 1시간마다 운행하는 버스를 탄 것.
부대에 내리고, 당번실에 들어간 후, 선임병에게 보고를 했다.
"필승! 복귀했습니다."
"야! 강성재!? 충성! 우리는 구호 충성이야!"
"네. 알겠습니다. 충성! 복귀했습니다."
"단장님이 너 오면 바로 들어오라고 하셨어."

단장실 안. 이미 이취임식을 마치고 대령 계급장을 떼고, 준장 계급장을 달고 있는 남자.
배원영은 예전과는 다른 모습으로 성재를 바라보았다.
"충성! 상병 강성재! 단장님실에 용무 있어 왔습니다."
"그래. 앉아."
자리에 앉자, 배원영 준장이 미소를 지으며 말했다.
"내일 단장 진급식 같이 갈래?"
"진급식 말씀이십니까?"
"그래. 진급식. 대통령님께서 직접 하신다고 하셔서."

"가고 싶습니다. 꼭 가고 싶습니다."
그때 걸려오는 군 전화. 배원영 준장이 스피커폰으로 전화를 받았다.
"계근단장 배원영 준장입니다. 무엇을 도와드릴까요?"
- 공군참모총장인데? 너희 당번병 중 강성재라고 있지? 우리 마누라가 걔를 공관병으로 쓰고 싶단다. 조치 좀 해줬으면 좋겠다.
"……알겠습니다. 고려해보겠습니다."
- 고려 말고, 조치해. 병사 잘 설득해서, 우리 공관병으로 보내. 그렇게 알고 끊는다.
배원영은 좋았던 기분을 뒤로하고, 성재를 향해 물었다.
"성재야. 들었지? 너 무슨 짓을 한 거니?"
성재는 대답을 할 수가 없었다. 그냥 요리 한번 만든 것뿐인데….
그런데 또 한 번 전화가 울렸다.
"계근단장 배원영 준…."
- 야! 육군참모총장인데… 강성재! 걔 올려보내. 우리 공관병으로 쓰게.
"충성! 어떤 것 때문에 그러십니까?"
- 우리 마누라가 걔 써야겠단다. 일단 조치해. 그 뒤에는 내가 알아서 병사 설득할 테니까, 바빠서 끊는다.
"이게 어떻게 된 거야?! 강성재! 야! 강성재!"
고개를 젓는 계근단장. 그때, 당번실에서 급하게 병사가 들어왔다.
"충성! 상병 최태양! 단장실에 용무 있어 왔습니다."
"뭐야?"
"해군 총장님이 바로 전화하시랍니다."
공군과 육군이 왔는데, 해군이 안 올 리가 있나?
- 성재! 걔 다른 데 보내지 말고, 우리 관사로 올려 보내. 안 그러면 너 군 생활 힘들 줄 알아. 알았냐?!

국방부 계룡대 근무지원단의 단장으로 보직하자마자 난감한 상황에 처한 배원영.
그는 전화가 끊긴 후, 성재로 인해 일어난 상황을 두고, 혼자만의 한숨을 내뱉었다.
"하아… 씨X, 이걸 어떻게 해야 돼?"

아버님! 허락해주십시오

배원영은 일단 해결책을 고민해보기로 했다.
그래서 부른 참모들. 정작과장은 물론 인사과장, 군수과장까지 모인 자리.
정답은?
"일단 장관님께 보고하셔야 될 것 같습니다."
"이게 뭐라고 장관님께 보고를 해? 공관병 보직 때문에 장관님께 보고를 하나?!"
"이런 적은 처음이라서, 어떻게 해야 될지 모르겠습니다."
참모들은 하나같이 고개를 젓는다. 육군, 해군, 공군이 모두 맞대어 상황을 타개해보려 하지만 도무지 방향이 잡히지 않는다.
그때, 주임원사가 나섰다.
"단장님."
"네. 말씀하세요."
"아무래도 보고 하심이…"
각 군 총장이 엮인 일.
그러나 장관님께 보고하기에는 너무 사소한 일.
'일단은 진급식 다녀와서 생각하자.'

지휘관을 달면 준장(진)도 준장으로 가계급을 달게 된다. 그래서 준장을 일찍 단 것. 현재 본래 계급은 대령이었어야 했고, 월급도 이번 달까지는 대령 월급이다.

다음 날 아침, 단장이 직접 운전하는 차량 조수석에는 배원영의 아내가 탔다.
"안녕하십니까?"
"어? 성재! 오랜만이네."
"네. 잘 지내셨습니까?"
성재의 대답을 듣고 골치 깨나 썩는 배대령.
'나 편하자고 데려왔다가, 이게 웬 꼴이야.'
하지만 지금 당장 어떻게 해결책이 생각나질 않고.
일단 말은 뱉었으니 청와대로 데려는 가는데. 성재의 얼굴을 볼 때마다 각 군 총장님의 협박이 머릿속에서 떠나질 않는다.
그래서일까? 부인이 남편에게 걱정스러운 표정으로 입을 열었다.
"당신. 왜 그래요? 안색이 별로 안 좋아요."
"미안한데, 운전 좀 대신해줄 수 있어?"
"알았어요. 그럼 조수석에 타요."
"뒤에 탈게. 성재랑 말할 것도 있고."

계룡시에서 서울로 올라가는 길. 배 대령은 고민하다 자신의 당번병에게 말했다.
"성재야."
"상병 강성재…."
"너, 국방부로 갈래?"
성재는 이게 무슨 말인지 잘 알고 있었다.
"그게 단장님께서 원하시는 거라면, 그렇게 하겠습니다."
성재의 대답을 듣고, 배원영의 얼굴엔 안도의 미소가 걸렸다.
'다행이다. 그래. 국방부로 보내자.'
하지만 성재의 대답을 들은 윤미옥 여사가 운전을 하다 말고, 남편에게 따졌다.
"여보! 그게 무슨 말이에요? 성재를 국방부로 보낸다니? 집 가까워서 데려가겠다고 말하지 않았어요? 당신 믿고 온 애한테 무슨 다른 부대로 보내려고 그래요?"

그녀의 말에 단장의 얼굴이 순식간에 붉어졌다.

'성재, 이 녀석. 싫으면 말을 하지. 내가 원하면 가겠다고? 나만 나쁜 놈 되잖아.'

그의 마음은 갈팡질팡.

'아니야. 내 잘못이지. 내 잘못이야. 내가 지금 무슨 말을 한 거야. 미쳤다. 배원영. 네가 그러고도 장군이냐? 정신 똑바로 차려! 이건 시련도 아니야. 극복할 수 있어.'

그래서 곧바로 다시 자신의 발언을 철회했다.

"미안하다. 성재야. 단장이 잘못 생각했다."

하지만 성재는 그가 왜 그렇게 말하는지 알고 있었다.

"아닙니다. 저 국방부, 정말 가도 됩니다. 상관없습니다."

역시나. 이 녀석은 인성이 제대로 박힌 놈이다. 끝까지 타인을 위해.

'그러고 보니, 참모장으로 가게 된 것도 성재 때문이었고, 장군으로 진급한 계기도 이 녀석하고 청와대에 같이 갔기 때문이었어. 성재는 나한테 도움만 주는데, 왜 나는 내 생각만 하는 거야? 배원영! 너! 그러고도 군인이냐? 자기만 아는 속물 새끼잖아.'

집안 어려운 녀석이 힘든 일도 마다치 않고, 자신의 안위보다 타인을 위하는 녀석을 이용하려 든 자신을 반성하는 남자.

그의 속마음을 누구보다 더 잘 아는 여자, 윤미옥은 성재에게 따스한 말을 전했다.

"성재야. 마음에 없는 말 하지 마. 혹시 누가 괴롭히니? 그래서 가고 싶은 거야?"

"그건 아닙니다."

"그럼…"

"…저 때문에 단장님께서 각 군 총장님들에게 찍혔습니다. 다 제 잘못입니다."

"뭐? 총장님?! 여보! 무슨 말이야?"

잠시 후, 사정을 전해 들은 윤미옥은 고개를 저으며, 남편을 타박했다.

"당신이 잘못했네. 휴가 좀 보내주지 그랬어. 뭐, 굳이 부대 적응시킨다고 남겨뒀다가 당신이 독박 쓰는 거지 뭐. 성재!"

"네."

"넌 잘못한 거 하나도 없어. 원영씨가 알아서 할 거야. 그러니까, 어디 갈 생각하지 말고, 집 근처에 부대에 있어. 알았지?"

"……"

성재는 무슨 말을 해야 될지 몰라 단장의 눈치를 살폈다.

사실, 이번 일은, 단장님의 잘못 이전에 자신의 실수가 컸다.

첫째. 해군 총장님과 사모님께 할아버지, 할머니라고 불러서.

둘째. 나설 자리, 안 나설 자리 구분 못 해서.

성재는 지난 일은 훌훌 털어버렸다.

'잊자.'

이미 저질러진 일. 엎지른 물을 다시 담을 수는 없는 법.

이 또한 시간이 해결해줄 것이고. 각 군 총장님이 전역하면 해결될 일이다.

더 늘어날 수도 있겠지만, 최대 2년인 임기를 연장하진 않을 듯하다.

그럼 새로운 사람이 보직될 거고, 그럼 자연스레 자신을 부르지 않겠지.

'그래. 결국, 시간이야. 사실 나야 어딜 가도 특별히 부담스러울 것도 없고.'

그리고 기회가 오면 말한다.

무궁화회관에 가고 싶다고. 레전드 직업을 얻기 위해서.

서울, 차량이 어느 고등학교 앞에 선다.

학교에서 교복을 입은 학생이 쪼르르 달려 나오고, 비어 있는 조수석에 탔다.

"아빠, 엄마! 오래 걸렸죠?"

그녀는 활짝 웃으며 자신의 새엄마와 아빠에게 인사했다.

그런데 아빠 옆에 군복 입은 성재가 있다.

"오빠? 성재 오빠?"

"안녕."

성재는 민망한 표정으로 인사를 건네고, 배원영은 딸에게 설명했다.

"윤아야! 성재가 지금은 아빠 당번병으로 있어. 너한테는 자세히 말 못하지만, 청와대에 인연도 있고. 그래서 같이 온 거야."

배윤아는 성재를 보며, 궁금한 표정으로 바라보았다.

"오빠, 그날 어떻게 됐어요?"

"응. 잘 들어갔어. 너는? 막차 타야 되서 일찍 들어갔는데, 넌 잘 들어갔어? 밤 10시가 넘었잖아."

둘의 대화를 듣고, 배원영의 얼굴이 딸과 성재를 번갈아가며 쳐다보았다.

"어?! 뭐야? 너희 따로 만나는 사이니?"
"아닙니다. 휴가 나와서, 우연히 마주쳤었습니다."
성재가 바로 부인했지만 의심은 여전히 떠나질 않고.
"우연히 마주치는 게 어디 있어?"
"저하고 인연이 있는 분이 있는데, 그분 행사 때, 윤아가 어떤 남학생이랑 같이 왔습니다. 전 밤 10시가 넘어서 서울에서 대전으로 가는 막차를 타러 나왔고, 그래서⋯."
"남학생?! 윤아야? 너 혹시 학교에서 남학생하고 사귀니?"

아빠의 의심.
"아빠, 나 그런 거 아니야. 오빠도! 제가 그걸 물어본 게 아니잖아요. 그 셰프님이 오빠 막 찾아서, 막 제자 삼고 싶다고 그랬단 말이에요. 그런 이야기를 왜 하세요?"
성재는 곧장 사과했다.
"아, 미안."
"미안할 건 아니고⋯."
그때, 저 멀리서 윤아를 부르는 남자.
"윤아야! 윤아야!"
그 남자를 보고, 성재가 씩 웃었다.
"단장님?"
"응?!"
"쟤입니다. 이태원에 윤아랑 같이 오던 남학생."
"이태원?! 미군 많이 오는 유흥가 아니야? 윤아야! 우리 딸! 그게 사실이야?"
"아이씨, 아니라니까. 엄마! 빨리 출발해요."
"윤아야! 윤아야! 말없이 어디 가?!"
차량이 다시 청와대를 향해 출발하고. 남학생은 속절없이 차량을 바라봤다.
윤아는 성재를 째려보며 생각했다.
'아빠 앞에서 쓸데없는 얘기를 왜 해?!'

청와대. 대통령께서 직접 삼정검을 수여한다.

배원영 대령은 드디어 장군으로 인정받았다.

대통령의 부름.

"배 준장!"

"넵!"

"앞으로 기대하겠습니다. 열심히 뛰어주세요."

"감사합니다!"

짧은 한마디지만, 그 안에 내포된 많은 의미.

진급식이 끝나고, 윤아와 성재는 청와대에서 미리 준비한 꽃다발을 대신 들고, 자신의 아빠와 단장인 그에게 건넸다.

그리고 포토타임. 대통령과 즐거운 단체 포토타임이 끝나고.

이제 각 가족들의 사진을 찍어야 할 때.

배원영은 자신의 스마트폰을 성재에게 건네며 말했다.

"성재야. 우리 사진 좀 찍어줘."

"네. 알겠습니다. 단장님! 좌측으로 한걸음 부탁드리겠습니다. 윤아는 단장님께 좀 더 밀착해주고, 권사님은 윤아처럼 팔짱 껴주시면 보기 좋은 그림이 될 것 같습니다."

"그럴까?"

단장의 웃음. 가족들의 행복. 오늘은 즐겨야 할 때.

"하나, 둘, 셋 하면 사진 찍겠습니다. 하나, 둘, 셋!"

찰칵! 찰칵! 찰칵!

배원영은 성재로부터 스마트폰을 받아 가족사진을 눈으로 확인했다.

꽃다발과 삼정검. 그리고 아내와 딸. 이보다 더 좋은 순간이 있을까?

그런데 윤아가 조금 이상했다.

"왜 그래? 우리 딸."

"아니, 그냥 이제 진짜 가족 같아서. 새엄마도 진짜 엄마 같고, 아빠도 아빠 꿈 이뤄서 기분이 묘해."

"후후후, 그러게. 우리 가족이 다 잘 되려나 보다."

윤미옥이 남편을 향해 말했다.

"여보! 성재랑은 안 찍어?"

"아… 찍어야지. 성재야!"
"상병 강성재?"
"와! 단장이랑 같이 좀 찍자."
"네. 알겠습니다."

전투복을 입은 병사와 나란히 서서 찍는 사진.
배원영도 비록 성재 때문에 곤란한 상황을 겪긴 했지만, 성재 자체에 대한 실망은 아니었으므로, 오히려 이를 반겼다.
찰칵! 찰칵!
그런데 사진을 찍고 나서, 아내가 이상한 말을 해댄다.
"윤아야! 성재랑 같이 찍어."
"응?"
"붙어서 같이 사진 찍자. 성재 혼자 들러리 같잖아. 둘이 찍어줄게."
'뭐지? 뭐야? 이 분위기 뭐야?'
배원영은 아내의 이해 못 할 행동에 고개를 저었다.
아무튼 두 명을 찰칵! 찰칵!

그리고. 아내는 지나가는 한 병사를 향해 부탁을 했다.
"저기, 우리 가족사진 좀 찍어줄 수 있어요?"
"네. 알겠습니다."
그리고 성재를 옆에 두고, 남편을 부른다.
"당신, 거기서 뭐 해요? 우리 네 명이서 찍자고요."
"응?!"
"당신, 성재 덕분에 진급했다며! 같이 안 찍어?"
"……."
좌측부터 윤아, 단장, 윤미옥 권사, 성재. 가족이라고도 믿을 만한 구도.

찰칵! 찰칵!
이 사진이 배원영이 단장으로 진급 후, 포토라인에서 찍은 마지막 사진이 되었다.

돌아오는 길. 윤아가 고민스러운 얼굴로 말했다.

"아빠."

"응?"

"나 방학 때, 서울에 있으면 안 돼?"

"안 돼! 집에 내려와."

"하계 현장 실습 가야된단 말이야."

"그거 다 알아봤어. 학교장 승인 있으면, 전국 어디서나 가능하다며. 집 근처에서 해. 아빠가 좋은 데 알아봐 줄게."

"친구가 좋은 곳 알아봐 줬단 말이야. 같이 할 거면, 친구가 지금 바로 답장 달래."

"현장 실습이란 게, 잘 알아보고 가야 되니 인생 경험 많은 아빠 말 좀 들어."

"……"

다시 윤아의 학교 앞. 그녀는 교복을 입은 채로 차에서 내렸다.

그런데 윤아를 기다리던 학생이 있었다.

교복 입은 남학생. 그는 기다렸다는 듯, 큰 목소리로 인사했다.

"안녕하십니까? 윤아 아버님! 장종수입니다."

'귀엽네. 재벌이라서 그런가? 자신감이 장난 아닌데?'

성재는 아빠미소를 지었고, 반면, 배원영은 갑자기 인상을 쓰며, 그에게 말했다.

"넌 뭐야?"

"윤아, 짝꿍 장종수입니다. 아버님! 허락해주십시오."

"뭐? 허락?! 내가 널 언제 봤다고?!"

건방진 별 하나

장종수의 말을 윤아가 이어받았다.

"종수야! 단어를 하나 빼먹었잖아. '현장실습' 아빠, 오해하지 말고 들어. 아까 말한 것, 현장실습 허락해달라는 거야."

윤아의 말에 종수가 대답했다.

"아버님, 저희 할아버지 명의로 호텔이 하나 있는데, 거기 레스토랑에 윤아랑 저랑 현장실습을 하려고요. 아버님이 서울은 반대하시는 것 같아서, 안전하다고 말씀드리고, 허락받으려 했습니다."

배원영은 어이없는 상황에 실소가 터져 나왔다.

"거기 학생!"

"네?"

"내가 학생 같은 사람을 몇 명이나 상대해봤을 거 같아?"

"무슨 말씀이세요?"

"나, 이제까지 내가 지휘한 병사만 수천 명이 넘어. 학생 의도를 모를 것 같아?"

"네. 모르겠는데요. 저도 저희 회사 가면, 직원이 수천 명이 넘어서요."

말대답. 아직 어린 학생.

"허허… 이거 참…."

배원영은 철부지 청년 앞에서 무게를 잡았다.

"남자는 말이야. 대부분이 자신의 목적을 이루려고 대화를 하거든? 그 말투를 남자끼리는 아주 잘 알아. 그게 표정에서 나타나고. 지금 네가 그래."

"……."

장종수는 표정을 가다듬었다. 하지만 배원영은 다시 한번 되물었다.

"너 윤아! 좋아하지?! 그게 목적이지?"

그의 말에 윤아가 고개를 저었다.

"아빠! 아니라니까, 종수는 그냥 친구야."

"쟤는 그렇게 생각 안 할걸? 네 입으로 말 해봐. 너 윤아 좋아해? 안 좋아해?!"

"친구로서 좋아합니다. 아버님? 그뿐입니다. 저는 순수한 호의를 베푸는 겁니다."

"됐어! 필요 없으니까, 너 윤아랑 가까이 하지 마! 알았어?!"

배원영은 필요 이상의 화를 내며, 차에서 내린 딸에게 말했다.

"너도 마찬가지야! 쟤 수상하니까, 가까이하지 마. 알았니?"

"아~ 빠. 아! 쪽팔려! 오늘 아빠 이상해! 가자! 종수야!"

"응. 아버님, 나중에 다시 현장실습 허락받겠습니다. 그럼 조심히 들어가십시오."

기숙사로 들어가는 윤아, 그리고 찰싹 달라붙어 말을 거는 재벌가 남학생 장종수, 들어가는 둘을 보며, 배원영은 화가 치밀어 올랐다.

"나, 안 되겠어."

"뭐가 안 돼요?"

"윤아, 데리고 있어야겠어. 대전으로 전학을 시켜야지."

"또 전학 보내려고? 그런 생각 말아요. 그리고 윤아는 저 친구, 안 좋아할 거예요."

"뭐?"

"그냥 여자로서 직감이 있잖아요. 내가 아는 게 있어요."

"뭐야? 여자들끼리 벌써 친해진 거야? 무슨 감?"

"후후, 몰라요. 아직 확실하지 못해서 말 못해."

내려오는 길. 또다시 전화가 온다.

"충성! 해군 총장님, 계근단장 배원영 준장입니다."
- 야! 계근단장? 많이 컸다?
"……."
- 왜? 아직 안 보내?
"……."
- 빨리 보내. 아내가 재촉하니까. 그리고 육군 총장도 성재를 뽑고 싶고 한다며?
"그렇습니다."
- 야! 그 썩은 동아줄 잡지 말고, 차기 합참의장으로 유력한 내 라인을 서야지. 안 그런가? 배 장군?!
"……."
- 고민하지 말고, 보내라. 보내! 보내! 보내!
"충성!"

윤미옥은 곤란해 하는 남편을 향해 말했다.
"누군데, 그래요?"
"해군 참모총장님. 사모님이 성재를 공관병으로 정말 쓰고 싶으신가 봐."
"성재가 왜요?"
"성재가 해 준 프랑스 요리가 그렇게 맛있었다나… 아침에도 전화 왔었어."
윤미옥에게도 전화가 걸린다. 블루투스로 연결된 차량 스피커에서 목소리가 들리고.
- 어머?! 윤미옥씨? 부녀회장이에요.
"네? 부녀회장? 누구시죠?"
- 미옥씨는 나 모르는구나? 우리 남편이 성우마을 육군 포스타잖아.
"네? 아!"
- 남편한테 못 들었어? 그 성재라는 병사, 우리 쪽으로 보내주기로 한 것 같은데….
"아, 금시초문이긴 한데, 한번 알아볼게요."
- 그래. 육군은 육군끼리 뭉치는 거 알지? 나중에 한 번, 성우마을 부녀회 모임 때 봐. 육군끼리만 모일 거야.
"네."
전화가 끊기자, 배원영은 고개를 숙였다.

"미안해. 여보. 정말 미안."
"아니에요. 그것보다 성재가 걱정이네요. 괜찮니?"
성재 또한 좌불안석. 그때, 또다시 전화가 온다.
"네. 전화 받았습니다. 윤미옥입니다."
- 미옥씨! 우리 얼굴 좀 보자.
"누구세요?"
- 응. 우리 남편, 공군 총장! 말을 해야 되니?
"죄송해요. 제가 먼저 전화를 드렸어야 되는데…."
- 그건 됐고, 일단 얼굴 보면서 얘기 좀 하자. 혹시 먼저 전화 온 건 없지?
"네. 아, 부녀회장님이라고 전화 왔었어요."
- 미옥아!
"네?"
- 그 여자 만나지 말고 나부터 만나. 언제 만날래? 저녁에 계룡시청 앞에서 보자.
"네. 남편하고 상의 좀 해보고 연락드릴게요."
- 그래. 너 만나려고 시간 비워놓는다. 오로지 너 만나려고 비워놓는 거야.
"네…."

윤미옥. 그녀는 좌절했다. 여자이기 전에 장군의 아내.
남편에게 어떤 불이익이 있을까 싶어, 세게 나갈 수가 없다.
성재 편을 들어줘야 하는데, 그렇게 되면 남편이 힘들고.
남편의 입장을 대변하자니, 3명의 장성 중 2명의 장성에게 찍힌다.
일단, 마음이 싱숭생숭한 윤미옥이 차를 휴게소에 멈추고 남편과 상의를 했다.
"어떻게 할 거야? 이렇게 심각한 거였어?"
"나 믿어."
"뭘 어떻게 믿어?"
그리고 성재 또한 깊은 고심 끝에 결론을 내렸다.
"단장님…."
"어."
"단장님께 정말 죄송합니다."

"됐어. 어딜 가나 이런 일은 있는 법이야. 선택의 기로에 선 거지."
"그리고 부탁드릴 게 있습니다."
"응? 부탁?!"

다음날. 무궁화회관에는 계룡대 전 간부가 모였다.
〈계룡대 전 간부 대상 3/4분기 성인지 교육〉
외부 강사가 성교육을 하며 군에서 발생한 성군기 위반 사고들을 소개했다.
성재는 그래도 다행이라고 느꼈다.
'사람은 잘 만났네.'
입으로 담을 수 없는 수많은 사건들. 이성, 동성, 계급을 막론하고 벌어지는 범죄.
군대라고 예외는 아니다.
그럴 수밖에. 군인의 수는 대략 60만.
범죄는 통계학적으로는 당연한 법. 그 수를 줄이는 게 이번 교육의 목적.
인지교육이 끝나고. 성재는 접대실로 이동했다.
배원영 또한 고개를 빳빳이 든 채, 같은 장소에서 각 군 총장이 오기를 기다렸다.
"단장님, 괜찮으십니까?"
"응. 괜찮아. 이게 최선이잖아. 마음 단단히 먹어!"
"네. 잘해보겠습니다. 그런데 이게 될지 모르겠습니다."
"무조건 해야 돼. 둘 다 살아남으려면 네가 말한 그것밖에 없다."

그때, 제일 먼저 육군 총장이 접대실로 들어왔다.
"충성!"
"그래. 총장 생각해서 여기서 바로 면접을 보겠다?"
배원영이 자신의 총장을 향해 경례를 실시하고 대답했다.
"네. 그렇습니다."
육군 총장이 성재를 불렀다.
"성재! 내가 이름 기억하는 강성재!"
"상병 강성재!"

"앞에 앉아."
총장의 부름에 성재가 앉고. 면접이 시작된다.
"공관병, 할 수 있지?"
"그렇습니다!"
"그래. 합격! 짐 싸들고 와."

너무나 쉬운 합격. 어차피 내정되어 있었기에, 볼 것도 없이 합격.
성재는 불안해졌다.
'왜 이렇게 안 와! 제발… 제발!'
자신의 퀘스트창을 보면서, 이건 된다 생각했는데도, 불안함이 가시질 않는다.
그때… 끼이익.
문이 열리고. 배원영 장군이 다시 한번 경례를 실시한다.
"충성!"
"어~ 그래! 우리 배 장군이 일을 참 잘해요. 성재야~ 어디 있니? 할아버지 왔다!"
해군 총장이 성재를 찾는다.
그런데… 망할 육군 총장이 성재를 앞에 두고, 입을 열었다.
"뭐야? 야! 배원영! 이게 뭐야!"
배원영은 이때만큼은 철저히 육군 총장을 외면했다.
그리고 다음 총장을 맞이했다.
"충성! 공군 총장님 이쪽입니다!"
"어! 그래. 잠깐만… 음, 뭐지?"

배원영. 그는 얼굴에 철면피를 깔았다.
"총장님, 오늘 제가 총대를 메겠습니다. 세 분 중에서 서로 상의해서 제 당번병 데려가십시오. 저는 여기서 물러나겠습니다."
배원영은 자리를 마련해 놓고, 일단 뒤로 물러났다. 그러자 육군 총장이 당황한 채, 배원영을 부른다.
"야! 계근단장! 너 인마! 육군이면 육군 총장 명령을 따라야 할 거 아니야?"
그러나 당당한 배원영 대령.

"죄송합니다. 저는 지금 국방부 소속입니다. 총장님! 제 직속상관은 국방부 장관님하고 대통령님밖에 없습니다. 정말 죄송합니다."
해군 총장이 말을 꺼낸다.
"그래. 말 한번 잘했네. 육군 총장님! 성재는 제가 수영도 가르친 녀석이에요. 그냥 데려가시려고 하면 안 되죠? 강성재! 이리 와! 우리 집으로 가자!"
공군 총장님.
"성재야. 우리 공군은 6주에 한 번씩 외박 보내준다? 너도 가능해! 나한테 와!"

육, 해, 공 총장들이 성재를 향해 손짓하고. 성재는 말 없이 난감한 표정을 지었다.
그러자 각 군 총장들이 서로 협상을 하기 시작했다.
"육군 총장님, 한 번만 양보합시다. 우리 마누라가 성재를 너무 좋아해."
해군 총장의 말에 공군 총장도 나선다.
"우리 마누라가 프랑스 요리 정말 꽂혔어요. 우리한테 양보 좀 해 줍시다. 네?"
육군 총장은 고개를 저으며, 둘의 말을 거절했다.
"저는요. 마누라가 좋아하는 것도 있지만, 나도 좋아해요. 성재! 3월부터 봤어요. 같이 고성에서 미군들하고 음식 할 때부터 본 애예요. 저한테 양보합시다. 제가 먼저 알고 있었죠? 인정들 하십니까?"
그러자 해군 총장이 고개를 젓는다.
"성재는 나랑 같이 수영도 했어요. 얼마나 친한지, 나한테는 할아버지라고 부르고, 우리 마누라한테는 할머니라고 불러, 그만큼 친하다니까?"
그리고 공군 총장.
"난 못 데려가면 우리 젊은 마누라한테 맞아 죽습니다. 양보 좀 합시다. 네?"
그때. 다시 돌아오는 배원영. 각 군 총장들이 갑자기 화살을 그 녀석에게 돌린다.
"야! 이 쉐끼야! 너 때문에 이게 뭐야?"
"우리가 이런 거 가지고 서로 다퉈야 돼?!"
"저! 건방진 별 하나짜리가!"
하지만 배원영은 성재에게 다가가, 그의 어깨 위에 손을 얹으며 말할 기회를 주었다.
"성재야. 네 의견을 말하자."

그런데 성재의 눈에서 닭똥 같은 눈물이 뚝뚝 흐른다.

"세 분 총장님, 흑… 흑… 다 좋은 분이시고, 제가 존경하는 분들입니다. 그래서 세 곳 다 가고 싶은데, 몸이 하나라서 안 될 것 같습니다. 어떻게 다 모시는 방법 없겠습니까? 무궁화회관이나 성우회관… 이런 곳에서 세 분 다 공평하게 모시고 싶습니다. 흑흑… 죄송합니다."

울면서 대답하는 병사의 말에 할 말을 잃은 총장들.

자신들의 싸움에 애꿎은 병사가 울자, 난감한 표정이 역력하다.

다음날, 무궁화회관으로 출근하는 성재를 향해 배원영 단장이 말했다.

"작전! 좋았다?"

"억지로 우느라 조금 힘들었습니다."

"나도 찍히기는 했지만, 뭐… 이 정도는 감수해야겠지?"

"죄송합니다. 가서 열심히 잘해서, 각 군 총장님, 기분 좋게 해드리겠습니다."

"그래! 잘 가고! 단장이랑은 이제 많이 못 보겠네?"

"그렇습니다. 조금 아쉽습니다."

"아쉽기는! 성재야! 단장이 한마디만 하자!"

"네. 말씀하십시오."

"사랑한다!"

"…네. 단장님! 저도 사랑합니다. 충성!"

전직 퀘스트 (무궁화회관 요리병 / Legend)를 완료하였습니다

217

천하태평 조리실장

무궁화회관. 수개월 전부터 오고 싶었던 곳.
대한민국 3군 본부가 있는 계룡대에서 가장 큰 연회홀을 가지고 있는 이곳. 몇 년에 한 번 VIP도 방문한다는 이곳에서 근무하는 것을 과거에는 다들 영광이라 여겼다고 한다.
"안녕하십니까? 실장님! 오늘부터 새로 보직 받은 강성재라고 합니다."
"그래? 너, 무슨 빽 있니?"
"아닙니다. 없습니다."
"그럴 리가 없는데? 여기 상병이 갑자기 왜 와? 아버지 뭐하시는데?"
성재는 자신의 신상을 파악하는 조리실장에게 대답했다.
"대전 은행동에서 푸드트럭 하시고 계십니다."
"그래?! 어머니는?"
"돌아가셨습니다."
"아, 미안. 이 질문은 잊어라. 할머니, 할아버지는 살아계시고?"
"할아버지는 제가 태어나기 전에 돌아가셨고, 할머니는 지금 갈마동 복지센터 1층에 있는 공정무역 커피회사에서 아르바이트 하십니다."
"음… 그랬구나? 이름은?"
"상병 강성재입니다."

"그래. 알았어. 저기 가서, 정준이한테 할 거 배워. 너보다 선임은 걔밖에 없으니까."
"네. 알겠습니다."

조리실장 박규민.
직급 : 별정직 조리군무원 7급.
나이 : 47세.
생활신조 : 군대에서는 뭐든 중간만 하자. 잘하면 골치 아파.
의욕 제로. 진급도 없고, 보너스도 평가 대상이 1/1이라 성과급이 늘 130% 나오는 보직.
단순히 호봉만으로 월급이 계산되는 그의 연봉은 4,500만 원 가량.
열심히 해도, 열심히 하지 않아도 보상은 같은 곳.
그래서일까? 정말 프리하다.
"방정준! 오늘 몇 테이블이나 예약되어 있냐?"
"3테이블입니다."
"그래. 시간대는?"
"18시 30분, 19시, 19시 30분입니다."
"그거 조정해서 전부 19시로 조정해. 오늘 병력들 휴가 가서, 조기나, 늦은 예약 안 된다고 말하면 이해해줄 거야."
"알겠습니다. 군사법원 예약하고, 화생방지원대 예약시간 19시로 조정하겠습니다."
"그래. 한 번에 일해야 편하지. 내 마음 알지?"
"네. 저희도 그게 편합니다."
프로의식 결여.
실력은? 성재는 요리사의 눈으로 조리실장을 쳐다보았다.
★★★★★★☆. 무려 6성 반.

'뭐지? 저 사람은?'
그런데 조리실장을 싫어하는 병사는 아무도 없는 것 같았다. 오히려 그를 따르는 편.
"실장님! 오늘 점심은 제가 만든 오므라이스 어떠십니까?"
"좋지. 내 거는 안에 햄은 빼라."
"알겠습니다. 맛있게 해보겠습니다."

성재는 이제까지 일했던 회관 중 단연코 여기가 가장 편한 보직임을 알 수 있었다.
방정준은 성재를 보며 물었다.

"몇 월 군번이야?"
"17년 9월 군번입니다."
"그래? 난 17년 6월 군번인데, 내가 3개월 선임이네."
"그렇습니다. 잘 부탁드리겠습니다."
"잘 왔어. 여기 군 생활 엄청 편해. 실장님도 우리들한테 잘 해주시고, 우리들도 간부님들 많이 안 오셔서 생각보다 편하고."
성재의 얼굴엔 실망한 표정이 역력했다. 이제 모든 한계가 풀려, 모든 등급을 볼 수 있게 되었는데, 여기 사람들이 만드는 음식은 대부분 3~4성이다.
일병 1호봉인 후임 녀석이 아까 실장님께 보고한 후, 만든 오므라이스를 가져왔다.
노릇노릇 계란지단을 올리긴 했는데….

 | 지성훈 일병이 만든 찢어진 오므라이스 ★★☆
케첩 소스가 과도하게 들어갔고, 모양 면에서 테크닉이 많이 부족한 오므라이스

안타까움의 현장. 현재는 곧바로 이어질 조리실장의 질타를 예상했다.
그런데 미식등급 6성이 넘는 조리실장은 환하게 웃으며 그걸 먹고, 칭찬까지 한다.
"잘했네. 다음번에는 더 맛있게 해봐."
"네. 감사합니다. 더 열심히 하겠습니다."
그날 저녁 예약 테이블도 마찬가지였다.
메뉴는 일괄적. A코스 20,000원, B코스 25,000원, C코스 30,000원.
하지만 사람들은 다 A코스만 시켰다. A코스나 C코스나 크게 차이가 없어서였다.
그 수준도 일반 동네 뷔페와 다를 바가 없다.
양상추 샐러드와 마른 안주, 햄치즈, 깐풍기, 모닝빵, 순살치킨, 스테이크, 탕수육, 새우튀김, 문어다리살, 훈제연어. 보통 뷔페에서 다 먹는 것들.
사실 A코스와 C코스가 그리 큰 차이를 보이지 않는 이유가 있다.
모든 음식은 병사들이 만들기 때문.

조리실장은 일절 요리에 관여하지 않고, 병사들이 전부 책임진다.
'이 분은 그냥 관리만 하는 분인가?'
지켜보니, 그건 또 아니었다. 과일을 자르는 솜씨가 예사롭지 않았다. 사과를 잘라, 꽃모양으로 만들고, 수박은 단 몇 번의 칼질로 홈을 파서, 접시 모양의 화채를 만들어낸다. 하지만 간부들의 반응도 그저 그런 정도.
성재의 표정을 본 선임병.
"왜, 실망했어?"
"아닙니다."
방정준의 질문에 성재가 대답했다.
"실장님 무시하진 마. 훌륭하신 분이야."
방정준의 말에 고개를 끄덕이면서도, 마음이 썩 가질 않는다.

다음날 부대원들과 함께 무궁화회관으로 출근을 했다. 원형테이블을 전부 걷고, 식탁보를 빨아 새것으로 교체하고, 붉은색 카페트는 대형 진공청소기로 먼지를 제거한다.
그것만 해도 무려 3시간. 생각해보니 유지만 하는 것도 잡일이 굉장히 많다.
오후는 부대개방행사가 있다. 전국에서 초등학생, 중학생, 고등학생들이 육군본부를 견학하러 오는 날. 무궁화회관은 단순히 지나치는 견학 수준이지만.
지휘관과 간부들은 조리실장을 엄청나게 갈구기 시작했다.
"청소, 신경 써주셔야 합니다."
"네."
"지적사항 없도록 똑바로 하세요."
"알겠습니다."
"조리실장, 너무 의욕이 없어요. 사람이 승진 없다고 그러면 돼요?"
"네~ 네. 알겠어요."
군무원이라 무시당하는 일도 일수. 하지만 그는 모든 일에 태평만사.
남들이 뭐라고 하든, 말든 본인 일만 하고, 자기가 데리고 있는 병사들만 챙긴다.
"믹싱 끝났어?"
"네. 다 끝났습니다."

"문 닫고, 주방으로 와! 쉬자."

주방. 요리병 모두는 주방으로 대피했다. 간부들의 시선에 있어 봐야 지적밖에 안 나오니, 다들 들키지 않게 주방 안에 들어가 있는 것이다. 물론 군무원인 조리실장도 마찬가지.
"오늘 식사 당번 누구야?"
조리실장의 질문에 분대장인 방정준이 대답했다.
"순서는 끝났고, 실장님 차례신 것 같습니다. 이번에 새로 온 성재 시킵니까?"
"아니야. 내 차례면 내가 해야지. 앉아서 쉬어."
"아닙니다. 옆에서 지켜보겠습니다."
조리실장의 첫 요리. 요리병들은 다들 호기심 어린 눈으로 조리실장 곁에 붙는다.
"왜? 다들 부담스럽게"
"배우고 싶습니다."
"그래? 그러든가."
조리실장이 밥을 짓기 시작했다. 그가 식초와 설탕, 소금을 준비한다.
성재는 다른 요리병들과 함께 조리실장의 조리법을 유심히 관찰했다.
'식초 3, 설탕 2, 소금 1인가?'
성재는 곧 고개를 저었다. 풀리지 않는 의문이 생길 때는 능력을 사용하면 된다.
'식초 3 맞네.'
식초에 설탕과 소금을 같이 넣고 끓이는 조리실장. 설탕과 소금이 식초 안에 녹아들어 가자, 레몬을 잘라 넣는 남자. 그는 자신의 요리를 병사들에게 아낌없이 전수했다.
"이게 바로 배합초라는 거다."
성재는 실장의 설명에 고개를 끄덕였다.
'노는 게 아니었어. 병사들에게 자신의 기술을 전수해주고, 요리 실력을 키워주는 거였구나. 그래서 병사들도 좋아했던 거고.'
간부의 편의보다 병사의 편의를 봐주는 실장. 어제와는 달리 믿음이 가는 박규민 군무원.
"밥 지은 거 가져와 봐."
실장은 미리 지어놓은 밥을 꺼내며, 고개를 절레절레 저었다.
"사실 이걸로 초밥 만들면 안 되는 건데, 어쩔 수 없다. 이해해라?"
"네. 알겠습니다."

"초밥 할 때, 밥은 있잖아. 평소보다 물을 적게 넣어줘야 돼."

"왜 그렇습니까?"

"그래야 밥이 꼬들꼬들하거든. 아, 그럼 배합초 섞는다."

조리실장은 자신이 만든 배합초를 주걱을 이용해 미리 지어놓은 밥과 섞기 시작했다.

주걱 끝으로 퍽! 퍽! 칼로 물을 베듯, 눌러 섞는 남자.

"정준아! 이렇게 눌러주는 이유는 뭐라고 그랬지?"

"밥 알갱이가 제 모양을 갖추기 위해서라고 말씀하셨습니다."

배합초를 섞은 밥을 선풍기를 가져와 식히고 자르고 남은 레몬을 냉수에 집어넣는다.

그때, 성재의 앞에 떠오르는 상태창.

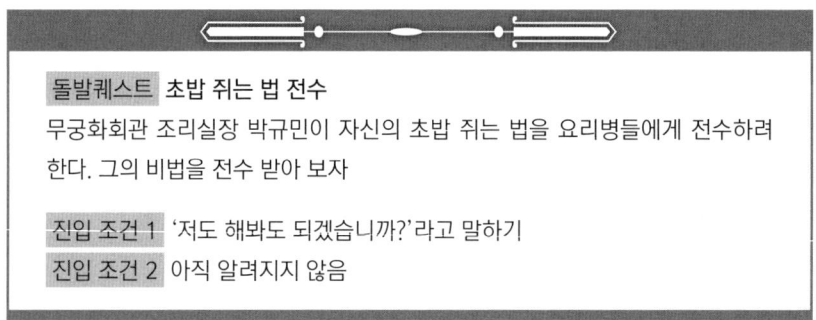

동작을 보여주는 조리실장. 하지만 너무 빨리 쥐는 탓에 요리병들은 멘붕에 빠지고.

방정준만이 미소를 지으며, 실장에게 말했다.

"오늘 제 순서인데, 한 번만 해봐도 되겠습니까?"

"그래."

오른손으로 밥을 쥐는 선임병. 초밥재료인 광어를 왼손가락에 올려놓는다.

고추냉이를 바른 후, 광어와 쥐었던 밥을 눌러주는 방정준 상병.

다시 메인재료를 쥔 오른손을 안쪽으로 당겨 눌러주며 모양을 잡는다.

그러기를 여러 번. 조리실장이 씩 웃었다.

"이제 좀 그럴 듯하네. 내 거랑 같이 비교해서 먹어볼래?"

성재는 등급 차이를 보며 깜짝 놀랐다.

같은 재료, 같은 조리법으로 만들었는데, 등급이 무려 1성 반이나 차이 난다.

맛 또한 마찬가지. 조리실장이 만든 것은 혀에 차가운 감촉과 신선한 느낌이 있는 반면, 방정준 상병이 만든 초밥은 다소 늘어진 느낌이랄까?

"이거 보기엔 쉬워도, 금방 못 배운다? 오늘은 여기까지. 나중에 시간 많으니까, 그때 또 희망자 있으면 가르쳐줄게."

그때, 성재가 용기를 내어 손을 들었다.

"저 실장님?"

"편하게 말해도 돼. 나는 군인 아니야."

"저도 한 번만 초밥 만들어 봐도 되겠습니까?"

성재의 말에 조리실장이 미소를 띄웠다.

"어쩌나? 너 말고도 순서가 정해져 있는데…."

나중에 이야기를 듣고 보니, 조리실장은 하루에 한 명씩만 가르쳐준다고 한다. 공평하게, 누구 하나 불만 없게 가르쳐주는 그 나름대로의 요리비법 전수 시스템.

그때, 성재에게 '진입 조건 2'가 떠올랐다.

점심 식사 후, 성재는 충성마트에서 음료를 사와전 돌렸다. 조리실장이 환하게 웃었다.

"뭐야? 성재가 쏘는 거야?"

"그렇습니다. 앞으로 잘 부탁드리겠습니다."

"그래도 너만 따로 특별히 가르쳐주는 건 안 돼. 알지?"

실장에게 음료를 전해주고, 바로 방정준에게 다가간 성재.

"저, 분대장님? 초밥 쥐는 법 좀 가르쳐주시면 안 되겠습니까?"

"나 이거 3개월 넘게 배운 건데, 고작 음료 하나로?"

"일과 끝나고 따로 피자 한 판 쏘겠습니다."

그는 성재의 말에 환한 얼굴로 대답했다.

"오케이! 내가 이론은 좀 빠삭하지. 뭐부터 가르쳐 줄까?"

성재의 정체는 도대체 뭘까?

피자를 먹으며, 성재는 선임병에게 여쭤보았다.
"분대장님, 저 조리실장님은….."
"쩝쩝… 일단 먹으면서 이야기하자."
피자 4조각이 사라질 때쯤, 방정준 상병이 조리실장에 대한 이야기를 꺼냈다.
"조리실장님, 원래 요리 엄청나게 잘하셔. 일본에 제자도 있고."
'어쩐지 미식등급이 장난이 아니었어.'
"예상은 조금 했습니다. 초밥 줄 때, 기분이 묘했습니다. 그렇게 잘하시는 분이 왜 갑자기 요리를 안 하시는 겁니까?"
"흥미를 잃은 거지. 군에 대해서 염증 또한 느끼시는 거고."
"염증 말씀이십니까?"
"아, 말하자면 긴데? 한 판 더 시켜도 되냐? 1인 1피자는 해야지?"

상병 월급 36만 2천 원. 작년에 비해 약 2배는 오른 월급.
최저시급에 비하면 반에 반밖에 안 되지만, 군대에서는 딱히 부족하진 않다.
그래서 12,900원짜리 피자 한 판을 추가했다.
다음 피자가 나오기를 기다리는 중, 분대장의 이야기가 이어졌다.

"실장님, 재작년에 아내하고 아이를 동시에 잃으셨어."
"네?!"
"나도 선임한테 들은 건데, 2년 전에 아내분께서 출산이 임박했었는데, 그때 장군 회식 행사가 있었다나 봐."
여기까지만 들어도 무슨 일인지 짐작이 간다.
불합리함은 군인에게만 적용되는 것이 아니었나 보다.
"시험관 아이, 10년 시도 끝에 간신히 된 임신이었대. 근데 노산이었거든."

결혼이 늦어지며 생기는 사회 문제. 노산. 여성은 35세가 넘어가면, 임신은 힘들고, 출산은 위험해진다. 그럼에도 그 위험을 감수하고, 10년이나 노력한 결과 내려진 축복.
"아무튼, 애가 머리부터 나와야 하는데, 다리부터 나왔다고 들었어. 그래서 그것 때문에 애가 돌아서는 과정이라고 하나? 거기에서 큰 문제가 터진 거지. 그런데 그때 실장님은 곁에 안 계셨어. 부대에서 회식이 있었거든."
"설상가상인 것 같습니다. 어떤 회식이었습니까?"
"인사사령관 주관 회식. 골프 싱글 기념 회식이라고 절대 빠지지 말라는 거야. 조리실장은 아내 출산이라고 휴가를 가겠다는데, 인사사령관이 화를 냈었다지."
"와 진짜 그런 억지스러운 사람이 있나 봅니다?"
"있지. 지금 그 사람 잘렸을걸? 1군사령관님이셨잖아. 이번에 통일회관 무슨 비리 때문에 처벌받는다고 들었었는데…."
성재는 이야기를 듣고, 갑자기 강희철이 생각났다.
'군사령관님 공관병으로 간다고 하지 않았었나?'
아무튼, 그건 그거고. 지금은 조리실장님 이야기가 중요하다.
"그래서 어떻게 되신 겁니까?"
"어떻게 되긴, 행사 끝날 때까지 남았지. 그리고 뒤 이야기는 안 해도 알지?"
"네. 무슨 말씀이신지 알겠습니다."
"다른 사람들한테는 말하지 마라."

다음날 아침. 성재는 방정준 상병에게 초밥 쥐는 법을 배웠다.

"초밥은 올바른 방법으로 얼마나 빨리 쥐느냐에 따라 맛이 달라진대."
그의 말에 수긍이 가는 성재. 어제 조리실장이 순식간에 만들어낸 것에 비해, 방정준 상병은 하나 만드는데 상당한 시간이 걸렸다.
'그래서, 등급이 많이 차이가 났구나?'
"나는 쥐는 방법은 제대로 배웠으니까, 속도만 올리면 되는데, 그게 쉽지가 않네. 한번 내가 가르쳐준 대로 해볼래?"
성재는 선임병이 가르쳐준 대로 초밥을 쥐기 시작했다. 밥이 들러붙지 않게 차가운 레몬물에 손을 담갔다 빼고. 초밥 재료도 들러붙지 않도록 왼손에도 레몬물을 묻혀준다.
배합초를 섞은 밥을 쥐는데… 성재는 이상함을 느꼈다.
자신이 만든 게 선임병이 만든 것과 다르게 밥 사이의 간격이 조밀하다.
방정준이 성재를 다그쳤다.
"너무 꽉 쥐면 안 돼! 그렇게 만들면 주먹밥이지! 적당히 쥐는 감각이 중요한 거야."
"네. 죄송합니다. 다시 해보겠습니다."
그래서 다시 쥐고, 이번에는 성공.
"잘했어. 너무 느슨하게 하면 밥알이 입안에서 튀고, 너무 세게 쥐면 주먹밥 같아지거든."
"네. 좋은 말씀 감사합니다."
"내가 한 말 아니고, 다 실장님이 해주신 말씀이야. 이제 고추냉이(와사비) 찍는 방법인데, 광어 위에 터치하듯 살짝만 발라줘야 돼. 너무 꽉 바르지 말고!"
다음은 왼손에 얹어있는 고추냉이 찍은 광어에 오른손에 쥔 밥을 밀착시켜야 할 때.
"좌우로 밀착시키듯, 모양을 잡아줘. 그래야 광어하고 밥하고 하나같이 느껴지거든."
"네. 감사합니다."
그래서 만든 성재의 초밥.

> **recipe**
> **성재가 만든 광어초밥 ★★★☆**
> 너무 오랜 시간 재료를 쥐고 있어, 재료의 신선함이 떨어졌다
> 무궁화회관 요리병 직업 보너스에 의해 등급이 ☆만큼 상승하였다
> **Tip** 초밥 쥐는 시간을 3초까지 줄이면 최대등급!

성재를 보며, 분대장은 미소를 지었다.
"일단 연습 겸 100개만 만들어. 오늘 예약된 손님 분량이 100개니까. 더 만들면 안 된다."

"알겠습니다."

그날 점심, 조리실장은 어제와 마찬가지로 요리병들을 불렀다.

"오늘은 누구 차례야?"

"상병 강성재! 제가 점심 식사 준비할 차례입니다."

"그래. 준비해 봐."

성재는 어제 미리 숙성시켜둔 반죽을 꺼냈다. 그리고 화려한 퍼포먼스를 시작했다.

탁! ~탁!

바닥에 반죽을 치대며, 시동을 걸고.

위에서 아래, 왼쪽에서 오른쪽. 손목의 스냅을 이용해, 반죽을 늘인다.

조리실장은 놀라운 얼굴로 성재를 쳐다보았다.

'빽써서 온 애가 아니었구나? 실력으로 왔던 거였어.'

서효석 병장으로부터 완벽하게 습득한 수타면.

그것을 자신의 후임과 선임, 그리고 실장 앞에서 뽑는 성재.

여기서 수타면을 뽑을 수 있는 사람은 한 명도 없기에, 모두를 놀래키기는 충분했고.

그가 만드는 육수와 국물은 또 한 번 그들을 놀라게 만들었다.

한눈에 보기에도 먹음직스러운 짬뽕.

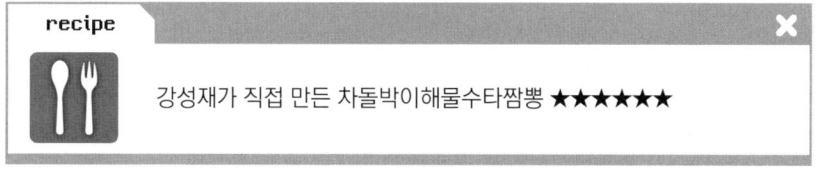

recipe

강성재가 직접 만든 차돌박이해물수타짬뽕 ★★★★★★

등급 또한 6성.

"우와! 엄청 담백하면서도 맛있어."

"정말입니다. 대박 사건! 대박 사건!"

후임병들이 먼저 반응을 보이고, 방정준 역시 환호성을 내지른다.

"이야! 뭐야? 완전 실력자였잖아?"

조리실장 또한 호기심 어린 눈으로 성재가 만든 음식을 맛보기 시작했다.

그리고 화들짝!

'매운맛 짬뽕인데, 차돌박이의 육즙이 그것을 다 가려주네. 이렇게도 하는구나?'

놀라는 것은 그것뿐만이 아니다. 성재의 면 뽑는 실력이 아주 수준급.

성재는 다시 한번 조리실장을 놀라게 만들었다.

"또 있어?"

"네. 오늘 아침에 초밥 쥐는 법을 배웠습니다. 광어초밥 내오겠습니다."

성재는 어제 조리실장이 했던 대로 배합초를 만들기 시작한다.

군더더기 없는 동작과 더불어 비율까지 완벽.

그런데 초밥은 시간이 생명인데? 그게 하루에 되겠어?

조리실장은 과한 자신감을 보이는 성재를 향해 고개를 저었다.

성재는 씩 웃었다.

'사실 아무리 100개를 쥐어도 난 10초가 최선이었어.'

숙련도가 낮아, 빠른 동작 처리가 제한된 것. 하지만 그에게는 편법이 있었다.

> ⚙ ✓ ✗
> 광어 초밥 레시피 (★★★★)를 선택했습니다

선택과 동시에 그의 시야에 나타난 홀로그램.

성재는 마음 속으로 시스템창을 조작했다.

> ⚙ ✓ ✗
> 홀로그램 재생속도 4배를 선택하셨습니다
> 〈홀로그램 재생속도 4배 발현조건 확인〉
> 1. 조리 완료시까지 요리사의 눈 (Rank : B 이상) 사용 유지
> 2. 조리 완료시까지 요리사의 신체 (Rank : D) 사용 유지
> 3. 조리 완료시까지 요리사의 손 (Rank : D) 사용 유지
>   초밥 쥐는 법 (초급) 활성화
> 4. 요리 레시피 (50%) 이상 달성
> 발현조건 1, 2, 3, 4를 모두 만족하여 홀로그램 터보 모드가 활성화됩니다

속도를 4배로 만들어주는 기적의 능력, 홀로그램이 가르쳐주는 동작을 따라 한다.

물론 이 능력은 몸에 과부하도 생긴다.

하지만 인정받고 싶었다.

그에게 요리에 대한 열정을 불러일으키고 싶었다.

그리고 그게 통한 것 같았다.

사용자 강성재에 대한 박규민의 호감도가 500상승했습니다

2.5초. 성재가 지금 할 수 있는 최고의 속도.

성재는 초밥 20개를 쥐고 난 후, 숨을 몰아쳤다.

거의 바닥을 보이는 요리사의 신체 게이지. 그리고 이번에 새로 배운 요리사의 손 게이지.

요리사의 신체는 체력을 올려주고, 요리사의 손은 정확도와 섬세함을 높여준다.

단, 액티브 스킬이기에 과다사용 시 탈진에 이른다.

recipe 강성재가 모든 능력을 끌어올려 만든 광어초밥 ★★★★★☆
완벽한 배합은 물론, 재료를 쥐는 시간을 최소화시켜 광어 고유의 신선함을 최대한 살렸다
무궁화회관 요리병 직업 보너스에 의해 ☆만큼 등급이 향상되었다

"성재? 너 정체가 뭐니?"

그때, 급격하게 피곤해지는 몸. 눈동자가 갑자기 희미해지고.

능력이 강제 해제되었습니다. 탈진 상태에 이르렀습니다

몸에 힘이 빠져나간다. 조리실장은 깜짝 놀라 성재를 보며 말했다.

"야! 정신 차려! 왜 여기서 졸도를 해?!"

성재는 졸도 전, 간신히 몸을 추슬렀다.

"죄송합니다. 어제 잠을 좀 못 자서…."

"아픈 거 아니고, 잠 못 자서야?"

"그렇습니다. 조금 쉬면 될 것 같습니다."

"그럼 일단 휴게실 들어가서 쉬어. 정준이! 애들 데리고 쟤 눕혀."

그리고 병사들이 없는 자리에서 성재가 만든 초밥을 입안에 넣어 음미한다.

'이 녀석은 도대체 뭐지? 중식도 잘하고 일식도 잘한다. 이건가?'

그리고 잠시 후. 회관에 전화가 걸려왔다.

"통신보안, 무궁회회관 조리병 상병 방정준입니다. 무엇을 도와드릴까요?"

- 육군 참모차장인데, 조리실장 바꿔라.

그래서 받은 조리실장.

"네. 조리실장 박규민입니다."

- 조리실장, 이번에 새로 온 참모차장이에요.

"네. 안녕하십니까?"

- 내일 제 보임 관련 환영회식을 할 예정이에요. 프랑스 코스요리로 부탁해요.

"죄송합니다. 저희는 프랑스 코스요리할 줄 아는 사람이 없습니다.

- 아, 거기 강성재 있잖아요. 개가 할 줄 아니까, 그걸로 준비해줘요. 돈은 원가 그대로 지불할게요. 부탁합니다.

중장(★★★)의 부탁.

소령, 중령, 대령. 그래, 좀 더 쳐서 준장(★)까지는 눈 딱 감고 커버 치겠는데.

그 이상은 무시할 수가 없다. 일단 대답하자.

"알겠습니다. 준비해보겠습니다."

- 그래요. 앞으로 잘 부탁합니다.

조리실장 박규민은 곰곰이 생각했다.

"프랑스 코스요리?"

그리고 깨달았다.

'잠깐만! 프랑스 요리라고? 일식도 하고, 중식도 하고, 프랑스 요리도 한다고? 강성재! 넌 도대체 정체가 뭐냐?!'

성재의 컴플렉스

성재가 정신을 깨고 일어나보니 벌써 16시 27분.

> ⚙ ✓ ✗
> 탈진 상태가 해제되었습니다

터보모드의 부작용. 급격한 피로. 두통. 메스꺼움까지.

성재는 능력을 사용하며 한 가지 알아차린 것이 있다.

모든 능력에는 부작용이 있다고.

요리사의 눈을 자주 쓰면 피곤해지고. 요리사의 신체 게이지가 바닥나면 탈진한다.

그리고 문제의 요리사의 손. 후들거림이 멈추질 않는다.

다행히 지금은 진정된 상태. 그렇다고 능력을 안 쓰겠다는 건 아니다.

'적당히 조절해야겠네. 무리하지 않는 선에서…'

끼이익.

휴게실 방문이 열리고, 성재의 안위를 확인하는 선임병.

"일어났어?"

"네. 분대장님, 죄송합니다. 제가 좀 오래 잤나 봅니다."

"그래. 오래 자더라. 어젯밤에 뭐했어? 화장실 가서 딸이라도 쳤냐?"

성재는 갑작스러운 질문에 멍한 표정으로 답변을 못 하고.
방정준은 쓸데없는 상상을 했다며, 고개를 저은 채, 입을 열었다.
"됐어. 말 하지 마. 더 이상 더러운 얘기 듣고 싶지 않다."
"……."
"머리 흐트러졌네. 기왕 이렇게 된 거, 간부목욕탕에서 목욕하고 와. 30분 내로 와."

그래서 걸어간 지하의 간부목욕탕. 일반 목욕탕과 크게 다를 점은 없어 보였다.
특별한 점은 이용요금이 아주 싸다는 것?
성재가 주머니에서 1,000원짜리 지폐를 꺼내는데, 담당 병사가 그걸 보며 말했다.
"너 단장님이 데려온 애지?"
"네. 그렇습니다."
"우리끼리는 돈 안 내. 그냥 써."
계룡대 근무지원단 병사끼리는 공짜로 이용할 수 있는 곳. 텅텅 비어있는 목욕탕.
성재는 일단 샤워기에 몸을 씻고, 허브탕에 들어갔다. 혼자만 있는 목욕탕. 이렇게 좋을 수가 없다. 그는 반신욕을 즐기며, 혼자만의 상상을 해보았다.
'내가 간부로 지원했다면 잘했을까?'
그는 곧 혼자만의 웃음을 지으며 고개를 끄덕였다.
'잘했을 거야. 아마 지금쯤 2년 차니까 중사(진)이 되어 있겠지? 아닌가?'

몸을 불리고 나온 성재. 목욕을 마치고 바깥으로 나오는데, 간부들이 몰려든다.
'아차, 너무 오래 있었나?'
보통 16시부터 체력단련 시간이 시작되니까 병사들은 재빨리 나와야 한다.
'그래서 30분 안에 올라오라고 하신 건가?'
아무튼, 성재는 체중계에 몸무게를 재다 말고, 얼른 로션을 바르러 이동했다.
현재는 알몸. 머리를 말리고 나가려는데, 갑자기 간부들이 누군가를 보고 목례 대신 경례를 실시하기 시작한다.
"충성!"
"충성! 총장님 오늘 족구 대단하셨습니다."
"충성! 대단하십니다."

육군참모총장 그리고 목욕탕에서도 총장님께 잘 보이려고 아첨하는 대령급 간부들.
그의 옆에는 육군참모차장이 딱 버티고 참모총장을 수행하고 있다.
"총장님! 오늘 나이스 볼이었습니다. 대단하셨습니다."
"후후, 그랬나? 내가 왕년에 볼 좀 찼지."
성재는 구석 자신의 사물함이 있는 곳으로 일단 피신했다. 들키지 않기 위해서였다.
'총장님 앞에서 모습 들켜봐야 좋을 것 없어. 조용히 넘어가자.'
사물함 번호 117번.
그런데 총장이 자꾸 자신 쪽으로 발걸음을 옮긴다. 그때 걷히는 커튼.
커튼 안쪽에 보이는 사물함.
사물함 번호 1. [육군 참모총장], 사물함 번호 2. [육군 참모차장]
총장님을 비롯한 장군 전용 탈의실. 성재는 깜짝 놀랐다.
'안 돼! 안 돼! 이쪽으로 오면 안 돼!'
운이 없게도 사물함 번호 117번은 그 탈의실 입구 앞이었던 것.
성재는 당황함을 일단 수습하고 정면으로 마주쳤다.
병사의 얼굴을 당연히 알고 있는 우리 총장님과 차장님.

"강성재? 여기서 목욕하고 있었어?"
총장의 입에서 이름이 흘러나오자, 모든 간부가 갑자기 성재를 향해 시선을 돌리고.
성재는 당황함을 무릅쓰고, 힘찬 경례를 실시했다.
"충성! 상병 강성재! 목욕 중!"
FM대로 보고하는 병사. 총장은 흐뭇해 했다. 옆에 있는 차장도 마찬가지.
총장의 시선이 성재의 몸을 훑고. 모든 사람들도 혼자인 병사를 훑는다.
그때 차장이 말했다.
"총장님! 성재는 제가 올해 초부터 봐 왔는데, 정말 모든 면이 훌륭한 것 같습니다. 솔직히 간부로 지원했으면, 정말 잘 생활했을 거라고 생각합니다."
"그래. 나도 그렇게 생각해."
"하나만 더 갖췄으면 완벽했을 텐데…."
성재는 고개를 숙였다.
'또 가정 말하는 거구나. 저 이제 관심 병사 아닙니다. 군단장님. 아니… 참모차장님.'

이 말이 목구멍까지 치고 올라왔다. 하지만 할 수 없었다.

총장님 또한 고개를 끄덕였기 때문이었다.

그런데 참모차장님이 말한 한 가지는 자신이 생각한 것과 다른 면이었다.

"그러네. 그걸 못 갖췄구나? 괜찮아. 평상시하고, 전투할 때에는 다르니까. 그렇지?"

"그렇습니다. 길고 짧은 건 대봐야 아는 것이지요. 너희 영관급들 다들 뭐해? 병사 응원하지 않고!"

"힘내라! 병사야!"

"화이팅!"

"그래! 아직 자랄 때야!"

그리고 탈의실에 들어가는 두 남자.

"그래도 긴 게 좋지?"

"네. 이왕이면 굵은 것도 좋지요. 총장님처럼 말입니다."

"클클, 자네도 만만치 않으면서 뭘!"

그쪽 계통에서는 자신감 넘치는 총장과 차장은 미소를 지으며, 옷을 탈의했다.

목욕탕을 나온 후, 패배의 기분이 든 성재.

이제껏 제대로 써먹은 적도 없는 물건. 길고 짧은 게 뭔 대수라고.

그런데 솔직히 부럽긴 하다.

'아니지. 나도 세우면….'

아무튼, 생각은 여기까지. 지금은 야한 생각할 때가 아니다. 일해야 할 때.

오늘은 프랑스 코스요리를 만들어야 한다.

〈참모차장 전입에 따른 첫 회식〉.

한 때 군단장님이셨던 차장님이 손수 부탁하신 코스 요리.

한땀 한땀. 해군 총장님 집에서 준비했던 요리들을 그대로 준비한다.

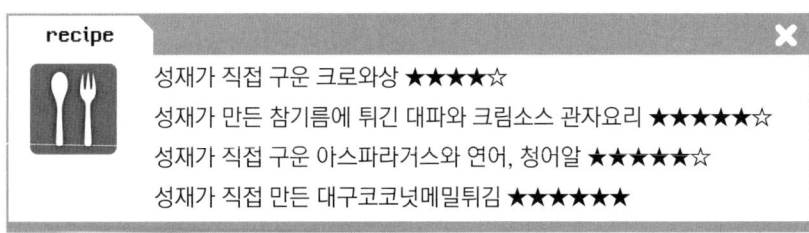

그가 만드는 요리를 볼 때마다 실장의 얼굴엔 넋이 나가고.
'이 자식! 아버지가 요리사? 도대체 몇 년을 배운 거야?'
다른 병사들도 성재의 주변에 몰려들며, 하나하나 그의 요리 솜씨를 확인한다.
그는 대충하지 않았다. 요리하면서 레스토랑에서 배운 청결도 신경 썼다.
플레이팅이 끝난 요리는 냅킨을 이용해, 수분을 깨끗하게 닦아주었다.
그런데 그가 잘하는 건 요리만이 아니다. 서빙 또한 수준급.
"참모차장님, 대구코코넛메밀튀김입니다. 드실 때, 튀김 먼저 드시고, 대구, 코코넛 순으로 드시면 됩니다."
이후 나온 스테이크와 후식으로 아이스크림까지.
모든 것이 만족스러운 참모차장. 그가 부하를 향해 말했다.
"어때? 추천할 만하지?"
"그렇습니다. 저는 교동에 있는 중화성이라고 계룡에서 가장 잘 나가는 곳, 추천드리려고 했는데, 여기가 훨씬 나은 것 같습니다."
"중식?! 중식도 여기가 잘하지. 지통장교! 조리실장하고 성재 좀 불러와."
"네. 알겠습니다. 차장님!"
참모차장의 말에 중령 하나가 뛰쳐나가고, 성재와 조리실장을 제2홀로 부른다.
"프랑스 코스요리, 정식 메뉴에 추가해. 이거 잘 팔릴 거야."
조리실장. 그는 난감한 얼굴로 고개를 끄덕였다.
"총 얼마지?"
"9명, 총 98,000원 되겠습니다."
"그것 밖에 안 나왔나?"
"네. 음식의 원가가 사실 그리 비싸진 않습니다."
너무나 만족스러운 가격. 참모차장은 자신의 품에서 봉투 하나를 꺼내 들었다.
봉투에서는 신사임당이 그려진 지폐 2장이 딸려 나오고.
참모차장은 기분이 좋은 듯, 미소를 지으며 조리실장에게 말했다.
"좋아. 팁이다!"
성재 1장, 조리실장 1장. 각자 5만 원.
조리실장은 올해 들어, 처음으로 간부로부터 팁을 받았다.
"감사합니다."

"감사하긴, 앞으로 잘하라고. 조리실장 이야기는 들었어. 많이 힘들었다며. 이런 일 있고 저런 일 있는 거지. 열심히 하자고!"

"네. 알겠습니다."

참모차장이 일어나고, 다른 간부들도 따라서 일어난다. 조리실장은 만족한 얼굴로 참모차장을 배웅했다.

참모차장은 씩 웃으며, 실장에게 말했다.

"내일은 총장님 오실 거야."

"네. 알겠습니다. 준비하겠습니다."

참모차장을 배웅하는 간부들.

★★★ 성판을 단 차량이 참모차장을 태우고 성우마을이 있는 방향으로 향하고. 나머지 간부들은 경례 후, 다시 회관으로 되돌아온다. 놓고 온 게 있는 걸까? 조리실장은 의아한 얼굴로 그들을 바라보았다. 그런데 간부들 8명이 하나 같이 안내데스크에 있는 병사한테 예약을 하기 시작한다.

"병사야. 토요일날 오후 1시, 4명 예약 좀 하자."

"아, 네. 알겠습니다."

"야! 육본 최형군 대령인데 오후 2시, 8명 예약한다."

"알겠습니다."

"육본 동원전력실 조대령이야. 일요일 1시부터 5명 예약. 프랑스 코스요리로! 알았냐?"

순식간에 잡힌 8명의 예약. 그리고 다음날.

- 해군본부 방정현 소령인데….

- 공군본부 김호태 중령이다….

- 해군 총장님 예약하셨다. 자리 비워놔라!

- 공군 총장님, 어머님 오신다니까, 철저히 준비시켜놔.

- 성우마을 부녀회 예약건 있습니다. 금요일 오후 1시부터 4시까지, 13명입니다.

순식간에 찬 예약.

조리실장은 난감한 얼굴로 성재를 바라보고.

성재 또한 민망한 얼굴로 실장을 쳐다본다.

"야! 너 도대체 정체가 뭐냐? 입대 전에 어디서 일했어?"

"공사장에서 일했습니다."

"장난치지 말고 인마!"
"정말입니다. 배관공으로 일했었는데요."
"그럼 요리는 언제 배운 건데?"
"이등병 때부터 배우기 시작했습니다."

그날부터 시작된 무궁화회관의 강행군.
계룡대에는 공군회관과 해군회관도 있다. 과거엔 무궁화회관이 주였지만, 조리실장이 요리에 손을 놓은 후부터 육군본부 간부들도 해군회관이나 공군회관으로 가기 시작했던 것. 그러나 그 역사가 바뀌었다. 원인은 단연코 성재라는 요리병의 등장.
프랑스 코스요리, 중화요리. 거기에 완벽한 가성비.
계룡 시내에는 이 정도 퀄리티를 구사할 수 있는 식당이 없는 것도 사실.
"아… 실장님 힘듭니다."
"나도 힘들어 인마!"
떵똥! 떵똥!
벨은 계속 울려가고. 주문은 밀려든다.
한편, 소문을 듣고 들린 육본 2경비단장 대령 조운현. 그는 자신이 모셨던 상관에 앞서 무궁화회관에 도착했다.
"예약하셨습니까?"
"안 했는데? 자리 없나?"
"네. 자리 없습니다."
"나, 육본 경비단장이야. 자리 하나 마련해봐."
대령의 말에 조리실장은 고개를 숙였다.
"예약하셔야 합니다."
"나 대령이라니까?"
그때 뒤에서 나오는 준장.
"야! 왜?"
"충성! 동원전력실장님, 조리실장이 자리 예약 안 했다고 안 된답니다."
그러자 화가 난 동원전력실장.
"뭐야? 야! 하나 마련해봐! 조리실장! 이렇게 융통성 없어서 되겠어?"

그런데 마침 화장실에서 나온 할아버지 하나가 준장의 이야기를 듣고 소리쳤다.

"야! 똥별 새끼가 어디서 행패를 부려?"
"누구십니까?"
"나? 해군 총장이다. 넌 육군 뭐냐? 나보다 계급 높냐?"
"…죄송합니다."
"앞으로 여기는 별 4개 밑은 전부 예약하고 쓴다. 알았냐?"
"죄송합니다. 정말 죄송합니다."
"죄송하면, 여기 조리실장한테 지금 당장 사과해!"
"미안합니다. 조리실장, 정말 미안해요. 미안합니다."
"진작 그럴 것이지?! 저 새끼 이름 기억해둬야겠네."

모처럼 만에 활기를 띠는 무궁화회관. 조리실장은 바쁜 일상 때문에 힘들면서도 한편으로는 뿌듯함도 느꼈다. 해군 총장, 육군 총장, 공군 총장이 단골손님이 된 후 생긴 권력. 그때부터 중장(★★★) 이하는 조리실장이란 호칭 뒤에 무조건 '님'을 붙인다.

그는 과거를 회상하며, 혼자만의 미소를 머금고.
자신의 밝은 미래를 꿈꾸며, 자신의 부하 병사들을 쳐다보았다.
'내가 옛날에는 이렇게 인정받았었는데… 그땐 참 열심히 했었지.'
그때, 주방에서 성재가 후임병에게 말했다.
"저기, 이거 3번 홀로 가져가."
"네. 강성재 상병님!"
"분대장님은 채소 씻는 것 좀 도와주시면 안 되겠습니까?"
"그래. 성재가 시키면 해야지."

그들 또한 힘들다는 소리를 입 밖으로 내면서도, 모처럼 만에 활기를 띤 회관에서 각자의 역할을 하고 있다.

조리실장은 주먹에 힘을 꽉 준 채 생각했다.
'옛날처럼 다시 요리에 집중해 볼까?'
그의 방대한 지식과 경험, 그리고 노하우가 담긴 판도라의 상자가 이제 열리려 한다.

세계 군인 요리대회

"신고합니다. 병장 강성재는 2019년 6월 1일부로 전역을 명받았습니다. 이에 신고합니다."
성재의 신고에 배원영 준장이 환한 미소를 지으며 말했다.
"그래. 그동안 수고했다. 전역하면 뭐하니?"
"잘 모르겠습니다. 레스토랑을 차려볼까 하는데, 잘 될지 모르겠습니다."
"그래? 남자라면 포부를 좀 더 크게 가져야지. 안 그래?"
"그렇습니다."
"그래. 이어서 신고하자."
"네?!"
성재의 아버지 강일용이 등장하고. 행사가 진행되기 시작한다.
"지금부터 전문하사 임관식을 거행하겠습니다. 강성재 아버님은 앞에 나와 하사 계급장을 달아주시기 바랍니다."
성재는 당황했다.
"안 돼! 안 돼! 나 부사관 안 해요! 아빠! 나 부사관 안 한다고요!"
"해! 넌 군인 체질이야. 아빠는 네가 군인 했으면 좋겠다. 단장님도 말씀 해주세요."
"하하, 저는 부사관보다는 저처럼 장교가 나은 것 같습니다. 우리 딸하고 결혼하려면, 저처럼 장교로 임관해야 되지 않겠습니까?"

"장교가 좋겠군요. 장교로 임관시킵시다."
성재는 두 남자의 대화를 들으며, 세상을 향해 소리쳤다.
- 안 돼! 안 돼!

"야! 소리 지르는 놈 누구야?"
당직사령의 고함에 불침번이 생활관 안에 들어오고, 성재는 병사의 이끌림에 행정반으로 이동했다.
"야! 너 뭐 잘못 먹었냐? 왜 소리를 질러?"
"죄송합니다. 나쁜 꿈 꿨습니다."
"어휴! 난 또 무슨 큰일 난 줄 알았네. 됐어. 들어가."
"충성! 용무 마치고 돌아가겠습니다."
온종일 간부들만 보니, 무의식적으로 간부가 되는 꿈을 꾼 성재.
'아~ 이런 꿈, 요즘 계속 꾸네. 간부 되는 꿈… 아~ 정말 싫다.'
인생 최악의 꿈. 간부가 뭐가 좋다고.
고개를 절레절레 젓고 잠을 청하지만, 잡념은 사라지지 않고, 계속 머릿속을 맴돈다.
성재는 아침점호 후, 자신이 아는 병사에게 전화를 걸었다.
'받을까? 이 전화번호 맞는 것 같은데….'
- 뚜, 뚜, 뚜, 뚜.
오랜 통화음 끝에 받는 상대방.
성재는 그의 목소리를 듣고 모처럼 만에 미소를 지었다.

- 통신보안, 군사령관 공관병 병장 강희철입니다. 무엇을 도와드릴까요?
"강희철 병장님! 저 성재입니다."
- 오! 열심히 하고 있어? 연대장님이 너 육본 데려가셨다며!
"그렇습니다. 강희철 병장님은 지금 어떻습니까? 군사령관님 잘리고 나서, 어떻게 지내고 계십니까?"
- 어. 좋아. 생각보다 편해. 아, 맞다. 성재야!
"네, 말씀하십시오."

- 나, 전문하사 지원했다.

"네?! 전문하사 말입니까?"

- 그래. 6개월 정도 공관관리관으로 일하면서, 후임한테 요리 좀 배우려고.

"걔, 이름이 뭐였습니까? 김용우? 맞습니까?"

- 응. 근데, 요리 정말 잘해. 어차피 나야 공무원 준비 하던 중이었는데, 6개월간 공부도 좀 하고, 흥미 있는 요리도 좀 배우고 하려고.

"헉, 차라리 전역하고 공부에 집중하십시오."

- 아니. 전문하사 하면, 6개월 복무한 것도 공무원 호봉에 넣어준대. 이렇게 준비하는 게 유리하다고 설명해주더라. 나도 그게 맞는 것 같고.

"아무튼, 인생은 본인이 결정하는 것이라고 하지만 저는 반대입니다."

- 그건 네 생각이고. 아! 너 혹시 세계군인 요리대회 나가냐?

"세계군인 요리대회?"

그때 성재의 앞에 떠오르는 상태창.

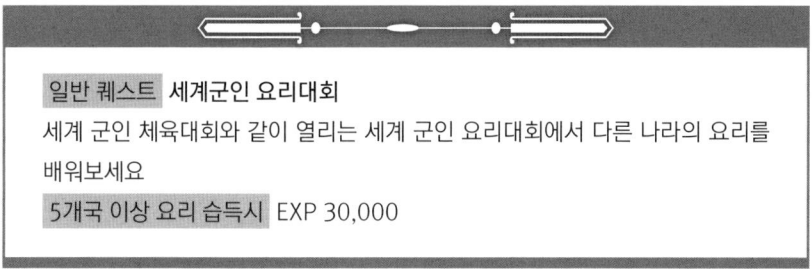

- 어. 거기 나도 참가하기로 했으니까, 너도 신청해서 와라.

"네. 알겠습니다. 저도 그거 알아보겠습니다."

- 그래. 다음에 연락할게. 너 그쪽 군전화가 어떻게 되냐??

"960-XXXX입니다."

'세계군인 요리대회'. 성재는 그 단어를 기억했다.

출근 준비를 마친 병사가 선임병과 후임병과 함께 무궁화회관으로 걸어가고. 걷는 도중 성재가 분대장에게 물어보았다.

"분대장님, 혹시 세계군인 요리대회 아십니까?"

"세계군인 요리대회? 세계군인 체육대회는 아는데, 요리대회도 있었어?"

"체육대회는 아십니까?"

"그럼! 유명하잖아. 그거 참가하면 금, 은, 동도 준다."
"아…."
아침 출근. 병력들은 식탁보를 청소하고, 진공청소기를 돌린다.
그리고 오늘은 장 보는 날. 조리실장은 병사 5명 중 성재를 콕 집어냈다.
"장 보러 가자."
"네. 알겠습니다."

차량을 타고 가는 길. 넓은 6차선 도로에 아무 차량도 다니지 않는 시간. 오전 10시.
성재는 계룡대의 넓은 시가도로에서 조리실장에게 물었다.
"실장님, 세계군인 요리대회라고 아십니까?"
"어? 어떻게 알았어? 마침 어제 공문 도착했던데."
"아…."
"너무 걱정하지 마. 우리는 안 나갈 거야. 바빠 죽겠는데 그거 나가서 뭐해."
성재는 실망감 어린 표정을 지었다.
'뭐지? 저 표정은?'
이제 실력으로 인정받은 병사. 그래서 희망사항도 쉽게 말할 수 있다.
"저 그거 나가보면 안 되겠습니까?"
그러자 조리실장은 허탈한 웃음을 짓는다.
"야! 강성재! 못 나가는 거 네 탓이잖아. 너 때문에 회관 바빠 가지고 일부러 포기한 건데, 맞아? 틀려?"
"죄송합니다. 그래도 해보면 안 되겠습니까?"
"그거 안 돼. 계근단장님이 허락해줄 것 같아? 총장님들이 매일매일 회관을 찾고 있는데, 그걸 허락해 주겠냐고! 상식적으로 생각을 해보자. 성재야. 어?"
"저… 허락해줄 것 같습니다."
"성재야. 세상은 그렇게 호락호락하지 않아. 그리고 너만 가야되는 거 아니야. 인솔자 포함해서 가야되는데? 더구나 이번에는 강릉에서 한다던데…."
인솔자란 병사가 아닌 군 관계자를 말한다. 즉, 군무원인 조리실장도 포함된다는 것.
"실장님이 인솔자 해주시면 안 됩니까?"
"얼씨구? 성재야. 한번 말하면 알아들어라."

"……."

"세계군인 요리대회라는 건, 자신의 나라 대표 음식으로 승부를 봐야 돼."

"네. 그렇습니다."

"네가 설마 한식까지 잘할 수 있는 건 아닐 테고."

성재는 대답하지 않았다.

'왜 그렇게 생각하시는 거지?'

의문은 오래가지 않는다. 박규민 실장이 자신의 속마음을 바로 털어놓았기 때문이다.

"널 비하하려는 건 아니다. 성재 너는 네 나이 또래에 비해 뛰어난 실력이긴 해. 중화요리도 프랑스 요리도 레스토랑에 내놓아도 손색이 없을 정도였으니까. 하지만 욕심은 적당히 부려야지. 한식은 의지만으로 되는 분야가 아니야. 나도 포기한 분야고."

"실장님은 일식 전문 아니셨습니까?"

"그거야 돈이 안 되니까 일식 배운 거지. 같은 요리를 해도 한식이 3만 원이라면, 일식은 5만 원에서 10만 원도 받잖아."

"그럼 실장님이 가르쳐주시면 되지 않습니까?"

"그러니까, 요리가 한순간에 그렇게 딱 가르쳐준다고 해서 가르쳐지는 게 아니라니까. 하루에 차근차근, 단계를 밟아가는 거야. 그러니까 그건 불가능해. 일단 허락 받는 것 자체도 힘들고. 알았어?"

"허락은 제가 받아보겠습니다."

"어휴! 고집불통! 맘대로 봐! 그래. 네가 맡아 봐!"

그 날. 브레이크 타임을 이용해 성재는 자신의 찬스를 이용했다.

"단장님, 들어가도 되겠습니까?"

"응. 들어와."

배원영 준장. 그는 한껏 여유로운 얼굴로 성재를 맞이했다.

"힘들지? 소식 들었다. 성재 때문에 요즘 회관이 많이 바쁘다며?"

"네. 그것보다 부탁드리고 싶은 일이 있습니다."

"뭔데?"

"저 세계군인 요리대회… 참석하고 싶습니다."

조리실장은 매일 식사시간마다 병력들에게 요리를 조금씩 가르쳤다.

그런데 오늘 저녁, 한 명이 보이질 않는다.

"성재는?"

"단장님하고 식사 중입니다. 보고드릴 게 있다고 나갔다가 조금 전에 연락왔습니다."

"단장님께?"

계근단장. 자신의 평정권자.

물론 진급 없는 직위기 때문에 평정은 큰 영향을 미치지 않는다.

다만, 평정등급은 A~E로 구분되어 있는데, D 이하를 연속으로 2번 받게 되면, 잘릴 수 있는 상황.

자신에게 있어 가장 영향력을 끼칠 수 있는 장군 중 4위. 각군 총장님 다음 서열이 바로 계룡대 근무지원단장.

'이 자식. 그래서 나한테 꼬박꼬박 말대답을 했구나?'

그리고 저녁. 단장님과 만나고 온 성재는 조리실장을 찾아갔다.

"허락 받았어?"

"아닙니다."

"그럼 그렇지. 그래. 깔끔하게 포기하자."

"그게 아닙니다. 단장님께서 총장님들께 보고 하고 허락 맡아주신다고 하셨습니다."

"허락을 맡아?"

그리고 걸려온 전화.

"네. 조리실장입니다."

- 조리실장님? 저 계근단장 배원영 준장입니다.

"아. 예. 단장님."

- 각군 총장님께서 같이 다녀오라고 허락하셨어요. 성재 데리고 요리대회 다녀와요.

"허락하셨습니까?"

- 네. 그날 VIP께서 개회사 하시거든요. 어차피 총장님들도 거기 먼저 가 계실 겁니다. 그러니까 같이 대회 참석해서 좋은 성적 내길 바랍니다.

"알겠습니다."

모든 게 순탄하게 이어지고. 조리실장은 고개를 갸웃거리며, 성재를 쳐다본다.
'요리도 잘하고, 빽도 좋고, 재벌이라도 되는 건가? 조기 교육이라도 받은 거야?'

그리고 시간이 흘러. 강릉으로 가는 길.
"성재야. 널 특별히 우대해서 뽑은 게 아니고, 실력으로 뽑은 거다. 너 빽믿고 허튼짓 하지 마. 알았어?"
"네. 알고 있습니다. 실장님!"
성재는 기대감이 부푼 가운데, 강릉으로 가는 차 안에서 자신이 그동안 배웠던 한식의 레시피를 하나하나 살펴보았다.
수많은 음식들. 그중에서 가장 자신 있는 요리의 식재료를 구입하고 올라가는 길.
조리실장 또한 1주일간 병사 5명을 세세하게 평가하며, 성재의 실력을 인정했다.
'얘는 전역하고 가게만 차리면, 돈을 한 달에 수천만 원씩 쓸어 모을 거야. 지역 요리대회 우승? 인정한다. 아마 전국구 대회에 나가도 순위권일 거야.'
후임병들과 선임병 또한 녀석의 실력을 인정한 상태.
이미 요리분야에서는 거의 완성된 상태로 온 성재에게 누가 뭐라 할 수 있겠는가?
강릉에 모인 사람들.
세계 각 군의 군인들이 강릉 종합 경기 아레나홀에 모여, 개회식을 준비한다.
성재는 반가운 얼굴을 바라보며, 인사를 나누었다.
"강희철 병장님! 오셨습니까?"
"응. 오랜만이다."
그리고 그 옆. 자신의 영원한 라이벌로 상태창에 기록된 병사가 있다.
"김용우 용사님이시죠? 오랜만입니다. 강성재입니다."
"아…."
미국 CIA 요리학교 출신. 엘리트 중 엘리트.
하지만 성격 면에서 문제가 있었다. 대답하지 않고 무시하며 지나치는 녀석.
희철은 애써 그를 칭찬했다.
"아, 쟤가 왜 그러지? 미안, 네가 저번에 1등 한 것 때문에 질투해서 그런가봐."
"괜찮습니다. 전 별로 신경 안 씁니다."
"내가 네 이야기 좀 했었거든. 너 군대 와서 요리 처음 배우기 시작했는데, 내가 스승으로 모시고 있다고."

"아…."

"그러니까, 고맙게도 자기한테 요리 배우라면서, 엄청 많이 가르쳐줬어. 앞으로도 쟤 밑에서 요리 좀 많이 배워보려고, 그래서 이번에 전문하사도 지원하는 거야."

"그렇습니까?"

성재는 그의 인생 선택에 왈가왈부하지 않았다.

어차피 인생은 자신이 정한다. 강희철의 길이 있듯, 성재에겐 자신만의 목표가 있다.

세계 최고의 요리사. 내가 갈 길. 그러기 위해서 필요한 것은 다양한 경험과 견문.

그때, 누군가가 성재의 뒤통수를 쳤다.

성재는 갑자기 얻어맞은 탓에 짜증 섞인 표정으로 뒤를 처다보는데….

뒤에 있는 인물이 예상외의 인물.

성재는 놀란 표정으로 그를 향해 입을 열고….

"오민호?"

녀석은 싱긋 웃는다.

특급전사, 태권도 실력자.

운동 잘하고, 노래 잘 부르는 연대 간부식당 조리병 동기.

그 녀석이 자신의 바로 뒤에 있던 것이다.

그런데 복장이 좀 특이하다. 국방무늬가 짙다. 그리고 계급이 성재와 다르다.

"설마…."

그의 말에 오민호가 씩 웃었다.

"오민호 하사님이라고 해야지. 안 그래? 강 상병!"

징병제인 국가가 유리합니다

동기의 말에 성재가 그를 훑었다.
오민호의 복장.
짙은 디지털 국방무늬. 새 전투복. 거기에 반짝반짝 전투화.
부사관을 상징하는 갈매기(?)까지?
그런데 계급 마크의 색깔이 이상하다.
노란색.

"뭘 그렇게 쳐다보냐? 대한민국 자랑스러운 육군 부사관! 처음 봐?"
일단 뭐, 계급은 하사 마크 맞긴 한데, 마크가 노란색이라니.
"너, 부사관 된 거야?"
녀석은 정색하며 말했다.
"야. 강성재! 나한테 너? 너? 이거 하극상인거 알지?"
옆에 있던 강희철 또한 녀석에게 물었다.
"오민호! 그럼 너한테 뭐라고 불러?"
"오민호 하사님이라고 불러야지. 희철아. 정신 못 차렸니?"
그때, 그를 부르는 부사관. 계급은 상사.

"야! 오민호!"

그러자 녀석이 당황한다.

즉각적인 대답을 하지 않는 것을 싫어하는 교관이 오민호를 향해 소리 질렀다.

"오민호! 대답 안 해?"

"부사관 후보생! 오민호!"

"태권도 선수 등록해야 되니까 빨리 뛰어와! 저걸 누가 합격시킨 거야? 답답한 새X."

"죄송합니다! 죄송합니다!"

"놀러 왔어? 보고도 안 하고 자리 이탈하면 어떻게 해? 너 자대로 또 돌아갈래?"

"죄송합니다."

오민호가 교관의 부름에 즉각 달려나가고. 강희철이 키득대며, 성재에게 말했다.

"쟤, 아직 후보생이네. 부사관 후보생. 다음부터 존댓말 하지 마. 저 자식! 헷갈리게 만들고 있네. 노란색 병아리 계급장 달고 와가지고!"

세계군인 요리대회는 세계군인 체육대회와 같이 개최되었다.

메인이 체육대회. 서브가 요리대회.

그래서일까? 요리대회에 참가한 군인들의 미식등급을 본 성재는 실망하고 말았다.

가나에서 온 군인 샘 육취리는 미식등급이 ★★☆이었고.

호주에서 온 군인 밤 해밍턴은 미식등급이 ★★★.

'그래도 미식등급으로 요리를 평가하진 말자. 너도 미식등급은 낮잖아.'

자신 또한 미식등급에서는 5성급. 입맛과 요리 실력은 같은 범주가 아니다.

'괜한 것 신경 쓰지 말자. 지금은 요리에 집중해야 돼.'

성재는 요리대회 대표 중 한 사람으로서 최선을 다하기로 결심했다.

요리대회 예선은 첫날에 이루어졌다. 대통령의 개회식과 함께 3일간 진행되는 행사.

참가국들은 각자 준비한 요리들을 완성하느라 애썼다.

한국은 총 3팀이 참가한 가운데, 총 13개 팀, 9개국의 요리가 선보이고.

성재는 미리 준비한 재료를 가지고 요리를 시작했다.

"자신 있지?"

"그렇습니다. 조언해주셔서 감사합니다."

"아니야. 세계적으로 통할 수 있는 요리는 누구나 생각할 수 있는 거지. 내가 없던 요리를 발명한 것도 아니고, 나한테 감사할 필요는 없어."

"네."

키친타올로 고기를 꾹꾹 눌러주는 성재. 타올에 고기의 핏물이 흡수되며 제거된다.

그다음 성재는 고기에, 설탕 2큰술, 물엿 1큰술을 넣은 다음 재워두었다.

재워둔 동안 해야 할 일은 고기를 숙성시킬 재료를 준비하는 일.

미리 준비한 배와 양파를 믹서기에 갈기 시작한 병사.

배와 양파 즙을 미리 고기를 재워둔 볼에 담아, 10분간 2차로 고기를 숙성시킨다.

잠시 후. 고기가 연해진 것을 확인한 성재의 눈이 초롱초롱해졌다.

간장과 다진 마늘, 참기름을 숙성된 고기에 붓고

만능 간장이 재료에 스며들며, 간이 밴다.

달궈진 팬, 그 위에 불고기가 투척되고.

불고기는 팬의 열기와 만나 지져지며, 비명을 지르기 시작한다.

좌르르르륵!

비명과 함께 흘러나오는 뜨거운 수증기.

그 안에 함유된 고기의 달콤한 향.

고기가 익기 시작하자, 성재는 양파, 당근, 버섯, 대파 등을 순서대로 넣고 골고루 익히기 위해 저어주기 시작했다.

그다음은 특제 비법. 매실청을 추가해서 넣는 성재.

달콤짭짤한 한국의 전통요리. 외국인이 가장 선호하는 음식 1위.

소불고기가 완성되자 성재는 얼굴에 희미한 미소를 보였다.

 recipe | 강성재가 직접 만든 박규민표 소불고기 ★★★★★★
조리실장 박규민가 알려준 비법 그대로 구현해낸 소불고기
매실청을 넣어 적절하게 달면서도 신맛을 추가해, 불고기의 새로운 장을 열었다
무궁화회관 요리병 직업 보너스에 의해 ☆만큼 등급이 향상되었다

성재의 요리를 옆에서 봐주는 조리실장. 그는 접시에 담긴 요리를 맛보며, 감탄했다.

'정말 맛있어. 내가 했을 때보다 더 맛있어. 왜지? 할머니 손맛이라도 들어간 건가?'

자신도 이 요리를 여러 번 했지만, 이렇게 다채로운 맛을 낼 수는 없다고 생각했다.

47세의 남자는 자신의 혀를 의심했다.

'내 혀가 둔해지기라도 한 건가?'

그건 아니다. 혀가 둔해지면, 다채롭다는 느낌이 들 리가 없지 않은가.

'손맛이군.'

풀리지 않는 의심을 결국 그는 성재의 손맛이라고 치부해버렸다.

반면, 성재는 다른 국적의 요리를 보며, 신기함을 감추지 못했다.

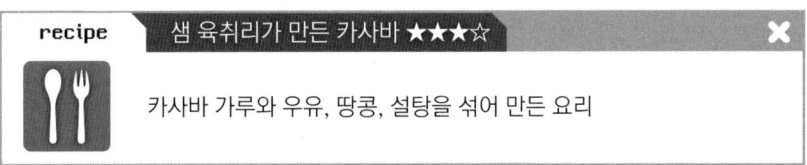

성재가 뚫어지게 쳐다보자, 가나 국적의 군인이 먹어보라고 말을 걸고.

"Do you wanna eat?"

"오케이! 오케이!"

언빌리러블.

'고구마설탕우유라고 하면 비유가 맞을까?'

조금은 단순한 요리인데 달콤함에 매료되고, 씹히는 땅콩과 고구마와 비슷한 카사바의 익숙한 맛에 또 한 번 정신이 쏠린다.

'고구마 라떼에 땅콩을 섞은 거구나. 시럽 만땅 넣고.'

아쉬운 점이라면… 디저트인 저것을 요리로 내놓은 것.

"저한테 주셔도 괜찮으신 겁니까?"

외국어로 말하는 남성. 옆에서 통역장교가 대답해주고.

"괜찮대. 만드는데 1분밖에 안 걸린다고 말하네."

성재는 통역장교의 말에 고개를 숙이며 외국인에게 감사의 인사를 건넸다.

"잘 먹었습니다라고 전해주시면 안 되겠습니까?"

"그래."

예선전 발표가 끝나고. 한국팀 2팀에 일본팀, 미국팀, 중국팀팀이 올라오게 되었다. 그리하여 총 4개국 5팀.

성재는 떨어진 국가의 대표들에게 아쉬움을 전했다.

"너무 실망하지 마세요. 음식 다 맛있었어요."

통역장교들이 그들의 말을 전해주고.

"챙겨줘서 고맙단다. 자기들은 이제 체육대회 나가야 된대."

"네? 요리 선수가 아니었던 겁니까?"

"그렇다네. 가나 군대에는 취사병이 따로 없댄다."

"아…."

같은 시각. 강희철은 예선을 통과한 김용우에게 칭찬을 늘어놓았다.

"우리 사부 대단하다. 부침개로 어떻게 통과를 했어?"

"아, 부침개는 코리안 피자라고 해서, 외국인들도 많이 좋아합니다. 어차피 결승 메뉴는 불고기로 정했으니까, 제가 이길 겁니다."

"불고기는 이미 성재가 했는데?"

"규정 못 보셨습니까? 예선과 결승, 둘 다 같은 요리 못 내놓습니다. 그러니까 그 친구는 불고기를 못 내놓고, 저는 내놓을 수 있죠. 그러니까 저희가 우승할 겁니다."

"성재 만만하게 보지 마. 걔 요리 잘해."

"저도 잘합니다. 강희철 병장님. 절 믿으십시오."

저녁. 대회에 참가한 인원들에게 배정된 숙소 안. 조리실장은 따분해했다.

"성재야. 내일 요리는 자신 있지? 연습해볼까?"

"그러시겠습니까?"

조리실장이 직접 공수해 온 식재료로 요리를 준비하는 데 누군가가 문을 두드린다.

"네. 나갑니다!"

성재는 숙소의 방문을 열었다. 그러자 외국인들이 성재를 향해 미소를 지었다.

"Hey! Come on!"

"네?"

"Come to my room. Let's have a party tonight!"

그래서 초대된 파티. 조리실장과 성재는 외국인 숙소로 가게 되고.

다양한 국적의 외국인들이 몸짓발짓 등 제스처를 사용하며 대화를 하고 있었다.
성재는 씩 웃었다.
"조리실장님? 요리실력 한 번 보여주시죠."
"지금? 이 사람들한테?"
"네."
사람들과 통하지 않는 말을 뒤로하고, 성재는 제스처를 통해 많은 의미를 나누었다.
말을 하지 않아도, 알아들을 수 있는 신기한 기분. 세계의 다채로운 요리들.
거기에 동조하는 사람들 또한 오늘 이 자리를 즐기며, 축제의 장을 이어갔다.

다음날, 성재는 아침 일찍 일어났다.
세면대. 그 위에 있는 나란히 놓인 칫솔 11개.
'어제는 2개였는데, 오늘은 11개네.'
식탁 위로 옮긴 시선. 세계 각국의 요리들. 가나부터 페루, 호주에 브라질 요리까지. 모두가 한마음 한뜻이 되어 신나게 즐긴 어제, 그리고 오늘.
그 중심이 된 조리실장은 코를 심하게 골면서 아직도 잠에 취해 있다.
원인은 술.
외국인들에게 다 내어주고 텅 빈 냉장고. 오늘 대회에 나갈 재료조차 없다.
그러나 성재는 그를 원망하지 않았다. 그가 일어나나 일어나지 않으나 자신에게는 큰 상관이 없었다. 요리대회에 참가하는 것은 자신. 자신만 정신을 똑바로 차리면 된다.
'정육점에 가서 일단 재료를 사자. 어떻게든 되겠지.'

이날 요리대회의 심사위원은 각 주재국의 외교관들이었다.
평가방법은 간단했다. 자신의 아일랜드에서 조리하고, 완성되면 손을 드는 것.
그러면 각 주재국의 외교관들이 돌아다니면서 맛을 평가하고, 점수를 매긴다.
형식 파괴. 자율 평가. 요리의 평가 3대요소조차 고려하지 않고. 오로지 외교관들의 입맛만 사로잡으면 되는 대회.
성재는 이제까지 남들 앞에서 보였던 적이 없는 요리를 준비했다.

장르소설이 철저하게 재미를 추구한다면. 성재는 철저히 외국인의 입맛에 집중했다.

반면, 외국인들이 가장 좋아하는 한국 대표 음식인 불고기를 준비한 김용우.

자신감이 하늘을 찌른다.

'내가 이번엔 기필코 우승해서 포상 휴가 따고 말 거다.'

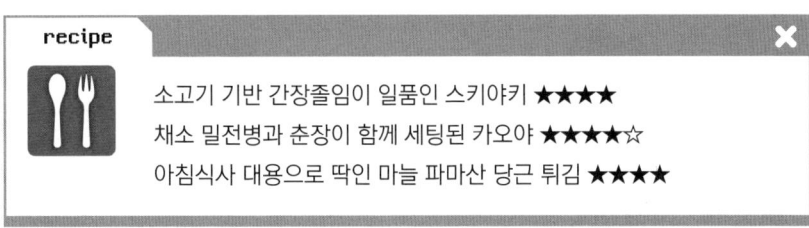

그들의 요리를 보며, 김용우는 확신했다.

'세계군인 요리대회의 우승은 나다.'

솔직히 동네 요리대회가 더 낫다. 군인들이 요리를 잘해봐야 얼마나 잘한단 말인가?

국민 중 남성이라면 대부분 끌려오는 징병제를 도입한 한국과는 달리 외국에서는 군인들은 전투를 잘하지. 요리를 잘하진 않는다.

그래서 생긴 뻔한 결과.

세계군인 요리대회 자체가 한국인에게 굉장히 유리하단 것을 알고 있던 김용우 상병.

그가 야심 차게 내놓은 요리가 드디어 모습을 드러냈다.

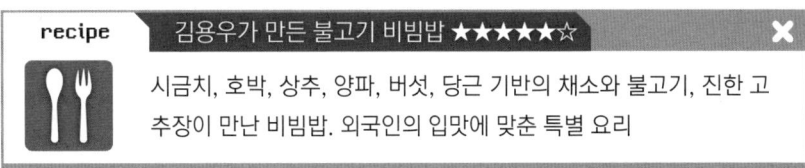

그가 기대했던 효과 그대로.

"맛있어용. 비빔밥 좋아용!"

"내가 가장 페브릿하는 음식이에용."

그때, 어디선가 요상한 냄새가 나기 시작한다. 쿵쿵… 쿵쿵.

"와우! 와우!"

외국인들의 감탄사가 냄새가 나는 뒤쪽에서 들려오고.

"이게 젤 맛있능거 가탕."

주재원들의 어설픈 한국말 또한 들려온다. 김용우는 당황해서, 요리를 바라보았다.

지글지글.

메인 재료에서 기름기가 뚝뚝 그릴 밑으로 떨어진다.

화르륵!

밑에 있는 숯불이 기름과 만나 갑자기 붉은 빛을 내며, 불과 연기를 뿜는다.

강력한 숯불 기반 화로에서 자신의 땀을 쪽쪽 빼는 삼겹살.

상추에 쌈을 싸는 병사.

그것을 보며 만족한 듯 미소를 짓는 외교관들.

바삭바삭 익은 고기의 맛을 싫어할 사람이 누가 있겠는가?

"와우! 언빌리러블!"

"Se on herkullista."

"Het is heerlijk."

"最高!"

숯불삼겹살에 매료된 그들은 한동안 자리에서 떠나지 못하고.

성재는 이마에서 흐르는 땀을 닦으며, 계속 숯불에서 삼겹살을 구웠다.

상공을 날던 까마귀가 냄새를 맡고 내려오고, 동네 고양이와 개들이 몰려온다.

킁킁, 킁킁.

하지만 이미 숯불삼겹살은 구워지자마자 외교관들의 배로 직행하고.

성재는 난감한 얼굴로 조리실장에게 말했다.

"실장님! 생삼겹 3kg 더 꺼내야 될 것 같습니다."

"아… 오케이! 미안하다 성재야."

222

휴가 나갑니다

숯불삼겹살의 우승.

사람들의 80%가 숯불삼겹살의 매력에 푹 빠지고, 김용우 상병이 어이없어했다.

"이거 반칙 아닙니까?"

강희철 병장은 자신의 요리 스승이자, 후임병인 김용우의 말에 고개를 저었다.

"반칙은 아니지."

"반칙이지 않습니까? 요리대회에 누가 삼겹살을 냅니까?"

그러자 강희철은 김용우한테 실망한 듯, 한숨을 내쉬며 말했다.

"용우야. 삼겹살은 안 된다는 규정 없었잖아."

"전 이 상황 이해 안 됩니다. 삼겹살을 요리로 볼 수 있는지…."

김용우가 열 받은 이유는 하나.

자신보다 요리 실력이 안 되는 녀석이 요상한 수를 써서 자신을 눌러버린다.

저번 요리대회 때, 참모총장이 좋아하는 요리를 내놓아서 판을 뒤집은 것도 그랬고, 오늘 전혀 상상도 하지 못했던 삼겹살을 내놓은 것도 그랬다.

더 열받는 건. 조리실장이란 군무원이 가져온 고기에 붙어있는 라벨.

생삼겹살

원산지 : 국내산

강릉교동정육점 220-23XX.

'강릉교동정육점? 바로 앞에서 샀어?! 이 XX. 준비를 하나도 안 한 거야. 약은 녀석!'
자신은 이번 요리를 위해 3일간 재료를 고민하고, 준비해왔는데.
강성재란 녀석은 떵까떵까 놀면서 겨우 준비한 게 삼겹살.
어제 숙소에서 외국인들하고 진탕 놀고 있는 것을 직접 확인했다.
그래서 한껏 비웃어줬는데….

"강희철 병장님은 저런 놈한테 요리를 배운 겁니까? 결승을 앞두고 술판을 벌이다니, 아무리 군무원이 같이 있다고 해도 이건 아닙니다."
"용우야, 성재 그런 애 아니야. 오해하지 마."
"뭐가 그런 애가 아닙니까? 취해서 샬라샬라 돌아다니는 외국인 안 보이십니까? 내일 결승인데 시끄러워 죽겠습니다. 남들한테 피해 주는 거 보기 안 좋습니다."
"정말 그런 애 아닌데, 엄청 착실한 애인데…."
"저 녀석하고는 인연 얼른 끊으시는 게 강희철 병장님의 인생에 도움 되실 겁니다. 저런 녀석 뻔합니다. 실력으로 지고 나서, '아~ 어제는 간부님이 술자리 열어서 진 겁니다. 실력으로 진 건 아닙니다.'라고 할 겁니다. 저런 부류 많이 만나봐서 압니다."

그런데 막상 결과는 자신의 완패.
자신의 마음을 아는지, 모르는지, 녀석은 상추쌈을 싸서 외교관의 입에 넣어준다.
"쌈 싸먹어야 맛있습니다. 드셔 보십시오!"
허무 그 자체. 요리대회라기보다는 파티의 연장.
'저 새끼, 놀러 왔나?'
한편, 성재는 김용우의 감정변화를 눈치채고 있었다.
호감도가 하락했기 때문이었다.
하지만 프라이드(자존심) 때문인지, 호감도가 0이 되어도 적개심으로 변하진 않았다.
'일단은 우승부터, 나중에 시간 되면 오해 풀자.'

결국, 심사 결과는?

"시상식은 대회 마지막 날, 통합해서 할 예정입니다."

그날 저녁. 조리실장은 성재를 데리고 밖으로 나왔다.

바닷가에 왔으니 먹어야 할 것은 당연히 회. 강릉, 주문진항으로 간다.

"아주머니! 여기 잡어 매운탕 포함 얼마에요?"

"30,000원인데?"

"25,000원에 합시다."

"알았어! 맛있게 해줄게."

"네! 소주 한 병 서비스만 주세요!"

"소주까지?!"

"현금으로 할게요."

"알았어!"

조리실장은 어색한 미소로 성재에게 말했다.

"그래도 결과가 좋았지?"

박규민의 말에 성재가 토라진 듯 말했다.

"실장님, 너무 하셨습니다. 요리재료 다 쓰셔서 오늘 아침에 정말 당황했었습니다."

"그래도 너 삼겹살 사는 비용, 다 내 카드로 썼더라?"

"어제 취하신 상태로 말씀하시지 않았습니까? '괜찮아. 내 카드 써! 얼마든지 써! 오늘은 즐기자!'라고…"

"크크, 오랜만이었잖아. 계급을 떠나, 실장도 사람이잖아. 놀 땐 놀아야지. 사람이 혼자 지내는 게 얼마나 슬픈 일인지 아냐?"

"……"

성재는 선임병에게 들었던 실장님의 가족사에 대해 떠올렸다.

시험관 아이를 가진 아내의 죽음.

"표정이 왜 그래?"

"아닙니다."

티 낼 필요 없다. 아니, 절대 티를 내서는 안 된다. 그 또한 비밀로 하고 싶을 터.

"성재야. 난 네가 1등 했을 땐 기분이 날아갈 듯 좋았다!"

"왜 그러십니까?"

"왜? 상금 때문이지."

"상금 말입니까? 상금이 있었습니까?"

다음 날. 성재는 폐회식과 함께 이어질 시상식에 참여했다.

"어제 고생하셨습니다."

옆에 있는 김용우에게 말을 거는 성재.

"말 걸지 마."

그 녀석은 인사하는 성재를 무시했다. 이때 진행자가 말을 걸었다.

"우승하신 강성재 상병! 소감 한마디 부탁드립니다!"

성재는 진행자의 말에 대답했다.

"조리실장님하고, 저를 믿어주시는 단장님 덕분에 우승할 수 있었습니다. 앞으로도 열심히 하겠습니다. 충성!"

완벽한 대답. 국방일보 또한 그의 얼굴을 싣는다. 그리고 은메달.

"준우승하신 김용우 상병! 소감 한마디!"

"다음번에는 조금 더 공정한 경기가 이루어졌으면 좋겠습니다."

"네?!"

비틀어진 심성. 그 장면을 보며 고개를 숙이는 1군사령부 인솔간부.

인성이 된 자와 되지 않은 자의 차이가 극명하게 드러난다.

인터뷰가 끝나고, 강희철이 성재에게 달려왔다.

"성재야! 보러 가자."

"어떤 것 말씀이십니까?"

"오민호! 오민호!"

태권도 시상식.

오민호는 쟁쟁한 다른 참가자들을 모두 이기고, 우승을 차지했고,

그는 당당한 표정으로 금메달을 목에 걸며, 미소를 지었다.
그리고 이어지는 시상식.
"부사관후보생! 오민호! 국가를 위해 충성을 다하겠습니다!"
시상식이 거행되고, 진행자가 물었다.
"원래는 태권도 국가대표를 꿈꿨다고 들었습니다. 부사관 하면, 국가 대표 못 나갈 텐데 괜찮겠습니까?"
옆에 있던 인솔교관이 미소를 지으며 답변했다.
"저희 군에서는 상무부대라고 국가대표를 양성하는 시스템을 갖추고 있습니다. 사격, 여자축구 등 일부 분야는 부사관으로 복무하면서, 국가대표로도 활약하고 있습니다."
"아, 그럼 오민호 부사관후보생은 상무부대로 발령 나겠습니다?"
"본인이 태권도를 계속하겠다 한다면, 그렇게 될 가능성이 큽니다."
"그렇군요. 알겠습니다."

곧바로 폐회식으로 이어졌다. 육군 참모총장의 폐회사가 끝나고. 민호와 성재, 희철이 모였다. 오민호는 씩 웃으며 자신을 어필했다.
"내 실력 봤지?"
그의 말에 강희철이 반말로 말했다.
"너, 상무부대 갈 것 같다는데? 괜찮냐?"
녀석도 반말로 말한다.
"희철아. 난 그게 더 좋지. 내 두 가지 꿈을 다 이루는 곳이니까."
"좋겠다. 좋겠어."
호칭 문제에 있어 오민호가 잘못하는 게 보이는데, 녀석은 고칠 생각은 하지 않고. 오히려 자신의 계급을 가리키며, 강희철을 다그친다.
"희철아, 존댓말 해야지. 나 두 달 뒤에 하사로 임관해. 너도 오민호 하사님! 해봐."
민호의 말에 강희철이 씩 웃었다.
"오민호 하사님?"
"그래그래."
"난 다음 달에 전문하사 임관이야! 어디서 까불어! 내가 1개월 선임이다. 알았냐?"
어안이 벙벙한 오민호.

"전문하사?"

"그래! 전역 후 바로 임관하는 거 인마! 너처럼 양성교육 안 받고! 어디서 까불어?!"

태도돌변.

"충성! 앞으로 선배님으로 모시겠습니다."

"처음부터 그랬어야지. 넌 인마! 나중에 따로 만나면 내 손에 죽는다. 알았어?"

"알겠습니다! 죄송합니다."

"그나저나, 다들 1년에 한 번씩은 보자. 계 모임 같은 것도 하고, 얼굴도 자주 보고. 많이 친해졌잖아. 안 그래?"

희철의 말에 성재가 고개를 끄덕였다.

"그렇습니다. 저도 자주 만나면 좋습니다."

"그래. 오늘은 여기서 헤어지자."

그때, 조리실장이 다급하게 부른다.

"강성재! 강성재!"

"상병 강성재?"

"총장님이 부르신다."

"총장님께서 말씀이십니까?"

성재가 실장의 부름에 뛰어나가고, 강희철과 오민호가 성재의 뒷모습을 바라본다.

성재는 육군 총장님을 바라보며 힘찬 경례를 실시했다.

"충성!"

"그래. 복귀하지?"

"그렇습니다!"

"같이 가자!"

성재는 총장님의 말이 무슨 말인지 처음에는 몰랐다.

그런데 갑자기 프로펠러가 돌아가는 소리가 들린다. 1분도 지나지 않아, 조종사가 뛰어오며, 총장님께 보고를 실시했다.

"출발 준비 완료되었습니다."

"그래. 가자고! 조리실장?"

"네. 총장님!"

"너도 타야지."

두두두두.
총장님과 함께 탑승한 성재와 조리실장.
그들을 태운 헬기가 상공으로 날아오르기 시작한다.
거친 먼지와 돌풍이 일어나고, 어느새 100m까지 날아오른 헬기.
방향을 바꿔 곧바로 계룡대 방향으로 날아간다.
그것을 지켜보던 강희철과 오민호의 벌어진 입은 다물어질 줄을 몰랐다.
"이게 뭡니까?"
"뭐가?"
"성재 말입니다. 방금 총장님이 직접 헬기 태운 것 맞습니까?"
"그런 것 같은데…."
멍한 얼굴. 육군 최고의 수장이 챙기는 병사가 자신들과 같이 복무했었다니.
그들에게는 성재는 이미 다른 세상의 인물.
그러나 총장에게도 목적이 있었으니…

"강성재?"
"상병 강성재?"
"대회 끝나고 약속한 거 알지?"
"……."
"너희 단장이 말 안 했어? 약속했잖아. 내일 성우마을 부녀회 행사 준비해야 된다고. 우리 마누라가 너 빨리 데려오란다."
그랬다. 총장님이 성재를 태운 이유는…아내를 위해서였다.

그 날 이후, 성재는 불려다니는 신세가 되었다.
보직은 무궁화회관 요리병 그대로지만, 육군 총장 관사에서 부르고, 해군 총장 관사에서 부르고, 공군 총장 관사에서 부른다. 그래서 저녁은 항상 시간을 비워둬야 했다.
세 명의 사모님은 암묵적으로 서로 균등하게 시간을 분배했다.

월, 수는 육군 총장 관사에. 화, 금은 해군 총장 관사에. 목, 토는 공군 총장 관사로.
그래서일까? 처음에는 좋은 게 좋은 거라고 열심히 했던 성재도 기운이 빠졌다.
우울증, 더 배울 것도 없고, 개인 시간도 없으니, 사람이라면 지치는 게 당연지사.
그는 단장님께 보고했다.
"포상 휴가, 받은 거 나가고 싶습니다."
"총 며칠인데?"
"28일입니다."
"반만 나가."

그래서 나가게 된 휴가.
며칠은 집에서 뒹굴뒹굴 놀았고, 또 며칠은 집에서 그동안 못 본 영화들을 보았다.
그런데 휴가 나온 것을 어떻게 알았는지, 캡틴이 전화를 걸었다.
"네. 캡틴!"
"야! 강성재! 너 배신 하냐?"
"아닙니다."
"무슨 해군 사모님하고 같이 올 때는 언제고, 휴가 나오고 나서 아예 잠수를 타?"
"죄송합니다."
"죄송할 거 없고, 내일부터 일하러 나와. 나오면 너한테 좋은 기회가 생길 거야."
"…네. 알겠습니다."

좋은 기회? 그게 뭔데?
성재는 오랜만에 얻은 이 휴식 시간이 날아가는 것을 원치 않았다.
하지만 이어지는 시스템 메시지 창을 보며, 그 기회를 잡고 싶어졌다.

메인 퀘스트 - 베스트 셰프 예선전이 시작되었습니다

저 녀석 셰프 맞아

다음날 아침. 레스토랑에 출근한 성재는 밝은 표정으로 주변을 바라보았다.
고급스러운 호텔. 넓은 주방. 요리사에게는 자신의 목숨과도 같은 각종 요리도구들. 그리고 자신과 같은 길을 걷는 동료들.
'그래. 내가 있어야 할 곳. 공관이 아니라 이곳.'
이제 휴가 나온 청년의 우울증은 한순간에 날아갔다.
그래서일까? 녀석의 활기찬 목소리가 입에서 튀어나왔다.
"안녕하십니까? 저 왔습니다."
"그래! 우리 성재 왔냐?"
"어! 성재 왔어? 옷부터 갈아입어."
가족같이 대해주는 사람들. 인생의 선배이자 자신이 가야될 길을 앞서 걷는 사람들.
그러고 보니 새로 보이는 얼굴도 있다.
여리여리해 보이는 몸. 그러나 당찬 표정. 여성이 인사한다.
"안녕하세요. 셰프님, 처음 뵙겠습니다. 지난달에 입사한 김정문입니다."
이건 좀 부담스럽다. 성재는 두 손을 저으며 말했다.
"아, 저 셰프 아니에요."
성재의 말에 캡틴이 웃었다.

"맞아. 아직 멀었지. 누가 벌써 얘를 셰프래? 정문아, 얘 너보다 경력 적다."
"정말요? 자기 메뉴도 있는데요?"
"그거 운 좋아서 그런 거야. 그러니까, 너무 떠받쳐주지 마."
성재는 캡틴의 말에 미소로 일관했다.
"맞습니다. 저 아직 셰프 아닙니다."
성재의 말에 캡틴의 얼굴엔 미소가 흘렀다.
"잘 알고 있네. 그만 하고 옷부터 갈아입고 주방 청소해! 누가 오자마자 잡담하래?!"
"네! 캡틴!"
성재의 뒷모습.
'조금은 어른스러워진 것 같기도 하고.'
이제 나이 고작 22세. 분명 성인이지만, 인생의 쓴 경험을 못 봤을 나이.
'아니지. 녀석은 어렸을 때부터 고생 좀 했었지. 그래서 마음이 가고.'
성재는 옷을 갈아입으며 훨씬 화사해진 분위기를 인식했다.
그러고 보니, 캡틴의 태도가 조금은 온화해졌다. 왜일까?

> ⚙ ✓ ✗
> 사용자 강성재에 대한 정종구의 호감도가 300 상승했습니다

호감도 상승. 그건 자신을 좋게 보고 있다는 뜻.
집에서 누워만 있어서 찌뿌둥했던 몸. 운동하는 셈 치고, 청소를 시작하는 성재.
바닥은 스팀을 이용해 기름기를 제거하고, 아일랜드와 그릴을 수세미로 박박 닦는다.
그리고 물로 마무리. 반짝반짝. 주방이 빛이 나야 레스토랑에 대한 신뢰도 가는 법.
성재가 몸으로 뛰며 열심히 하자, 다른 사람도 기분 좋게 각자 맡은 일에 열중한다.
청소가 끝나고, 조리장 백동원이 불렀다.
"성재야. 너 무슨 세계군인 요리대회 우승했더라?"
"아… 네."
백동원은 이미 검색창에서 성재의 근황을 확인했다.
"후후, 웃긴다. 무슨 군인이 연예인도 아니고, 뉴스에 이름만 검색하면 최근 행적이 나오냐? 그리고 참모총장이 헬기도 태워줬다며?"
"아… 그것도 뉴스에 나왔습니까?"

"그러네. 조회수가 얼마 안 돼서 그렇지, 이거 대박 아니야?"
"그런 것 같기도 하고, 아닌 것 같기도 하고 잘 모르겠습니다."

파란만장한 군생활. 그러나 제아무리 인정받아도, 본인이 즐겁지 못하면 말짱 도루묵.
성재는 목표가 필요했다. 그리고 그 목표는 새로운 요리를 배우는 것.
"조리장님. 저, 새로운 요리 좀 가르쳐주시면 안 되겠습니까?"
"음… 파스타 만들 줄 알아?"
"파스타는 한 번도 안 만들어봤습니다."
"그래. 오늘 일 끝나고 가르쳐줄게."
"감사합니다."
군대와 다른 점. 이곳은 자신에게 전부 가르침을 줄 수 있는 선배들이라는 것.
인생의 경험담부터 요리사로서의 자세. 그리고 몇 번 오지 않을 기회까지.

그날 장사가 끝나고. 밤 10시. 정종구 캡틴은 모두를 불러모았다.
"오늘 다 자발적으로 남은 거지?"
"네!"
"그래. 중대한 발표 하나 할게. 이번에 KBC에서 작년에 이어 제2회 베스트 셰프 대회를 개최할 모양이야."
"아…."
"그리고 그 참가자들은 작년과 달리 제한이 없는 모양이야."
"작년이라면?"
"작년에는 경력 10년 미만만 뽑았었잖아. 호텔출신만 뽑아서 했었고. 그런데 올해는 일반인까지 전부 예선에 참가할 수 있게 됐어."
"아… 그러면 경쟁률이 엄청나겠습니다."
"꼭 그렇지만도 않아. 일반인 전형과 특별 전형이 따로 준비되어 있거든. 최종 100명을 뽑는데, 일반인에서 50명, 특별 전형으로 각 호텔 추천 50명을 뽑는다고 해."
"그럼… 설마! 저희 호텔도 그 추천명단에 포함된 겁니까?"
"그래. 단, 우리한테 배정된 인원은 단 한 명! 대신 여기 뽑힌 사람은 무조건 대회에 나갈 수 있어. 누굴 뽑을까?"

정종구 캡틴의 말에 모두가 눈치를 보기 시작했다.
분명한 기회. 방송출연도 하고, 자신의 견문을 높일 수 있는 기회.
성재도 손을 들고 싶었다. 그때, 조리장 백동원이 말했다.
"캡틴이 나가야지. 가서 1등 해야 될 거 아니야?"
"아니… 나는 조력자로서 충분해. 내가 나가면 사람들이 욕만 할걸?"
"그럼 어떻게 뽑자는 거야?"
"그래서 평가를 하려고 해. 자신이 가장 잘하는 요리를 준비해 와. 어떤 요리라도 상관없어. 자신이 가장 잘하는 요리. 가장 자신 있는 요리. 시간은 이틀 준다. 알겠지?"
대전에서 가장 잘 나가는 레스토랑이기에 주어진 한 자리. 그 자리를 캡틴은 기꺼이 양보했다.
특별전형. 일반전형이 적어도 100대 1 이상의 경쟁률이란 것을 예상해볼 때, 이건 특혜 중 특혜. 성재는 그 기회를 잡고 싶었다.
"알겠습니다. 캡틴!"
"감사합니다. 캡틴!"
"열심히 하겠습니다."
조리장 백동원 또한 고개를 끄덕이며, 자신의 선배인 정종구에게 말했다.
"형, 나도 나간다."
"그래."

D-데이가 다가왔다.
다들 자신만의 독창성 있는 요리를 준비하느라 밤을 새웠는지 피곤한 상태.
하지만 이 정도도 투자하지 않고, 그 엄청난 기회를 거머쥘 순 없다.
다들 피나는 노력으로 자신들의 요리를 완성해 왔고. 오늘 그 실력을 보여줄 것이다.
캡틴은 생각했다. 요리대회를 포기한 이유에 대해서.
'수지타산이 안 맞지. 내가 나가면 경영은 누가 하냐?'
자신의 얼굴을 보고 찾아오는 손님들이 거의 30%. 지금은 자신이 빠질 순 없다.
다른 레스토랑도 거의 대부분 마찬가지. 총괄 셰프라는 직함을 걸고 요리대회에 참가할 사람은 없을 것이다 또한, 경영을 대신할 사람이 있다 하더라도 이번 기회를 동원이가 잡았으면 했다.
'동원아, 판은 깔아줬으니까, 이제 너한테 달렸다.'
마음은 이미 한쪽으로 기울었고, 수년을 함께 해오다 보니, 그럴 수밖에 없는 상황.
"다들 준비됐어? 자신이 가장 자신 있는 요리를 하는 거다. 시작해!"

주사위는 던져졌다.
각자의 목표는 하나. 여기서 1등 하는 것.
혼신을 다해, 자신의 역량을 극한까지 끌어내기 위해 노력한다.
누군가는 스테이크를 구우면서도, 조리시간을 정확히 지키려고 타이머를 사용하고.
누군가는 소스의 배합 하나하나에 집중한다.
성재 또한 마찬가지였다. 자신에게 온 기회. 이것을 놓칠 수는 없는 법.
"이쪽입니다."
"네. 60,000원입니다."
레스토랑까지 제시간에 배달 온 아저씨에게 돈을 건네는 성재.
정종구는 성재가 준비한 식재료를 보며 크게 놀랐다.
'설마… 쟤 저것도 할 줄 알아?'
요리의 폭이 넓어도 너무 넓다.
중식, 프랑스, 거기에 일식까지.
'전문분야가 없는 게 아니야. 모든 걸 잘하는 것이었어.'
성재가 광어를 손질한다. 아가미를 벌려 칼을 찔러 넣는다. 바로 신경 절단.
광어가 엄청나게 피를 쏟기 시작한다.
'능숙하잖아. 너… 도대체 누구니? 강성재! 강성재!'
그러나 지금 말을 걸 수는 없다. 편애하는 것으로 보이기 때문이다.

각자 요리를 하는데, 성재가 광어를 손질하자, 어쩔 수 없이 시선이 집중된다.
성재는 광어를 아저씨가 가져온 해수에 다시 담았다.
광어는 살기 위해 호흡을 계속하고 아가미 사이로 피가 계속해서 빠져나온다.
잠시 후. 더 이상 움직이지 않는 광어.
뼈를 갈라, 내장을 제거하고. 비늘을 치며, 물로 씻어낸다.

그다음은 회를 뜰 차례. 홀로그램이 주머니에서 머리띠를 꺼냈다.

머리띠의 글씨.

〈준비됐어?〉

성재는 녀석의 물음에 고개를 끄덕임으로써 대답을 대신한다.

삼각 모양으로 머리를 분리하는 성재.

눈이 있는 유안부 부위부터 회를 뜨기 시작한다.

성재의 손에 들린 칼이 광어의 가운데를 가르고, 이어 꼬리 부분을 잘라낸다.

그리고 내부에 포를 뜨는데…

홀로그램 녀석이 갑자기 스킬을 사용했다. 홀로그램 위에 뜬 상태창.

요리사의 팔!

성재 또한 녀석의 동작에 맞추어 같이 스킬을 사용했다.

그러자 한층 부드러워진 손놀림. 손끝 하나하나의 감각이 살아나고, 칼끝과 뼈가 맞붙는 감각이 너무나 세밀하게 느껴진다.

캡틴은 놀라고 말았다.

'저렇게 얇게 뜰 수 있단 말이야? 뼈에 살점이 하나도 붙어있질 않잖아. 미쳤어. 말이 안 돼! 말이 안 된다고!'

반대편도 같은 방법으로 포를 뜨는 성재의 손놀림에서 실수란 있을 수 없다.

껍질 벗기기까지 완벽하게 끝낸 성재의 앞에 드러난 생선의 속살.

자신의 껍질조차 남아있지 않고, 먹기 좋은 살결만 남긴 광어는 부끄러운 듯 자신의 선홍색 속살을 드러내고 말았다.

그 위에 깔끔하게 붙어있는 흰색 막. 완벽함 그 자체.

'회를 내놓으려고?'

그런데 성재의 조리는 아직 끝나지 않았다.

광어 위에 밑간을 시작한다. 소금과 후추를 뿌리는 녀석.

'미친 거 아니야? 퓨전? 퓨전 요리라고?!'

간이 되는 동안 소스를 만드는 성재. 레몬과 마요네즈, 피클, 양파를 넣고 다져준다.

소스가 완성되자,

튀김가루와 빵가루를 꺼내고, 광어에 튀김옷을 입히기 시작한다.

달걀물에 재료를 빠트리는 성재의 손. 빵가루가 달걀물에 착 하고 달라붙는다.

적정온도 170도. 광어가 튀겨지고, 싱싱했던 재료가 생선가스가 되어 돌아왔다.

성재는 자신의 요리를 내놓으며 만족했다.

최상의 재료로 만든 생선가스.

하지만 이게 끝이 아니다. 채소볶음밥과 땅콩드레싱샐러드를 만드는 남자.

그것을 생선가스와 함께 플레이팅까지.

조리가 완료되었습니다

홀로그램은 아직 떠나지 않았다. 완성된 성재의 요리를 지켜본다.

그리고 주머니에서 또 하나의 머리띠를 동여매었다.

⟨Perfect!⟩

완벽하다는 녀석의 사인. 그리고 스르륵. 원래 세계로 돌아가는 녀석.

성재 또한 생각했다.

'이 정도면, 정말 완벽하다.'

그래서일까? 등급도 역대급!

recipe

강성재가 만든 채소볶음밥과 땅콩드레싱샐러드를 곁들인 생선까스
★★★★★★☆

성재가 완성된 요리를 가장 먼저 내놓으며, 캡틴에게 말했다.

"평가 부탁드리겠습니다."

그리고 캡틴의 당혹스러운 얼굴. 그는 생각했다.

'저 녀석… 셰프 아니란 말 취소. 셰프 맞아. 그것도 굿 셰프, 꽤 연차 높은… 해외물도 몇 년 먹은 굿 셰프.'

내가 잘 챙겨줄게

성재가 완성한 요리. 처음부터 끝까지 숨도 못 쉬고 지켜본 캡틴의 결론은….
'지적할 게 없다. 조리과정은 완벽해.'
그럼에도 굳이 지적하라면 하나.
'저 좋은 재료를 가지고, 생선가스를 만들었다는 것!'
일단은 맛을 보는데… 더 이상 해줄 말이 없었다.
'이 녀석의 한계는 어디일까? 도대체 너란 녀석은….'
처음에는 그냥 어린 애인 줄만 알았다.
백동원이 칭찬할 때, 그냥 뭐 그리 호들갑이냐는 생각이었고, 까들로프 교수가 점 찍어두었다고 할 때까지만 해도. '그래? 조금은 열심히 하나 보네' 정도였다.
그리고 시장에 장을 보러 갔을 때. 생활력 강하고, 애가 생각이 깊구나 싶었다.
욕심부리지 않고 옆에서 차근차근 배워나가는 모습이 귀엽고, 대견해서 조금은 키워주고 싶은 그런 느낌이었다.
제법 성과도 보여 레스토랑 추천메뉴에도 넣었다. 딱 그 정도였다.

그런데 이건 어떻게 설명해야 될지 모르겠다. 캡틴은 혼란에 빠졌다.
'무조건 동원이가 1등 할 거로 생각했는데….'

의외의 복병. 녀석은 자신 있는 표정으로 요리를 제출한 후, 평가를 기다리고 있다.

차례차례 제출하는 사람들.

백동원 또한 자신의 요리를 내놓아보지만, 성재의 요리를 보고 좌절하는 표정.

압도적인 퍼포먼스가 앞에서 벌어졌기에 당연한 일.

'아니야. 아직 끝나지 않았어. 요리는 먹어볼 때까지 몰라.'

희망은 품고 있지만. 캡틴의 표정이 그리 좋지 못하다.

캡틴은 자신의 직원들이 제출한 요리들을 하나하나 맛보았다.

그러나 너무나 차이 나는 실력.

국내파 백동원. 그가 만든 새우 바질 페스토 파스타.

 recipe | 백동원이 3일간 연구해서 만든 새우 바질 페스토 파스타 ★★★★☆ ✖
이탈리아 리구리아 지역에서 만든 방식 그대로 만들어, 현지에서의 맛을 정확히 구현한 요리

하지만 등급은 성재보다 ★만큼 낮은 상태. 성재는 안타까움에 고개를 저었다.

'이탈리아 요리로 승부를 보려 하셨구나.'

마음이 따뜻하고, 열성적이고, 노력하는 사람.

하지만 신은 모든 인간에게 공평하게 기회를 주시진 않는다.

'요리사의 길 튜토리얼'이 성재에게는 엄청난 행운.

캡틴은 백동원의 요리를 먹고 나서, 아무 말도 하지 않았다.

백동원의 얼굴이 붉어졌다. 이게 무슨 의미인지 알고 있었기 때문이었다.

하지만 그는 정말 심성이 착한 사람이었다.

캡틴 또한 마찬가지.

자신을 믿고 따라온 동생에게 매정하게 말할 수 없어. 그에게 선택권을 부여했다.

"동원아, 성재 요리 먹어 봐. 그리고 네가 결정해."

백동원은 떨리는 손으로 성재의 요리에 손을 댔다.

입에 들어간 순간, 캡틴의 말이 무슨 말인지 이해한 남자.

그는 말없이 성재에게 다가갔다. 그리고 악수를 청했다.

"축하한다."

"…죄송합니다."

"죄송하면, 나한테 기회 주던가…."

그의 말에 성재가 기꺼이 고개를 끄덕였다.

"아… 그러시겠습니까?"

"됐어. 우리는 같은 조건, 같은 기회를 얻었고, 쟁취한 것은 너야. 강성재. 축하한다."

성재는 몸 둘 바를 몰랐다. 시기하고 질투하는 사람들이 있는 반면, 여기 사람들은 결과를 순순히 인정하고, 자신을 인정해준다. 그래서 더 마음이 가는 것일지도.

'이런 사람들과 함께라면 평생을 같이해도 괜찮지 않을까?'

문득 든 생각.

그때, 캡틴이 주방에서 무언가를 가져온다. 그건 바로 샴페인.

펑!

"다들 뭐해! 성재 축하해주지 않고!"

"성재야! 축하한다!"

"성재야. 축하한다!"

다음 날. 성재는 고민에 빠졌다.

지역 요리대회도 아니고 TV생중계를 하는 큰 요리대회인데, 생각해보니 자신의 신분은 군인이었다. 참가하려면 지휘관에게 허락을 맡아야 되는 사항.

그래서 전화할까 하는데…, 캡틴이 성재를 불렀다.

"네. 부르셨어요?"

"성재야. 미안하다."

"……."

"특별전형은 경력증명서를 보내야 되는데, 현역 군인이라고 말하니까, 안 된단다. 이 특별전형은 현재 레스토랑에서 일하는 셰프들만 가능하단다."

군인이란 신분. 제약이 많다.

"미리 알아봤어야 하는데, 정말 미안하다."

"아닙니다. 캡틴, 괜찮습니다. 신경 쓰지 마세요. 정말 괜찮습니다."

실망한 성재, 하지만 표정으로 드러내지 않고, 담담하게 말하는 녀석.

'괜찮을 리가 없잖아 바보 녀석.'

캡틴은 무서울 정도로 발전하는 그 잠재력보다 인성을 먼저 보게 되었다.
'나도 저 나이 때는 저랬었는데….'
미래에 무조건 성공할 거라 확신이 드는 녀석이 자신의 앞에 있다.
"바보냐? 벌써 포기한 거야?"
"…네?"
"일반인 전형이 있잖아. 내가 알아보니까, 군인은 해당부대 장성급 이상 지휘관 확인서만 받으면 참가가 가능하단다. 군인, 경찰, 소방관, 공무원 할 것 없이 모든 사람들도 다 참가 가능한 게 일반 전형이래. 너희 부대장이 누군지 모르겠지만, 일단 전화해. 그리고 허락 맡아! 알았어?"

성재의 얼굴에 사라졌던 웃음이 피어나고, 입에선 희망찬 목소리가 터져 나왔다.
"감사합니다! 캡틴!"
성재는 캡틴과의 대화가 끝나자마자 곧바로 복도로 나와 전화통화를 시작했다.
- 어, 성재야.
"충성! 상병 강성재, 휴가 중 이상 없습니다."
- 그래. 단장한테 직접 전화를 다 하고, 괜찮은 거야? 우울한 마음은 다 괜찮아졌어?
"그렇습니다. 휴가 나오니까 정말 다 좋아졌습니다. 단장님 덕분입니다. 감사합니다."
- 말뿐만이라도 고맙다. 그런데 왜? 그냥 안부 전화는 아닐 테고.
"단장님… 저 요리대회 나가고 싶습니다."
- 요리대회?
"그렇습니다. 공영방송 KBC에서 주관하는 베스트 셰프에 참가하고 싶습니다. 참가하려면, 단장님의 지휘관 확인서가 필요하다고 합니다."
성재의 말에 배원영 준장은 단 일말의 망설임도 없었다.
- 그래. 나가고 싶으면 나가야지. 너 하고 싶은 대로 해. 단장은 성재를 믿으니까.
"감사합니다. 정말 감사합니다."
- 그래. 그래.
통화가 끝나고 돌아왔다. 백동원은 민망한 얼굴로 성재에게 물었다.
"성재야. 전화하니까 뭐래?"
"단장님이 흔쾌히 허락해주셨습니다."

"뭐? 단장님? 장군한테 네가 직접 전화했어?"
"네. 저하고 인연이 깊은 분이라서 받아주셨습니다."
"너, 진짜 말도 안 되는 군 생활을 하고 있었구나. 아무튼, 성재야. 고맙다."
"아닙니다. 제 자리가 아니었는데, 제가 욕심 부린 것 같습니다. 정말 죄송합니다."
"죄송하다는 말 앞으로 하지 마."
"……."
"이것만 약속해."

무슨 말을 하려고….
성재는 분위기 잡는 조리장의 모습에 선뜻 대답할 수 없었다.
그때, 조리장이 자신의 마음을 성재에게 전했다.
"본선 꼭 올라와라."
응원하는 셰프의 말에 불안한 마음과 죄책감이 이 순식간에 사라진다.
"네. 열심히 하겠습니다."
"이 자식! 못 올라오기만 해 봐. 그럼 나, 후배들한테 엄청 욕먹는 거 알지?"
"꼭 올라갈 겁니다."
"그래. 그러자."
일반인 전형은 15일 후. 남은 휴가는 7일.
부대에 복귀한 후, 다시 요리대회에 참가해야 되는 상황.
이제 7월 말. 하나둘, 여름 휴가를 떠나는 셰프들.
쳇바퀴처럼 굴러가는 호텔 레스토랑의 일은 이제 익숙해서 따분하기까지 하고.
동료들과는 너무 많은 대화를 나눠서 그런지, 이제 할 이야기조차 없어졌다.
"다들 지쳤어? 왜 말들이 없어?"
"……."
"오늘 새로 2명 들어올 거야."
캡틴의 말에 모두가 두 눈이 휘둥그레진다.
주방은 그리 넓지 않다. 여기서 2명이 더 들어오면….
지금은 휴가기간이지만, 휴가가 끝나면 자리가 없을 텐데?
"들어와."

밖에서 들어오는 한 여성. 마른 몸매, 긴 생머리. 도자기 같은 피부.

그리고 어린 나이.

성재는 그녀를 보며 깜짝 놀랐다. 그녀 또한 마찬가지였다.

"다들 인사해. 오늘부터 방학 동안 현장실습 나온 배윤아. 고등학교 2학년!"

"오! 예쁘다."

"귀엽네."

남자들끼리만 소곤소곤 대화를 나누고. 그녀는 자신을 소개했다.

"안녕하세요? 이번에 2주간 현장실습 나온 배윤아입니다. 열심히 배우겠습니다!"

성재는 기막힌 우연에 고개를 저으며, 윤아에게 물었다.

"윤아야! 너 여길 어떻게 알고 온 거야?"

그러자 윤아가 고개를 저으며 말했다.

"오빠, 오해하지 마. 집 근처에 있는 레스토랑이 여기가 가장 유명하잖아. 내가 희망한 거 아니고, 아빠가 보낸 거야."

"둘이 서로 아는 사이야?"

"네. 제가 모시던 연대장님 딸이에요."

"오… 그럼 천생연분 아니야?"

짓궂은 선배들의 말에 성재가 확실히 선을 그었다.

"아닙니다. 절대 그렇게 될 일 없고요."

그리고 윤아 또한 마찬가지.

"저는 키 큰 남자 좋아해요."

윤아의 팩폭에 성재가 째려보며 말했다.

"나는 요리 잘하는 여자 좋아해!"

그런데 실습은 혼자가 아니었다. 캡틴이 그녀에게 물었다.

"윤아야. 같이 안 왔어?"

"네?"

"너희 학교에서 2명 신청했잖아. 같이 온 줄 알았는데?"

"처음 듣는 이야기인데요. 여기 또 신청한 사람이 있나요?"

그때, 양복을 입고 들어오는 한 학생. 녀석이 싱긋 웃으며, 캡틴에게 말했다.

"안녕하세요."

"아, 어서 와. 늦었네. 너도 여기 와서 인사해."
성재는 녀석을 보며 얼굴을 찡그렸다. 저 녀석은 또 왜 마주치는 거야?
기분 나쁜 녀석. 딱히 해를 가한 적은 없지만 음흉한 눈빛이 그냥 기분이 나쁘다.
"윤아 짝꿍 장종수입니다. 같이 현장실습 나왔습니다. 2주간 잘 부탁드리겠습니다."
성재는 윤아와 종수를 바라보며, 고개를 저었다.
'이것들 뭐야? 연애하러 온 거야?'

조리장 백동원이 성재를 향해 물었다.
"왜? 표정이 왜 그래?"
"아닙니다."
장종수가 모두에게 인사를 건네고, 마지막으로 윤아 옆에 바짝 붙어 섰다.
"윤아야. 미안, 놀랬지?"
"어. 너도 여기 신청했어? 서울에서 한다고 하지 않았어?"
"할아버지께서 지방 구경도 해보라고 해서 신청했어. 대전 좋네. 낙후되긴 했지만…."
할 말을 잃었다. 대전이 낙후되었다니….
하지만 녀석은 자신의 말이 상처가 되는 줄도 모른다.
"성재 형이죠?"
"응?"
"나 알죠? 자주 만나네요."
존댓말이긴 한데, 이상한 존댓말.
'나 알죠?! 너 내 후임이면 아주 죽었다!'
아니… 그리고 보니, 여기는 군대랑 분위기는 같다.
하늘 같은 선배, 땅 같은 후배. 군대와 그리 다를 것 없는 분위기.
성재가 녀석을 향해 말했다.
"어. 종수야. 반갑다."
"네? 반가워요?"
"응. 축하해. 레스토랑 막내로 온 것. 내가 남은 휴가 기간 동안 잘 챙겨줄게."

다음에 또 요리 알려주실 거죠?

설거지부터 시작하는 현장실습.
"종수야. 이거 제대로 안 닦였잖아. 나 하는 거 잘 봐."
그릇에 묻어있는 굳어있는 소스. 그것을 발견한 성재의 지적. 하지만 뭐라 할 수가 없다.
성재가 닦아놓은 접시는 반짝반짝 윤기가 날 정도로 정말 깨끗이 닦여있었기 때문에.
녀석이 조금이라도 놀거나, 대충대충 하면, 불만이라도 말할 수 있을 텐데, 성재는 전혀 빈틈을 보이지 않는다.
"캡틴! 접시 다 닦았습니다. 창고 정리할게요."
"어? 그럴래?"
"네. 제가 종수는 가르칠게요."
"그래. 윤아는 정문씨가 옆에서 가르쳐주고."

막내가 들어오면 그 선임이 해야 될 일. 그건 자신의 후배를 가르치는 것.
군대에서 맞선임이 후임병의 행동을 하나하나 가르치듯, 요리사도 자신의 후배가 오면 처음부터 하나하나 가르쳐준다.
이것도 마찬가지.
"창고 현황판 기입하는 법 가르쳐줄게."

"나, 그거 알아요."
"그럼 해봐. 형은 오늘 들어온 식재료 다듬고 있을게."
성재가 자리를 비우고, 혼자 남아 냉장고의 남은 재료들을 확인하고 기입하는 종수.
그는 혼자 짜증을 부렸다.
'하필이면 왜… 왜 저 형이 여기 있는 거야!'
그가 짜증을 내는 이유는 단 하나. 윤아와 썸을 타는 남자라는 것.
윤아 아버지의 당번병인 줄만 알았는데 신문에 실린 사진이 예사롭지 않았다.

　　준장 진급식, 대통령께서 직접 주관해 화제.
　　〈자료사진〉

윤아와 윤아의 아빠, 엄마, 그리고 성재가 찍힌 사진.
그리고. 윤아의 아웃스타그램에 올라온 사진 또한 마찬가지. 윤아와 성재가 나란히 옆에 찍은 사진. 그것을 본 종수는 어린 마음에 성재에게 투정을 부린 것이다.
하지만 남자가 보기에도 그는 빈틈이 없어 보였다. 부지런하고, 싹싹했다.
그런 잡생각도 잠시. 강성재가 들어와 종수가 무엇을 하는지 확인했다.
"다 했어?"
"아니."
"종수야. 아니는 반말이고, 아니요라고 해야지."
"아니…요."
"그래. 빨리하고 와. 채소 손질하는 법 가르쳐줄게."
차라리 조금 막나갔으면 좋을 텐데, 22살의 성재라는 녀석은 오히려 친절하게 하나하나 알려주려고 한다.
'내가 잘못 안 걸까? 나 혼자 오해한 걸까?'
종수가 냉장고 안 식재료의 양을 하나하나 세며, 제대로 현황판에 기입했다.
그러자 다시 온 성재가 녀석의 기입현황을 보더니, 머리를 쓰다듬으며 말했다.
"잘했네. 이제 채소손질 하러 가자. 할 게 태산이다. 태산!"
"알았어."
"알겠어요! 요! 요! 오케이?"

"…알겠어…요."

지내보며 지내볼수록 진국. 사람 냄새가 난다고 해야 할까?
그런데 윤아는 계속 이쪽을 쳐다보고 있다. 어떻게든 윤아의 시선을 그 녀석에게 떼어보려 노력하는데…. 녀석은 그건 안중에도 없는 듯, 계속 일을 하자고 한다.
"형! 우리 조금만 나가서 쉬어요."
"후후, 이제는 존댓말 하네?"
"존댓말 할 테니까 나가요. 네?"
"그래. 그것만 마저 하고."
무, 오이, 배추김치, 양상추를 손질하는 성재의 손길이 빨라졌다.
종수도 최선을 다해보지만, 성재 형의 손놀림은 일반인의 영역을 벗어난 것 같았다.
싹싹싹! 그의 칼질에 배추의 겉면이 쑥쑥 잘려나가고.
스사삭! 스사삭! 과일 껍질 벗기는 것도 거의 예술이다.
'뭐야? 이 사람, 왜 이렇게 잘해?'
또다시 쳐다보는 윤아. 종수는 그녀에게 잘 보이려고 따라하지만, 되려 손만 베고 말았다.
"종수야, 괜찮아? 왜 그랬어?"
성재는 깜짝 놀라 탕비실 안에 있는 구급상자를 가져오고, 재빨리 지혈했다.
'아… 꼴사납게….'
설상가상. 백동원 셰프 또한 나선다.
"혹시 모르니까, 성재랑 같이 병원 다녀와."
"괜찮아요."
"다녀와! 칼에 베였잖아. 성재! 뭐해! 네가 사수면 데려가야지."
"네. 알겠습니다."
"그래. 첫날부터 무리할 필요 없어. 혹시 모르니까 소독도 하고, 진료도 받고 와."
종수는 실망스러웠다.
"조리장님, 성재 형이랑 가야 되나요?"
"그래. 걔한테 배울 점 많을 거야. 얘기도 하고, 친해지기도 하라고. 지금 다녀와."
이렇게까지 사람들이 성재를 믿어주니, 도저히 할 말이 없는 종수.
그래서 같이 가게 된 병원. 호텔 밖으로 같이 걸어가는데, 성재가 손에 붕대감은 장종수를 보며, 걱정스러운 말투로 말했다.

"종수야. 너 왜 그래? 정신을 어디다 파는데, 손을 베고 그래? 걱정했잖아."

"형, 무슨 꿍꿍이에요?"

"뭐?"

"형, 나한테 왜 잘해줘요? 난 형 별로 안 좋아하는데."

"왜? 잘해주면 안 돼?"

"내가 재벌이라서 그런 건가요? 내가 무서워서?"

성재는 실소를 하며, 종수에게 말했다.

"아니, 네가 왜 무서워? 난 네가 잘사는 거 뭐라고 안 해."

"재벌이라서 원망하는 것도 아니고요?"

"재벌을 왜 원망해? 너희 집안 재산, 다 창업하고, 사업해서 번창한 돈이잖아. 불법으로 번 돈 아니잖아. 열심히 일해서 얻은 부를 내가 왜 원망해? 난 오히려 좋은데?"

"좋다니요?"

"열심히 사는 사람들이잖아. 잘 사는 사람이 부럽고, 그런 사람이 되고 싶어. 그래서 나도 지금 내 분야에서 열심히 사는 거고."

그때, 띠링 하고 상태창이 반응했다.

> ⚙ ✓ ✗
> 사용자 강성재의 말에 장종수의 감정이 변화합니다

성재가 개의치 않고, 자신이 해야 될 말을 꺼냈다.

"종수야. 너는 형한테 왜 그렇게 불만이 많냐? 너 형 처음도 아니잖아."

"그거야 형이 윤아한테 계속 집적대니까 그렇죠."

성재는 할 말을 잃었다.

"윤아? 너도 윤아 좋아하냐?"

"너도라니요? 그럼 형도?"

"난 아니야. 저번에 누구냐? 나랑 같이 왔던 동현이 형도 윤아 전화번호 가르쳐달라고 아주 난리를 치던데, 어디서 그렇게 좋다는 건지?"

"윤아, 착실하잖아요. 형은 그럼 안 좋아해요?"

"지금 요리 실력 키우기도 바빠 죽겠는데, 걔 신경 쓸 시간이 어디 있냐?"

"형! 그날 차 안에서 윤아랑 저 잘되는 거 질투해서 아버님께 이른 거 아니에요?"
"얼씨구, 그 논리는 어디서 나온 건데?"
"진짜 아니에요?"
"그래. 아니야. 그러니까 현장 실습 왔으면 열심히 해. 형들한테 까불지 말고!"
"네. 알았어요."
"그리고 재벌인 거 티 내지 마. 사람들이 나처럼 좋게 생각하는 거 아니니까."
"네. 할아버지께서도 항상 처세 잘해야 된다고 말했어요. 형 말 이제부터 잘 들을게요."
그때, 다시 한번 떠오르는 상태창.

> ⚙ ✓ ✗
> 사용자 강성재에 대한 장종수의 호감도가 300 상승했습니다

호텔 1층. 택시를 타고 병원에 가려고 하는데, 갑자기 벤츠 한 대가 차를 세운다.
"도련님, 어디 나가십니까?"
"아, 김 비서님, 저 병원 가려고요."
"아, 다치셨군요. 얼른 타십시오. 옆에 분은…."
"아는 형, 같이 탈게요."
성재는 차량 뒷좌석에 종수랑 같이 탔다. 가죽 시트. 앞쪽과 완벽한 방음. 최고급 차량.
"너, 이거 타고 출근했어?"
"네. 왜요?"
"내일부터는 걸어 다녀. 서민 코스프레 좀 하고."
"알았어요. 형 말 따를게요."
"그래. 잘 해보자. 종수야."
종수는 생각보다 고분고분했다. 그래서일까? 다음날부터 녀석은 곧잘 따랐다.
성재가 설거지를 하면 설거지를 하러 오고, 창고정리를 하면 창고정리를 하러 오고.
새벽에 식재료 구입을 하러 나오는 날이면, 녀석도 따라 나왔다.
이른 새벽, 시장. 캡틴이 둘을 보며 입을 열었다.
"뭐야? 종수는 왜 같이 나왔어?"
"같이 나오고 싶다고 해서, 데리고 나왔어요."
"그래? 현장실습 하는 녀석치곤 제법 의지가 있네? 장종수! 너, 집안 어렵냐?"

"아… 네."

"사회에 불만 있어도, 적당히 해. 서울에서 쫓겨나서 대전으로 지원한 거지? 서울에 현장 실습 자리도 없다던데…."

잘못 짚어도 한참 잘못 짚은 캡틴. 하지만 성재는 모른 체하고 넘어갔다.

'재벌인 거 굳이 말해서 좋을 건 없지.'

캡틴은 이미 검증된 성재 대신 옆에 있는 종수를 시험했다.

"생선 고를 때, 넌 뭐부터 봐?"

"잘 모르겠어요."

"생선은 동공부터 보고, 그다음 비늘 보고, 아가미 보는 거야."

"아…."

"아… 라니? 네. 캡틴! 이라고 대답해야지."

"네. 캡틴!"

"그래. 동공이 맑고, 비늘이 찢어지거나 너덜너덜하지 않은 것, 그리고 아가미를 벌렸을 때 선홍색이면 싱싱하다고 볼 수 있지. 오케이?"

"네."

"그럼 네가 골라봐."

"네. 캡틴!"

캡틴은 싹싹한 종수를 마음에 들어 했다. 장난도 치며 친해지려는 40대의 캡틴.

"장종수! 너 학교 졸업하면 우리 레스토랑에서 일해라. 받아줄게."

"……."

"왜? 싫어? 빈말이라도 네! 캡틴이라고 해야지!"

"…죄송합니다."

"뭐야? 나 까인 거냐? 동원아! 종수가 나 깠다. 어떻게 하냐?"

캡틴의 말에 조리장이 씩 웃었다.

"형, 성재도 안 올 것 같은데? 성재부터 영입해보지?"

"성재야. 너는 전역하면 우리 레스토랑에서 일 할 거지? 다른 계획 있는 건 아니지?"

성재는 캡틴의 말에 미소로 일관했다.

방긋 웃는 청년의 입에선 대답이 떨어질 줄 모르고.

"뭐야! 나, 너희들한테 전부 까인 거야? 너희 진짜 우리 레스토랑에서 일 안 할 거야? 안 그럼 자른다? 이 자식들! 주방 일 가르쳐주니까 배신을 해? 한 대 맞자. 성재 너부터 와!"

소리만 요란한 꿀밤. 톡! 톡!

"일단 생각해보고요. 까들로프 교수님이 어떤 제안을 해오실지 아직 몰라서요."

"야! 까들로프보다 내가 요리 더 잘해. 인마! 걔 거품이야. 거품!"

그러자 장종수가 조심스럽게 입을 열었다.

"까들로프 교수님, 요리 정말 잘하시던데…."

"뭐야? 너도 만나봤어?"

"네. 한번 봤었어요."

그러자, 옆에 있던 윤아 또한 손을 들었다.

"캡틴! 저도 교수님 만났었어요. 성재 오빠랑 음식 평가도 같이 받았었고요."

세 명의 말이 일치하자, 캡틴의 얼굴이 상기된 채, 진심을 담아 말했다.

"얘네들 뭐야? 엄한 자식 키워놨더니, 다 까들로프한테 가려는 거 아니야?"

백동원은 자신의 친한 형의 말에 농담으로 받아쳤다.

"하하하, 그럴지도 모르겠네. 형보다야 까들로프 교수가 100배 낫지."

"야! 백동원! 뭐라고 했어? 너 요리대회 추천 빼 버린다?"

"에이, 치사하게. 알았어. 형이 더 나아. 형이 더 요리 잘하고. 됐지?"

휴가 복귀 날. 군복을 입고 호텔에 들른 성재. 모두가 성재의 복귀에 손을 흔든다.

"뭐하러 여기 들렸어?"

"다들 한 번 더 보고 싶었어요."

"그래?"

"조리장님! 요리대회 꼭 나갈게요. 열심히 준비해서 꼭 예선 통과하겠습니다."

"열심히 해라. 나도 열심히 준비할게. 네가 양보한 기회. 부끄럽지 않게 해야지."

"네. 아~ 종수야. 너… 요리에선 가능성 보이더라. 너도 예선 참가해 봐."

"네. 안 그래도 윤아랑 같이 요리대회 예선 참가해보기로 했어요. 그때 봬요."

"그래. 그럼 그때 만날 수 있으면 만나자. 형 핸드폰 번호 저장했지?"

"네. 아~ 성재형! 요리 알려줘서 고마워요. 많이 배웠어요."

아쉽지만 헤어질 시간. 성재는 이번 휴가 기간, 친한 동생 하나를 얻었다.

그때, 떠오르는 상태창.

사용자 강성재를 장종수가 스승으로 맞이하고 싶어 합니다

놀란 성재는 휘둥그레 눈을 뜨며, 장종수를 바라보았고, 녀석은 자신이 형으로 인정한 사내를 향해 입을 열었다.

"다음에 또 요리 알려주실 거죠?"

"그럼! 당연하지."

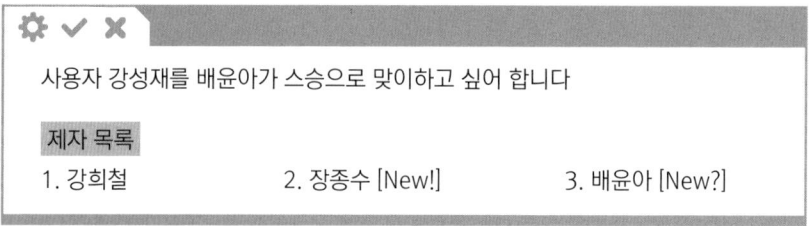

제자 목록

1. 강희철   2. 장종수 [New!]

그러자 옆에 있던 윤아 또한 입을 열었다.

"오빠! 나는?"

사용자 강성재를 배윤아가 스승으로 맞이하고 싶어 합니다

제자 목록

1. 강희철   2. 장종수 [New!]   3. 배윤아 [New?]

성재는 씩 웃었다. 장난 섞인 말투.

"윤아야. 너는 아직 요리 더 배워야 될 것 같은데?"

"오빠! 너무해! 진짜 너무해."

그때, 또 한 번 상태창이 떠오른다.

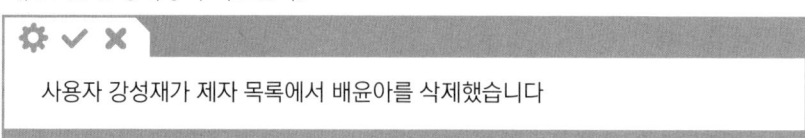

사용자 강성재가 제자 목록에서 배윤아를 삭제했습니다

배원영 준장의 위기

부대 지휘관이라면 전입 한 달 이내에 꼭 해야 하는 일이 있다.

업무보고.

지휘관으로서 한 달 동안 부대의 임무를 파악하고, 제대로 지휘가 가능한지 파악하기 위해 상급자에게 보고하는 것. 부대 병력현황부터 평시 임무, 전시 임무, 집결장소는 물론 군인가족 대피계획 등 모든 것을 총망라한 것.

그것이 바로 업무보고.

계룡대에 있는 계룡대근무지원단장 배원영 준장은 그 보고를 준비하고 있었다. 모든 연습을 마친 배 준장은 작전과장에게 장관님 위치를 물었다.

"장관님! 출발하셨나?"
"네. 30분 전에 용산에서 출발하셨습니다. 앞으로 1시간 30분 이내에 도착하실 것 같습니다."
"그렇군. 식사는?"
"와서 하신다고 하십니다."
"그래? 이거 어떻게 하나? 업무보고 하고 식사를 드셔야 하나, 아니면 식사하시고 업무보고를 해야 하나?"

혼란스러운 단장. 그도 그럴 것이 총장보다도 높은 사람이 직접 부대로 온다. 그것도 자신의 직속상관. 그분은 바로 국방부장관.
초조할 수밖에 없는 상황. 게다가 문제가 터졌다.

"작전과장님, PPT에 띄운 거. 작전계획 작년 것 같습니다."
정보과장이 PPT에서 이상을 발견하자 놀란 배원영은 작전과장에게 소리 지른다.
"야! 작전과장! 그게 사실이야?"
"……."
갑자기 꿀 먹은 벙어리가 된 작전과장.
배원영 준장은 작전과장 대신, 아직 대위밖에 안 된 작전장교에게 명령을 내렸다.
"비문 목록 가져와!"
"네. 알겠습니다."
"빨리!"
"넵! 즉각 가져오겠습니다."
PPT에 올라와 있는 작전계획은 작계 50XX - 수정 2호.
최신 하달된 작전계획은 수정 3호.
수정 3호가 내려온 시기는 무려 석 달 전.
"야! 작전과장! 미쳤어? 너 석 달 동안 뭐했어?!"
"……."
"인마! 우리가 지원부대니까 작전은 대충 해도 될 줄 알았어? 그렇게 생각한 거야?"
"……."
"왜 말이 없어? 이 자식아! 이 개 XX야! 장관님이 오는데도 아무 준비도 안 해?"
작전과장은 고개를 푹 숙였다.
'아… X됐네. 할 줄 알아야 하지.'

참모생활 경험이 적은 육사 출신 중령. 특전사에서 부중대장, 중대장을 거친 장교.
그는 우수한 자원으로 위탁교육에서 선발되어 미군 OAC(고군반)는 물론 미국에서 기계공학 석사 위탁교육, 국방대학교에, 소령 또한 대부분 특전사에서 지역대장으로 대부분의 시간을 보냈다.

그래서 지휘관 생활은 오래 했지만, 참모생활을 못 해본 것.
잦은 해외교육의 단점.
미국 고군 과정을 밟고, 위탁교육까지 받은 육군에서 인정한 우수한 자원이지만, 실무에서만큼은 최악. 알보병과 특전사가 서로 교류해서 생긴 일.
한번 해병대면 영원한 해병대인 것처럼, 한번 특전사면 전역할 때까지 특전사여야 하는데, 중간에 다른 유형의 부대로 와서 생긴 일. 그럼에도 육군의 평가자력표 점수에 의하면 그의 점수는 최상위권. 그래서 소령도, 중령도 1차 진급한 케이스.
그는 이번에는 대충 넘기고, 후임자한테 시키려 했었는데, 일이 꼬여버렸다.

'하필이면… 작계를 왜 보고한다고 해서! 작년에는 안 했다는데….'
그가 몰랐던 점.
배원영 준장이 FM이라는 것. 해야 될 일은 확실히 하고 보자는 논리.
그러나 오늘은 자신의 그 결심을 지킬 수 없게 되었다.
아니다. 포기하기엔 이르다. 아직 시간은 남았다.
"야! 빨리 수정해! 수정해라! 어?"
"지금 못합니다."
"못하는 게 어딨어?"
"시간이 부족합니다."
설상가상. 작전과장이라는 놈의 대답. 어떻게든 해보겠습니다가 아닌 못합니다?
부하로서 하지 말아야 할 대답을 한 그를 배원영 준장이 가만둘 리가 없었다.
"너! 나가!"
"단장님….'
"나가. 그리고 작전장교!"
"대위 유시진!"
"네가 수정해. 그리고 정보과장!"
"소령 송준기!"
"네가 옆에서 작전장교 도와줘. 그리고 수정 3호 비문 바로 가져와. 내가 달라진 부분 파악해 놓을 테니까."
"네. 알겠습니다."

배원영 준장은 머리가 좋은 편에 속했다. 스마트하고, 합리적인 그의 능력은 바로 그의 두뇌회전에서 나왔다.

비밀등급 2등급으로 인가되어 내려온 비문의 수정사항.

핵심 사항을 곧바로 외우기 시작하는 남자.

'장관님 오실 때까지 1시간, 시간은 충분해. 문제없어. 정신 차리자. 정신 차려!'

수정 3호의 내용을 다 외운 배원영은 안심하며, 지휘통제실로 이동했다.

그러나… 땀을 뻘뻘 흘리는 작전장교와 정보과장.

그들은 단장이 들어왔는데도, 뒤돌아보지 않고 해야 될 일에 집중하고 있었다.

"아직 멀었나?"

"…죄송합니다. 2시간은 더 걸릴 것 같습니다."

"2시간이나?"

"그렇습니다."

오전 10시 45분… 앞으로 2시간이면 12시 45분. 장관님이 도착하는 시간은 앞으로 15분 후. 그야말로 비상사태.

배원영 준장이 어디론가 급하게 전화를 걸었다.

오늘은 일진이 안 좋았다. 하필이면 조리실장이 휴가 간 날.

이날의 대리근무는? 간부도 아닌 병사다.

"무궁화회관 요리병 상병…."

- 계근단장이야.

"충성!"

- 조리실장 어디 갔어?

"현재 오전 휴가 중입니다."

- 아, 하필이면 오늘 휴가야? 대리 근무는 누가 해?

"상병 방정준! 제가 하고 있습니다."

- 정준아. 성재 바꿔라.

"알겠습니다."

이제 믿을 사람은 성재밖에 없었다.

녀석은 자신을 단 한 번도 실망시킨 적이 없었다. 불안한 마음속에서도 녀석과 대화하면 편안하다고 해야 할까?

"통신보안, 무궁화회관 요리병 상병 강성재입니다."

- 그래. 성재야.

"충성!"

- 시간이 급하다. 장관님 15분 내로 가시니까, 최대한 빨리 준비해. 가능하지?

"원래 12시였지 않습니까?"

- 그래. 갑자기 바뀌었으니까 빨리… 알았지?

배원영 준장은 차를 타고, 작전과장과 정보과장을 제외한 나머지 참모들과 함께 무궁화회관으로 먼저 이동했다. PPT가 준비되는 동안 시간을 벌기 위해서였다.

그런데 시간은 더욱 촉박했다. 회관 내부에 들어가기도 전.

장관님 차량이 이미 진입했다는 것.

"작전과장 이놈… 새X…."

오늘 이 사태를 만든 원흉.

녀석만 생각하면 치가 떨리지만, 지금 당장은 장관님을 모시는 것이 더 중요했다.

단장이 무궁화회관에 도착하고 불과 2분도 되지 않아, 장관님 차량이 들어왔다.

뒤에서 군수과장이 구령을 넣고.

"장관님께 대하여 경례!"

"충성!"

그 타이밍에 맞춰 장관님이 차량에서 내린다.

"바로!"

경례를 내림과 동시에 악수를 청하는 국방부장관.

"배 장군! 식사부터라니? 보고할 게 그렇게 많나? 한 시간으로 부족한 거야?"

"그것보다 멀리서 오셨는데, 출출하실 것 같아서 미리 식사부터 준비해봤습니다."

"그래? 그럼 들어가자고. 나도 여기는 오랜만이군."

그의 추억이 깃든 곳.

그러나….

'맛은 형편없었지. 왜 이런 데서 먹자고 하는 거야? 성우회관에서 먹자고 하지.'

성우회관. 성우마을에 따로 마련된 장군 전용 회관. 이곳은 병사 대신 민간 조리원과 조리실장이 따로 마련되어 있다. 요리 수준도 상당히 훌륭한 편.

그런 곳을 놔두고 왜 무궁화회관에서?

그때, 병사 한명이 안내데스크에서 양복 입은 장관을 향해 인사했다.

"충성!"

"조리실장은 어디 갔나?"

"휴가 갔습니다."

국방부장관은 생각했다.

'박 실장이 일부러 날 피했나? 그 사건 때문에 아직도 트라우마에 빠진 건가?'

한편으로는 아쉽고, 또 안타까운 사연. 그 사건을 해결하지 못하고, 전역했던 당시의 상황이 기억나서 국방부 장관의 표정이 어두워졌다.

배원영 준장이 장관에게 여쭈었다.

"괜찮으십니까? 표정이 안 좋으십니다."

"아니야. 괜찮아. 그런데 배 준장, 무궁화회관 여기 괜찮나? 전반기 때 왔을 때는 각 총장들이 영 아니라고 하던데…."

"그게… 믿으셔도 될 겁니다."

병사들끼리만 있는데도, 흐트러짐 없이 돌아가는 주방과 홀.

요리병들은 절도 있는 동작으로 서빙을 실시하며, 국방부장관에게 말했다.

"충성! 상병 방정준! 오늘의 메뉴에 대해 보고드리겠습니다."

"오늘의 메뉴?"

"그렇습니다. 국방부장관님을 위한 특별 요리입니다."

"허허, 나를 위한 특별요리라는 건가? 기대되는군. 배 준장! 자네가 준비한 건가?"

"…아닙니다. 제가 지시한 건 아닙니다."

"그럼 누가…?"

그때, 요리를 가져오는 성재. 푸드 커버에 가려진 요리를 보며, 성재가 말했다.

"먼저 요리를 꺼내기 전에, 드릴 말씀이 있습니다."

"후후, 말해봐라. 병사야."
"대한민국 국방부 마크에는 총 3개의 상징이 있다고 들었습니다."
"그렇지. 넌 그 의미를 알고 있니?"
"그렇습니다. 국방부의 금색별은 육군을 상징하고, 닻은 해군을 상징하고, 균형 잡힌 날개는 공군을 상징한다고 들었습니다. 국방부는 장관님을 중심으로 육, 해, 공군의 군사력을 관장하여 국토방위를 책임진다는 의미를 함축하는 것으로 알고 있습니다."
"그래. 그렇지. 그런데 그걸 왜 설명하는 거지?"
"이번 요리의 주제가 육, 해, 공이어서 그렇습니다."

공개되는 요리. 그건 바로 삼합.
국방부장관의 얼굴에 미소가 깃들었다.
'뭐야? 내가 좋아하는 걸 알고 있었잖아. 배 준장, 이 녀석! 머리 좀 썼네. 일단 칭찬부터 듣고, 매는 나중에 맞겠다?'
부하를 부른 장관.
"배 준장?"
"준장 배원영."
"내가 삼합 좋아하는 걸 어떻게 알았나?"
"……."
그에게 찾아온 위기. 그때, 성재가 나섰다.
압존법을 제대로 구사하는 병사.
"저희 단장은 며칠 전 조리실장에게 물어 직접 확인했었습니다."
병사가 말하자 불안한지 고개를 절레절레 젓는 참모들.
국방부장관 또한 의문을 가지고 성재를 향해 묻는다.
"조리실장이? 휴가 갔다며…."
"그렇습니다. 오늘이 기일이어서 오전까지만 휴가 낸다고 했습니다. 곧 올 겁니다."
성재의 말에 고개를 끄덕이는 국방부장관.
'그래… 오늘이었군. 비극이었지. 아내랑 자식을 잃었으니.'
성재의 설명에 납득한 장관은 성재의 다음 이야기를 기다렸다.
"그래. 그건 넘어가고, 설명할 게 있다고?"

"네. 상병 강성재! 오늘의 요리에 대해 설명 드리겠습니다. 국방부에는 육군, 해군, 공군이 있듯, 오늘 요리에는 생선, 고기, 채소가 한 요리 안에 모두 있습니다. 말씀드리기 전에, 조리실장은 이렇게 말했습니다. 장관님께서 이 요리를 드시면서, 육군, 해군, 공군을 통합하여, 잘 이끌면 좋겠다고. 그래서 우리나라가 지금과 같은 안정과 평화를 얻었으면 좋겠다고 말입니다."

성재의 말에 국방부 장관이 헛웃음을 터트렸다.

"병사야! 너~ 인마! 그런 멘트 누가 가르쳐줬냐? 누가 보면 무슨 어디 장관이나 기관장들이 말하는 것 같네."

"그렇습니까? 조리실장하고, 배원영 단장에게 제대로 배운 것 같습니다. 그럼 식사 맛있게 드십시오! 충성!"

성재는 마지막까지 실장과 배원영 단장에게 공을 넘기고.
장관은 미소를 지으며, 병사의 뒷모습을 바라보았다.
'똘똘하네.'
요리 수준은 물어보나 마나, 지역 맛집 수준 또는 그 이상.
"더 볼 것도 없는 것 같은데? 병사들부터 제대로 교육되어 있네. 배원영! 어?"
"감사합니다. 그럼 간략하게 식사 하시면서 구두로 저희 부대 현황파악한 것 핵심만 보고드리겠습니다."
"그래. 구두로 하자. 형식 갖춰서 할 필요 있나? 말단을 보면 위를 안다고. 완벽하게 준비한 것 같으니 굳이 확인할 필요는 없지. 5분 내로 압축해서 보고할 수 있나?"
"그렇습니다. 그럼 일단 저희 부대현황부터…."
"삼합부터 일단 먹고…."
"알겠습니다. 장관님!"

홍어는 아무나 먹는 게 아니야

국방부장관은 기대하지 않았던 삼합의 등장에 입을 헤벌레 벌리고 있었다.
'대단해. 정말 대단해. 내가 여기서 홍어를 먹을 수 있을 거란 생각은 못 했네.'
묵은지, 삭힌 홍어, 돼지고기, 마늘을 한 번에 입안에 넣는 장관의 얼굴에는 저절로 미소가 흐른다.
암모니아 향. 톡톡 혀를 쏘는 느낌.
삭힌 음식을 처음 먹어 본 배원영은 강렬한 냄새에 깜짝 놀랐다.
'으아악… 속이 울렁거려.'
그런 표정을 국방부장관에게 들킨 배원영.
장관은 씩 웃으며, 자신의 후배 장교에게 물었다.
이미 상황 파악 다 하고, 알면서 물어보는 선배 장교.
"왜 그러나? 배 준장! 혹시 홍어 못 먹나?"
잘 보이기 위해서는 좋다는 것도 좋다고 하고, 싫다는 것도 좋다고 해야 한다.
배원영은 그런 인간이었다.

"아닙니다. 좋아합니다."
"그래. 이게 몸에 얼마나 좋은 건데, 다들 이걸 이상하게 싫어한단 말이야. 냄새도 좋고,

맛도 좋고, 건강에도 좋고. 그야말로 삼합! 맞지?"
"네. 맞습니다."
뭐가 부족한지, 벨을 누르는 국방부장관. 성재가 다시 홀에 들어왔다.
"혹시 홍어 요리가 이것뿐인가?"
"상병 강성재! 안 그래도 지금 준비하고 있었습니다. 바로 가져와도 되겠습니까?"
"그래. 가져와 봐."
배원영은 좌절했다.
삼합도 곤욕스러운데, 다른 홍어 요리라니….
사실 그는 홍어 요리를 살면서 단 한 번도 먹어본 적이 없었다.
하지만 장관님이 좋아하는 음식인데, 여기서 티를 낼 수는 없는 법.

'장관님 전 사실 홍어 싫어합니다.'
이렇게 대놓고 말할 수는 없지 않은가.
더구나 직속상관과의 첫 식사자리. 그것도 자신이 마련한 자리.
여기서 잘 보여야 하는 사람은 다름 아닌 본인.
'그래. 참자. 괜찮아. 홍어 아직까진 먹을 만해.'
암모니아 향이 심하게 풍겨오긴 했지만, 묵은지와 삼겹살로 애써 넘긴 홍어.
입안에서 뽀드득, 뽀드득 씹히는 감촉은 좋았지만, 그 이후의 향이 익숙하지 않아 곤욕스러웠던 배원영의 시야에 성재가 가져온 음식이 보였다.
'그래. 저건 먹을 수 있겠다.'
성재가 가져온 것. 아무리 봐도 전.
계란 부침으로 만든 요리이기에 안심한 배 준장. 성재 또한 국방부 장관에게 말했다.
"홍어 전입니다."
"그래?"
성재의 대답만으로도 국방부 장관의 얼굴엔 환한 미소.
"배 준장! 먹자! 오늘 기분이 좋네. 기분이 좋아."
"네. 장관님! 드십시오."
"그래. 자네 한 점! 나 한 점!"
"……."

이제 막 익힌 홍어전은 단 2점밖에 없었다. 그것을 다른 많은 사람들 중에 유독 배원영의 앞접시에 올려놓는 국방부장관.
나머지 한 점은? 당연하게도 자신의 접시에 올려놓고.
한입에 쏙. 국방부장관은 만족했다. 이어지는 활짝 편 미소.
"그래! 이 맛이지! 부드럽고, 살살 녹는구나! 녹아."
장관의 여유로운 미소에 배원영은 안심했다.
'그래. 계란부침하고 뭐가 틀려. 생선전이랑 똑같겠지.'

그 잘못된 판단.
한입에 홍어전을 넣는 단장. 첫 느낌은?
그의 예상대로 계란 부침의 그 맛.
'괜찮아. 괜히 걱정했어.'
하지만 이어지는 톡 쏘는 삭힌 생선 특유의 냄새.
입안을 거쳐, 식도 안으로 파고들기 시작하고.
울렁!
메슥거리는 느낌.
웨에엑!
입안에 가득 찬 PH 14에 가까운 강렬한 향.
반면, 장관은 여유롭게 홍어전을 다 먹고, 배원영 준장을 뚫어지게 쳐다보고 있다.
그리고 뭐가 그리 즐거운지 싱글벙글.
'아무렇지 않으신 건가? 이걸 먹고?'
토할 것 같은 울렁거림과 톡 쏘는 암모니아 향이 전신에 퍼졌다.
표정이 굳어지고. 국방부 장관은 웃음을 애써 참으며, 배 준장에게 물었다.

"자네… 먹을 수 있나?"
여기서 포기하면, 자신이 거짓말을 하게 되기에, 자신의 주장을 굽히지 않는 배 준장.
"네…. 좋아…합…니다."
그리고는 물을 벌컥벌컥.
반면, 상대방의 입장에선?

아무리 봐도 티가 나는데, 자신에게 잘 보이려고 애쓰는 준장의 모습이 귀엽다.
그래서 장관이 성재를 한 번 더 불렀다.
"국은?"
"네. 지금 국 준비 중입니다. 홍어애국, 공깃밥하고 같이 내오면 되겠습니까?"
"그래. 마무리까지 제대로 해야지."
"네. 알겠습니다."
"강렬하게! 알지?"
"네! 강렬하게 준비하겠습니다."
배원영 준장은 지금 당장이라도 이곳에서 벗어나고 싶었다. 식은땀이 흐르고, 몸은 평소와 달리 정상 컨디션이 아니다.
그러나 국방부장관은 국이 나오는 동안 브리핑을 시킨다.
"업무보고, 간단하게 5분 보고로 해봐."
"네. 바로 시작하겠습니다."
"그래."

[저희 계룡대는 계룡시 신도안면 XXX에 위치하고 있으며, 창설 배경으로는….]
그야말로 참 군인. 어떠한 위기에서도 흐트러짐을 보이지 않는다.
'제법인데?'
국방부장관은 브리핑이 끝나자, 고개를 끄덕이며, 싱글벙글 미소를 짓는다.
브리핑이 끝난 배원영은 삼겹살과 묵은지를 먹으며, 부글거리는 속을 다스리려 했다.
그런데… 삼겹살과 묵은지가 보이질 않는다.
그 이유는? 참모 녀석들이 홍어에 치를 떨며, 삼겹살과 묵은지만 골라 먹은 것.
'군수과장 저 자식! 저게! 저게!'
반찬은 홍어밖에 남지 않고. 국방부장관은 군수과장을 보며 씩 웃는다.
"자네는 홍어 안 먹나?"
"그렇습니다."
"그럼 남은 것 이리 가져오게. 우리 배 준장이 홍어 좋아한다는데 많이 먹여야지."
"네. 알겠습니다."
둘이 짠 것도 아니고, 왜 이렇게 짝이 잘 맞는지…

한숨만이 나오는데, 때마침 구세주가 등장했다.
하얀 국. 시원한 무와 시금치, 청경채 등을 넣어 푹 끓인 국물 요리를 가져온 것이다.
"이게 그 애국인가?"
"그렇습니다. 드셔 보시면 만족하실 겁니다."

홍어 애.
홍어의 간을 말하는 용어. 지독한 냄새와 쏘는 맛.
홍어를 먹는다고 하면, 두 가지 분류로 구분한다.
홍어 애를 먹는 사람과 홍어 애를 먹지 못하는 사람.
안 먹는 게 아니다. 먹는 사람과 못 먹는 사람으로 구분한다.
일반 홍어의 삭힌 맛이 10점 만점에 3점 정도라면, 홍어 애는 10점 만점에 10점.
아무나 도전할 수 없는 맛.
홍어애국. 배원영은 그것도 모르고, 국물을 접시에 덜어 후루룩 입안에 넣었다.
그리고는 털썩…. 무언가 잘못되었다는 것을 느꼈다.
'아… 나… X됐구나.'
자리에서 순식간에 일어나는 배 준장. 그를 보며 실실 웃는 국방부장관.
"배 준장! 왜 그래?"
이유를 알면서도, 굳이 모른 척하는 장관의 질문.
"화장실 좀 다녀오겠습니다."
배 준장은 급한 대답과 동시에 갑자기 36계 줄행랑을 쳤다.
화장실에 도착하자마자 게워내는 대한민국 육군 장성 중 하나인 배원영.
"우웩! 우웩!"
속이 뒤집히고, 온몸이 후들거리는 우리 장군님.

그는 지금 최악의 상황에 직면해 있었다. 먹는 것만으로 이렇게 힘들기는 처음.
그것도 매운맛이 아닌 톡 쏘는 맛으로 이런 느낌이라니….
고추냉이를 많이 먹어도 이 정도는 아닌데, 홍어는 심해도 너무 심한 편.
눈물, 콧물은 물론 입에선 침까지 흘러나오는 그야말로 극한 상황.
세수를 하고, 정신을 차려보지만, 이미 충혈된 눈은 되돌아올 줄을 모른다.

'아… 장관님 앞에서 너무 큰 실수를 했잖아.'
그런데… 속은 또 한 번 울렁거린다.
우…웨에에엑!

같은 시각. 조리실장은 오전 휴가를 마치고 돌아왔다.
11시 29분. 아직은 장관님이 오시기 30분 전.
여유로운 시간. 그는 대기하고 있는 성재를 보며 물었다.
"어? 홀 왜 열려 있어?"
"휴가 다녀오셨습니까? 지금 장관님 도착해 계십니다."
"그래? 벌써?! 진짜?! 야! 미리 전화를 했어야지."
"죄송합니다. 시간이 너무 없었습니다. 그런데 괜찮습니다."
"뭐가 괜찮아?"
"요리는 다 나갔고, 지금 장관님께서는 기분 좋으신 것 같습니다."
"진짜?"
조리실장은 곧바로 홀에 들어가 장관님을 뵀다.
"장관님, 죄송합니다. 제가 일찍 오실 줄 모르고, 잠깐 볼일 좀 보고 왔습니다."
"아니야. 제대로 준비했던데? 홍어 준비는 네가 시킨 것 맞지?"
홍어삼합부터 홍어전, 홍어 튀김 거기에 홍어애국까지.
모든 것이 다 완벽하게 차려있는 상.
'설마… 애들이 다 같이 다 준비했나? 애들 앞에서는 한번밖에 안 알려줬는데…. 잠깐만… 잠깐만, 성재가 혼자?'
국방부장관은 따스한 눈길을 조리실장에게 주었다.
"고맙네. 난 자네한테 해준 게 없는데, 자네는 내가 좋아하는 음식도 기억해주고, 그것도 완벽하게 준비해주었어. 정말 고마워."
"…아닙니다."
뜻밖의 칭찬. 그리고 제의.
"잠깐 앉아보게."
"네. 장관님."

"자네 나이가 지금 얼마지?"

"47세입니다."

"고향은?"

"서울입니다."

국방부장관은 자신을 생각하는 그에게 기회를 주고 싶었다.

"서울로 올라올 생각 있나?"

"서울… 말씀이십니까?"

"그래. 혼자 지내지 말고, 국방회관이 있는 서울로 올라와서 친구들도 만나고, 부모님도 뵙고, 이곳에서 괴로웠던 기억 잊고, 새 출발 하는 기분으로 지내는 걸세."

"서울은 집값이…."

"관사 하나 내주지. 그러니까 생각해보게. 때마침 우리 국방회관 조리실장이 그만둔다고 하지 뭐야. 1주일 정도 생각할 여유를 주겠네."

"…네. 생각해보겠습니다."

조리실장에게 자신이 해야 할 호의는 다 베풀었다고 생각한 국방부장관.

그제야 마음 한편에 쌓아두었던 묵었던 감정이 조금은 해갈되는 기분.

이제 자신의 부하를 찾아야 할 때….

"그나저나, 배 준장은 왜 아직도 안 보이는 거야?"

"찾아보겠습니다."

"됐어. 화장실 갔다고 했잖아. 이만 일어나지."

자리에서 일어난 사람들. 국방부장관은 요리병들을 하나하나 바라보며, 덕담을 나누기 시작했다.

"다들 고생 많다."

"감사합니다!"

"아, 그리고 아까 그 병사!"

"상병 강성재?"

"이야~ 너 센스 있더라. 브리핑도 잘하고 말이야. 이름이 성재라고?"

"그렇습니다!"

"후후, 좋아. 성재 같은 친구들이 우리 군대에 많이 있어야 하는데 말이야. 자!"

국방부장관은 자신의 지갑에서 무언가를 꺼내주었다. 그것은 돈. 현금 10만 원.

"맛있는 것 사 먹어."

"감사합니다!"

성재는 휴가를 줄 거라 기대한 국방부장관이 돈을 주자 조금은 아쉬웠지만, 그래도 냉큼 받았다.

"아, 잠깐… 화장실이 어디지?"

"좌측 안쪽으로 가시면 있습니다."

국방부장관은 나타나지 않는 배원영 준장을 뒤로하고 화장실을 찾았다.

물을 빼고, 손을 씻고 거울을 쳐다보는 남자.

그가 하는 행동은? 자신의 외모를 확인하고, 고개를 끄덕인다.

'이 정도면 잘 생겼군.'

그리고 화장실 칸을 돌아본다. 일부러 국방부장관이 똑똑 문을 두드리고.

안쪽에서는 대답 없이,

똑똑똑!

사람이 있다는 것만을 조심히 알려온다.

한 나라의 장관이 씩 웃었다.

'그래도 일부러 잘 보이려고 고생했는데, 얼굴 인사는 해줘야겠지?'

일부러 기다리는 센스까지.

정확히 2분 후, 안쪽에서 토하는 소리가 들린다.

우웩! 우웨에에엑!

그리고 덜컹! 안쪽에서 빠져나오는 남자. 국방부장관은 씩 웃었다.

"배 준장!"

"앗… 장관님…."

"자네, 못 먹는 거 왜 억지로 먹나?"

"아닙니다. 억지로 먹은 것 아닙니다. 오늘 유난히 몸이 안 좋았던 것 같습니다."

장관은 녀석의 곧은 의지에 미소를 보냈다.

'그래. 저런 면도 필요하지. 싫어해도 티 내지 말아야 할 때도 있으니까. 굽힐 줄 아는 모습. 나쁘진 않아.'

그래서일까? 별 말없이 자리를 뜨는 장관.

"갈게."

"네 장관님, 앞까지 나가있겠… 읍…."

"후후, 할 일마저 하게. 홍어가 아무나 먹는 줄 알았나?"

국방부장관은 미소를 지으며, 자리를 떴다.

차량에 탑승하는 장관. 그의 움직임에 도열하러 나오는 부하들.

그리고 헐레벌떡 뛰어오는 배원영 준장.

그는 자신의 실수를 마지막까지 바로잡고 싶었다.

"죄송합니다. 장관님!"

"배원영!"

"네. 장관님!"

"뭐가 죄송하냐? 홍어, 많이 먹어둬. 처음에는 원래 다 그런 거야."

"알겠습니다. 많이 먹어두겠습니다."

대답과 동시에 아차 싶은 배원영.

'처음인 거 알고 계셨구나. 아… 젠장.'

그리고 그것을 이용하는 장관님.

"자네가 국방회관에 오면, 그 날 메뉴는 홍어로 하지. 익숙해지는 게 좋을 거야."

"네. 장관님! 알겠습니다."

"그럼 올라가 보겠네."

"충성!"

홍어로 단결된 선배와 후배장교의 첫 식사기회.

조리실장에게 좋은 자리를 제안한 장관. 그러나 성재는 일말의 관심도 없었다.

그의 현재 관심사는? 이번 주 나가야 하는 외박을 얻어내는 것이었다.

"실장님?"

"응?"

"이번 주 성과제 외박 신청하겠습니다."

228

다시 만난 그녀

프랑스 파리. 윤동현은 굳은 의지를 표출했다.

"까들로프 교수님, 다녀오겠습니다."

"그래. 가서 마음껏 실력 펼치고 와."

"네. 이러다가 예선에서 떨어지는 것 아닌지 모르겠습니다."

"그거야 네가 얼마나 노력했느냐에 달렸겠지? 쉽게 생각하진 마. 요리에는 왕도가 없어."

"네. 교수님 가르침 잊지 않고, 기초부터 차근차근 배웠습니다. 가서 교수님의 제자인 것, 증명해 보이겠습니다."

"그래. 다녀와라."

윤동현은 한국 베스트 셰프 일반인 부분 예선전에 참가하기 위해, 고국으로 향하는 비행기에 올랐다. 장시간의 비행. 그럼에도 그는 꿈에 부풀어 있었다.

'내가 어디까지 할 수 있을까?'

같은 시각. 장종수와 배윤아는 현장실습 마지막 날이 되었다.

"그동안 즐거웠습니다. 열심히 배웠습니다."

장종수의 말에 캡틴이 고개를 저었다.

"종수야. 너 졸업하면 우리 레스토랑 안 올 거야?"
"…생각해보겠습니다."
"왜 확답을 안 해?! 어?"
그리고 윤아 또한 마찬가지.
"캡틴, 조리장님, 그리고 언니, 오빠들, 정말 감사해요."
"그래. 윤아야. 고생 많이 했다."
"고생했어. 윤아야!"

캡틴은 종수 대신 윤아에게 미소를 지었다.
"윤아! 너는? 너는 안 올 거야?"
"네. 저는 성공하고 싶어요."
"뭐?"
"국내에서 가장 잘 나가는 여성 요리사가 되고 싶어요."
조리장 백동원이 씩 웃었다.
"캡틴 가게는 거기에는 못 미치죠. 팩트폭력이네."
"앗… 그런 게 아니라… 저는…."
"됐어! 너희들! 다음부터 우리 레스토랑에 실습 오지 마! 알았어?"
장난스러운 캡틴의 말에 종수와 윤아는 고개를 숙였다. 그리고 진심을 담았다.
"정말 감사했습니다."
"많이 배우고 갑니다. 캡틴! 정말 감사했습니다."
진지한 말로 끝나는 두 고등학생의 말에 캡틴이 고개를 끄덕였다.
"그래! 다들 고생했다!"

그 둘은 호텔을 나오며 대화를 나누었다.
"종수야, 내일이지?"
"어. 너는 어떤 쪽으로 내 볼 생각인데?"
"나는 아무래도 디저트 쪽이 잘하는 것 같아서, 그쪽으로 해볼 생각이야."
"그래. 힘내. 나도 열심히 준비할게. 내일 넌 대전에서 예선 치를 거지?"
"응. 종수 넌 주소지가 서울이라서 서울에서 치르겠네?"

"그렇지. 각 권역별로 나눠서 동시에 시험 치기로 했으니까."
"그래. 방학 끝나고 보자."
"아, 잠깐! 윤아야!"
종수는 고민했다.
고백할지 말지⋯ 지난 2주간 함께 하며 더욱 가까워진 것을 느꼈기에.
자신의 감정을 확 털어놓고 싶었다. 하지만⋯.
'나 싫다고 하면? 어색해지면⋯어떻게 하지?'
실패했을 때의 리스크를 감수하고 싶지 않았다. 지금 이대로도 만족했기에.
'그래. 지금 그대로. 적어도 학년이 바뀌기 전까지는 이대로 지켜보자.'
그래서일까? 그는 고백의 기회를 접으며, 그녀에게 말했다.
"조심히 들어가."
"응. 종수 너도!"

서울. 이제 만기전역한 서효석은 자신이 일하던 레스토랑으로 돌아갔다.
그를 환영하는 후배들과 스승님.
"잘 왔어!"
"오실 줄 알았습니다."
"꿀타래 배운다고 나가셔서 다시는 안 오실 줄 알았습니다."
돌아온 것은 좋은데⋯ 서효석은 한가지 불만이 있었다. 자신도 동의하지 않은 대회 참가.
자신의 스승이자, 총괄 셰프인 그녀를 보며 효석이 고개를 저었다.
"대회를 나가라고요?"
"효석아!"
"네. 말씀하세요."
"너 이미 언리미티드 챌린지 방송 나가서 전국에 얼굴도 팔렸잖아. 뭐가 두렵니?"
"두려운 건 아닌데, 전 관심 받기가 싫어요."
"성공이란 건 말이야. 한순간에 찾아오는 거야. 그런데 그 한순간은 너무나 짧은 시간이어서 모든 사람한테 기회가 오질 않아. 그런데 넌 그 기회를 잡았고, 더 큰 기회가 너한테 놓여있어. 그게 이번 베스트 셰프 코리아 제2회!"

"후우, 후배들한테 기회 주고 싶은데요."
"그게 되니? 다른 애들 나가면, 망신만 당할 텐데, 너 정도는 되어야 어디서 내놓을 명함이라도 되지. 너로 결정되었으니까, 2~3달 동안은 그것만 준비해. 알았니?"
"네. 알겠어요. 스승님이 원하신다면, 그렇게 해야겠죠."
"에휴, 말은 곱게 해. 알겠니?"
"네."
서효석. 그는 레스토랑 특별전형 50인 중 1인으로 추천되어 요리대회에 참가하게 되었다. 그는 아직까지는 별 감흥이 없었다. 누가 참가할지 몰랐으므로.
'흐음… 귀찮네.'

강원도 원주에서는 예선전이 치러지고 있었다. 심사위원은 군인을 보며, 미소를 지었다.
"현역이시네요? 자기소개를 부탁드려도 될까요?"
"충성! 대한민국 육군병장 강희철입니다. 열심히 하겠습니다."
"소개 좋습니다. 내놓은 요리에 대해 설명 부탁드려도 될까요?"
"해물수타짬뽕입니다. 제가 제일 자신 있어 하는 요리입니다."
"네. 그럼 시식해보죠."
강희철. 요리등급 최대 5성 반까지 만들 수 있는 실력자. 하지만….
"면이 많이 불었어요. 미리 만들어놓았던 것 같아요. 어쩌죠?"
"수타면 느낌은 많이 나는데, 면이 불다 보니까, 합격시켜드리긴 어려울 것 같네요."
"5분 전만 해도 괜찮았는데… 봐주시면 안 되겠습니까?"
"죄송합니다. 강희철씨, 불합격입니다."
"저도 불합격 드리겠습니다."
"전역하고! 내년에도 기회가 또 있으니까, 노력해보세요!"
강희철은 불합격.
대기시간을 생각하지 못하고, 미리 면을 부었던 게, 탈락의 원인.
돌이킬 순 없다. 그에게 다시는 기회가 돌아오지 않는다.
그리고 바로 다음 순서로 등장한 병사 한 명. 같은 부대 출신 상병 김용우.
"앞선 강희철 병장하고 같은 부대시네요?"

"그렇습니다."

"김용우씨가 만든 요리에 대해 설명해주실래요?"

"제가 오늘 준비한 요리는 쉬림프와 메로구이입니다."

구운 새우, 그리고 생선 속살이 예술에 가까운 메로구이.

그의 요리를 맛본 심사위원의 얼굴에는 당혹감이 서려 있었다.

'군인이?'

"요리를 전문적으로 배우신 것 같아요. 혹시 나이가…"

"23세입니다."

"그렇군요. 혹시 해외에서 요리를 배운 적이 있나요?"

"네. 미국 CIA에서 정식 커리큘럼 수료했습니다."

"아… 그렇군요. 놀랐어요. 정말 놀랐어요. 특별 전형으로 가도 될만한 실력이라고 생각했거든요."

심사위원의 말에 김용우가 고개를 숙여 감사를 표했다.

"감사합니다."

"힘들 거에요. 이번 예선전. 체력적으로나, 정신적으로나… 괜찮겠어요?"

"네! 최선을 다하겠습니다."

"그래요. 전 합격 드리겠습니다."

"저도 합격 드리겠습니다."

"네. 저도 동의합니다."

세 명의 심사위원은 만장일치로 김용우를 합격시켰다.

토요일. 성재는 대전에서 열리는 예선전에 참가했다. 장사도 접고 응원 나오신 아버지.

"성재야. 우승할 수 있지?"

"글쎄요? 모르겠네요. 안 그래도 어제 제 선임병이 말했거든요. 떨어졌다고…."

"그래?! 그 방송 나온 효석이?"

"아니요. 효석이형 말고, 희철이형."

"희철이는 처음 듣는데?"

"방송에는 안 나왔어요. 나름 요리 잘하는 선임인데, 떨어져서 마음이 조금 그래요."

"그래도 너는 붙어야지. 선임도 그렇게 생각할 거야. 난 여기서 장사를 하면서 응원하마."
"아빠, 여기서 장사를 한다고요?"
"오늘도 돈 벌어야지. 우리 딸! 아빠 돈 버는 데 같이 있어 줄 수 있지?"
"응!"
민지가 방긋 웃으며, 강일용의 품 안에 쏙 들어갔다. 이제는 제법 키가 커져 한 손으로 안기에는 부담스러운 딸. 하지만 강일용은 행복한 미소를 지으며, 딸을 안았다.
"우리 딸이 오늘 계산하는 거야. 아빠는 꿀타래 만들고! 알았지?"
"응! 나도 이제 계산 잘해!"
"그래. 착하다. 우리 딸! 많이 컸네!"
"그럼~ 나 유치원에서 키 제일 커!"
"그래. 그래그래."

성재는 자신이 준비한 식재료가 든 아이스박스를 들고, 예술의 전당 안으로 향했다.
그곳에는 수많은 사람들이 자신의 순서를 기다리고 있었다. 그가 받은 번호표는 87번.
"개인당 할당시간은 약 3분에서~5분이라고 생각하시면 되고요. 조리시간은 본인이 직접 조절하셔야 되고요. 이동식 아일랜드는 안쪽에 20개 설치해두었어요."
"네. 알겠습니다."
"여기 방송촬영 동의서 작성 먼저 부탁드리고, 그다음에 군인, 경찰, 소방관 등 공무원이시면, 지휘관이나 기관장 확인서도 같이 제출 부탁드립니다."

성재는 자신의 서명을 기입하며, 정신을 똑바로 차렸다.
'편집으로 문제가 발생 시 제작사는 일절 책임지지 않는다?'
'방송 촬영 장소에서는 개인 휴대폰을 이용한 녹화, 녹음, 통화 등이 금지되어 있다?'
거의 군사보안시설 수준으로 관리하는 촬영준수서약서.
"너무 걱정하지는 마세요. 다 통상적인 부분에서 쓰는 서약서니까요."
성재는 고개를 저었다.
'행동 똑바로 해야겠네. 이래서 지휘관 확인서가 필요하구나. 문제 될 수도 있으니까.'
예선전임에도 불구하고, 여기저기 설치된 카메라가 10여대가 넘는다.

그래서일까? 군복 입은 성재를 멀리서 발견하고, 활짝 웃는 여성.

"성민씨! 쟤 좀 찍죠."
"그럴까요?"
FD를 데리고 성재를 향해 발걸음을 옮기는 여성이 씩 웃었다.
"올해는 군인도 참가하나 봐요."
"네. 그런 것 같아요."
"성민씨는 아직 군대 안 갔죠?"
"네. 이번 촬영까지만 끝내고 가려고요. 그런데 민아 누나! 누나는 첫 직장인데도 굉장히 잘하시는 것 같아요."
"그래 보여요?"
"네. 활기차고, 뭔가 여성답지 않은 매력이랄까?"
"후후, 그걸 바로 걸크러쉬라고 해요. 제가 추구하는 제 모습도 그렇고요."
"그런 이야기는 사적인 장소에서! 지금은 일에 집중하죠!"
"아… 넵! 죄송해요."
"그럼 저분부터 인터뷰하러 가 볼까요?"

성재는 자신을 향해 마이크를 들고 오는 여성을 확인했다. 그리고… 발걸음을 멈췄다.
"아, 잘 됐다. 거기 군인! 인터뷰 좀 가능할까요?"
그녀는 해맑은 얼굴로 성재를 바라보고, 성재 또한 그녀의 얼굴을 바라보았다.
그리고는 둘 다 할 말을 잃은 채, 서로의 얼굴을 뚫어지게 쳐다보았다.
베레모를 착용한 성재. 그래서 한 번에 알아보지 못한 그녀가 군인의 이름표를 보며, 놀란 눈으로 쳐다보았다.
성재 또한 마찬가지.
"누…나 맞지? 민아… 누나?"
"성재… 성재구나."
누나의 연락을 끊은 성재와 성재를 잊고 직장에서 새로운 삶을 시작한 그녀.
그 둘이 한동안 서로를 잊었다고 생각했을 때, 운명같이 다시 만났다.

229

루루 공주!

"흐흠… 아는 사이에요?"

FD의 말에 민아가 말했다.

"어. 그냥 그저 그런 사이야."

"아… 그럼 바로 카메라 촬영 준비하겠습니다."

성재는 민아의 말에 자신 나름대로 결론을 내렸다.

'누나도 포기했구나. 그저 그런 사이. 그게 누나가 내린 결정이란 거지?'

같이 뷔페도 가고, 맛집도 다녔고, 친구 앞에서도 자신을 남자친구라며 소개시켰던 그녀의 상황이 전과 달라진 것.

성재 또한 이것이 자신이 바라던 상황이었기에 잠자코 있었다.

이어지는 그녀의 사무적인 말투.

"강성재씨, 인터뷰하겠습니다. 지금 현재 군인이신가요?"

누나가 저런 식으로 나오면 성재 또한 해줄 말이 없다.

"네. 그렇습니다."

"요리대회, 참가하고 싶었던 이유는요?"

"최고의 요리사가 되고 싶습니다."

"네. 알겠습니다. 그럼 잘 들었습니다."

다소 허무한 인터뷰. 카메라를 든 FD가 그녀를 향해 물었다.
"가족이라든가, 그런 것들 안 물어?"
"됐어."
차갑게 돌아서는 그녀의 마음을 모를 리 없는 성재.
"민아 누나, 이렇게 갈 거야?"
"누나라고 부르지 마."
"알았어. 누나 감정 이해해. 그렇다고 일부러 차갑게 대하지는 마. 난 누나에 대해 악감정은 없으니까."

정민아는 성재의 말에 더 이상 대답하지 않았다. 그녀 또한 알고 있었으므로.
'그래. 성재야. 네 마음 나한테 없는 거 알아. 지금이라도 그렇게 말해줘서 고마워.'
엇갈린 운명 속. 돌아서던 그녀는 고개를 돌려 성재를 불렀다.
"강성재!"
그녀의 부름. 그러자 저절로 돌아가는 남자의 몸.
성재는 그녀가 무슨 말을 할지 기다렸다.
"자신만의 스토리. 그거 준비해서 들어가."
"어?"
"요리에 담긴 스토리, 생각 없이 심사위원 앞에 서지 말라고!"
"아…."
그녀는 그말과 동시에 FD를 불렀다.
"용준아, 가자!"
"네. 누나."
한참을 걸어가는 끝에 FD 최용준이 민아에게 말했다.
"누나, 그런데 심사위원 심사 이야기 그런 거 참가자한테 얘기하면 안 되잖아요."
"넌 진짜! 확! 누나한테 까불면 죽어? 응?"

현재 심사위원에게 심사받고 있는 참가자 번호는 63번. 성재의 번호는 87번.
이동식 아일랜드의 자리가 비워졌다. 성재는 미리 준비한 아이스박스를 꺼내 들었다.

그런데 옆에 윤아가 있었다.

요리에 집중하는 여학생. 윤아의 번호는 83번이었다.

성재보다 먼저 아일랜드에 들어와서 조리를 하고 있었던 것 같은데….

성재는 윤아에게 말을 걸었다.

"윤아야."

그녀는 성재도 대회에 참가하는 것을 미리 알고 있었기에, 대수롭지 않게 대답했다.

"어?"

"너! 그거 오버쿡이야. 연어를 그렇게 구우면 어떻게 해!"

"정말?"

성재의 말에 연어 일부분을 썰어 입에 넣어보는 그녀의 얼굴이 질색이 되었다.

"흐잉… 어떻게 해! 오빠… 나 어떻게 하지?"

"뭘 어떻게 해, 다시 구워야지. 다시 재료 올려."

노심초사. 처음부터 다시 굽기 시작하는 윤아.

성재는 요리에 칼질을 하며, 윤아의 요리에 또 한 번 조언을 했다.

"소스, 그거 너무 달지 않겠어?"

"응?"

"타르타르 소스도 다시 만드는 게 좋을 것 같은데…."

"알았어. 오빠가 그렇게 말하면 다시 만들게."

윤아는 성재의 말대로 자신의 요리를 처음부터 다시 했다.

"연어는 딱 거기까지! 더 익히면 또 오버쿡 된다."

"응!"

피클을 다지고, 양파를 다지는 그녀. 거기에 마요네즈를 섞는다.

성재는 또 한 번 윤아에게 조언을 했다.

"마요네즈가 너무 많아. 조금만 넣어."

"아… 알았어."

소스를 만들고 적양파, 방울토마토, 루꼴라 등을 이용해 마무리하는 윤아.

"됐어? 이제 괜찮을까?"

"어. 그 정도면 괜찮을 것 같은데?"

그때, 진행팀에서 윤아를 부른다.

"83번! 준비하세요."

"네!"

그리고 성재의 마지막 말.

"윤아야."

"응?"

"요리에 대한 스토리!"

"어?!"

"요리를 왜 그걸로 만들었는지 생각해보고 들어가."

윤아는 자신의 이동식 아일랜드를 밀며, 심사위원들이 있는 곳으로 향했다. 넓고 탁 트인 공간. 그곳에서 앉아있는 세 명의 심사위원. 그들은 제각각 윤아의 외모, 복장, 만들어온 요리를 훑더니, 미리 작성해 둔 참가신청서를 확인하며, 그녀에게 물었다.

"고등학생이네요?"

"네!"

"오늘 참가자 중에서는 가장 어려요. 언니, 오빠들하고 경쟁하게 될 텐데, 부담가진 않을까요?"

"네! 괜찮습니다."

"좋아요. 그럼 만들어 온 요리에 대해 설명해주실래요?"

윤아는 심사위원의 말에 침을 꼴깍 삼키고, 자신의 말을 이어갔다.

"제가 만든 요리는 구운 연어 샐러드입니다."

"그 요리를 만든 계기가 있을까요?"

심사위원의 질문에 윤아가 방긋 웃었다.

'성재 오빠는 알고 있었던 거였네. 그래서 준비하라고 말해준 거고.'

그리고 심사위원들이 좋아할 만한 대답을 내뱉었다.

"마음에 두고 있는 사람이 연어를 좋아해요."

그러자 그녀의 예상대로 심사위원들이 자신의 일인마냥 기뻐해 준다.

"정말요?!"

그러나 그녀가 예상하지 못했던 것이 있었으니.
"아~! 그랬구나! 좋아요. 그럼 배윤아씨!"
"네?"
"그 사람한테 한 마디 해볼 시간을 드릴게요. 그 사람이 앞에 있다고 생각해보고 용기 내서 한 마디 해보세요."
"……."
"이름 꼭 안 밝혀도 되어요."

윤아는 당황했다.
'어? 지금? 여기서?'
카메라는 돌아가고.
'성재 오빠… 나한테 왜 그랬어? 무슨 요리에 스토리를 담아! 진짜 짜증나!'
윤아는 애써, 밝은 표정으로 미소를 지었다. 그러나 속마음은 화가 불끈!
"너! 자꾸 나 보면서 사람 마음만 떠보는데!! 한 번만 더 그러면 혼낼 거야."
윤아의 발언에 심사위원들은 환호를 내보였다!
"오! 이거 남자분이 여자분 마음을 떠보고 있나 봐요. 진짜 혼나야겠는데요."
"저도 혼나보고 싶군요."
"네? 본인이요? 혼나보고 싶다고요?"
"에헴! 아닙니다. 시식하죠."
익살스러운 남자 심사위원 세 명은 윤아의 요리를 시식했다.
그리고 방긋, 얼굴이 붉어진 여성을 향해 미소를 지었다. 그 표정의 의미를 캐치한 심사위원이 짓궂은 질문을 이어간다.
"배윤아씨! 사실은 부끄러우시죠?"
"편집… 가능할까요?"
"당연히 안 되죠. 윤아씨! 캐릭터 제대로 잡으셨는데!"
"캐릭터요?"

참가자의 당황한 모습을 보며, 어물쩍어물쩍 넘어가는 능구렁이 심사위원들.
"네. 으흠… 요리에 대해 말해볼까요? 제가 먼저 음식에 대한 평을 해볼게요. 윤아씨 요리에는 좋아하는 사람을 위해 만든 정성이 담겨있었어요."

윤아는 고개를 저었다.

'이 사람 뭐라는 거야?'

그러나 그는 제멋대로 해석했다.

"연어를 알맞게 잘 구웠어요. 타르타르 소스도 배합을 아주 잘 맞췄고요. 그게 바로 정성 아닐까요? 그래서 전 합격 드리겠습니다."

"정말요? 저 합격이에요?"

그리고 두 번째 심사위원.

"좋았어요. 대체로 다 좋았어요. 굽기, 밸런스, 거기에 스토리까지, 윤아씨의 마음이 얼마나 순수했고, 또 그 남성분을 얼마나 사랑했는지 요리에 담겨져 있었어요."

'으이… 뭐래는 거야… 정말!'

윤아는 좋아해야 될지, 싫어해야 될지 구분이 가질 않았다.

그러나.

"저도 합격 드리겠습니다!"

합격이란 말에 방긋 미소가 피어오르고.

마지막 심사위원이 윤아를 불렀다.

"윤아씨!"

"네!"

"연예인 해도 되겠어요. 제 스타일이에요. 예쁘시네요."

그러자 옆에 있던 두 심사위원이 망언을 내뱉은 심사위원을 제지하며 말했다.

"뭐라는 거야! 강민주 셰프님! 이 사람은 보는 여자마다 맨날 작업질이야. 윤아씨는 고등학생이라고요! 윤아씨! 나가 봐요. 합격 축하드립니다."

"감사합니다! 감사합니다!"

배윤아는 일단 합격이란 말에 환호성을 지르며 밖으로 나왔다.

그러자 밖에 기다리고 있던 그의 아버지가 환한 미소로 그녀를 맞이했다.

"합겨이니?"

"응! 아빠! 나 합격했어!"

"잘했다. 잘~했어!"

그녀는 행복의 감정도 잠시. 성재를 의식했다.

들어오는 문과 나오는 문이 달라 성재의 최종 요리를 확인할 수 없었던 윤아.

'오빠는 잘 만들었을까?'

성재가 있던 곳으로 눈을 돌리는데, 그는 이미 심사 대기장소로 이동한 모양.

그때 그녀의 새엄마가 딸을 향해 말했다.

"윤아야! 잘 됐어."

"네. 엄마! 오늘 맛있는 것 먹으러 가요."

"그럴까? 당신도 괜찮죠?"

"그럼! 당연하지."

같은 시각. 성재는 자신의 요리를 정성껏 담았다. 철제식판에 담긴 음식들.

심사위원은 군복 입은 사내를 보며, 말을 꺼냈다.

"오늘 특이하네요. 여고생도 오고, 군인도 오고. 일반전형이라 그럴까요? 자기소개 부탁드립니다."

"계룡대 무궁화회관 요리병 상병 강성재입니다. 잘 부탁드리겠습니다."

"좋습니다. 경력을 보니까, 요리 관련해서는 군대 말고는 딱히 경력이 없네요?"

"그렇습니다."

"방송 출연을 하셨다고요?"

"네! 언리미티드 챌린지라는 프로그램에 잠시 얼굴을 비친 적이 있습니다."

"아… 예능프로그램?"

"그렇습니다."

좋습니다. 간단히 강성재씨에 대한 파악은 했고요. 요리를 확인해보죠."

성재는 심사위원의 말에 보자기로 닫았던 자신의 요리를 선보였다.

그러자 심사위원의 동공이 반응했다.

'어?! 저걸?!'

'군인 콘셉트 제대로네. 특이해! 참~ 특이해.'

"굉장히 놀랐어요. 철제 식판에 요리를 담아왔네요. 혹시 병영식단 콘셉트인가요?"

"그렇습니다. 제가 이번에 준비한 요리는 희망의 짬밥입니다."
"희망의 짬밥이라… 제목을 그렇게 지은 이유는요?"
"군 식단은 한 끼에 약 2,300원 정도로 구성되어 있습니다. 그래서 많이 부실하다고 생각하는 분들이 많습니다. 저는 그 편견을 깨기 위해, 2,300원의 식재료만 사용해서 요리를 만들어 봤습니다."
"음, 좋아요. 시식해볼까요?"
성재가 만든 요리. 오므라이스와 계란국. 그리고 떡갈비와 열무김치.
"열무김치는 집에서 담근 건가요?"
"아닙니다. 군대에서 직접 만들었습니다."
"좋습니다. 제가 군생활 하던 90년대 시절에도 김치는 직접 담가 먹었었죠. 아직도 그런지는 몰랐네요."
"지금은 직접 담그지는 않습니다. 그런데 제가 근무하는 회관은 직접 담급니다."
"아… 간부회관?"
"네. 육군본부 무궁화회관입니다."
"그럼 오늘 직접 만든 것은 오므라이스와 계란국, 그리고 떡갈비가 되겠군요."
"그렇습니다."

군부대에서 직접 담갔다니까, 안 먹어볼 수 없는 열무김치.
아삭! 아삭! 고춧가루향이 물씬 피어나는 열무가 입안에서 쪼개지자, 열무 안쪽에서 냉기를 뿜어대기 시작했다.
매콤하면서도, 달달한 열무.
무는 익으면 매운맛이 약해지고, 단맛이 강해진다. 무 특유의 맛을 살린 열무김치.
"우와! 이걸 군대에서?"
"네. 저랑 조리실장님이랑 선임 분이랑 세 명이서 만들었습니다."
"일단 열무김치는 합격. 그런데 오므라이스랑 떡갈비도 봐야겠죠?"
입에 들어가는 순간? 말이 필요 없다. 오므라이스의 계란지단은 고르게 펴졌고, 계란 지단 안에는 꼬들꼬들하게 볶아진 볶음밥이 심사위원들을 기다리고 있었다.
'일부러 물을 적게 넣었잖아. 꼬들꼬들한 맛을 살리려고, 볶음밥용으로 밥을 따로 만들었어. 전문가야'

거기에 떡갈비는 더욱더 예술이다.

얼마나 다졌는지, 입에 들어가자마자 순식간에 녹아 사라지는 떡갈비. 침이 닿은 것만으로도 살살 녹는 것으로 보아, 적어도 30분은 직접 칼로 다진 게 표가 났다.

'정석대로 다 만들었네. 평범한 재료로 정석대로 만들어서, 재료가 가진 본래의 맛을 최대한 이끌어냈다?'

"이거 참! 뭐라고 말해줘야 될지 모르겠네요. 전 합격이에요."

첫 번째 심사위원의 말에 두 번째 심사위원도 미소를 지었다.

"저도 독특한 콘셉트 때문에 합격! 맛있었어요."

세 번째 심사위원도 마찬가지.

"짬밥, 이 정도 짬밥이면 매일 먹을 수 있겠죠? 희망의 짬밥! 합격입니다!"

윤아, 성재 둘 다 합격.

성재는 환호성을 지르며 밖으로 나오고. 아버지와 여동생이 그를 맞이했다.

"성재야! 합격했냐?"

"네! 합격했어요!"

"장하다! 장하다! 우리 아들!"

그러자 옆에 있던 민지도 씩 웃었다.

"오빠! 상금 1억 원이래. 1억 원 타는 거얌?"

"어?!"

"1억 원 타면! 나! 루루 공주 사줭!"

"루루 공주? 그거야 지금 당장이라도… 읍….''

그러자 강일용이 아들의 허리를 쿡 찌르며, 딸에게 말했다.

"그래! 민지야. 오빠가 우승하면 루루 공주 사 줄 거야. 그러니까 오빠 우승할 수 있도록 응원하자!"

"웅! 파이팅! 오빠 파이팅!"

230

떠날 사람과 남을 사람

성재의 예선 통과 소식에 기쁜 나머지, 곧바로 트럭에 시동을 거는 아버지.
"어? 장사 그만하시게요?"
"그만하는 게 아니라 못하는 거야."
"네?"
"벌써 다 팔았어~. 이 아빠가 아직도 장사 초짜 같아?"
그러고 보니 그 많던 꿀타래의 재료가 하나도 보이질 않는다.
그때, 민지가 방긋 웃으며 말했다.
"아빠 70만 원 벌었엉."
"70만 원? 민지가 이제 70만 원도 계산할 줄 알아?"
"칫! 오빠! 바보. 나 구구단도 할 줄 알아. 이 일은 이, 이이는 사. 이삼은육…."
"그래. 인정! 오빠가 민지 인정!"
"성재야! 트럭 뒷문 좀 닫자."
"네. 제가 닫을게요."
몸이 안 좋은 아버지 대신 직접 몸으로 뛰는 아들. 가족은 이런 일상에 행복해했다.
한편, 차량을 운전하던 배원영이 갑자기 멈춰 섰다.
"쟤 성재지?"

배원영의 말에, 그의 부인 윤미옥이 안쓰러운 듯 고개를 저었다.
"어머… 어머! 어떻게 해. 위험해 보이는데…."
푸드트럭 옆문을 닫으려면, 바퀴를 밟고 자신의 몸을 지지해서 손으로 내려야 한다.
성재는 익숙했지만, 남들이 보기에는 위험해 보이기 짝이 없고.
윤아 또한 안쓰러운 얼굴로 성재를 바라보았다.
'정말 힘들게 살고 있었구나.'
"당신! 저런 애한테 못살게 굴고! 진짜 너무한 거 아니에요?"
"내가 언제 못살게 굴었다고 그래?"
"저번에 그랬잖아요. 다음부터 성재 좀 챙겨줘요."
"알았어. 알았다고. 여보! 오해하지 마요. 나 성재 좋아하고, 잘 챙겨주고 있어. 그러니까."

성재는 아버지의 방향이 집이 아니란 것을 깨달았다.
"어디로 가세요?"
"외식! 우리 세 가족끼리 외식 한 번 해야지. 한 번도 못 먹어봤잖아."
"그건 그런데… 할머니는요?"
"아, 오늘은 일이 있으시다고 말씀하셨으니까 걱정 말고 맛있는 거 먹으러 가자."
"네. 알았어요."
아버지가 민지를 이끌고 간 곳은 다름 아닌 〈아빠는 장어〉란 집이었다.
"장어요? 비쌀 텐데…."
"괜찮아. 이제 아빠도 이 정도 사줄 능력 된다."
"집에서 제가 해드리면 되는데…."
"여기 전국 맛집이야. 미리 예약해야 올 수 있는 곳이고."
아버지가 이렇게까지 말씀하시는데, 거절할 수가 없다.
맛집이라고 해봐야 4성 수준. 물론 옛날 기준이었다면 4성도 엄청 높은 등급이겠지만, 지금의 성재에겐 성에 차지 않는다. 그는 별 기대 없이 가게에 들어왔다.
손님도 없는 가게. 물론 지금 시간이 오후 4시 50분이라는 애매한 시간이긴 하지만 손님이 없어도 너무 없다.
그런데 아버지가 시킨 메뉴는?

"여기 장어구이 3인분 가져다주세요!"

장어구이의 가격. 1인분에 28,000원.

그런데… 성재를 놀래킨 것은 가격이 아니었다. 등급이 장난이 아니다.

'진짜 맛집이잖아.'

일반 맛집 4성급. 지역 맛집 5성급. 성재는 이렇게 분류하고 있었다.

그런데 이번에 나온 요리가 무려 6성이다.

삼척에서 다녔던 음식점과는 비교도 안 될 높은 등급.

'역시 대도시라는 건가?'

 | recipe | 아빠는 장어 전문점 특선 장어소금구이 ★★★★★★
아름답고 깨끗한 해안, 통영에서 직접 잡아온 자연산 바다장어를 바로 초벌구이 해서 가져왔다
참숯에 두 번 구워 전혀 느끼하지 않은 게 특징
보양음식의 대명사! 원기회복에 좋은 음식

겉은 바삭하고, 속은 촉촉하고, 주인장이 직접 구워주기까지 한다.

"사장님! 스테미너에 좋으실 거에요. 오늘 아내분이 좋아하시겠어요."

주인장의 말에 강일용이 민망한 얼굴로 말했다.

"돌싱입니다."

"아… 죄송합니다! 그럼 여기 우리 군인 아드님이 많이 먹어야겠네."

성재를 향해 웃음으로 마무리하는 주인장 아저씨.

"네. 그런데 정말 맛있어요."

"그렇죠? 특제 소스 넣은 게 더 맛있을 텐데…."

"네? 특제 소스요?"

"1인분만 가져와 볼까요?"

특제 소스 장어구이. 1인분에 30,000원.

소금구이보다 더 가격이 나가는데… 강일용은 씩 웃으며 입을 열었다.

"2인분만 더 가져다주세요."

"네. 바로 준비하겠습니다."

아버지가 무리하신다.

지금까지 나온 가격만 144,000원. 불과 20분 만에 시킨 음식.
그럼에도 성재는 말리지 않았다. 얼마나 대단한 특제 소스가 나올까?
그리고 성재의 입가에는 미소가 퍼졌다.

'우와 제대로 된 집이네.'
요리사의 눈에 걸리지 않는 음식은 없다. 성재는 씩 웃으며 주인장에게 말했다.
"뼈하고 머리를 푹 고아서 특제 소스의 육수로 만드셨네요?"
성재의 말에 주인장이 놀라며 성재에게 물었다.
"우리 집 몇 번 와봤어요?"
"아니요. 그런 건 아니고, 냄새가 진해서요."
"아… 냄새로도 아는구나."
성재는 한 점을 먹어보더니, 또 웃으며 말했다.
"한방재료도 들어갔어요. 향이 강해요."
성재의 말에 그의 아버지 강일용이 물었다.
"혹시 한방재료 뭐 들어갔나요?"
"그건 영업 비밀입니다. 지금은 시간이 일러서 사람이 얼마 없는데, 조금 있으면 꽉 찰 거에요. 그 영업 비밀이 지켜졌기에 20년 동안 장사가 잘 되는 거겠죠?"
성재는 주인장의 말에 혼잣말을 내뱉었다.
"한방 18가지 재료에 3시간 30분 동안 푹 고아서, 5시간을 식히고…."
그러자 깜짝 놀란 주인장이 성재를 바라보며 묻는다.
"네?! 방금 뭐라고 하셨죠?"
"아닙니다. 별거 아닙니다."
'뭐지? 이 군바리 뭐지? 18가지 재료인 줄 어떻게 알았지? 말한 적이 없는데….'
성재는 주인장에게 새로 생긴 메뉴를 대신해 감사의 인사를 전했다.
"혼잣말이었어요. 죄송해요."
"……."
"부족한 거 있으면 또 시킬게요. 설명 감사합니다."

새로 습득한 레시피.

 recipe
싱싱한 소금 장어구이 ★★★★★★ (숙련도 0%)
특제 소스를 바른 장어구이 ★★★★★★ (숙련도 0%)

담백하고, 달콤하면서도 쫀득한 맛. 입안에서 살살 녹아 순식간에 사라지는 장어구이.
"맛있엉."
민지도 인정한 요리.
"아빠? 오늘 건 제가 낼게요."
"뭐? 네가 돈이 어딨어?"
"요즘 군인들 돈 많아요."
성재는 자신의 나라사랑카드를 내밀며 계산을 미리 마쳤다.
레시피 획득에 따른 가치. 이걸로 충분하다.
'10번 정도만 연습해보면, 내 음식으로 만들 수 있겠어.'

다음 날. 외박 복귀 하는 날이 되었다. 복귀 출발하려는 성재를 향해 부르는 아버지.
"성재야. 조심히 들어가."
"네. 알겠어요. 아빠도 건강 잘 챙기시고요."
"그래. 그런데 너, 민아랑은 아예 끝난 거니?"
아버지가 쭉 밀고 있는 여성. 정민아.
"인생이 뭐 그렇죠. 서로 안 맞을 수도 있고, 세상에 반이 남자듯, 여자도 반이잖아요. 그리고 지금은 요리에 집중하고 싶어요. 그러기 위해 달리고 있고요."

그때, 갑자기 성재의 몸에서 미지의 존재가 튀어나왔다.
홀로그램. 녀석은 싱긋 웃으며, 성재의 주변을 돌았다.
그러면서 주머니에서 〈모쏠 환영!〉이라는 머리띠를 꺼내 맨다.
'저 자식! 뭐야?!'
그러나 아버지의 마음은 다른가 보다.
"성재야. 남자한테는 여자가 필요하단다. 여자는 혼자 살아도 남자는 혼자 못 살아."

"저는 혼자 살 수 있다고 생각해요. 아빠도… 그렇지 않으세요?"
"흐흠… 또 휴가 나오면 말하자. 아참! 우리 이사 간다. 수요일 날 이사 갈 거야."
"네. 알겠어요."

그런데 홀로그램 녀석이 이번에는 다른 머리띠를 꺼내 들었다.
자세히 보니 머리띠가 아니다. 태권도 도복의 띠 같은데, 거기에 글자가 쓰여 있다.
〈얼레리꼴레리! 성재네 아빠는~ 연애한대요! 연애한대요〉
'뭐?! 연애?'
성재는 놀란 눈으로 아버지를 쳐다보았다.
"아빠! 연애해?"
"응?! 뭐?"
당황스러워하는 강일용.
"아니, 만나시는 분 있냐고요?"
"성재야. 그게…."
"재혼하실 거에요?"
"나중에, 나중에 말해줄게."
아버지의 말에 밑에 있는 민지가 똘망똘망한 눈빛으로 말했다.
"아빠. 여자친구 있어. 나도 남자친구 있고, 오빠는 여자친구 없어?"
"그래. 없다! 없어! 민지도 알고 있었어?!"
"저번에 한 번…."
"아… 혼란스럽다. 나 갈게요. 아빠 저 가요."
"……."
가정의 변화. 계룡으로 가는 버스를 타며, 성재는 씁쓸한 얼굴로 창밖을 쳐다보았다.
'어느새 여름 끝자락이네.'
세상에 모든 피조물들은 제 짝을 찾는다지만, 성재에겐 그런 짝은 찾아오질 않았다.

조리실장은 결심을 굳힌 채, 마지막 날의 행사를 끝냈다.
"실장님, 정말 서울로 가십니까?"

분대장 방정준의 말에 조리실장 박규민이 고개를 끄덕였다.
"그래."
"다음 실장님은 누가 오십니까?"
"새로 뽑았다고는 들었어. 그런데 왜 여기로 오라고 한 거야?"
그때, 성재를 비롯한 후임병들이 케이크를 가져왔다.
"좋은 데로 가신 것 축하드립니다."
"그동안 요리 많이 가르쳐주셔서 감사합니다."
감동… 자신이 떠나는데, 병사들이 직접 챙겨주니, 더할 나위 없이 감동이 밀려온다.
군무원과 병사의 차이.
멀다면 멀고, 가깝다면 가까운 사이. 그러나 이렇게까지 해주는 병사들은 얼마 없다.
그리고 성재가 가지고 온 요리.

"실장님! 이거요."
성재는 조리실장이 가장 좋아하는 요리를 알아내고, 직접 만들어 왔다.
그러자 박규민의 표정이 갑자기 무너지기 시작했다.
'아내랑 마지막으로 먹었던 음식이잖아.'
소고기 미역국. 그 속사정을 모르던 성재는 갑자기 일그러진 박규민의 표정에 당황하고.
조리실장은 감정을 추스르며 말했다.
"야! 강성재! 너! 실장 울리려고 한 거지? 난 이런 거 안 울 거야. 안 울어. 인마!"
그때, 분대장 방정준이 입을 열었다.
"눈물 닦으셔야 될 것 같습니다."
"…크큭, 진짜 너희들 내 인생에 있어서 다들 감동이다. 내 마음 알지?"
"네! 국방회관 가서서 최고로 인정받는 실장님이 되셨으면 좋겠습니다."
"거기선 실장 아니고 주방장!"
"아. 넵! 최고의 주방장이 되셨으면 좋겠습니다."
"그래! 그래야지!"

주변 사람이 하나, 둘 떠난다. 그러나 이제 성재에게 그런 상황은 익숙해졌다.
이등병에서 일병, 일병에서 상병으로 진급하며 어느새 마음도 불쑥 자라버린 성재.

그래서일까?
헤어진다는 것에 대한 슬픔의 감정보다는 다시 만나게 될 것에 대한 감정이 우선.
조리실장이 떠나고, 분대장이 말했다.
"내일은 회관 운영 안 하는 거 알지?"
"그렇습니까?"
"외박이라 못 들었구나. 내일 요리병 전원, 국군대전병원으로 건강검진 갈 거야."
"건강검진 말입니까?"
"그래. 그리고 새로 오는 조리실장님이 인솔하기로 하셨어."
"아… 알겠습니다."

다음 날. 새로 온 조리실장님. 그분은 아주 파이팅이 넘치는 분이었다.
"자자자! 주목!"
"주목!"
군무원이 주목이라는 단어를 사용하다니…설마 군 간부 출신 아니겠지?
저번 조리실장님은 따뜻해서 좋았는데. 이번은 다른 느낌이 온다.
"나는 육군 특전사 출신 김호진 조리실장이다. 군 복무는 15년 정도 했었고, 육군 상사에서 아주 훌륭하게 임무수행을 하던 도중 낙하산에서 잘못 떨어져 십자인대가 파열되었다. 그리고 절망적인 인생을 살고 있을 때, 한 줄기 빛이 다가왔지. 그게 바로 요리였다. 1년간의 재활기간동안 요리학원에 집중한 결과 한식, 중식, 일식 자격증 모두 갖춘 아주 훌륭한 인재로 거듭났지."
그의 말에 병사들은 고개를 저었다.
'자격증이 전부는 아닌데…'
"너희들 중에 자격증 3종류 다 가진사람은 아무도 없더라?"
"분발하겠습니다."
"전역 전까지 딸 수 있도록 하자! 내가 옆에서 너희들을 성심성의껏 지도해주마."
이렇게까지 말하는데, 병사 입장에선 할 말이 사라질 수밖에.
"알겠습니다!"
"그래! 목표! 국군대전병원, 이동수단은 민수용 스타렉스! 모두 탑승!"
활기찬 조리실장과의 스펙타클한 군생활이 예상된다.

술하고 담배 끊으세요

김호진 실장이 운전하는 9인용 스타렉스.
특이사항은 주행속도 110km/h로 제한하는 속도제어장치가 없다는 것.
"다들 탔냐?"
"그렇습니다."
"안전벨트 단단히 매라."
"네. 알겠습니다."
안전벨트를 왜 강조하나 했더니. 시작부터 블랙박스를 끄고.
질주에 질주를 시작하는 우리 실장님.

부아아아앙! 부아아아아아앙!
엄청난 엔진음 때문일까?
승합차의 주행속도가 150km/h를 넘는 것은 순식간.
아무리 4차선이지만 엄청난 속도로 달리는 차량 안에 있는 것은 무서울 수밖에 없다.
거기에 블루투스로 연결한 음악은 모두 클럽 Mix 뮤직!
엄청나게 시끄럽고 요란한 음악을 즐기는 사람은 바로 36살의 군무원 아저씨.
그 남자가 조수석에 탄 분대장을 향해 말했다.

"좋지?"

"네?"

"좋잖아. 인마! 이렇게 해주는 실장이 어디 있냐?"

"무섭…습니다."

"그러냐? 그럼 속도 좀 줄이지 뭐."

속도를 줄이지만, 그것도 130km/h.

계룡산을 넘어 대전 유성구로 향하는 길. 엄청난 언덕.

꼬불꼬불. S자형 도로가 섞여 있는 그 도로. 그는 어린아이처럼 신이 났다.

"오! 힐클라임 구간에 들어섰다! 만세 불러!"

"……"

"내가 어제 내 자동차로 주파기록이 1분 48초였거든! 스타렉스로 얼마 걸리나 볼까?"

그는 곧바로 스탑 위치를 꺼낸다. 그러더니 오르막 구간부터 갑자기 초를 재는 남자.

브레이크 따위는 개나 주라는 듯, 엄청난 곡예주행.

마지막 정상을 알리는 작은 터널에 서며, 그는 기뻐했다.

"오! 스타렉스로도 1분 53초밖에 안 걸리네."

그런데 문제는 힐클라임 구간 뒤에 이어지는 다운힐 구간.

"다운힐도 측정해야겠지?"

"실장님?"

"응?"

"뒤에 다들 겁에 질려있습니다."

"그러냐? 그럼 다음에 하지 뭐!"

운전 실력만 보면 사람의 성격을 안다고, 조리실장은 매우 즉흥적이면서도, 터프한 매력을 가지고 있었다.

두꺼운 목, 다부진 어깨, 근육질의 몸매, 너무 운동을 해서 말라보이기까지 한 얼굴, 거기에 귀를 왕왕 울리는 큰 목소리까지.

그의 단점은 눈치를 안 본다는 것.

국군대전병원. 그곳에는 많은 병사들과 간부들이 접수를 기다리고 있었다.

육군훈련소에서 온 훈련병부터, 부사관 학교에서 온 부사관 후보생은 물론 중위, 대위, 원사도 있다.
접수처에 간 조리실장은 이곳에 인맥이 있는지 활짝 웃으며, 원무과에 들어갔다.
실장이 사라진 후, 병사들은 서로를 바라보았다. 분대장은 걱정스러운 얼굴로 물었다.
"성재야. 괜찮았냐?"
"괜찮을 리가 있겠습니까? 저희는 뒤에 타다 보니까 더 무서웠습니다."
"다들 그랬어?"
분대장의 질문에 그렇다고 대답하는 세 명의 후임병들.
성재 또한 마찬가지 기분이었지만, 지금 당장 뭘 어떻게 할 수는 없었다.
그때, 원무과에서 중사 하나랑 같이 나오는 조리실장.
"현재야! 고맙다."
"아닙니다. 어차피 정형외과 빼고는 다 헐렁해서 추가 진료하는 것은 문제없습니다."
김현재 중사는 원무과에서 일하는 부사관. 녀석과 무슨 모종의 거래를 했는지 세상을 다 가진 듯 웃음을 터트리는 실장님.
도대체 왜? 어떤 것을 거래했기에?
의문증은 금세 해결되었다.
"그럼 우리 병사들도 정자 검사 추가해서 해줘."
"병사들도 말입니까?"
"그래. 기왕 하는 김에 같이 하면 좋지. 해줄 수 있지?"
"네. 그건 가능할 것 같습니다. 제가 군의관님한테 협조 부탁드려보겠습니다. 사실 저번 주에 저도 했습니다."

레지던트를 마친 전문의 면허를 취득한 의사들은 군 복무 시 대위부터 시작하고, 전문의 면허를 취득하지 못한 의사들은 중위부터 시작한다.
국군대전병원의 군의관들은 거의 100% 전문의를 취득한 인원.
이들은 환자를 볼 때, 크게 세 가지 경향으로 나뉘곤 한다.

첫째. 의사로서 환자를 인격체로 생각하며, 성심성의껏 진료하는 사람.
이런 부류는 열 명 중에 두세 명 밖에 되지 않는다.

사람을 고치는 의사로서 의무를 다 하는 정의로운 사람들.
아플 때 가장 서러운 곳이 군대라지만, 이런 군의관들을 만나면 남자들한테는 외로운 군대라서 그런지 몰라도, 정말 마음이 치유될 정도다.

둘째, 빨간약이나 진통제 먹으라면서 대충 진료하는 녀석들도 있다.
앞선 경우와 반대의 경우다. 이런 경우는 여기서 또 두 가지 부류로 나뉜다.
밤에 몰래 군병원을 빠져나가 민간병원에서 밤새 당직알바를 하는 몰지각한 군의관이거나, 완전 금수저인데 정말 진료가 귀찮아서 진료를 대충 보는 케이스다.
사람들은 의사가 돈을 많이 번다고 생각한다.
하지만 레지던트 과정인 의사들은 많아야 월 250~400정도 밖에 벌지 못한다.
군의관 또한 월급이 수당포함 연 4,000만 원 정도인데, 이 돈으로는 그동안 대출로 빌린 학비와 생활비를 감당하기조차 어렵다.
의사가 되기까지 필요한 비용이 약 2억 원 정도라고 하니, 집안이 금수저가 아니면, 기본적으로 그만큼 빚을 지고 있는 것.
그래서 일부 군의관들은 법적으로 겸직이 불가함을 알면서도, 밤에 민간병원에 출근해 당직 알바를 많이 뛰곤 한다. 당직알바는 민간 병원에서 야간대기를 하는 것을 뜻하는데, 이 알바가 우습게도 월 5백에서 천만 원까지 받는다.
시골로 가면 갈수록 더 많이 버는 게 특징.
이렇다 보니 유혹에 빠지는 게 당연한 지사. 만약 알바하다가 걸린다고 해도 정직이나 감봉 정도의 징계가 고작이니, 한 번 법을 어기기 시작한 군의관은 절대 이 유혹을 빠져나올 수가 없다.
그래서 낮에 진료를 빨리 끝내고 쉬려 대충 진료하는 군의관이 두 번째 케이스.

마지막 세 번째. 군대에 있는 많은 환자들을 수술하며 미흡한 실력을 향상시키거나, 다양한 검사 등을 통해, 여러 유형의 인간들을 확인해보겠다는 케이스.
비뇨기과 군의관이 바로 이런 케이스였다.

"아, 의무행정관한테 들었습니다. 검사받고 싶으시다고요?"
조리실장은 군의관의 말에 대답했다.

"네. 군의관님! 잘 부탁드리겠습니다."
그런데 뒤에 있는 병사들이 머뭇거린다.
그러자 군의관은 친절한 미소를 머금은 채, 성재를 비롯한 병력들에게 설명했다.
"정자 검사는 자율 의사로 받는 거야. 대신 이건 알아둬. 밖에서 받으면 20만 원 넘게 줘야 하는데, 군대에선 공짜로 할 수 있다는 것. 받고 싶은 사람 손들어봐."
군의관의 말에 방정준 상병이 머뭇거리다가 손을 들었다.
"분대장님 진짜 받으실 겁니까?"
그러자 방정준이 성재에게 말했다.
"넌 안 받아? 너도 받아. 공짜라잖아."
"아…."
"거기도 작으면서, 이럴 때 케어 받아야지."
"알겠습니다."
분대장이 성재의 약점을 건드리자, 성재도 손을 들지 않을 수가 없었다.
분대장과 2번째 고참인 성재가 손을 들자, 후임병도 키득거리며 전원 손을 들었다.
"차례차례 한 명씩 들어가면 되는데, 어떻게 우리 실장님부터 들어가십니까?"
조리실장은 씩 웃으며 먼저 검사실로 향했고, 검사를 기다리는 다섯 명의 병사들.
"성재야. 너 그거 알았냐?"
"뭐 말입니까?"
"확대술 저거 붙은 거 있잖아."
벽 뒤에 붙은 XX확대술.
"여기 군의관님이 저것도 공짜로 시켜준대."
"헉… 정말입니까?"
"성재, 너 해야 되지 않아?"
"이 말 위험발언입니다."
"남자끼리 뭐가 위험발언이야! 비뇨기과에서 이런 얘기 하는 게 뭐가 문젠데?"

장소도 그렇고, 상황도 그러니… 성재는 선임병의 말에 납득하고 말았다.
그때, 검사실에서 나오는 조리실장.
"실장님? 벌써 끝나셨습니까?"

분대장의 말에 실장이 정색하며 말했다.

"벌써 끝났냐고? 그럼 뭐 온종일 붙잡고 있어?"

그의 말에 군의관이 씩 웃으며, 강성재의 이름을 부른다.

"강성재 상병! 다음 순서니까 들어가."

"저부터입니까?"

"어. 접수는 너부터 되어 있는데, 순서는 상관없어. 다른 사람이 먼저 들어가도 돼."

"아닙니다. 저부터 검사 받겠습니다."

그래서 들어간 검사실. 그곳에는 아무도 없었다.

간이침대와 TV. 그리고 리모컨 하나. 그리고 스피커로 군의관의 목소리가 들려온다.

- 성재야.

"상병 강성재?"

- 군의관인데, 네 목소리만 들리고, 모습은 안 보이니까 일단 안심하고.

뭘 안심하라는 거야?

성재는 군의관이 하는 말에 귀를 기울였다.

- 모니터 켜고, 거기에서 원하는 파일 틀어.

"네?!"

- 그리고 서랍장에 물티슈랑 종이컵, 휴지 있으니까 담아 와.

성재는 TV를 켰다. 그러자 USB에 화면이 연결되어 있다.

그리고 떠 있는 화면. 그건 조리실장이 방금 재생한 파일.

〈미국미녀 셀카.avi〉.

"헉…."

성재는 고심 끝에 6개의 파일 중 자기 취향을 골랐다.

세계 각국의 미녀들. 그중 하나를 고르는 성재.

어느새 상황 종료. 다들 맥이 풀린 얼굴.

싱글벙글 이런 상황에 웃음이 나오면서도, 피곤한 눈이 인상적이다.

결과는 한명 한명 알려주지 않고, 한 장소에서 다 같이 알려주었다.

군의관은 활짝 웃으며, 가장 먼저 실장의 검사 결과부터 발표하는데.

"실장님! 여기 화면을 보시면, 꼬리가 있고, 머리가 있죠."

조리실장은 정자가 현미경 화면 속에서 마구마구 헤엄치는 모습을 보며 씩 웃었다.

군의관도 만족스러운지 조리실장에게 말했다.

"나이에 비해 굉장히 건강하세요. 화면에 15마리에서 20마리 있으면 정상이거든요."

"제가 세볼게요. 하나, 둘…, 여섯, 여덟, 열, 열다섯! 열아홉! 스물하나! 스물넷?!"

"네. 화면에 24마리 있죠? 엄청 건강하신 겁니다. 대한민국 남성 상위 10%세요."

"오! 역시 살아있네요. 죽지 않았어! ㅎㅎㅎ"

"네. 정자뿐만 아니라, 크기나 외형 등 다른 부분도 다 좋으세요."

그다음 분대장의 차례. 조리실장은 미소를 지었다.

"크크크, 이 새끼는 토끼네."

방정준의 정자는 머리 모양이 무너진 것도 있고, 꼬리의 움직임이 둔하다.

한 화면에 겨우 10마리에서 12마리 정도가 헤엄치고 있다.

현미경 화면을 돌려봐도 마찬가지. 조리실장의 1/2.

군의관은 고개를 저으며 심각한 표정으로 말을 꺼냈다.

"아, 방 상병은 한 가지 큰 결함이 있네."

"네? 숫자가 적어서입니까?"

"그것도 그런데 엑스레이 촬영결과 그 모양이 있잖아. 구부러져 있어. 이러면 상대방이 아파할 수가 있어. 교정수술이 필요할 것 같아."

"네? 그걸 교정수술 할 수 있습니까? 여기서 말입니까?"

"뭐 꼭 하라는 건 아닌데, 권장한다는 거지. 내가 여기서 시켜준 것만 해도 몇 명인데, 간부들도 한 10명 정도 하셨어. 너도 할래?"

"아, 그건 좀 생각해보겠습니다."

나머지 후임 3명도 다들 비슷한 상태.

"인스턴트 음식 너무 많이 먹지 마. 다들 30대 중반인 실장님보다 약하네. 약해."

"알겠습니다. 그곳 잘 관리하겠습니다."

그리고 군의관은 뜸을 들인다.

성재만 유독 마지막으로 발표하는 이유는?

현미경으로 확대한 화면이 모니터를 통해 다른 사람들에게 보이기 시작했다.
성재의 아이들. 녀석들은 넘쳐나는 강물 안에서 헤엄을 치고 있었다.
무수히 많은 자손들. 힘이 넘쳐 발버둥치고 있는 올챙이들의 움직임.
조리실장은 깜짝 놀라 성재를 바라보았다.
'뭐지? 이 자식! 화면에 빈틈이 없네. 꽉 찼어. 아주 꽉!'
한 화면 속에 40~50마리가 헤엄쳐 다니고, 하나같이 움직임이 활발하다.

사용자 강성재에 대한 김호진의 호감도가 150 상승했습니다

실장은 성재를 보며 부러운 듯, 놀란 얼굴을 한 채, 군의관에게 물었다.
"이 정도면 어느 정도입니까?"
"한, 2억 마리는 되지 않을까 싶은데요."
"2억 마리면…어느 정도죠?"
"대한민국 0.1%?"
"대단한데요! 얘만 왜 이렇게 많죠?"
실장의 말에 군의관이 씩 웃으며 성재를 향해 물었다.
"성재야."
"상병 강성재?"
"술하고 담배 안 하지?"
"술은 거의 먹지 않고, 담배는 펴 본 적 없습니다."
"그렇답니다. 실장님도 성재같이 되려면 술하고 담배 끊으세요."
"그게 문제였군요."

정치의 왕, 조리실장 (1)

비뇨기과를 비롯한 모든 진료를 끝내고 자대로 돌아온 병사들.
"이게 보건증이냐?"
"그렇습니다. 그거 있어야 주방에서 일 할 수 있다고 들었습니다."
이번에 신규발급 받은 사람은 조리실장 하나. 나머지는 전부 갱신.
이것으로 1년간 추가 건강검진 없이 요리병으로 임무수행할 수 있는 자격이 생겼다.

다음 날, 특전사 출신 김호진 조리실장은 아침부터 대청소를 시켰다.
"하나하나 깨끗이 다 청소해!"
매일매일 청소가 일상인 요리병들이기에 깔끔하기 그지없지만, 그는 어떻게든 하나라도 지적사항을 찾아내려 애쓰는 게 표가 났다.
"야! 앞에 풀이 많이 자랐잖아. 예초기 어디 있냐?"
"실장님, 예초는 저희가 안 하고 군인공제회 직원들에게 위탁해서 관리합니다."
"그래? 이거 현역이 안 해?"
"그렇습니다. 육군본부는 잔디 정리, 낙엽 청소는 민간에 위탁 줘서 하고 있습니다."
"이렇게 좋은 데가 있었어?"

그로서는 상상도 할 수 없는 곳.
복지 우선인 부대. 누구나 복무하길 꿈꾸는 부대.

청소가 끝나고. 점심 시간. 오늘은 예약손님이 하나도 없었다.
그럴 수밖에 없는 게, 오늘 오후 일과는 전투체육의 날.
오후 1시가 되자, 군 간부들이 체육복을 입고 엄청나게 돌아다니기 시작하고.
성재는 조리실장에게 보고할 건이 있어서, 그를 찾아 왔다가 괜한 질문만 받았다.
"와! 간부들, 이 숫자 뭐냐? 왜 다 운동복 입고 있어?"
"매주 수요일은 전투체육의 날입니다."
"전투체육의 날? 그런 게 있냐?"
특전사는 매일 오전이 자체 체력단련 시간인 반면, 일반 육군은 평일(월, 화, 수, 목)에는 한 시간씩만 체력단련 시간이고, 수요일은 특별히 오후 4시간 전부를 체력단련시간으로 편성한다. 부대의 차이 때문에 조리실장은 이 상황이 익숙하지 않았던 것.
"그렇습니다. 매주 수요일은 13시부터 일과 끝나는 17시 30분까지 전부 체육활동 하는 날입니다."
각 실, 부, 처별로 실장이나 부장, 처장들이 중심이 되어 뜀걸음을 하는 간부들.
그들의 운동모에 박혀 있는 계급은 최소 소령 이상.
아직 얼떨떨한 김호진. 그래도 성재는 자신이 해야 할 말을 꺼냈다.

"저 실장님?"
"어?"
"원래 전 실장님 계실 때는 돌아가면서 식사를 준비했었습니다. 오늘은 저희 분대장이 점심 식사 당번이라서 지금 준비 다 되었습니다. 식사 드시러 오십시오."
"그래? 그럼 같이 먹어야지."
"네. 그럼 먼저 가서 기다리고 있겠습니다."
"아니야. 같이 가."
분대장인 방정준은 점심식사로 오므라이스를 준비했다.

 **recipe** 방정준이 만든 새우볶음 오므라이스 ★★★☆
파기름을 기반으로 잘게 썬 당근, 양파와 찬밥을 넣고, 간장과 후추, 소금으로 간을 맞춘 볶음밥에 계란지단을 얹었다

나쁘지 않은 수준. 성재를 포함한 후임병들이 맛있게 먹고 있는데, 조리실장은 뭐가 마음에 들지 않는지 자꾸 주변을 쳐다본다.

"이거 뭐냐?"

"네?"

"너희 식사 내놓을 때, 찬밥 재활용 하냐?"

실장의 말에 방정준이 대답했다.

"그런 건 아닙니다. 그냥 저희들끼리 먹을 때만, 남은 공깃밥으로 볶음밥 해먹기는 하는데, 손님들에게 내놓지는 않습니다."

보고해도 믿지 않는 실장. 그는 기어코 한 사람씩 캐묻는다.

"그게 사실이야? 강성재! 너부터 대답해 봐."

"분대장 말이 맞습니다. 간부님들한테 내놓을 때는 막 해놓은 밥을 내놓습니다."

"너도 그렇게 생각해?"

후임병들에게도 강압적인 얼굴로 묻는 실장.

"그렇습니다."

"맞습니다."

오후 5시. 저녁 예약 손님이 하나도 없자, 방정준은 조리실장에게 보고를 실시했다.

"조리실장님? 저희 퇴근해도 되겠습니까?"

"뭐? 손님은?"

"오늘 야근 없는 날이라서, 회관 예약이 한 건도 안 잡혀 있습니다."

"야! 분대장?"

"상병 방정준?"

"너네 일 똑바로 못했었지?"

"다시 한번 말씀해주시겠습니까?"

"전 실장이란 놈, 맨날 떵까떵까 놀기만 하고, 회관 대충대충 관리하지 않았냐고."

"아닙니다. 좋은 분이셨습니다."
"그런데 왜 이 모양이야? 왜 한 명도 안 와?!"
"아닙니다. 저희 평소에는 장사 잘 됩니다. 그래서 예약제로 운영하고 있습니다."
"잘되긴 뭐가 잘 돼! 대충대충 시간만 때우려고 하니까 발전이 없는 거야. 난 이런 꼴 못 봐. 다 대기해! 알았어?"
결국, 그 날 병력들은 오후 9시까지 회관에서 대기했다. 그러나 모든 간부가 퇴근한 야근 없는 날에, 영내 회관인 무궁화회관에는 단 한 팀도 오지 않았다.

다음날. 하필이면 그날부터 UFG(을지 프리덤 가디언) 훈련 예행연습이 CPX(지휘소 훈련)으로 시작되었다. 지휘소 훈련이기에 주요 간부들은 전부 부대에 남아, 전시 작전에 관한 것들을 미리 토의하며, 작년 훈련 간 생겼던 문제점을 보완하고, 올해 새로 도입되는 훈련과정을 미리 계획하는 과정들을 진행한다. 그래서 텅 빈 회관.
그리고 예행연습 마지막 날인 금요일.
조리실장은 손님이 없는 것을 보며, 병력들을 집합시켰다.
그 이유는 후임병이 한 점심밥이 마음에 들지 않았던 것.
"다 모였냐?"
"그렇습니다."
"내가 군인이 아니라서 만만하냐? 그래서 개기는 거야?"
"아닙니다."
"이것들이 아주! 정신들이 나갔어! 야! 방정준!"
"상병 방정준?"
"넌 인마! 분대장이란 녀석이 애들이 밥 이따위로 하는데, 가르칠 생각은 안 하고, 옆에서 웃어?"
"웃은 거 아닙니다. 후임병이 부담가질까 봐 친절하게 설명해준 겁니다."
"이 새X, 말대답하네! 앉아!"
"······."
"앉아!"
조리실장의 말에 방정준이 무릎을 구부리며 앉았다.
그러자 조리실장이 특유의 저음으로 명령했다.

"일어서."
다시 일어나는 분대장.
"앉았다 일어나기 20회 실시!"
"실시!"
분대장은 말없이 20회를 실시했다.

그러자 조리실장이 다시 한번 분위기를 깔았다.
"군무원이라고 만만하게 보지 마라. 내가 너희보다 짬밥을 먹어도 수천 번을 더 먹었으니까! 알았냐?"
"알겠습니다!"
"안 되겠어. 오늘부터 내가 너희들 직접 요리 가르쳐준다. 칼 쥐는 법부터 채소 손질하는 법까지 기초부터 가르칠 테니까! 말대답하지 말고 하나하나 따라와. 알았어?"
드디어 시작된 지옥. 별 의미 없는 교육이지만, 대꾸 없이 받아들여야 할 운명들.
"강성재!"
"상병 강성재?"
"넌 좀 잘하네. 빠져!"
"방정준!"
"상병 방정준?"
"너도 빠져!"
"나머지!"
"일병 김정민!"
"이병 최동윤!"
"이병 배일민!"
"야이 새끼들아, 왜 이렇게 못해? 호박 썬 거 봐라. 균일하게 하는 걸 못 해가지고!"
"……."
그리고 점심, 저녁도 이제부터는 실장이 직접 만들면서 가르친다.
단, 전 실장과는 다르게 매우 강압적으로.
"잘 봐! 너희들이 만든 것하고, 내가 만든 것하고 어때? 차원이 다르지?"

	**recipe** 김호진 조리실장이 만든 새우볶음 오므라이스 ★★★
	화학조미료로 간을 맞춘 새우볶음밥에 계란지단을 얹었다

성재는 요리사의 눈으로 김호진 조리실장의 요리를 보며, 고개를 저었다.

'조미료로 간을 하네. 맛은 당연히 있겠지만, 저건 정성이 없잖아.'

천편일률적인 맛. 조미료 때문일까? 달짝지근한 새우볶음밥 오므라이스를 먹자, 이마에서 땀이 줄줄 흐른다.

적은 양으로도 강한 맛을 낼 수 있는 MSG.

그래서 자극적일 수밖에 없고, 그러한 맛은 일부 사람들에게는 몸에 부담을 준다.

성재 또한 그런 편. 그래서 이마에 땀이 줄줄 흐르고.

그것을 개의치 않는 조리실장은 자신의 주장을 관철한다.

"봐! 내가 더 맛있지? 그래? 안 그래? 방정준! 네 거랑 내 것이랑 비교하니까 어때?"

"실장님 요리가 더 맛있습니다."

"이것 봐. 너도 인정하는 거지. 강성재! 넌?"

실력도 없는 사람이 억지 부리는 게 싫었던 성재.

평소라면 웃으면서 선의의 거짓말이라도 했었을 텐데. 입술을 꽉 깨물며 간신히 참아내는 분대장의 얼굴이 눈에 선하니, 그 대답을 하기가 싫었다.

성재는 자신의 의견을 조심스럽게 말했다.

"죄송합니다. 방정준 상병 요리가 더 맛있는 것 같습니다. 이건 조미료 맛 같습니다."

얼굴이 붉어진 조리실장. 그는 후임병에게 시선을 돌려 곧바로 압박했다.

"야! 김정민! 너도 그렇게 생각해?"

이런 상황에 방정준은 곤란한 표정을 지으며, 후임병들에게 실장님 편을 들라며 제스처를 취했다. 그렇지 않으면 더욱더 사태가 커질 것 같았기 때문이었다.

후임병들은 성재 대신 실장님 편을 들 수밖에 없었고.

"아닙니다. 실장님 요리가 더 맛있습니다."

"최동윤 너는?"

"저도 그렇게 생각합니다."

"배일민!"
"…실장님 요리가 더 좋았습니다."

한순간에 찍혀버린 성재는 순식간에 배신자가 되어버렸다.
"야! 강성재?"
"상병 강성재?"
"뭐냐? 다 내가 한 게 맛있다고 하잖아. 너 좋게 봤는데, 개기는 데 재주가 있다?"
"아닙니다."
"아니긴 뭘 아니야. 앉아!"
"……."
성재가 무릎에 손을 댄 채, 그 자리에서 쪼그려 앉았다.
"일어서!"
곧바로 일어서는 상병.
"20회 실시!"
그런데 여기서 끝이 아니다.
"엎드려!"
"……."
"팔굽혀펴기 20회 실시!"
체력이 좋아 얼차려를 주는데도 호흡조차 흐트러지지 않고 간단히 해내는 성재.
그것을 보니까 더욱 열불이 터지는 조리실장.
"야! 똑바로 해라?"
"알겠습니다."
"난 한 번 찍힌 놈은 가만 안 둬. 알았어?"
"조심하겠습니다."

그날 퇴근 후, 생활관에 돌아간 병사들. 방정준은 환복하고 있는 성재를 찾아왔다.
"괜찮아?"
"네. 괜찮습니다."
"미안하다."

"아닙니다. 분대장님이 미안하실 게 뭐가 있습니까?"
"내가 후임병들한테 그렇게 대답하라고 시켰어. 네 편 들면 상황이 더 악화될 것 같아서, 정말 미안하다."
"아닙니다. 신경 쓰지 마십시오. 저 정말 괜찮습니다. 분대장님은 제가 어떤 놈인지 잘 아시지 않습니까? 그거면 됐습니다."
"그래. 정말 미안해."
"에이~ 괜찮다는데도 말입니다."

다음 날 훈련 예행연습이 끝나서 그런지, 사람들이 몰려왔다.
예약 손님이 엄청나게 몰려오고, 성재는 예전처럼 주방으로 들어가 요리를 준비했다.
그런데 조리실장이 갑자기 병사들 앞에서 큰소리를 친다.
"방정준, 봤지?"
"어떤 것 말씀이십니까?"
"실장이 바뀌었다고 소문이 나니까, 사람들이 이렇게 몰려오잖아."
이번에는 어이가 없어서 대답을 못 하는 방정준.
"왜 아니야?"
분대장은 속으로 한숨을 내쉬었지만, 결국 그가 원하는 말을 해주었다.
"맞습니다. 실장님이 오셔서 손님들이 많이 오신 것 같습니다."
분대장의 말에 조리실장이 씩 웃으며 주방에 있는 병사에게 말했다.
"강성재!"
"상병 강성재?"
"너 요리하지 말고, 서빙이나 해. 방정준!"
"상병 방정준?"
"너는 나랑 요리 준비한다. 이제 우리 둘이 팀이야. 무궁화회관은 우리 둘이 지금부터 키워나가는 거다. 알았지?"

정치의 왕, 조리실장 (2)

조리실장. 그는 전형적인 외골수였다. 앞만 보고, 주변을 보지 못하는 사람. 다른 사람을 인정하지 못하고, 자신 위주로 생각하는 사람.

군대에선 처음으로 이런 유형을 만난 성재.

'하아….'

성재는 앞치마와 주방모를 벗고, 서빙하기 위한 연미복으로 갈아입었다.

"성재야. 미안."

분대장의 말에 성재가 대답했다.

"괜찮습니다. 저 서빙도 잘합니다. 걱정하지 마십시오. 많이 해봤습니다."

그때, 그의 후임병 김정민이 성재를 불렀다.

"강성재 상병님?"

"정민이. 왜? 문제 있어?"

"육군 참모차장님께서 강성재 상병님 들어오라고 하셨습니다."

육군 참모차장. 성재가 23사단에 있을 때의 군단장님.

미식가이기도 한 그는 성재를 보며 환한 미소를 지었다.

"충성! 상병 강성재! 참모차장님께 불려 왔습니다."

"그래. 옆에 앉아봐."

"네."

홀 안에는 참모차장님의 가족들이 있었다.

참모차장은 성재를 소개시켜주기 시작했다.

"당신! 내가 말했지? 칭찬했던 그 병사."

"성재는 나도 알아. 부녀회 때 지원행사 몇 번 왔었잖아. 성재야. 아줌마 기억하지?"

그녀의 질문에 성재가 대답했다.

"네. 그렇습니다."

그녀를 기억하는 이유는 간단했다. 남편과 마찬가지로 미식등급이 높았기 때문에.

그녀의 미식등급은 무려 5성 반. 성재보다 반 등급이나 높은 상태.

"오늘은 우럭 먹고 싶어서 왔는데, 괜찮지?"

"네. 어제 예약하셔서 금방 준비할 수 있습니다. 바로 준비해드리면 되겠습니까?"

성재의 말에 참모차장이 미소를 지었다.

"성재야. 그건 그거대로 준비하고, 너 나한테 해줬던 거 있지?"

"어떤 것 말씀이십니까?"

"누룽지 삼계탕. 그것도 가능하냐?"

누룽지 삼계탕. 성재가 만들었던 최초의 5성 요리.

군단장님이셨을 때, 마음을 사로잡았던 최초의 음식.

"지금 말씀이십니까?"

"응. 안되면 말고."

"재료는 있습니다."

"그럼 해줘라."

성재는 고민에 빠졌다.

주방에서 빠지라는 조리실장과 주방에서 누룽지 삼계탕을 만들어오라는 쓰리스타인 참모차장의 요구. 쓰리스타의 요구에 단번에 못한다고 말할 수도 없고. 그렇다고 할 수 있다고 대답하면, 주방에서 조리실장과 대립을 피할 수 없다.

최악과 차악. 선택의 기로에서 성재는 기지를 발휘했다.

"조리실장에게 허락 맡아야 될 것 같습니다."

"그래? 그럼 실장 불러와."

"알겠습니다."
이제 모든 것은 조리실장에게 달려 있었다.
주방. 그곳에선 우럭을 손질하던 조리실장이 어리버리한 모습을 보이고 있었다.
"어? 이게 왜 이렇게 잘리냐?"
뼈에 듬성듬성 붙어 있는 생선살. 생선 뜨는 법을 잘 모르는 실장의 어설픈 시도.
"야! 방정준?"
"상병 방정준?"
"이 멍청한 놈아. 생각이 있냐? 없냐? 미리 회 떠달라고 했어야지. 생물우럭을 그대로 사오면 어떻게 해?"
"원래 강성재 상병이 혼자 뜰 수 있기 때문에…."
"걔 얘기 하지 말랬지?"

자격증만 있을 뿐 실제 능력은 없는 조리실장.
말로는 다 잘할 수 있다지만, 실제로 잘하는 것은 노는 것과 갈구는 것뿐.
그때 성재가 주방으로 다가오자, 조리실장이 화를 냈다.
"넌 뭐야?"
"참모차장님이 실장님 오시라고 하십니다."
"참모차장님이? 왜?"
"누룽지 삼계탕 만들어오라고 하셨습니다."
"야! 여기가 삼계탕집이야? 누룽지 삼계탕을 누가 만들어? 장난해?"
"가보셔야 될 것 같습니다."
"아! 저 새끼, 서빙 하나 못 해가지고! 답답한 새끼가."
"……."
성재는 고개를 푹 숙였다. 그러자 조리실장이 도마에 칼을 꽉 찍으며, 화를 냈다.
"너! 우럭 회 뜨고 있어. 알았어? 어떻게 상병이나 되가지고 제대로 하는 게 없냐?"
조리실장은 마지막까지 성재를 실망시키며, 자리를 떴다.
그가 사라진 후, 성재는 주방으로 들어왔다.
그러자 분대장이 주먹을 꽉 쥐며 말했다.
"씨발…X같다."

"욕하시면 안 됩니다. 참으십시오."
"뭐 이런 개망나니 같은 새끼가 다 있어?"

앞치마를 다시 입고, 우럭을 손질하려는 성재.
그런데… 이미 훼손된 우럭은 아무리 봐도 살리기 힘들어 보인다.
"몇 장 뜨기 한 겁니까?"
"그런 거 모르는 것 같던데?"
"그것도 모르고, 그냥 자른 겁니까? 주문한 요리가 회 아닙니까?"
"그러니까, 실장이 자격증은 있는데 아무 것도 모르나 봐. 식당에서 일한 적도 없고."

군대에서 딴 조리자격증.
FM대로라면 산업인력공단에서 제공하는 국가시험장에서 봐야하지만 군부대는 단체로 접수하면, 군 부대 안에서 시험을 볼 수가 있다.
그렇게 되면 시험 볼 메뉴가 미리 노출되기도 한다.
태권도도 그렇고, 조리 관련 자격증도 그렇다. 특정 장이나, 특정 요리만 미리 연습하면 쉽게 합격할 수 있기 때문에, 사실상 군대에서 자격증 여러 개 따는 것은 민간인들보다 더 쉬울 수 있다.
조리실장이 여러 개의 자격증을 획득한 것이 바로 그런 케이스.
성재는 도저히 회생 불가능한 우럭을 어떻게든 살려보려고 칼로 떠보지만, 제아무리 시스템을 쓰고, 능력을 써도 중간 중간 칼이 엇나간 부분 때문에 제대로 회 모양을 잡기가 불가능했다.
울퉁불퉁. 중간에 이가 난 것 같이 배열된 우럭 회를 보며 성재는 고개를 저었다.
"아무래도 이건 테이블에 못 나갈 것 같습니다."
"우럭은 그게 끝인데?"
"우럭은 안 될 것 같다고 보고하는 게 나을 것 같습니다."
"후우… 미치겠네."

같은 시각. 참모차장을 처음 뵙는 조리실장.

"충성! 참모차장님, 이번에 새로 부임한 김호진 조리실장입니다."
"아… 그래요? 군인 출신인가? 경례가 제대로네."
"그렇습니다. 3공수부대에서 15년간 임무수행하고 부상으로 전역하려는 찰나, 하늘 같은 기회가 찾아와 조리실장으로 임무수행하게 되었습니다. 열심히 하겠습니다."
"그래. 복무자세가 참 좋네. 다름이 아니라, 누룽지 삼계탕을 해오라고 성재한테 시켰는데, 자네 허락을 맡아야 된다고 하네. 할 수 있나?"
"오늘은 재료가 없어서 불가능할 것 같고, 다음에 예약해주시면 만들어보겠습니다."
누룽지 삼계탕. 자신 없는 요리. 그렇기에 그는 재치 있게 넘어가려고 했다.
하지만 그 말이 발목을 잡을 줄이야.
"무슨 소리야? 성재가 재료 있다던데, 자네한테 허락만 맡으면 할 수 있다고 했어."
여기서 밀리면 자신이 임무수행을 똑바로 못하는 게 되어버린다. 그가 우겼다.
"아닙니다. 재료 없습니다. 병사가 잘못 안 것 같습니다."

그러나 이미 성재를 전폭적으로 신뢰하고 있는 참모차장은 불같이 화를 냈다.
"야! 조리실장!"
"상사 김호진? 아… 관등성명이 나와 버렸습니다. 죄송합니다."
쓰리스타의 호통에 깜짝 놀란 군무원.
쓰리스타면 특전사 최고계급. 특전사령관과 동급.
그래서일까? 그는 자신도 모르게 군인이었을 때처럼 관등성명을 대 버리고.
참모차장이 불같이 화를 내며, 그 남자를 나무란다.
"자네! 그 말에 책임질 수 있어?!"
"죄송합니다. 확인해보겠습니다."
"확인도 안 해보고! 당장 해서 가져와!"
"알겠습니다. 나가보겠습니다."
조리실장이 나가고, 참모차장의 아내가 입을 열었다.
"저 사람, 좀 이상하네요."
"당신은 너무 신경 쓰지 마. 오늘 같은 날 화내서 미안해."
"아니에요. 결혼기념일이 무슨 대수라고."

한편, 조리실장은 주방으로 다시 돌아오자마자 성재에게 화를 내기 시작했다.

"야! 강성재! 장난해? 누가 네 멋대로 누룽지 삼계탕 가능하다고 말했어?"

"저번에 중복 때 남은 삼계탕 재료가 있어서 가능하다고 말씀드렸습니다."

"야! 야! 누룽지 삼계탕이잖아. 참모차장님이 원하는 건 그냥 삼계탕 아니고, 누룽지라고 인마! 그게 쉽게 만들어지는 줄 알아?"

"제가 할 줄 압니다."

"이 새끼가! 말 대답하냐? 야! 이 새끼야! 나가! 나가!"

성재는 아무 말없이 조리복을 벗었다.

그리고 자리에서 나갔다.

비참하고, 억울한 상황. 하지만 여기 있어봐야 험한 꼴만 더 당할 뿐.

그의 말대로 해주는 게 지금 당장은 위기를 모면하는 길.

성재가 나가고, 조리실장이 그가 있던 자리를 바라보았다.

모양이 이상한 우럭 회가 담긴 접시.

자신이 훼손해버려 손을 쓸 수 없을 정도였지만, 그는 모든 책임을 성재에게 돌렸다.

"야! 방정준! 얘 일부러 이렇게 만들었냐? 모양이 이게 뭐야!"

"……."

방정준은 조리실장의 말에 어이가 없어 대답을 하지 않았다.

자신이 이 모든 상황을 만들어놓고서, 이걸 또 성재한테 책임을 전가하다니.

방정준은 1년 넘게 군생활을 해오며 수많은 간부들을 만나보았지만, 그의 군생활 역사상 조리실장은 사상 최악의 군무원.

그래서일까? 그가 용기를 내었다.

"실장님…이거 원래부…."

하지만 병사의 말을 끊는 실장.

"야!"

"상병 방정준?"

"쓸데없는 말 하지 말고 성재 데려와."

"알겠습니다."

다시 불려 온 성재.

좌불안석, 가시방석이 따로 없는 주방에서 조리실장의 호통이 이어졌다.

"네가 직접 들고 가. 이걸 회라고 떴어? 이딴 식으로 하니까 개욕처먹는 거 아니야?"

"실장님, 이건 아닌 것 같습니다."

"아닌 것 같습니다? 너 미쳤냐?"

"그게 아니라, 이 요리는 내놓을만한 수준이 안됩니다. 메뉴를 바꾸시는 게…."

"그건 네 사정이지. 네가 뜬 거잖아! 왜 나한테 지랄이야? 가서 아니다 싶으면 네가 직접 혼나면 되잖아. 네가 가! 가라고! 가! 가 인마!"

예전이라면 억울해서 눈물이라도 흘렸을 텐데. 성재는 성장했다.

그가 시킨 대로 우럭 회 접시를 들고 참모차장님이 있는 곳으로 향하는 발걸음.

그의 행보에는 거침이 없었다. 그걸 보며 기가 차서 말이 안 나오는 조리실장.

"저 새X 봐라. 졸라 당당하네?"

성재는 이미 예상하고 있었다. 참모차장이 절대 이 음식을 용납 못 할 거라는 것을.

그의 예상이 정확히 적중했다.

"조리실장 불러와!"

"알겠습니다."

참모차장은 이미 짐작하고 있었다. 이 우럭회가 이렇게 된 원인을.

성재가 예전에 미식회 모임에서 회 뜨는 것을 직접 눈으로 본 적이 있는 남자.

지금은 어설프고, 울퉁불퉁, 살점이 듬성듬성 붙어 있고, 양이 평소의 반도 안 된다.

그가 그대로 그걸 받을 리가 없었다.

"당신, 너무 나무라는 거 아니에요?"

"이건 계급을 떠나서, 손님에 대한 예의가 아니잖아."

"그건 그렇긴 한데…."

시간이 지나도 조리실장이 오질 않는다. 성재 또한 오질 않고.

사모님이 불안한 듯, 남편을 닦달했다.

"당신이 직접 가 봐요. 무슨 일 생긴 거 아니에요?"

"설마 그렇겠어?"

"그래도 직접 가 봐요. 무슨 일이라두 생긴 건 아닌지 불안해 죽겠어."

결혼기념일. 아내의 부탁에 참모차장이 홀에서 나왔다. 그리고 주방으로 향했다.
주방, 흰 커튼이 쳐져 있고, 그 안에서 누군가가 고함을 지르고 있었다.
참모차장은 당황했다.
'뭐야? 이 상황 뭐지?'
그때, 안쪽에서 들려오는 소리.
- 야! 너 새끼 징계해버린다! 지금이라도 말해! 참모차장님께 가서 다 제가 한 겁니다. 죄송합니다. 처벌 달게 받겠습니다, 라고 말해! 그럼 다 용서해 줄 테니까!
- 제가 무슨 잘못을 했는지 모르겠습니다.
- 뭘 몰라? 잘못했습니다! 제 실수입니다. 다시는 이러지 않겠습니다. 이게 어려워?
- 우럭회도 실장님이 잘못 손질 하신 거고, 실수도 실장님이 하신 거지 않습니까? 왜 누룽지 삼계탕 재료도 있는데, 확인 안 하고 없다고 보고하신 겁니까?
모든 정황이 자신의 추측과 맞아 들어간다. 참모차장은 도저히 듣고 있을 수 없었다.
커튼을 걷자, 보이는 세 사람. 조리실장과 방정준 상병, 그리고 강성재 상병.

순간 멈칫.
조리실장은 참모차장의 등장에 말을 잇지 못하고. 성재는 군단장으로 모셨던 분 앞에서 몹쓸 모습을 보여준 것에 대한 죄책감에 고개를 푹 숙였다.
쓰리스타의 입에서 고함이 흘러나왔다.
"조리실장! 자네! 조리실장!"

정치의 왕, 조리실장 (3)

조리실장 김호진의 얼굴이 새빨개졌다.

붉으락푸르락.

쓰리스타에게 연속으로 두 번 지적받는 날. 치욕스럽기까지 한 오늘.

그러나 그 또한 군 생활 15년 이상의 베테랑. 목소리를 가라앉히며 대답한다.

"네. 참모차장님."

"자네 뭐하는 건가?"

"저희 소속 병사가 자꾸 핑계를 대서, 지도목적상 교육하고 있었습니다."

"자네? 자네!"

"넵."

"내가 옆에서 듣고 있었다니까? 조리실장 자네 잘못을 왜 병사한테 전가해?!"

군무원인 자신이 아닌 병사 편을 들고 있는 참모차장. 도대체 왜?

그러고 보니 참모차장은 성재의 이름도 알고 있다.

'그래서 개긴 건가? 참모차장님이 빽이었던 건가? 클클. 그래서 건방진 거였구나?'

참모차장은 대답하지 않는 조리실장을 뒤로하고, 일단 성재에게 그 경위를 물었다.

"강성재! 있었던 일 말해 봐."

"……."
성재는 순간 말문이 막혔다.
당사자 앞에서 말을 하라니, 아직 마음의 준비가 덜 되었기에 생각을 정리할 시간이 필요했던 것. 그러자, 쓰리스타인 장군이 성재 옆 방정준 상병에게 질문을 돌린다.
"왜 그런 거야? 거기! 병사! 네가 말해봐!"
"조리실장이 강압적으로…."
"그래. 내가 다 책임질 테니까, 말해 봐."
"사실은…."
분대장으로부터 모든 정황을 듣게 된 참모차장. 그가 당사자를 부른다.
"조리실장?"
"넵."
"자네 뭐하는 사람이야?"
"저는 잘못한 거 없습니다."
"뭐가 없어? 병사들이 하는 말이 조금 전 있었던 상황하고 맞아떨어지잖아."
"참모차장님은 병사 말을 더 믿으십니까? 아니면 제 말을 더 믿으십니까?"
"……."

말문이 막힌 참모차장은 곧바로 계근단장에게 전화했다.
- 충성! 계근단장 배원영 준장입니다. 군단장님께서 어떤 일 때문에 그러십니까?
"너희 부대에 헌병대 있지?"
- 그렇습니다.
"수사관 불러들여!"
- 수사관, 어디로 불러들이면 되겠습니까?
"무궁화회관, 지금! 바로! 즉시!"
- 알겠습니다. 바로 조치하겠습니다.
선 조치한 참모차장에게 기분이 상한 조리실장. 저절로 흘러나오는 비열한 미소.
재빠르게 돌아가는 두뇌. 조리실장은 참모차장을 무시하고, 곧바로 자리를 떠났다.
"자네! 어디 가?! 어디 가냐고!"
참모차장의 부름에도 응하지 않는 막무가내 태도.

떠난 그를 뒤로하고, 참모차장이 성재의 어깨를 두드리며 말했다.
"수사관 오면 있는 사실 그대로만 말해야 된다. 조사과정에서 없는 말 지어내면 안 돼. 알았지?"
"네. 조치해주셔서 감사합니다."
성재를 믿어주는 장군님. 병사는 그제야 분이 풀리는 듯, 아까까지 가졌던 분노의 감정을 겨우 털어내었다.

그때, 조리실장이 자신만만한 얼굴로 다시 돌아온다. 참모차장에게 미안한 기색 하나 없이 돌아오는 군무원. 그런 녀석을 보며 참모차장이 입을 열었다.
"이번 사건은 수사해서 공정하게 처리할 거니까, 병사가 잘못한 게 있으면 잘못한 대로 처리하고, 자네가 잘못한 게 있으면, 지적받고 고칠 생각해! 알았나?"
"……."
참모차장의 말에 대답은커녕 무시로 일관하는 녀석.
'뭐야, 반항하나?!'
그때, 참모차장의 전화가 울린다. 그는 일단 전화를 받았다.
"어? 뭐야? 나 지금 바쁜데?"
- 야! 너 무궁화회관에 있냐?
"응. 어떻게 알았어?"
- 우리 조카한테 왜 그래? 너 우리 조카 호진이 갈구고 있다며!
"김호진이 네 조카야?"
- 인마, 안 그래도 그 녀석 무릎 다친 거 불쌍해서 군무원 자리 하나 만들어서 임용시켜줬는데, 부임한 지 며칠 되지도 않은 놈을 혼내고 있냐? 그러지 마라. 친구야!
"이건 봐주고 말고 할게…."
- 나중에 군수사령부 한번 놀러 와. 너! 나 군수사령관 부임했을 때 얼굴 보러오지도 않고 말이야! 동기끼리 그러는 거 아니다. 알았냐? 그럼 봐주는 거로 알고 끊는다.
"야! 정태석! 정태석!"

참모차장은 자신의 동기이자 군수사령관(★★★)의 전화를 받고 고민에 빠졌다. 일단 상황을 다시 파악하는 참모차장.

"조리실장! 너 태석이 조카야?"
"그렇습니다. 저희 삼촌이십니다."
이렇게 나오면 어쩔 수가 없다.
"너! 이번엔 봐줬다. 한 번만 더 이런 일 있으면 그냥 안 넘어가! 알았어?"
"네. 명심하겠습니다. 그럼 수고하십시오."
'뻔뻔한 새끼!'
제아무리 참모차장이 성재를 아낀다고 해도, 같은 동기와 척을 지면서까지 싸울 수는 없는 법.
그때 달려온 배원영 준장. 그는 운동복 차림으로 무궁화회관으로 들어왔다.
"충성! 차장님! 바로 달려왔습니다."
"뭐야? 네가 왜 와? 수사관은?"
"20~30분 정도 걸린다고 합니다. 저는 집이 가까워서 바로 들어왔습니다."
"됐어. 상황 종료. 배 준장!"
"네."
"성재는 부대 복귀시키고, 수사관은 오지 말라고 해."
"어떤 것 때문에…."
"더 이상 묻지 말고, 그냥 그렇게 조치해!"
"알겠습니다."

참모차장이 해줄 수 있는 최선의 조치. 갈등의 원인이 되는 간부와 떨어뜨리는 것.
사실 군무원도 직급이 있다. 공무원 직급 체계.
거기에 따라 병사와 군무원의 직급을 비교하면 군무원이 더 높다.
병사들은 등급 외.
굳이 등급을 따지라면 10급 공무원.
그러므로 9급부터 시작하는 군무원의 직급이 높은 것은 당연.
군인도 등급이 있다.
하사는 공무원 9급과 동급이며
중사, 상사, 원사는 공무원 8급과 동급이다.
장교인 준위와 소위는 7급부터 시작하며, 중위와 대위는 6급, 소령은 5급이다.

그 위 중령 4급, 대령 3급, 준장은 공무원 2급과 동급이지만, 사실상 그렇게 따지게 되는 경우는 없다.
군인은 특수성에 의해. 공무원과 같이 근무하는 경우가 드물기 때문이다.
문제는 조리실장이 성재를 비롯한 요리병들에게 지시를 할 권한이 있다는 점.
자세히 파고들면 모르겠지만, 어설프게 문제 삼아봐야 자신만 우스운 꼴 나기 십상인 걸 참모차장이 모를 리가 없고.
그래서 그의 조치는 너무나 간단했다.

'둘 사이를 격리시켜 더 이상의 피해를 막는 것.'
그때 사모님이 나오고.
"여보, 무슨 일 있어요?"
"아니야. 오늘은 여기서 먹기 힘들 것 같네. 대전으로 갑시다."
"…그래요."
참모차장은 자리를 떴다.
조리실장은 자신의 직속상관인 계근단장을 보며 인사를 했다.
"오셨습니까?"
"무슨 일이죠? 참모차장님이 왜?"
"아, 저희 병사가 말을 안 들어서, 그것 때문에 조치하고 있었는데 참모차장님이 오해하신 모양입니다. 다 제 잘못입니다."
배원영 준장은 성재를 바라보았다.
저 녀석이 잘못을 할 리는 없다. 하지만 참모차장님이 종료시킨 일을 자신이 파헤쳐봐야 좋을 일도 없다. 이미 전화 받은 것도 있고.
"조리실장, 뭐 할 말 있어요?"
"네. 그 병사하고 의견 충돌이 있었습니다. 죄송합니다. 이런 일 없도록 하겠습니다."
배원영은 그의 말을 듣고 고개를 저었다.
'진짜 이렇게 안 봤는데 뻔뻔하네.'
하지만 곧바로 무표정한 얼굴로 표정을 바꾸며 대화하는 단장.
"무슨 일인지 모르지만, 조리실장은 오늘 회관에서 있었던 일 잘 처리하고, 월요일에 나한테 따로 보고하도록 해요."

"알겠습니다. 그렇게 조치하겠습니다."
"그래. 강성재!"
"상병 강성재?"
"넌 따라와."

배원영 단장의 차에 올라타는 성재. 그제야 배원영이 입을 열었다.
"어떻게 하냐?"
"잘 못 들었습니다?"
"조리실장 파워가 장난이 아니네. 군수사령관님한테 전화 왔었다."
"그렇습니까?"
이미 그의 뒷배경이 누군지 아는 성재와 단장. 단장이 먼저 입을 열었다.
"어떻게 할래? 다른 보직 보내줄까?"
"좀 더 생각해보고 결정하고 싶습니다."
"그래. 일단 며칠간은 출근하지 말고 쉬어."
"알겠습니다."

그날 저녁. 모든 장사가 끝나고.
조리실장은 나머지 4명의 요리병들을 두고 교육을 실시했다.
"야! 방정준!"
"상병 방정준?"
"너 참모차장님한테 뭐라고 보고했어? 뭐? 내가 잘못을 해?"
"……."
"앉았다 일어나기 20회 실시!"
얼차려를 받는 분대장.
"5회 반복! 실시!"
정당한 명령. 땀을 줄줄 흘리는 분대장.
"너도 내가 만만해 보였지?"
"아닙니다."

"아니긴 뭐가 아니야! 난 너희들 앞에서 재밌으라고 장난도 쳐주고, 좋은 검사도 받게 해주고, 밥도 해주잖아. 그런데 넌 배신을 해? 단장이 나 건들 수 있을 것 같아? 아까 봤지? 참모차장도 나 못 건드려. 다시는 나 화나게 하지 마라. 알았냐?"
"알겠습니다↘."
"알겠습니다↘아?"
"알겠습니다↗!"

분대장이 막사로 돌아왔다.
활동복을 입고, TV를 보고 있던 성재는 그를 보며 인사를 건넸다.
"다녀오셨습니까?"
"어…흑…이…씨발…."
그런데 갑자기 분대장이 눈물을 흘린다.
"괜찮으십니까?"
"나…졸라 힘들다. 성재야. 죽을 것 같다. 존나 억울해."
"저 때문에 죄송합니다."
"아니야. 너 때문은 아닌데, 왜 우리 병사들은 이런 꼴을 당해야 돼?"
"……."

화장실에 붙어 있는 국방헬프콜. 국번 없이 1303.
분대장이 공중전화에서 전화를 걸었다.
- 네. 국방헬프콜 담당 윤미경 상담원입니다. 말씀하세요.
"……."
- 여보세요? 들리나요? 여보세요?
"……."
그러나 다시 끊는 방정준.
그는 결국 마지막까지 용기를 내지 못했다.

다음 날인 일요일. 성재를 제외한 4명이 출근했다.
무궁화회관에 있던 조리실장은 육군 참모총장에게 불려 왔다.

"조리실장! 이 요리 뭐야! 프랑스 코스요리 예약했잖아. 어? 강성재 어디 있어? 성재 어디 있냐고?"

"죄송합니다."

"자네! 생각이 있는 거야? 없는 거야! 내가 미리 이틀 전에 예약을 했잖아. 걔가 만든 음식이 먹고 싶다고! 그래서 가족끼리 다 내려온 거잖아! 없으면 없다고 미리 말을 했어야지. 너 이걸 나보고 먹으라는 거야?"

"정말 죄송합니다. 다시는 이런 일 없도록 하겠습니다."

그런데 이번에는 사모님 파워도 장난이 아니다.

"조리실장, 첫인상부터 실망시키시네요."

"……."

"그렇게 해서, 조리실장 계속할 수 있겠어요?"

"죄송합니다. 정말 죄송합니다."

"성재 불러와요."

"오늘 출근 안 했습니다."

"안 되겠네. 당신!"

그녀의 부름에 총장이 반응했다.

"어?"

"오늘 나 여기서 못 먹어."

그러자 저절로 떨어지는 조리실장의 고개.

"이 요리 봐. 수준 떨어지잖아. 수프는 간도 안 맞고, 관자요리는 다 익지도 않은 거 그대로 가져왔잖아."

그래서일까? 참모총장이 화를 내기 시작했다.

"자네! 이러면 곤란해. 어? 첫 실수니까 봐주는데, 진짜 곤란해 질 거야. 알았어?"

"네. 죄송합니다."

참모차장과 달리 육군 참모총장에겐 함부로 말할 수 없다.

그의 삼촌인 군수사령관도 어찌 할 수 없는 분. 그래서일까? 그는 병사를 소집했다.

"프랑스 코스요리는 뭐야?! 양식 자격증 있는 놈 누구야?"

"양식 조리기능사는 실장님 밖에 없습니다."

"그런데 프랑스 코스요리를 왜 해?! 그 메뉴가 왜 있어?"
"강성재 상병이 아르바이트 하면서 배운 요리라고 들었습니다. 수준이 꽤 높아서 간부님들이 좋아하십니다."
"진짜야?! 걔가 프랑스 요리를 할 줄 알아?"
"그렇습니다."
"괜찮아. 방정준! 난 너 믿는다. 알았어? 실장은 네 요리실력 믿고, 당당하게 나갈 거야. 흐트러지지 마. 버텨! 배워서 하는 거야! 알았어?"
"……."
"대답해!"
그의 고함.
"…알겠습니다!"
악이 찬 대답.
그런데 용기와 의지로도 안 되는 게 있다.

한 시간 후. 후임병 하나가 쪼르르 달려왔다.
"실장님?"
"뭐야?"
"공군 참모총장님이 부르십니다."
"뭐? 공군 총장님이?"
"그렇습니다. 실장님 바로 건물 밖으로 오시랍니다."
공군 참모총장은 건물 밖에서 홀로 담배를 태우고 있었다.
공중으로 올라가는 담배 연기.
"부르셨습니까?"
"자넨 생각이 있는 건가? 없는 건가?"
"죄송합니다."
"중화요리 코스 준비하라고 했지? 우리 손님들한테 이곳이 가장 맛있다고, 일부러 계룡대 출입승인까지 해서 들어왔는데, 뭐? 짜장면밖에 안 돼? 이 미친 새끼가!"
공군 참모총장은 과격한 성격을 드러냈다. 조인트까지 까는 총장.
그의 구둣발에 끼인 조리실장이 무릎이 저절로 굽혀진다.

"이것 하나 제대로 못해가지고! 내가 짜장면 먹으러 여기 왔냐?!"
"……."
할 줄 아는 중화요리가 짜장면밖에 없었던 조리실장의 실력.
그것조차도 특이할 것 없는 평범한 짜장면이다.

공군 총장님이 가족들과 함께 무궁화회관을 빠져나갔다. 총장님의 가족들조차 조리실장에게 싸늘한 눈길로 일관한 채, 차에 탑승한다.
운전병이 평소 친근하기 그지없는 공군 총장님을 향해 입을 열었다.
"어디로 모시면 되겠습니까?"
"논산 3대 짬뽕집으로 가자."
"총장님? 그곳보다 여기가 더 맛있다고 하시지 않았습니까?"
"운전이나 해!"
"…알겠습니다."
조리실장은 군무원 임용 후 처음으로 폭력을 경험해보았다.
특전사 선임들에게 수도 없이 맞아봤지만, 오늘같이 굴욕적인 적은 처음.
공군 총장님이 떠난 홀. 자신이 만든 짜장면이 홀 위에 엎질러져 있다.
'자존심… 상해.'
그런데 병사 하나가 또 쪼르르 달려 나왔다.
"실장님?"
"다음에 말하면 안 될까?"
"급한 일입니다. 해군 총장님, 지금 바로 오신답니다."

정치의 왕, 조리실장 (4)

해군 총장이 모시고 온 손님은 바로 계룡시장.
"시장님, 들어오시지요."
홀 안으로 들어오는 시청 관계자들. 그들은 내부 장식을 보며 환한 미소를 보인다.
"정말 좋네요. 계룡대가 이렇게 넓은 줄은 상상도 못 했습니다. 극장형 강당에 회관까지, 저희 시청보다 시설이 훨씬 좋은 것 같습니다."
"그렇습니까? 하하, 계룡시장님께서 그렇게 말씀하시니, 드릴 말씀이 없네요."
"총장님! 이번에 대전에서 통합방위훈련 하지 않습니까? 그때 장관님께서 오신다고요?"
"그렇습니다. 저희 국방부장관님하고, 국토교통부 장관님도 같이 오실 예정입니다."
"그렇군요. 저도 한 자리만 마련해주시면 정말 감사하겠습니다."

해군 총장과 계룡 시장의 친선 자리.
"당연히 그래야죠. 잠시만요. 병사야! 성재 들어오라고 해라."
서빙 온 병사에게 익숙한 이름을 부르는 해군 총장님.
그러나 없는 사람이 부른다고 나타날 리가 없다. 병사가 바로 사실을 보고했다.
"지금 강성재 상병은 없습니다."
그러자 화를 내는 총장님.

"없어?! 왜? 예약했잖아!"
그리고 넉살 좋은 남성이 머리를 숙이며 들어온다.
"자네는 뭐야?"
"새로 온 조리실장 김호진입니다. 총장님."
"그래? 오늘 계룡시장님하고 같이 온다고 미리 예약하지 않았나?"
"네. 프랑스 코스요리 주문하셨었습니다. 차질이 생겨 죄송합니다. 프랑스 코스요리 대신 한정식 코스로 내놓아도 되겠습니까?"
"조… 리실장. 너 손님 앞에서 그걸 말이라고 하냐? 내가 프랑스 요리라고 했잖아!"
"정말 죄송합니다. 처음이라 경황이 없었습니다."

해군 총장이 화를 내자, 을 입장인 계룡시장이 옆에서 그를 말렸다.
"꼭 프랑스 요리 아니어도 괜찮습니다. 한정식도 좋아요. 과장들! 계장들! 다들 괜찮지?"
"네. 시장님! 저희 한정식도 좋습니다. 한정식도 괜찮습니다."
그 상황에 민망한 해군 총장.
"정말 미안합니다. 저도 모르게 화를 내게 되었군요. 제가 꼭 프랑스 요리를 고집하기보다는 저희 병사 중에 진짜 잘하는 애가 있거든요. 우리 시장님께 꼭 소개해드리고 싶었는데, 오늘 일진이 사납네요."
"정말 괜찮습니다. 한정식 코스! 그걸로 갖다 주시죠."
계룡시장의 말에 기회주의자인 조리실장은 바로 고개를 숙이며 대답했다.
"네! 한정식 코스, 바로 내놓겠습니다."
해군 총장이 혀를 쯧쯧 차지만, 일단은 한숨 넘긴 조리실장. 바로 주방으로 향했다.

"한정식 코스 어떻게 됐어? 지금 되어가고 있어?"
"그렇습니다. 지금 바로 세팅 시키겠습니다."
"그래. 잘했어. 이렇게 위기 넘기면 되는 거야. 그 정자만 많은 새끼 없다고 일이 안 되겠냐? 그래? 안 그래?"
우문현답. 방정준은 고개를 숙이며, 일단은 요리에 집중했다.
"열심히 하겠습니다."
그러나 문제가 있었다. 한정식 코스는 일단 요리 종류가 너무나 다양하다. 밑반찬도 하나가 아니다. 그걸 준비하는 사람은 본래 성재와 방정준 두 사람이었다.

그런데 성재가 빠지니 속도가 엄청나게 늦어진다. 마음이 조급해진 실장은 곧바로 화를 내고.

"야! 빨리빨리 안 해?"

"하고 있습니다!"

"인마! 총장님이잖아! 더 빨리 움직여! 움직이라고!"

재촉하는 실장의 말에 당황하는 분대장. 요리가 빨리 움직인다고 해서 빨리 만들어지는 게 아닌데, 옆에서 조리실장이 닥달만 하자, 잔실수가 많아진다.

일단 푹 고아야 되는 호박죽부터. 실장이 그릇에 담으며 다급하게 병사들에게 말했다.

"이거 서빙해! 알았어?"

"알겠습니다."

"아, 진짜 똑바로 되는 게 하나도 없냐! 어?"

불평불만만 터트리는 조리실장의 말에 방정준은 고개를 저으며, 결심을 굳혔다.

호박죽을 내놓는 병사들. 비록 계획과는 다른 요리를 내놓게 되었지만, 죽을 내오는 병사를 보며, 해군 총장이 자신의 최소 기준과 타협했다.

'그래. 이건 자신 있다, 이거지?!'

그런데 호박죽이 다 익지 않았다.

계룡시장이 먼저 입을 열고.

"헛… 총장님! 이거 딱딱한데요?"

계룡시의 계장과 과장들이 차례대로 고개를 끄덕이며 말했다.

"그러네요. 그리고 설탕 너무 많이 넣었네요. 달아. 너무 달아요."

"김 계장 것도 그래? 어쩐지 나만 입맛이 이상 있나 했지."

시청 관계자들의 말에 총장의 얼굴이 백지장처럼 변했다. 그건 병사도 마찬가지였다.

그래도 해군 총장은 참았다.

"이거 죄송하게 됐습니다. 뭔가 착오가 있었던 것 같군요. 병사야! 메인 요리부터 순서대로 가져와. 알겠니?"

그런데 다음 요리도, 다음 요리도 퀄리티가 너무나 떨어진다.

전국구 맛집 수준이었던 무궁화회관. 그 영광이 나락으로 떨어지는 것은 한순간.

이곳에서 성재를 제외한 병사들의 기본 음식 수준은 3성 반.
그리고 지금 조리실장의 요리 수준은 2성 반에서 3성.
해군 총장은 물론이고, 시장과 시청 직원들이 이런 요리에 만족할 리가 없다.
그들은 지역유지(토호세력). 계룡시에서 가장 잘 사는 부류. 한 끼에 2만 원에서 3만 원도 거뜬히 내는 사람들인데, 분식집 수준의 요리가 나오니 만족할 리가 없다.
이 정도면, 한정식이 아니라 분식집 코스요리라고 불러도 나쁘지 않을 정도.
을 입장임에도 계룡시장은 먼저 수저를 놓았다. 그리고 말했다.
"총장님, 제가 좋은 데로 모시겠습니다. 다른 곳으로 가시죠."
백지장 같던 얼굴이 순식간에 붉어지는 해군 참모총장. 그는 고개를 숙이며, 사과했다.
"미안합니다. 정말 미안합니다."
"아닙니다. 병사들이 그럴 수도 있죠. 일어나시죠. 총장님!"
"그러시죠. 전 잠깐 화장실 좀 들렀다 오겠습니다."
"네. 저희는 먼저 차량에 탑승해있겠습니다."
참모총장은 시장과 시청 관계자가 나가자, 곧바로 원흉을 찾았다.
'이… 씨… 빨! 빨갱이 같은 새끼가….'
그러나 이미 모습을 감추고, 얼굴도 안 보이는 조리실장.
주방에서 해군 총장이 소리 질렀다.
"야!"
"상병… 방정준?"
"조리실장 어디 있어? 그 개XX. 어디 갔어?"
방정준은 총장의 질문에 머뭇거리지 않았다. 그대로 사실을 고했다.
"지금 창고에 숨어 있습니다."
"숨어? 숨는다고 했어?"
"네. 총장님이 여쭈어봐도 말하지 말라고 그랬습니다."
"이 새끼가! 아주 죽으려고 환장을 했구나! 어?!"
그때… 계룡시장이 다시 들어왔다.
"총장님? 가시죠! 저희 기다리고 있습니다."
"아~ 네. 가야죠. 네. 지금 나갑니다."
계룡시장의 말에 같이 나가려던 해군 총장이 방정준을 향해 몸을 돌려 말을 꺼냈다.

"병사야. 그 새끼, 17시까지 성우마을로 올라오라고 해. 알았어? 똑바로 전해! 우리 집 마당으로 기어 올라오라고!"
"상병 방정준! 알겠습니다. 충성!"
"그래. 필승!"

해군 총장님이 떠나갔다. 초토화된 무궁화회관.
방정준은 아무도 없는 공간에서 앞치마를 벗었다. 그리고 무궁화회관을 떠났다. 그걸 보며 놀라서 따라 나오는 후임병들.
"분대장님! 분대장님! 어디 가십니까?"
"찾지 마. 나 찾지 마! 이… 씨발… 따라오지 마!"
"분대장님! 분대장님!"
숨어 있던 창고에서 나온 실장은 일단 상황을 파악하려는데, 병사들이 보이질 않는다. 먼저 해야 될 일은? 해군 총장님이 계셨던 홀을 살피고, 이상 없음을 확인한 그는 바로 다른 장소를 살핀다.
'후우, 가셨나?'
그는 안도의 한숨을 내쉬었다.
그때, 그의 시야에 막내 병사가 보인다. 그래서 물었다.
"총장님 가셨냐?"
"네. 나가셨습니다."
"그런데? 나머지 애들은 어디 갔냐?"
"방정준 상병이 울면서 뛰쳐나가서, 선임들이 쫓아갔습니다."
"뭐?!"
뛰쳐나간다? 그건 탈영. 그렇게 되면 자신의 신상에도 문제가 생기게 된다.
"이 새끼야! 너도 찾으러 갔어야지! 잡아왔어야지!"
"선임들이 전 남아 있으라고 했습니다."
그야말로 총체적 난국. 어떻게 해야 될지 모르는 조리실장은 소리를 내질렀다.
"씨발… 씨발! 씨발!"

같은 시각. 성재는 행복한 시간을 지내고 있었다. 수영장. 자신과 친한 당번병들과 함께 수영장에서 여유를 즐긴다. 이제는 자유형은 물론 접영까지 가능한 성재.
그를 보며, 모델 출신이라 늘씬한 몸매를 소유한 최용균 병장이 감탄하며 말했다.
"오! 강성재~! 이제 수영 좀 한다?"
"네. 해군 총장님한테 배웠습니다."
"클클, 그 전설! 이미 전 부대에 소문 다 났어. X발X끼. 넌 진짜 미친놈이다! 그건 그렇고, 어제는 무궁화회관에서 잘렸다며? 사실이냐?"
모델 출신 최용균 병장의 말에 성재가 미소를 지었다.
"저 잘린 것! 벌써 소문 다 났습니까?"
"그래. 다 났지. 인마. 어제 정준이는 왜 공중전화에서 울고 지랄이냐? 혼자 아주 신파극을 찍던데…."
"요즘 힘들 겁니다. 이번에 새로 온 조리실장 행동이 조금 이상합니다. 그래서 아마 더 힘들지 않겠습니까?"
"그러냐? 간부 잘못 만나면 힘들지. 나는 그래도 요즘 단장님 새로 모시면서 좋은데, 워낙 스마트하셔서 일도 수월하게 잘하시는 것 같고, 매너도 좋으시고."
"그럴 겁니다. 저도 배원영 단장님 좋아합니다."
"그래? 그럼 나 휴가 좀 보내달라고 말해줄 수 있나?"
"정말 제가 대신 말해드립니까?"
"아니 됐어. 그건 모양 좀 빠지네."
"농담은 됐고, 영화 보러 갈까?"
"좋지 말입니다?"
"그래. 환복하고 바로 가자."
여유롭게 시간을 보내고 있는 성재. 반면, 자리를 이탈한 방정준을 잡아온 조리실장은 미친 듯이 화를 내기 시작했다.
"야! 이 XX놈아! 어디 도망가? 징계 받을래? 군 생활 끝내고 싶어? 전방 보내줄까?"
그러나 더 이상 물러날 곳이 없던 분대장.
"네. 징계받겠습니다. 전방 보내주십시오."
"이게! 미쳤나! 너 징계하면 일은 누가 해? 요리는 누가 해!"
"실장님이 하시면 되지 않습니까?"

"야! XX놈아, 네가 요리병이면 요리를 해야 될 거 아니야! 뭐 이런 새끼가 다 있어! 엎드려! 엎드려!"

그런데 전화가 온다. 방정준은 실장의 말을 무시하고 받았다.

"통신보안, 무궁화회관 상병 방정준입니다."

- 조리실장 바꿔!

조리실장은 해군 총장님에게 전화를 받고, 고개를 저었다.

"이건 뭐야? 나보고 성우마을로 오라고 하셨어? 왜 말 안했어? 왜 안했어! 왜 안했냐고!"

"저 그만두겠습니다."

"이 자식이! 너 절대 그만 못 둬. 알았어? 갔다 와서 보자. 여기 다 정리하고, 너희들 정신교육 한다. 알았어? 대답해! 대답하라고!"

그의 강요에 방정준을 제외한 후임병들이 다 같이 대답했다.

"알겠습니다!"

분대장인 방정준은 옷을 집어 던지고, 후임병에게 맡겼다. 걱정스러운 후임병들.

"분대장님…."

"놔둬. 나 진짜 안 할 거야."

"가시면 저희는 어떻게 합니까?"

"너희들 알아서 해. 난 내 갈 길 간다. 징계받고 차라리 전방 간다. 알았어?"

그때, 조리실장이 벗어둔 외투에서 보이는 지갑.

지갑 안에 끼어 있는 3개의 자격증. 한식, 양식, 중식. 문득 든 생각.

'3개나 있으면서 왜 자기가 요리를 못 하는 건데?'

그래서 곧바로 받아 적었다. 성명, 생년월일, 자격증번호, 발급연월일.

'설마… 아니겠지. 아무리 쓰레기라도 이건 아니겠지?'

그런데… 아무리 생각해도… 실장이란 사람이 자격증을 3개나 가지고 있는 게 이상하다. 조미료로 맛을 내는 사람이 자격증을 가지고 있다고? 기본 육수도 못 끓이는 사람이?

그래서 올라간 2층 문구점.

"어? 무슨 일 있어?"

"잠깐 인터넷 좀 해봐도 될까요?"

"그래. 써. 이상한 사이트는 들어가지 말고,"

"알겠습니다."
그리고 불과 1분 만에 나오는 결과는?
충격. 그 자체.

본 자격증은 진위 확인이 되지 않습니다. 다시 한번 입력해주십시오.

그걸 보며 방정준은 결심했다.
'보고하면 묻힐 게 분명해. 터트리자! 터트리자!'
순식간에 접속하는 국민신문고.
그런데 이러한 유형은 국민권익위원회로 신고하라고 적혀 있다.
사람은 위기에 몰리면 두뇌 회전이 빨라진다.
그건 실장만 그런 게 아니었다. 방정준 또한 마찬가지.
"저, 누나?"
"응?"
"컴퓨터 5분만 더 쓸게요."
"그래. 마음껏 써."

〈부패행위·채용비리신고란〉
본인 확인을 위해 (실명확인)을 진행해주세요.
신고자 : 방정준
혐의 대상자 : 계룡대 무궁화회관 조리실장 김호진
혐의 내용 : 자격증 위조, 부정 임용
해당 내용은 1주일 이내 처리될 예정입니다. 조사과정에서 신고자 신분 공개를 동의하십니까?
[아니요]
접수가 완료되었습니다.

방정준은 결국 저질렀다.
'그래. 차라리 잘 됐어. 차라리 잘 된 거야.'

용서해줘. 정말 미안해! 미안하다

해군 총장 관사. 그곳에서 벌어지는 참극. 총장의 고함.

"너 뭐하는 놈이야!"

"……."

"너 때문에 내가 시 관계자들 앞에서 망신을 당해야 돼?! 내가 그것들 앞에서 망신을 당해야 하냐고!"

"……."

군대에서는 자체적으로 생각해놓은 급이 있다. 상비사단이냐, 동원사단이냐, 향토사단이냐에 따라 다른데. 후방인 향토사단, 동원사단의 경우 시장은 대령급 지휘관이 상대하고, 경기도와 강원도는 사단장이나 여단장급 지휘관이 상대하는 게 일반적이다. 그래서 계룡시장도 자신에게 존댓말을 꼬박꼬박 하며, 청탁을 하던 것이고. 자신은 그러한 장단에 놀아주며, 발전된 군의 위상과 호텔에서나 맛볼 수 있는 요리를 보여주어 분위기를 잡아보려 했던 것인데. 오히려 그들 앞에서 개망신을 당했으니, 당연히 화가 날 수밖에.

"죄송합니다."

조리실장이 드디어 고개를 숙였다. 자존심을 굽힌 것이다.

그것도 8급 조리 군무원이….

"자네! 이 일이 어렵나? 간단하잖나. 성재. 성재. 걔만 있으면 되는 건데, 이 중요한 날! 병력 한 명 제대로 관리를 못 해서 이 꼴을 만들어? 너 군 생활 한 놈 맞아?"
조리실장의 깨달음. 강성재의 중요성.
그제야 무궁화회관이 어떻게 돌아가는지 알아차린 된 김호진.
땅을 치고 후회해봐야 늦어버리고, 이미 자신은 육해군 총장님들께 찍혀버린 상황.
'소문하고 틀리잖아!'
그가 이렇게 생각하는 이유는?
무궁화회관은 조리실장이 무능력하고, 대충대충 하는 탓에 간부들이 외면하는 곳이라고 들었다. 그런 곳이라면 요리를 못 하더라도, 전임자가 저지른 과오(?)가 있기 때문에 크게 욕먹지 않을 것이고, 조금만 잘하면 별것도 아닌 것도 대단한 성과로 보일 수 있다고 생각했기 때문이었다.
그것뿐만이 아니다. 대도시와 가깝고, 근무여건도 좋으며, 군 생활에 대한 15년간의 호봉을 100% 그대로 반영해주는 신의 직장이기도 하다.
시작부터 15호봉을 그대로 쳐주니, 연봉도 4천.
그래서 선택했다.
그런데… 그런데?

'내 판단 실수였어. 이렇게 인정받고 있었다고?'
또 하나의 실수. 자격증 개수와 경력만 보고 사람을 판단한 것.
그가 붙잡아야 될 병사는 분대장인 방정준이라고 생각했다.
그리고 열어본 노란색 생활지도 기록부.
관심병사로 여전히 쓰여 있는 성재의 신병면담기록.
불행히도 다른 병사와 다르게, 성재의 생활지도 기록부는 훈련병 시절 그대로였다.
그 이유는 간단했다. 육군에서는 생활지도 기록부에 쓰지 않고, 연대통합행정업무 프로그램 내 전산입력으로 대체하기 때문이다.
반면, 국방부 소속은 그렇게 하지 않는다. 철저하게 생활지도 기록부만 활용한다.
그래서 펼쳐본 상담기록.
처음에는 그래도 잘 해주려 했었다. 싹싹했으니까.
그런데 반항을 하기 시작하고, 자신의 말에 대들기 시작한다.

결국 이렇게 생각했다.

'얘는 싹수가 원래 없던 녀석이라고!'

그래서 철저히 업무에서 배제.
그런데 뭐? 걔가 에이스라고? 녀석이 요리실력으로 가장 인정받는 녀석이었다고?
그때, 해군 총장이 누군가에게 전화를 걸었다.
전화통화가 끝나고, 총장은 모든 상황을 파악하고, 실장에게 윽박질렀다.
"자네! 조리실장! 검색창에 강성재 쳐봐! 걔가 얼마나 유명한지! 이 멍청한 새X가, 하늘같이 떠받들어줘도 걔 마음을 사로잡을까 말까인데! 애가 얼마나 충격을 받았기에 다른 부대 가고 싶다는 이야기가 나와?"
해군 총장의 말에 고개를 숙이는 조리실장.
'뭐야? 누구한테 전화하신 거야?'
통화대상자는 계근단장이었다.
"너희 단장이 말하더라. 네가 억지 써서 사람 병신 만들었다고. 특전사는 다 그러냐? 해군 UDT는 안 그래. 인마! 생각 제대로 해! 알았어?"
"죄송합니다. 다음부터는 이런 일 없도록 하겠습니다."
"다다음주부터 UFG훈련이니까, 성재 잘 설득해서 회관으로 데려와."

돌아오는 길. 그는 화가 치밀었다. 이제 와서 성재를 설득하라고?
자신의 자존심을 구기기도 뭐했다.
'그래. 나 특전사야. 내가 왜? 왜 병사한테 고개를 숙여?'
데려오지 않으면 답이 안 나오고. 그래서 결심했다.
'그래. 분대장 시키자. 그럼 되지.'
돌아온 그의 눈에 잡힌 일터. 깔끔하게 정리를 끝낸 요리병들이 그를 기다리고 있다.
그가 분대장을 불렀다.
"야! 방정준!"
그런데 녀석 또한 반항한다.
"……"

"뭐야! 대답 안 해?"
"상병 방정준…."
"성재 데려와. 설득해서 내일은 꼭 데려와! 알았어?!"
"……."
"왜 대답이 없어?"

그의 강압적인 말투에 방정준이 생각했다.
'아! 터트려 버릴까? '조리실장님, 그 자격증 가짜 아닙니까?' 이렇게 말하면 끝나는 거 아니야? 이 새X가 자기 주제를 모르네.'
그런데 후임병들이 불안한지, 자신의 분대장을 감싸며 실장에게 말했다.
"실장님, 저희가 데려오겠습니다."
"그래! 그렇게 해. 방정준! 너! 똑바로 해라!"
조리실장의 눈빛. 하루 전까지만 해도 최고의 카드였던 방정준이 지금은 버리는 패.
그에 비해, 어제까지 최악의 패라고 생각했던 강성재는 최상의 카드가 되어버렸다.
그에 따라 달라지는 태도. 방정준은 후임병과 막사로 향했다.
'그래. 1주일만 참자. 네가 원하는 모습으로 연기해 줄게.'
그의 결심, 판단. 그것이 어떻게 다가올지, 주변에서는 아무도 몰랐다.

그날 저녁. 방정준은 성재를 설득했다.
"성재야. 너 진짜 안 갈 거야?"
"죄송합니다. 저 며칠만 더 쉬면서 생각해보겠습니다. 그리고 단장님 당번병으로 다시 갈지도 모르겠습니다. 그쪽 선임들이 저 다시 와도 된답니다."
"안 돼. 그럼 나는? 후임들은?"
"죄송합니다."
"성재야. 나 살려줘라. 이대로는 하루도 못 버텨."
"방정준 상병님…."
"이렇게 부탁할게. 우리 잘 해보자."

다음 날 설득당한 성재가 출근하자, 무궁화회관은 언제 그랬냐는 듯 정상으로 돌아갔다.

"분대장님? 채소 손질 좀 부탁드리겠습니다."

"그래. 손질은 내가 할게."

조리실장 없어도 병사들끼리 잘 돌아가는 회관.

실장은 성재가 만드는 프랑스 코스요리를 보며 기가 막혔다.

'우와! 미쳤네. 내가 이걸 몰랐다고?'

호텔에서나 나올 법한 요리가 자신의 눈앞에서 직접 펼쳐지니 황당할 따름.

그런데 그게 끝이 아니다.

투퉁. 탁! 투퉁. 탁! 그의 손에 의해 탄생하는 수타면.

생전 처음 보는 아몬드 탕수육에, 참모차장이 찾았던 누룽지 삼계탕까지.

한식, 중식은 물론 프랑스 요리까지 자유자재.

'내가 저런 녀석을 몰라봤단 말이야?'

조리실장은 인터넷 검색창에서 검색어를 넣어 찾아봤다.

'군인 강성재', 검색 결과 7,151건

그는 이미 지역 유명인사. 군대 안에서는 그냥 상병 중 하나일지 모르지만, 강원도 삼척에서는 이미 지역 상권을 다 망하게 만들어버린 장본인 중 하나.

녀석 덕분일까? 각 군 총장님들이 그를 칭찬하기 시작한다.

"그래. 내가 원한 게 이거였어. 김호진!"

"이대로만 해!"

총장님들이 좋아해 주시자, 조리실장은 드디어 마음을 놓았다.

그런데 한편으로는 불안하다.

'쟤가 왜 아무 말이 없지?'

성재는 조리실장에게 형식적으로 대했다. 충성심 따위는 없어진 지 오래.

"강성재!"

"　　."

"너! 나 싫어?"

"……."

"왜 대답을 안 해?"

"제 생각, 알고 계실 것 같습니다."

"그래. 알았다. 됐다. 일이나 하자."

까칠한 녀석. 다루기 힘든 타입. 한번 틀어지면, 예전 사이로 돌아오기 힘든 부류. 김호진은 생각했다.

'쟤는 나랑 같은 부류야. 좋은 건 좋고, 한번 싫으면 끝까지 싫다. 이건가?'

그래. 이것도 나쁘진 않다.

'내 판단 착오에 대한 대가라고 생각하자. 앞으로 조심하면 되니까. 이렇게만 하자.'

그런데 그가 생각했던 판단이 전화 한 통으로 무너졌다.

따르르릉!

"네. 삼촌! 사령관님이시면 많이 바쁘시지 않으세요? 일부러 전화까지 다 주시고~."

- 야! 호진아! 너 어떻게 된 거야?

"네?"

- 너, 자격증 가짜였어?

"어디서 들으셨어요?"

- 이 쒸X 새X. 그게 진짜야? 자격증을 가짜로 만들어서 군무원으로 들어왔어?!

"삼촌, 일단은 진정하시고…."

- 너! 인마! 나 죽는 꼴 보고 싶어서 그래?

"아직 안 들켰으니까 괜찮아요. 전산도 제가 직접 입력해서, 걸릴 일 없고요."

- 걸릴 일이 없기는! 민원 올라왔다. 1주일 내로 답변해야 되는데 걸릴 일이 없다고?

김호진이 충격을 먹었다.

'뭐? 민원? 내 자격증 번호를 조회한 건가?'

머리를 굴리는 김호진. 그런데 방법이 떠오르질 않는다. 젠장…. 젠장할! 젠장할!

"삼촌… 민원 누가 썼는데요?"

- 신원 비공개로 올려서 알 수가 있어야지!

"그럼 시간만이라도 알려주세요. 언제, 몇 시에 올린 민원인가요?"

- 잠깐만! 어제. 어제 17시네! 짐작 가는 사람 있어?

어제 17시. 무궁화회관은 청소하고 있을 시간. 그럼… 안 나온 병사는 단 하나. 그 이름은 강성재.

"삼촌, 저 어떻게 하죠? 저 어떻게 해요?"

- 찾아! 찾아서 민원 철회해. 이거 너 처리 못 하면 너 죽고 나 죽는 거다. 알았어?!

"죄송해요. 삼촌, 제가 알아서 다 할게요. 누군지 알 것 같으니까, 제가 알아서…."

- 끊어! 그리고 결과 보고해! 알았어?!

김호진은 그날 장사가 끝난 후 성재를 따로 불렀다.

탕비실. 옷을 갈아입는 곳. 그곳에서 단둘이 따로 보자는 조리실장.

"진짜 저 찾으신 겁니까?"

"그래. 너만 남으라신다."

"아… 가기 싫습니다."

"몰라. 너 하고 싶은 대로 해. 같이 막사 복귀할 거야?"

"……."

"우린 먼저 간다."

"알겠습니다. 저도 금방 용무 끝내고 따라가겠습니다. 먼저 가십시오."

탕비실. 홀로 담배를 뻐끔뻐끔 피우던 실장이 담뱃불을 끄고 성재를 향해 말했다.

"앉아."

탁자 앞 의자에 앉으라는 실장의 지시. 성재가 대답했다.

"일어서 있겠습니다. 하실 말씀이 어떤 겁니까?"

그러자 진지한 얼굴로 봉투를 건네는 실장.

"이거, 받아."

봉투. 현금 30만 원. 병사의 한 달 월급.

"이걸 왜 주십니까?"

"용서해줘라."

"돈 필요 없습니다. 이러지 마십시오."

"받아둬."

"돈으로 되는 게 있고, 안되는 게 있지 않습니까? 실장님! 실망입니다."
성재의 말에 쓸쓸한 미소를 짓는 조리실장. 성재는 당황했다.

> 사용자 강성재에 대한 조리실장의 적개심이 300 상승했습니다

적개심…. 위험해. 위험하다. 위험해.
그런데 예상 밖. 갑자기 그가 단둘이 있는 탕비실 안에서 무릎을 꿇는다.
'어? 시스템은 분명 적개심이라고 하는데… 왜?! 뭐야?'
그런데 여전히 시스템은 경고를 내뿜고 있다.

> 사용자 강성재에 대한 조리실장의 적개심이 35 상승했습니다

그때, 조리실장이 고개를 숙인 채 말했다.
"성재야. 용서해 줘. 내가 잘못했다. 정말 미안하다. 미안해! 그러니까, 용서해 줘."
"이렇게까지 하실 필요는!"
그때, 또 시스템 창이 떠오르고.

> 사용자 강성재에 대한 조리실장의 적개심이 63 상승했습니다

'뭐가 어떻게 된 거야?'
"용서해줘. 정말 미안해. 미안하다. 성재야."
성재는 진심으로 반성하는 조리실장을 보며 혼란에 빠졌다.
그의 눈에서 진짜로 흘러나오는 눈물.
그리고 반대되는 메시지.
성재가 실장의 눈물에 입을 열었다.
"이러지 말고 일어나십시오."

237

수갑 채워!

성재의 말에 닭똥 같은 눈물을 흘리는 조리실장.
"정말 용서해주는 거지? 성재야. 너한테 다시는 안 그럴게."
마음 약한 성재의 말에 소매로 눈물을 훔치는 실장.
"알겠습니다. 일단 일어나십시오."
성재가 대답하자, 그제야 자리에서 일어나는 실장이 입을 열었다.
"네가 그렇게까지 상처 입었을 줄은 몰랐어."
"……"
"마음 받아줘서 고맙다."
"……"
절대 그럴 것 같지 않던 실장의 행동. 성재는 여전히 혼란스러울 뿐.
한층 올라간 적개심은 떨어질 줄은 모르는데, 그의 행동은 오히려 반대로 뉘우치고, 용서를 구하고 있다. 김호진은 마음을 진정시킨 후, 입을 열었다.
"전화 받았다. 너도 알고 있었다며?"
부드러운 말투지만. 그의 속마음은 달랐다.
'이 개 XX야. 어떻게 알았어? 어떻게 알았어? 내 뒷조사했나?'
하지만 지금은 민원을 철회해야 할 때….

영문을 모르는 성재가 그의 질문에 대답했다.
"어떤 것 말씀하십니까?"
"알잖아. 내 삼촌이 군수사령관님인 거…."
"아, 압니다."
"언제부터 알고 있었어?"

성재는 그의 말에 의문이 생겼다.
언제 알았냐고? 뭘? 실장님 삼촌이 군수사령관인 것? 토요일날 직접 말했잖아.
아, 아니구나. 나한테 말한 게 아니라, 군단장님에게 말한 거였지.
"토요일에 알게 되었습니다."
"그랬구나."
조리실장이 고개를 끄덕였다. 정황상 그즈음이 맞다.
'그랬군. 내 생각이 맞아. 바로 찔렀구나. 이 개XX. 아… 참자! 참아. 지금 당장이라도 죽이고 싶지만, 참자. 김호진! 지금은 참아야 돼! 민원부터, 민원부터 처리하자.'
"성재야. 용서해주는 거지?"
성재는 조리실장의 말에 당황했다.
저렇게 숙이고 들어오는 사람에게 함부로 말을 할 수는 없는 법.
그리고 만에 하나. 이제까지와 달리 시스템이 정확하지 못하다면?
객관적인 정보를 주지 못한다면? 자신이 실수했다면?
그래서일까? 지금은 일단 이성적으로 판단해야 할 때.
성재가 말했다.
"용서할 게 뭐가 있겠습니까? 다 맞춰가는 거라고 생각합니다. 저도 열심히 하겠습니다."
"그래. 그건 그렇고, 너 요리 정말 잘하더라. 검색해보니까 요리대회 우승도 했다고?"
"노력도 했지만, 운도 좋았습니다. 지금도 실장님처럼 열심히 하려고 노력 중입니다."
"그래. 내가 그런 것도 몰라보고, 참 너무했지?"
"아닙니다. 이제 저 막사로 복귀해봐도 되겠습니까?"
"아… 그래."
성재는 더 이상 그와 대화를 나누기가 불편해졌다. 고함을 지르던 그의 얼굴이 계속해서 떠올랐기 때문에. 이기적이고, 자기중심적인 모습이 계속해서 떠올랐기에.

지금 당장은 같은 장소에 있기가 싫어진 게 그의 속마음.

"아… 민원 말인데…."

'민원? 무슨 민원? 아… 삼척 때 그 민원 말하는 건가?'

강원도 삼척. 상인들이 시위를 하던 그 사건. 그 때문에 다치신 차상철 상사님. 그런 일이 있었을 때, 자신이 상인들을 말렸으면 그런 일은 있지 않았을 텐데….

그래서 성재가 대답했다.

"걱정하지 마십시오. 그런 일 때문에 누구도 다치지 않도록 잘 조치하겠습니다."

훌륭한 대답. 조리실장은 안심하며 말했다.

"그래. 잘 부탁한다."

"네. 돌아가겠습니다."

그때, 또다시 잡는 실장.

"성재야! 아무한테도 말하면 안 돼. 너랑 나랑 둘만 아는 비밀이다. 이거 말하면, 나 여기서 일 못 해. 알지?"

그의 말에 또다시 성재가 생각했다.

'그거였나? 병사 앞에서 눈물 흘리고, 그게 쪽팔렸던 건가? 그래서 생긴 적개심?'

사람의 이기심. 겉과 속이 다른 법. 하지만 그는 감성보다 이성을 우선시했다. 그래서 속마음은 자신을 미워함에도 불구하고, 자신에게 용서를 구했던 건가.

성재도 응답했다.

"상병 강성재! 알겠습니다. 비밀 지키겠습니다. 그럼 이만 복귀하겠습니다."

"그래. 고맙다. 정말 고맙다."

같은 시각. 막사. 생활관 안. 분대장이 발을 동동 구르고 있었다.

"분대장님, 무슨 걱정 있으십니까?"

"없어."

"불안해 보이십니다."

"아니야. 아무것도. 정말 아무것도 아니야."

"내일부터 휴가 가는 것, 중대장님이 승인하셨다고 들었습니다. 뭐가 불안하십니까? 휴가 기분 좋게 다녀오십시오."

후임병의 말에 분대장이 고개를 끄덕였다.

"그래. 그래야지."

'그나저나, 조리실장 새X. 성재가 민원 넣은 거로 알고 있는 거 아니야? 걔 지금 맞고 있나? 왜 이렇게 안 와! 불안해 미치겠네.'

그런데 멀쩡히 돌아온 성재.

"충성! 복귀했습니다."

그래서 분대장이 물었다.

"아무 일 없었어?"

"네. 아무 일 없었습니다."

"실장님이 뭐라고 하셨는데?"

"죄송합니다. 비밀로 하라고 하셨습니다."

"비밀?!"

"여기까지만 말씀드리겠습니다. 저도 마음 정리할 시간이 필요한 것 같습니다."

"그래. 나 때문에 미안하다. 오기 싫은데, 괜히 다시 오라고 해서."

"그것보다 휴가 신청하신 것, 중대장님이 승인해주셨습니까?"

"어. 내일부터 가도 된대."

"다행입니다. 저 피곤한데, 씻고 와도 되겠습니까?"

"그래."

성재가 떠나고. 방정준은 불안에 떨었다.

'도대체 어떻게 진행되는 거야? 한 명, 한 명 면담하려는 건가? 불안해. 불안해 미치겠다. 아니야. 신경 쓰지 마. 휴가만 신경 쓰자. 내가 잘못한 것도 아닌데, 왜 내가 불안해? 난 잘못한 것 없어. 난 잘했어. 아무도 모르게, 아무도 알아차리지 못하게. 그렇게 할 거야.'

확인형 점호.

성재는 늦게 복귀한 탓에 따로 보고를 하고, 샤워실에서 샤워를 했다.

인간적인 모습을 보여 준 조리실장. 그가 무릎을 꿇었던 모습이 자꾸 아른거린다.

비록 자신의 안위를 위해서라고 해도, 자존심을 버린 그의 용기는 높이 사줄 만했다.

마음이 약해진 성재. 그는 찬물에 몸을 맡긴 채, 자신의 혼란스러운 감정을 추슬렀다.

무궁화회관은 분대장 역할을 하는 성재에 의해서 모든 게 이루어졌다.
청소부터 식사. 그리고 예약손님별 특별 메뉴까지.
조리실장은 그저 카운터에서 돈만 받고, 예약만 확인하고 안내하는 역할만 했다.
그러니, 모든 게 일사천리 잘 이루어진다.
한 간부가 서빙하는 병사를 향해 물었다.
"어? 병사야. 내가 콘치즈 좋아하는 것 어떻게 알았어?"
"아… 저희 강성재 상병이 좋아하실 거라고, 서비스로 가져다 드리라고 했습니다."
"오~ 걔 말하는 거지? 코스 요리 만드는 애."
"그렇습니다."
"센스 있네. 내가 제일 좋아하는 게 콘치즈인데…."
"감사합니다."
간부들이 평소에는 인색하던 칭찬도 하고. 주방에서 요리하는 성재는 물론, 서빙하는 후임병들에게도 고생한다며, 만 원짜리 팁까지 준다.
손님들은 생각했다. 무궁화회관이 변했다고. 너무나 맛있어졌다고.
너무 요리가 훌륭해서, 그 요리를 만들고 서빙하는 병사들의 건강이 걱정될 정도.

독자들이 글을 잘 쓰는 작가가 아프면, 걱정스러운 댓글을 남기듯, 손님도 요리가 맛있으면, 요리사를 걱정한다.
"정말 잘 먹었어. 이거 비타민제인데, 하나씩 먹어둬. 젊을 때 먹어야 돼."
"아… 이거 받으면 안 됩니다."
"돼! 괜찮아. 가격도 얼마 안 해. 받아. 명령이니까!"
"그럼 감사히 받겠습니다."
그리고 장군들 또한 걱정한다.
"조리실장! 노력했네. 저번 주에는 막 와서 어리버리하더니만. 지금은 아주 잘하고 있어. 아주 잘하고 있어!"
"감사합니다."
"코스요리 가격 좀 올려. 손님 너무 많이 온다. 방문 손님은 받지 말고, 예약손님만 받고. 아니면 병사들이 못 버틸 거야."
길게 늘어선 줄. 그래서일까? 실장이 장군들의 걱정에 대답했다.

"네. 고려해보겠습니다."

칭찬은 고래도 춤추게 한다는 말이 있다.

성재는 조리실장이 자신을 바라보는 것을 보며, 고개를 숙였다.

> ⚙ ✓ ✗
> 사용자 강성재에 대한 김호진의 적개심이 사라졌습니다
> 사용자 강성재에 대한 김호진의 호감도가 50 상승했습니다

이제는 적개심이 아닌 호감. 그의 목소리에서 진심이 느껴진다.

"성재야. 정말 고맙다. 너 정말 잘하고 있어."

"네. 실장님, 감사합니다."

"다 잘 처리했지?"

"네. 뭘 걱정하십니까? 다 잘 되고 있지 않습니까?"

"그렇지? 응."

그런데 무언가 불안하다. 삼촌이 아침부터 핸드폰을 받지 않으신다.

'기우겠지? 아무것도 아니야. 쓸데없는 생각하지 말자. 지휘통제본부에 들어가 계신 거겠지. 그래서 핸드폰 쓰지 못한 거고.'

그래도 한 번 더 물어보는 호진.

"민원은 철회했니?"

"민원 철회 말씀이십니까? 민원이라면 그때 전부 사단장님이 처리하신 것으로 알고 있습니다. 상인회 쪽에서도 민원은 나중에 다 철회한 것으로….""

"사단장? 웬 사단장? 자격증 관련 민원 말하는 건데?"

"자격증 관련 민원은 무슨 소리입니까? 전 처음 듣습니다."

"뭐? 네가 아니야?"

갑자기 불안해지는 호진.

그는 당황스러운 상황에도 침착함을 유지하며, 부대로 전화를 걸었다.

- 군수사령부 교환대입니다. 어디로 연결해드릴까요?

"비서실 부탁드립니다."

- 네. 사령부 비서실 연결해드리겠습니다.

- 군수사령부 비서실장 소령 장영훈입니다. 무엇을 도와드릴까요?

"안녕하십니까? 사령관님 조카인 김호진이라고 합니다. 사령관님 통화 가능할까요?"
- 아, 죄송합니다. 사령관님 현재 바쁘십니다. 통화 불가능 할 것 같습니다.
"무슨 일인지 여쭈어 봐도 될까요?"
- 죄송합니다. 보안 내용이라서, 말씀드리기가 곤란합니다.

전화가 끝나고. 조리실장이 병사들을 집합시켰다.
'어떤 새끼야! 도대체 누구야? 이 중에 어떤 새끼야!'
하나, 둘, 셋, 넷.
한 명이 보이질 않는다. 휴가 간 방정준. 자신이 버렸던 패.
그러고 보니, 휴가도 너무 급작스럽게 나갔고.
"방정준 핸드폰 번호 아는 사람?"
"제가 알고 있습니다."
"번호 불러봐!"
뚜-뚜. 신호는 가는데….
- 연결이 되지 않아, 소리샘으로 연결되오며, 통화료가 부과됩니다. 삐—.
연결이 되지 않는다.
"야! 이 핸드폰 번호 말고! 집 전화는 몰라?"
"아까까지만 해도 공중전화로 통화 했었습니다."
'설마, 이 새끼였어? 강성재가 아니고, 이 새끼였어?'
공중전화에서 전화를 걸어보는 조리실장. 그러자 통화가 걸린다.
- 또 왜? 휴가 중인데 왜 자꾸 전화하냐?
"방정준! 조리실장인데!"

- 뚝—.
순식간에 끊기는 전화. 곧바로 다시 걸어보지만. 이번에는?
- 연결이 되지 않아, 소리샘으로 연결되오며, 통화료가 부과됩니다. 삐—.
라는 수화음이 들려온다.
'이 씨X… 이 새끼였네. 젠장…젠장! 집에 찾아가야 돼. 저 새끼 집에 찾아가야 돼!'
생활지도기록부를 열람하고, 그의 집 주소를 알아내고. 곧바로 병사들한테 말한다.

"실장, 잠시 밖에 좀 나갔다 올게. 너희들끼리 잘할 수 있지?"
"네. 알겠습니다. 걱정하지 마십시오."

그런데 운이 나빴다. 양복 입은 사내와 키 큰 청년 두 명이 무궁화회관으로 들어오고. 성재가 그들에게 말했다.
"혹시 예약하셨습니까?"
"아니, 그것보다 병사야. 여기가 무궁화회관 맞지? 김호진 조리실장이 누구야?"
"아, 옆에 계십니다. 실장님! 실장님! 손님 오셨습니다."
양복 입은 사내는 성재가 말을 건 조리실장을 위아래로 훑었다. 그리고 입을 열었다.
"국방부 감찰수사단 김광진 사무관입니다. 잠시 묻겠습니다. 김호진씨? 특하후 131기 출신 맞습니까?"
"네. 그런…데요?"
뭔가 불안해하는 실장. 성재는 무슨 일인가 싶어 그들을 쳐다보았다.
그 의문은 오래가지 않는다.
"국가기술자격증 제4조 위반에 따라 민원이 접수되어, 위조사실 확인결과 사실로 드러났습니다. 잠시 따라와 주셔야겠습니다."
"위조라니요? 전 그런 사실 없는데요."
"부정해보셔야 다 소용없습니다. 이미 사전 조사 다 하고 왔습니다."
"너희들! 내가 누군지 알아? 우리 삼촌이 쓰리 스타야. 괜한 사람 잡지 말고 돌아가."
"삼촌이 누군지는 잘 알고 있습니다. 이미 그쪽부터 신원을 확보했거든요. 같이 가주셔야 될 것 같습니다."
"신원 확보라니… 신원 확보라니!"
김호진이 윽박질렀다. 그의 표정이 무섭게 변했다. 하지만 수사관은 오히려 여유로웠다.
"김호진씨 감사합니다."
"뭐야! 당신들 뭐야! 감사하다니! 감사하다니!"
"당신이 걸린 덕분에 군수사령관의 인사 청탁 및 부정부패 14건을 추가로 알아낼 수 있었거든요. 거물을 잡았으니, 저희는 특별 승진이겠죠. 뭐해? 수갑 채워!"
"알겠습니다. 선배님!"

238

연락해라

인사청탁, 자격증 위조. 부정부패의 온상일 거라는 추측이 난무한 곳.
바로 군대에서 사상 초유의 사건이 벌어진 것이다.
군 부대 간부들의 사기는 땅바닥까지 떨어지고, 계룡대근무지원단과 육군 군수사령부는
충격에 휩싸였다. 국방부장관은 완고했다. 해당 사건을 바로 언론 발표.
공개석상에서 있었던 일을 그대로 발표하고, 현재 조사 중이라는 말까지.

"해당 비위는 군수사령관 보직 이후 총 14건으로 밝혀졌으며, 조사 중에 있습니다."
- 이미 선발된 군무원들은 어떻게 됩니까? 임용 취소입니까? 징계 정도로 마무리됩니까?
"저희 군대는 군무원들도 군법을 적용받고 있습니다. 그래서 제가 결정을 내릴 권한은 없
으며, 군사 법원에 의한 판결을 받아야만 어떻게 될지 발표가 가능할 것으로 보입니다."
- 그럼 아무것도 조치 되는 게 없는 것 아닙니까?
"그건 아닙니다. 저는 국방부 장관으로서, 해당 사건에 연루된 군무원들과 장교들을 제
직권으로 면직 또는 보직해임을 시켰습니다, 이는 지휘관으로서 할 수 있는 조치사항으
로서, 사법처리는 물론, 군법에 의한 징계절차도 같이 진행될 예정입니다. 저희 군대는 점
차 좋아지고 있습니다. 예전과 비교해서 점차 변화하고 있습니다. 시간을 두고 지켜봐 주
시면, 이 사건은 군사법원 또는 대법원에 의해 국민들이 이해할 수 있는 수준 내에서 판결

이 이루어지고, 조치가 취해질 거라 저는 믿고 있습니다. 이상으로 군내 채용 비리 및 부정부패 건에 대한 발표를 마치겠습니다."

같은 시각. 참고인 조사도 진행되어 가고 있었다.
수사관은 병사들의 수사 협조에 고마움을 표시하며 말했다.
"많이 상처 받았었겠구나."
"괜찮습니다."
"그래. 내가 대신 사과하마. 너무 군대를 미워하지는 마."
"네. 수사관님, 좋은 말씀 감사합니다."
성재를 비롯한 4명의 병사들은 그동안 있었던 일을 빠짐없이 말하며, 조사에 임했고, 그로 인해 조리실장의 징계 범위는 어느 정도 윤곽이 드러났다.
잠시 후, 수사관이 조사결과를 보고하기 전에 단장실을 찾았다.
"단장님. 조사결과 간단히 말씀드리겠습니다. 단장님께서 통화기록 녹음결과를 수사과정에서 제보 및 제공해주셔서, 군수사령관을 잡을 수 있었습니다. 앞으로 진급하시는데 불이익이 될 수도 있는데, 정말 큰 결심 하셨습니다."
수사관의 말에 배원영 준장이 고개를 저었다.
"괜찮습니다. 제 능력으로 여기까지 올라온 것도 대단한데, 얼마나 더 올라가겠습니까? 그나저나 병사들은 어떻습니까?"
"다행히 얼차려 말고는 큰 문제는 없었던 것 같습니다. 부당한 얼차려 지시는 강성재 상병과 분대장인 방정준 상병만 받게 되었다는 진술을 받았습니다만…."
"무슨 문제라도…."
"한 명은 강력 처벌을 요구하는 바이고, 다른 한 명은 그래도 선처를 요구하는 바람에 난감한 사항입니다."
"난감하다? 그럼 성재가 신고한 것은 아닌 거로군요."
"음… 제가 거기까지 말씀드리지는 못하겠네요. 신고자가 신원 공개를 꺼려해서…."
배원영은 고개를 끄덕였다.
'성재야. 네가 신고한 줄 알았는데, 아니었던 거니?'
성재가 괴로워하는 모습에 죽은 아들을 떠올리며, 수사에 적극 협조한 배원영. 그런데 알고 보니, 엉뚱한 병사가 신고를 했던 것.

'아니다. 아무렴 어때. 성재가 괴롭지 않으면 된 거지.'
"그나저나, 앞으로 단장님께서 불이익 받으시는 건 아닌가 싶습니다. 괜찮으신 겁니까?"
"후회는 없습니다. 군수사령관과의 통화내역을 증거자료로 채택 부탁드리겠습니다."
"정말 감사합니다. 옳은 결정 하신 겁니다."

하루 뒤. 무궁화회관은 병사들끼리 문을 열었다.
그들끼리만 해도 운영 가능하지만 간부가 없으니 다들 불안해하기는 마찬가지.
그래서일까? 이번에는 군무원 대신 통제 가능한 간부를 붙이기로 했다. 그리고 그 간부는 오늘 전입해 오는 간부가 통제하기로 했다.
"강성재 상병님! 그거 들으셨습니까? 원사님이 여기 관리하신답니다. 저희들 이제 죽었습니다."
"원사?"
"그렇습니다. 단장님하고 같이 23사단에서 복무했던 분이라던데, 강성재 상병님도 아시는지 모르겠습니다."
"내가 아는 원사 간부님이 어디 있어."
"그렇습니까?"
씩 웃으며 들어오는 계근단장과 간부. 그런데 계급장이 원사가 아니고 상사다.
"박재영! 잘할 수 있지?"
"네. 다시 뵙게 돼서 정말 좋습니다."
"후방에 오고 싶었다며! 소원성취해서 좋겠다."
"네 좋습니다."
"설마 네가 여기로 부임하게 될 줄은 상상도 못 했다."
"진급했을 때부터 여기에 오고 싶었습니다. 가장 복무하기 좋은 부대지 않습니까?"
"아무튼, 잘 됐어! 정말 잘 됐어!"
단장님과 간부는 주변을 둘러보았다. 깔끔한 회관. 카페트에 먼지 하나 없는 홀과 빛이 나는 주방. 병사들의 깔끔한 위생관리까지. 부사관은 미소를 지으며 단장에게 경례했다.
"충성! 최선을 다해 관리하겠습니다."
"그래. 원사는 언제 진급하지?"

"내년 1월입니다."
"그렇군. 열심히 해봐. 아 참! 성재가 이제 분대장이지? 정준이는 본인 희망 하에 다른 보직으로 간 거야. 다른 소리 하면 안 돼. 알았지?"
"네. 알고 있습니다."
단장이 떠나고, 그 부사관이 성재를 뚫어지게 쳐다보았다. 성재는 미소로 화답했다.
그러자 박재영 상사가 병사를 보며 물었다.
"뭐야? 네가 벌써 상병이야?"
"그렇습니다. 행보관님."
"클클클, 요 귀여운 것! 귀여운 것!"
볼을 살짝 꼬집는 행보관 원사(진) 박재영.
어떻게 보면 자신이 진급한 것도 요녀석 덕분. 그렇잖아도 소식이 궁금했는데, 여기 있었다니. 그가 후방으로 돌아온 후, 처음으로 미소를 지었다.
그런데 성재는 정색하며 말한다.
"행보관님?"
"왜, 인마? 너도 반갑냐?"
"그것보다 아픕니다. 이제 볼 꼬집을 때는 지난 것 같습니다."
"클클, 많이 컸다? 이등병인 게 엊그제 같은데?"
"저도 이제 2달만 지나면 병장입니다."
당당한 목소리. 그러나 이등병 때부터 보았던 행보관이 성재를 보며 빙긋 웃었다.
"그래서 뭐? 행보관하고 맞짱 뜨겠다?"
"아닙니다. 아닙니다!"
박재영은 다른 병사들을 바라보았다. 다들 많은 일을 겪었을 녀석들. 그럼에도 얼굴에는 다들 생기가 돌고 있다. 그들을 둘러본 간부가 입을 열었다.
"면담은 이따가 돌아가면서 할 테니까, 장사준비부터 하자. 난 뭐하면 될까?"
그러자 회관에 익숙한 성재가 방긋 웃었다.
"행보관님은 카운터만 봐주시면 됩니다. 나머지는 제가 다 알아서 하겠습니다. 얘들아!"
성재의 부름에 후임병 3명이 큰 목소리로 대답했다.
"넵!"
"세팅 준비하자!"

성재의 성장에 행보관이 빙긋 웃음을 머금었다. 그리고 생각했다.
'짜식! 많이 컸네. 이제 분대장이라는 건가?'

조리실장의 빈자리가 느껴지지 않았다. 무궁화회관은 날이 갈수록 질이 더 높아졌다. 그 이유는, 순번에 의해서만 예약할 수 있고, 1주일에 1회밖에 이용할 수 없다. 이등병 면회객부터 장성까지 모두 같은 조건. 물론 별 4개와 그들의 사모님들은 예외다. 왜? 특별하니까.
그리고 또 하나. 매주 수요일은 회관 휴무로 정하기로 했다. 전투체육을 하는 날. 회관 이용객도 없는데, 쓸데없이 회관을 열어둔다는 게 그 첫 번째 이유였고, 두 번째 이유는 병사들의 휴식 보장이었다. 원사(진) 박재영 상사도 예외는 아니었다.
목, 금, 토, 일, 월, 화를 연달아 일하고, 수요일만 휴무.
그 휴일 하루 전, 성재가 조심스럽게 입을 열었다.
"행보관님?"
"실장님이라고 불러야지."
"네. 실장님! 저 휴가 올린 것 왜 잘린 겁니까?"
"너 말고 요리할 사람이 누가 있어? 네 선임은 다른 보직 가고 싶다고 해서, 군장점 관리병으로 빠졌고, 다른 후임들은 아직 수준 미달인데, 곧 오겠지."
"저, 다음 주 토요일에 요리대회 예선 참가해야 됩니다. 매주 토요일마다 예선이 진행된다고 합니다."
다음주부터 UFG 훈련. 그리고 토요일에는 윤아랑 함께 붙은 요리대회 2차 예선.
"그래? 그거 허락 맡은 거야?"
"네. 지휘관 확인서도 다 받았고, 국방부에서도 다 승인한 겁니다."
"그래. 내가 알아봐 줄게. 보고하고 조치 받아올게."
그날 오후, 육군 홈페이지, 해군 홈페이지, 공군 홈페이지 및 국방부 인트라넷 홈페이지에는 다음과 같은 안내문이 올라왔다.

제목 : 무궁화회관 휴무 일정 조정 안내
1. 관련근거

가. 공영방송 KBC 베스트 셰프 2차 요리 예선 참가 안내 (18. 8. 15)

나. 베스트 셰프 1차 예선 합격 (상병 강성재)

2. 위 관련근거에 의거 무궁화회관 휴무일을 매주 수요일에서 매주 토요일로 변경합니다.

3. 안내사항

가. 100% 예약제로 실시되며, 개인별 주 1회만 예약가능.

나. 코스 요리는 하루에 총 20인분만 제공 가능하며, 그 이상은 불가.

다. 다음 주 UFG 훈련기간에는 무궁화회관을 열지 않습니다.

라. 가격 인상 안내. 다음주부터 코스 요리 가격 조정이 있겠습니다.
기존 20,000원에서 26,000원 (30% 인상)

※ 인상분은 장병 복지기금으로 활용됩니다. 많은 양해 부탁드립니다. 끝.

성재로 인해 휴무일도 변하고, 회관 운영도 예약제로 변했다.
모든 것이 성재 때문에 바뀌는 부대 일정. 겨우 준장인 배원영 단장이 이 모든 것을 실행할 수 있었던 것은 각 군 총장님의 전폭적인 지지가 있었기 때문.
유일하게 공지사항에 댓글을 달 수 있는 공군 홈페이지.
그날 공군 인트라넷의 꽃. 공감 사이트에는 해당 공지사항이 메인을 장식했고, 다음과 같은 댓글이 달렸다.

[소령 장우민] 강성재 상병이 하는 프랑스 요리, 예약 실패했습니다. 혹시 예약 취소하실 분 연락바랍니다. (010-5087-1XXX)

[대위 김치현] 가격이 올라서 예약 많이 없을 줄 알았는데, 10분 만에 다 찰 줄이야. 정말 맛있습니까?

└ RE : [대위 공우진] : 진짜 맛있습니다. 7만 원 줘도 먹을 만 할 겁니다. 저도 예약 실패했습니다. 파이팅 하십시오. 선배님!

[중령 김동호] : 허허, 일찍 출근해서 7시 되자마자 예약했는데 성공했네. 나만 성공한 건가?

└ RE : [대령 도준만] : 김 중령! 안보실장인데 전화해라. (010-5076-3XXX)

└ RE 육) [준장 한장호] : 도 대령, 자네 연락 기다리겠네.

도전?

박재영 상사는 성재의 요리솜씨를 보며 깜짝 놀랄 수밖에 없었다.
늠름하고 당당한 모습.
조리복장을 입어서 그런가?
쓸데없는 동작 하나 없는 그의 동작 하나하나가 놀라울 지경.
아무리 봐도 지금의 성재의 모습이 믿기지가 않는 부사관.
'쟤가? 저렇게 성장했어?'
요리에 소질이 있는 줄은 알았지만, 다양한 국적의 요리를 홀로 만들어내는 그의 모습은 상상도 하지 못했던 것.
지금의 성재는 가히 천재나 다름이 없어 보였다.
그런 녀석이 후임병을 향해 말했다.
"나가사키짬뽕. 2번 홀이지?"
"네. 그렇습니다."
"좌측 것이 매운맛. 우측 것이 보통맛이야. 헷갈리면 안 돼."
"알겠습니다."

 **recipe** | 강성재가 만든 나가사키짬뽕 ★★★★★

돼지뼈 육수와 어묵과 양배추, 숙주나물, 해산물을 기반으로 만든 하얀 국물
무궁화회관 요리병 직업 보너스에 의해 ☆만큼 등급이 향상되었다

나가사키짬뽕이 나간 후, 성재는 곧바로 다른 요리에 들어갔다.

탁탁탁탁!

도마 위에서 채소들이 차례차례 썰린다.

당근과 고구마를 길쭉하게 썰고.

커다란 양배추 큰 잎과 대파, 깻잎, 양파를 채썰기 시작한다.

탁탁탁탁탁! 탁탁탁탁탁!

도마에서 연주하는 경쾌한 칼춤 소리.

순식간에 채소 손질이 끝난 그가 후임병을 불렀다.

"혹시 양념장 만들어 놨어?"

"앗, 까먹었습니다. 죄송합니다."

"괜찮아. 지금 만들지 뭐."

"정말 죄송합니다."

"죄송할 것 없다니까. 금방 할 수 있어."

성재는 개의치 않았다. 후임병들은 요리에 익숙하지 못하다.

그게 하루 이틀에 되는 것도 아니고, 무작정 윽박지른다고 되는 것도 아니다.

다른 사람이 못하면, 자신이 하면 되는 법.

성재는 자신이 해야 할 일을 떠올렸다. 그리고 즉시 행동에 옮겼다.

고추장, 고춧가루. 간장과 매실청.

거기에 올리고당, 다진 생강, 요리술, 후추를 한꺼번에 넣고 섞어주는 요리병.

성재가 만들려는 음식의 양념장이 그의 손에 의해 직접 탄생한 것이다.

'아, 조금은 아쉽네. 숙성시간이 적어서 등급이 떨어질 수도 있겠는데?'

그러나 이건 어쩔 수 없다. 미리 해두지 않아서 생긴 일.

성재는 과오를 잊고, 바로 다음 절차로 들어갔다.

"아까 숙성시킨 닭고기 좀 가져다줄래? 그건 있지?"

"네. 있습니다. 바로 꺼내오겠습니다."

성재의 손으로 숙성한 닭고기와 조금 전 만든 양념장이 만났다.

양념에 재워진 닭고기.

그는 홀로 음식을 만들며, 힘이 부치는지 한숨을 내쉬었다.

'후우… 그래도 이게 마지막이니까 힘내자.'

그다음 그가 만진 재료는 떡. 직접 만들었으면 좋겠지만.

지금 성재가 들고 있는 떡볶이용 떡은 시중에서 구입한 것이다.

'떡은 힘들어서 도저히 못 만들겠다.'

적당한 타협. 그는 떡을 작게 자른 후 팬을 꺼냈다.

커다란 팬. 식용유를 듬뿍 두른다.

성재의 손에 들린 양파와 양배추가 팬 안에 풍덩 빠졌다.

강렬한 열기에 의해 자신이 가졌던 수분이 점차 빠져나가는 채소들.

그 위에 조금 전 양념에 재워둔 숙성된 닭고기를 넣는 성재.

양념장의 매운 향이 코를 찌르는 가운데, 박재영 상사의 얼굴에 미소가 걸렸다.

"내가 춘천에서 많이 먹던 건데."

"그렇습니까?"

성재가 여유로운 미소를 보였다.

"어쭈! 요리하는데 웃어?"

"저만 믿어주십시오. 맛있게 만들어 보겠습니다."

"그래! 믿어줄게."

박재영 상사의 얼굴에도 성재처럼 미소가 걸렸다.

성재의 바빠진 손.

조금 전 작게 잘라둔 떡볶이용 떡이 팬 위에 올라가 양념과 만난다.

그 후, 향이 짙은 깻잎과 고추가 올라갔다.

뒤집개에 의해 골고루 뒤집어지는 채소와 닭고기들. 그러기를 10분.

그제야 성재의 눈에 보이는 시스템 창.

조리 완료까지 15, 14, 13…
조리가 완료되었습니다
강성재가 직접 만든 춘천식 닭갈비 ★★★★★

국물이 거의 없는 매운 닭볶음 양념이 일품이다.
그런데 성재가 빙긋 웃었다.
불을 아직 끄지 않은 성재. 닭갈비 위에 회심의 재료를 올려놓는다.
그러자 요리사의 눈에 비친 닭갈비의 설명과 등급이 변화했다.

 강성재가 직접 만든 춘천식 치즈닭갈비 ★★★★☆
기존 닭갈비에 치즈를 얹어 독특한 향과 풍미를 살린 요리
젊은 사람들 감성에 딱 맞춘 요리
개인에 따라 호불호가 갈릴 수 있다
무궁화회관 요리병 직업 보너스에 의해 ☆만큼 등급이 향상되었다

"강성재 상병님? 치즈 닭갈비는 아무도 안 시켰는데 말입니다?"
"어. 아무도 안 시켰어."
"그런데 왜…."
"우리 먹을 건 해야지. 맞지?"
그날 점심 식사는 바로 치즈 닭갈비. 후임병들의 얼굴에는 미소가 깃들고.
'치즈 닭갈비… 가장 좋아하는 음식인데, 어떻게 알았지? 내가 예전에 말했었나?'
성재는 빙긋 웃으며, 자신의 상관에게 말했다.
"식사 맛있게 드십시오."
"너는? 안 먹어?"
"아, 저도 먹어야지 말입니다. 실장님 먼저 숟가락 뜨면 먹으려고 했습니다."
"그런 게 어디 있어. 다 같이 먹어야지!"

더 이상 간부들을 줄 세우지 않아도, 필요 이상의 재료를 사놓지 않아도 되었다.
미리 준비해놓기 때문에, 갑자기 돌발상황이 일어날 일도 거의 사라졌고.

무슨 일이 생겨도 충분히 대처할 수 있게 되었다.

또한, 초급 간부들도 회관에 들러 먹는 일이 잦아졌다.

주둔지에 얼마 없는 하사도, 중사도, 소위도, 중위도 회관에 들러 요리를 먹고 갔다.

각 군 총장을 제외한 나머지 이용자가 모두 공평하다.

분명 초반에는 그랬는데… 하루하루가 지날수록 뭔가 낌새가 이상함을 느꼈다.

예약손님이 도착했다.

"충성! 계급 성명 부탁드리겠습니다."

"화생방지원대장 윤정우 소령이야."

"윤정우 소령님, 예약 안 되어 있으십니다."

"하사 김필모. 화생방지원대 1소대 1분대장으로 예약 잡힌 거 있을 텐데?"

"네. 있습니다."

"걔 대신 왔다. 프랑스 코스요리 부탁해."

"…알겠습니다."

그리고. 또 다른 팀.

"충성!"

"응. 강정수 대령인데! 우리 정책 장교 대신 왔다. 예약해놨는데 갑자기 출장 가서 대신 왔거든. 자리 있지?"

"정책 장교, 계급 성명 좀 알려주시겠습니까?"

"김택곤 소령."

"아… 있습니다. 그런데… 이미 그 이름으로 대신 오신 분이 계십니다."

"뭐? 어떤 놈인데?"

"2번 홀로 가시겠습니까?"

여닫이문을 팍 여는 강정수. 그러곤 놀라서 갑자기 경례를 하는 대령.

그의 앞에는 자신이 모시고 있는 정책실장과 그의 부인이 앉아 있었다.

"필승! 실장님이 오신 줄 몰랐습니다."

"이놈아! 너 오늘 나한테는 운동하러 간다며?"

실장의 말에 강정수가 고개를 숙였다.

'아, 내가 간다고 하면 눈치 보여서 말 안 하고 왔는데! 이게 뭐야!'

그러자 실장이 씩 웃었다.

"너! 일부러 운동 간다고 하고 일찍 나왔지?"

"죄송합니다. 제가 주제넘게 행동했습니다."

"알면 됐어. 나가 봐!"

"알겠습니다. 필승!"

강정수 대령은 그 날 아내와 함께 먹으려던 코스 요리를 다음으로 미루고 말았다.

언제부턴가… 초급간부가 예약하면, 그 예약을 빼앗는 상급자들.

거기에 더해, 초급간부가 자신의 지휘관의 아이디로 접속해, 선착순으로 예약하는 병폐까지 일어났다. 이대로는 부조리만 더 생길 것 같은 시스템.

그래서 배원영 단장은 고심 끝에 무궁화회관 예약제 홈페이지 시스템을 기존 선착순제에서 다음과 같이 계급 순번제를 적용하게 되었다.

    오전 9:00 ~ 오전 9:30 : 장군 이상

    오전 9:30 ~ 오전 10:00 : 대령, 원사, 군무원 3 ~ 5급.

    오전 10:00 ~ 오전 10:30 : 소령, 중령, 상사, 군무원 6~7급.

    오전 10:30 ~ 오전 11:00 : 초급간부, 군무원 8~9급, 기타 영내 출입자.

    오전 11:00 ~ 오전 12:00 : 전 간부 및 군무원.

    ※ 매주 수요일은 초급 간부(소위, 중위, 대위, 하사, 중사)의 날입니다. 양해 부탁드립니다.

한 주가 흐르고 다음 주. UFG(을지프리덤가디언) 훈련이 시작되었다.

올해는 특별히 충무훈련과 병행이 되었는데.

충무훈련이란? (국)민, 관(공서), 군(대)이 함께 되어 진행하는 비상대비 종합훈련.

무궁화회관도 이번 주는 휴무에 들어간다.

성재는 휴무라는 말에 환호를 내질렀다.

요리대회 연습할 시간도 될 것 같고, 공부할 시간도 벌 수 있으니까.

그가 받는 약 30만 원의 월급 중 대부분은 요리 관련 서적 구입에 사용했다.

개인정비 시간 역시 마찬가지. 해당 서적을 탐구하는 데 대부분을 할애한다.

요리에 대한 욕심. 더 잘하고 싶다는 욕망.
남들보다 뛰어난 요리사가 되고 싶다는 소망이 그를 열정적인 인간으로 만들어냈다.
그가 아직 읽지 못한 책이 수십 권.
『40년 요리 명가의 가정식 만들기』.
『윤미정의 친절한 궁중 요리법』.
『과학적 기법을 적용한 분자 요리』.
『간편간편, 전자레인지 3분 요리』.
『세계 면 요리 백과사전』.

그러나 오랜만에 남는 시간을 독서에 투자해 볼 그의 계획은 물거품이 되었다.
아직 원사로 진급하지 못한 박재영 상사가 성재를 불렀다.
"성재야."
"네. 실장님."
"단장님이 내일 장관님 오신다고, 출장 뷔페처럼 음식 준비하라신다."
"몇 인분입니까?"
"70인분."
"음, 거리는 얼마나… 그게 아니라, 도착시간은 얼마나 걸립니까?"
"그것도 중요하냐?"
"그렇습니다. 요리는 가장 맛있는 때가 있어서 여기서 만들어가는 게 맛있는 게 있고, 현장에서 만들어야 맛있는 음식이 있습니다."
"대전시청이니까, 45분 정도 걸리겠지?"
"알겠습니다. 그럼 오늘 장 좀 많이 봐둬야 될 것 같습니다."
"그래. 구입 목록 정리해. 차량 배차해서 올 테니까."
"알겠습니다."
성재는 고개를 저었다. 군 생활. 자신의 마음대로 되는 게 없다.
'출장 뷔페라니… 설마 군대에서 출장 뷔페를 시킬 줄은 상상도 못 했는데….'
그러나 이 또한 자신이 벌인 일. 요리를 잘해서 생긴 일.
후회는 없다. 수첩에 빼곡하게 적어가는 그가 만들 요리들.
이미 강원도 삼척의 철벽회관에서 카페테리아 형식으로 뷔페를 운영해본 적이 있기에,

그에게 이건 크게 어려운 일은 아니었다.

식재료를 구입하고, 내일 현장에서 만들 요리와 여기서 만들어 갈 요리들을 정한다.

그런데 그때 새로운 메시지가 떠올랐다.

새로운 전직 퀘스트 (청와대 조리병 / Epic) - 난이도 (헬 / hell) 가 열렸습니다

전직 퀘스트 **청와대 조리병 / EPIC**
청와대에는 한식, 중식, 양식, 일식으로 네 파트의 조리장이 있습니다. 해당 직업은 이 네 명의 조리장들은 물론, 대통령, 각 장관, 각 군 총장 등 주요직위 인사 중 80% 이상의 신뢰를 얻어야 갈 수 있는 튜토리얼 최고의 직업입니다

달성조건 1 국방부장관의 호감도 2,000이상
달성조건 2 국토교통부장관의 호감도 2,000이상
달성조건 3 영부인과의 만남
달성조건 10 아직 알려지지 않았습니다

성재의 두 눈이 동그랗게 커지며, 생각을 곱씹었다.

'레전드가 끝이 아니었어?!'

성재의 눈앞에 홀로그램이 나타났다.

그리고… 녀석이 싱긋 웃었다. 뭐라고 말은 하는데… 들리지가 않는다.

잠깐… 뭐? 뭐라고?

녀석의 입술 모양을 보며 성재가 홀로그램의 생각을 유추했다.

〈도전?〉

이라고 묻는 거니?

저 병사 이름이 뭐라고 했죠?

청와대. 성재가 알고 있기로 그곳에 복무하는 병사는 없었다.
청와대 내부에 근무하는 군인은 간호장교 또는 청와대 비서실 연락장교 정도?
청와대 내부는 경찰이 지키고, 외곽은 수방사 제1경비단이 지키고 있다.
그곳에서 복무할 방법은 애당초 없는 것이다.
그래서일까? 난이도 또한 Hell.
청와대라면 대한민국 국민이라면 한 번쯤 들어가 보고 싶은 곳.
성재는 지난 간첩 사건으로 인해 들어간 적이 있었다.
그러나 그곳의 음식을 직접 먹어보진 못했다. 당시에는 너무 경황이 없기도 했고, 군사령관의 비리 및 위수지역 관련 건으로 감정적으로 격앙된 상태였으니까.
이제는 그곳의 요리사들에 대한 호기심이 생겼다. 국내에서 가장 인정받는 사람들만 간다는 그곳. 그런데 해당 직업은 조건 자체가 너무 어렵다.

'국방부장관님하고, 국토교통부 장관님에게 잘 보이라고?'
평생 한 번 보기도 힘든 사람에게 호감도를 올리라니.
그것뿐이면 말도 안 한다. 일개 병사가 대통령 영부인을 어떻게 만나겠는가?
'일단은… 요리에 집중하자.'

성재는 쓸데없는 생각을 버리고, 후임병들과 함께 요리를 시작했다.
수십 종류. 그동안 갈고닦았던 실력을 마음껏 뽐내는 성재.
"강성재 상병님, 정말 대단하십니다. 중화요리도 이렇게 잘하실 줄 몰랐습니다."
"아… 다 선임한테 배운 거야."
지금은 전역했을 서효석 병장. '지금쯤 무엇을 하고 있을까?'
성재는 과거의 추억에 잠겼다. 그에게 배운 수타면부터 각종 볶음, 튀김 요리들.
그가 만들었던 요리가 성재의 손에 의해 탄생한다.

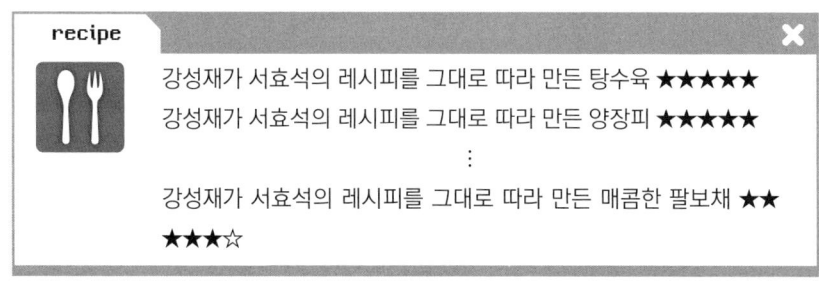

성재는 모든 재료를 챙긴 후, 후임병들에게 물었다.
"다 챙겼어?"
"네! 그것만 차 안에 실으면 끝납니다."
"그래. 난 실장님께 보고하러 갔다 올게."
"알겠습니다."

같은 날, 다른 장소. 대전시청 지하 1층. 통합방위본부.
중부지역 일대를 총괄하는 최대 규모의 방위본부 상황실.
전방 스크린에는 감시카메라가 비추는 분할 화면이 있고, 바로 옆에는 커다란 대형 스크린이 현재의 작전상황을 알리고 있었다.
한쪽에는 현재 외부의 온도, 바람의 풍속, 날씨 등을 표시하는 기상정보와 건물 내부의 산소 농도, 기계 작동 등을 체크하는 설비 제어 시스템도 동시에 떠 있다.
이곳에 모인 공무원, 군인, 경찰, 소방관. 그들은 후방지역 충무훈련에 관한 논의를 하고 있었다.
"대피계획은 어떻게 되어가고 있나요?"

"현재 D+2(전쟁 발발 후 2일)가 도달함에 따라 고속도로 일대는 전부 검문소를 운영하며, 유일한 국도 대피로인 00번 국도를 경유한 호남지역과 00번 국도를 경유한 영남지역에 대해 오늘 14시부터 군, 경 합동 검문소를 운영할 예정입니다."
"그렇군요. 수송동원 계획은 어떻게 되어가고 있습니까?"
"일단 기중기, 레미콘, 대형 트럭을 비롯한 3,941대의 중장비를 수송동원 집결지인 00광장에서 인도 인접 중이며, 해당 장비를 운전하고 조작할 수 있는 기술인력 동원도 동시에 진행 중입니다."
"그렇군요. 대피계획하고, 수송동원 계획은 문제가 없단 말씀이신가요?"
"그렇습니다."

대전 시장은 미소를 지었다.
"훌륭하군요. 군에서 급식지원 계획이 있다는데, 그 건은 어떻게 되어가고 있죠?"
대전 시장의 말에 32사단 부사단장이 고개를 끄덕이며 말했다.
"전시 급식지원 업체는 총 67개소이고, 그곳에서 6,800여명 분의 식사를 전쟁 후 30일간 지원받게 되어 있습니다. 지금 계획상으로는 큰 문제는 없는 것 같습니다."
"아쉽군요. 제가 부임한 3년 동안 이렇게 잘 꾸려왔는데, 내년부터는 세종시에서 통합방위본부를 운영한다니…."
"그렇습니다. 시장님이 3년간 잘하셔서, 저희 군도 작년에 이어, 올해까지 훈련과정에서 미비한 점을 많이 보완할 수 있었습니다."
시장은 고개를 끄덕였다. 대전시청의 소령으로 예편한 비상지원계획관이 상황을 전파받고, 공무원을 비롯한 사람들에게 말했다.
"전파드리겠습니다. 전방 부대가 조기 항복을 받아내고, 평양 안정화 작전에 들어갔다고 합니다. 이것으로 우발상황이 모두 종료되었고, 모든 훈련은 현 시각 부로 끝나게 되었습니다. 지난 1주일간 모두 고생하셨습니다."
짝짝짝짝!
공무원들은 입고 있던 노란색 잠바를 벗었다.
관공서에서 일하는 사람들에게 지급되는 민방위용 점퍼. 여름임에도, 무조건 걸쳐 입고 있어야 해서 불편했다. 부사단장은 잠바를 벗고 한숨을 토해내며, 정리를 마쳤다.
"괜찮았나?"

"네. 선배님! 훌륭하셨습니다."
"아… 말년에 꼬이는구만. 장관님이 오신다니."
"저도 같은 처지입니다."
"그래도 원영이 넌, 장군 진급했잖아. 내 앞에서 같은 처지라는 말이 나와?"
"죄송합니다."

그때, 들어오는 고위 장관급 간부들. 국토교통부 장관이 공무원들을 보며 물었다.
"다들 끝났나 봐요?"
"네. 끝났습니다. 장관님! 오시느라 고생 많으셨습니다."
"고생 많으셨습니다."
국토교통부 장관이 들어오자 다들 칼같이 자리에서 일어나서 90도 자세로 인사하는 공무원. 그들도 장관들 앞에서는 군인들과 같이 예절을 차렸다.
그 뒤로 국방부 장관이 양복을 입고 나타났다. 힘찬 경례를 시도하는 현역 군인들!
"충성! 부대 작전간 이상 없습니다."
"그래. 32사단 부사단장이 여기 총괄인가?"
"맞습니다. 제가 후방작전을 담당하게 되었습니다."
국방부장관은 대전 시청 지하를 둘러보며 고개를 끄덕였다.
"서울시청만큼 시설이 잘되어 있네."
"맞습니다. 여기도 지하에 방공호가 마련되어 있고, 긴급상황 시에는 지하철과 연결된 통로를 통해 대피할 수도 있습니다."
국방부장관 뒤, 그들을 수행하러 온 3명의 장군이 보인다.
그들은 바로 육, 해, 공 총장들.
어느새 그 3명의 뒤에 위치한 국방부장관 직속부대의 지휘관 배원영.
"각 군 총장들, 할 말 있나?"
국방부장관의 말에 총장들이 배원영을 보며 눈치를 주었다.
'어디 있어? 왜? 아직 준비 안 했어?'

배원영은 총장들의 닦달에 미소를 지었다.
"장관님?"

"어. 배 준장!"
"식사 하셔야 되지 않습니까?"
"그래. 여기서 먹기로 했다며! 구내식당으로 가나?"
"아닙니다. 직접 준비했습니다. 1층으로 가시면 세팅되어 있을 겁니다."
"그래?"
그런데 차질이 생겼다.
대전시장이 훈련기간이라 군복 입은 병사들을 보더니, 짜증이 났기 때문이었다.
'뭐야? 훈련 다 끝났는데 또 짬밥 먹어야 돼? 아, 이래서 군인들하고 훈련 같이하면 피곤하다니까.'
평상시에는 연미복이나 조리복을 입었겠지만, 조금 전까지는 훈련기간 중이었으므로 전투복을 입고 나온 병사들.
훈련 4일째인 어제도, 3일차인 엊그제도 그들은 군대 급식을 먹었었다. 서로의 입장을 체험하기 위해, 점심에는 구내식당 음식으로, 저녁에는 군에서 가져온 군대 급식을 먹기로 서로 의견을 나누었었기 때문이었다.
군대 급식은 구내식당에 비해 맛이 없었다. 그래도 어제까지는 참고 먹었는데, 장관님께 짬밥을 드린다고 생각하니, 시장 입장으로서는 고개가 절로 저어진다.
32사단 부사단장도 시장과 생각은 마찬가지였다. 그런데 배원영 준장이 총장님의 명령이라며 무조건 밀어붙였다. 자기들이 다 준비하겠다고. 걱정 말라며.
대전 시장은 걱정스러운 말투로 말했다.
"장관님, 여기까지 오셨는데, 오늘 식사는 근처 맛있는 맛집으로 안내하겠습니다."
"그래요? 여기서 먹어도 되는데…."
"별로 좋지 않은 생각인 것 같습니다. 군대 짬밥이 얼마나 맛있겠습니까?"
옆에서 듣고 있던 육군참모총장이 고개를 저었다.
"저, 대전시장님!"
"네. 말씀하시지요."
"외람된 말씀이지만, 군대 음식 괜찮습니다."
"아, 비하하려던 의도는 아니었습니다. 다만, 저희도 급이 있는 사람들이고, 장관님을 비롯한 장, 차관급 인사들인데 격에 맞는 음식을 먹는 게 좋지 않나 싶어서…."

그때… 시작되는 공연.

이동식 아일랜드에서 퍼포먼스를 하는 병사가 있다. 그 병사 뒤로, 다른 병사들은 음식들을 세팅하기 시작했다. 스테인리스 그릇 안에 담긴 다양한 음식들.

'짬밥이 아니잖아?'

그리고 상황을 설명하는 배원영 준장.

"국토부 장관님, 그리고 대전시장님, 오늘은 저희 장관님께서 특별히 군대에서 가장 요리를 잘하는 병사를 섭외했습니다. 이미 알고 계실지 모르겠지만, 국내에서 가장 유명한 예능 프로, 언리미티드 챌린지에도 출연했던 강성재라는 병사입니다."

얼떨떨한 국방부장관. 이번에는 육군 총장 대신 해군 참모총장이 말했다.

"국토부장관님? 저 병사가 하는 요리는요. 우리 인트라넷에 장군들도 서로 예약하려고 막 싸운다고 합니다. 부하들 시켜서 어떻게든 자리 얻으려고도 하고요. 제가 부조리를 말하려는 게 아니라, 그만큼 맛있다니까 한번 드셔 보시죠."

성재의 손에서 뽑히는 가느다란 실.

그 실 안에 들어가는 건포도와 아몬드로 만든 소.

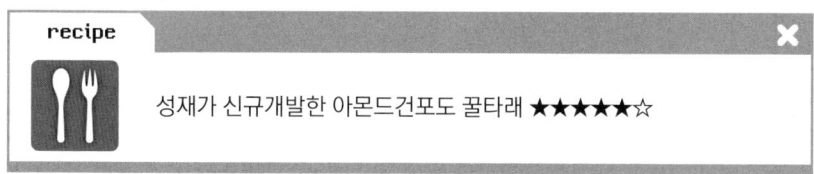

그것을 바로 들고 오는 공군 참모총장.

"어디서도 드실 수 없는 아몬드건포도 꿀타래입니다. 한 번 드셔 보십시오."

긴가민가한 상황. 꿀타래를 입에 넣는 국방부장관.

그의 얼굴에 미소가 걸리고.

국방부장관이 입안에 음식을 넣자, 자신들도 입안에 넣는 국토부장관과 대전시장.

그리고 반응은? 말할 것도 없다.

얼굴에 미소가 쫙!

한순간 의심했던 불안감이 싹!

온데간데없이 사라진 매직!

어느새 줄을 쫙 서는 공무원과 군인, 경찰들.

"어? 걔다! 요리 잘하는 애."
"아세요?"
"알아요! 저 병사, 대전에서 엄청 유명해요. 유성 호텔 레스토랑에서도 일했지?"
"대박! 대박! 강성재! 맞다! 강성재다."
이미 성재는 대전에서 얼굴이 많이 알려졌다.
지역 유지인 공무원들 중 일부는 성재를 알아보고. 성재가 만든 꿀타래도 알아본다.
"오오오! 이거 은행동 그 꿀타래네!"
"맞아요. 예약해야 먹을 수 있는 그거네요."
"어? 닮았네. 아들이지? 거기 병사야. 너! 꿀타래 파는 푸드트럭 아저씨 아들 맞지?"
"네. 맞습니다."
"오! 땡 잡았다. 이거 꿀타래 공짜니?"
"네. 오늘은 공짜입니다. 많이 드십시오!"
"아내 먹을 것도 가져가야겠다."
"야! 나도! 나도!"
"앗, 가져가시는 건 안됩니다."

성재의 음식을 이미 맛보았거나, 지금 처음 맛본 사람들의 반응은 모두 같았다.
그야말로 대만족. 부하 직원들이 저러는데, 상관이라고 다를까?
국토부장관과 국방부장관 역시 생각은 마찬가지.
"저 병사 이름이 뭐라고 했죠?"
"강성재입니다. 상병 강성재."
"그렇군요. 기억해두어야겠네요."

요리대회 2차 예선 (1)

국방부장관과 국토교통부장관이 식사를 하고, 병사 앞으로 다가왔다.
그러자 각 군 총장들 역시 성재 주변으로 몰려들었다.
국방부 장관이 씩 웃으며, 국토부 장관에게 말했다.
"국토교통부장관님, 어떻게 잘 드셨는지 모르겠습니다."
"아~ 만찬이었죠. 어이쿠, 정말 젊은 친구가 대단하네. 어디 해외에서 요리를 전문적으로 배웠나 봐요. 너무 좋은 시간이었습니다. 그럼 먼저 가봐야 될 것 같군요."
국토교통부 장관이 대전시장과 함께 자리를 뜨고, 국방부 장관 또한 떠날 채비를 마쳤다.
자리에서 일어난 국방부장관이 입을 열었다.
"병사야. 잘 먹었다. 배원영! 정말 잘 데려왔어."

갑자기 육군 총장이 끼어들었다.
"장관님, 성재가 요리를 정말 잘합니다. 그래서 제가 평소에 잘 챙깁니다."
지고 있을 수 없는 해군 총장.
"육군 총장님도 그랬군요. 제가 제일 아끼는 병사인데…"
그리고 공군 총장.
"어? 저도 성재는 아끼죠. 제가 이름도 알고 있으니까."

세 명의 총장들이 장관에게 잘 보이려 애를 쓴다.

장관 또한 현역 군인이었던 시절이 있었기에 잘 알고 있었다.

윗사람에게 잘 보이기 위해서 나오는 행동. 장관이 생각했다.

'너무 티 나는데?'

연말에 3명의 총장 모두 전역하거나, 아니면 합참의장 자리를 노리느냐. 군 생활이 걸려 있기에 다들 필사적인 것.

그것뿐만이 아니다. 차기 국방부 차관은 물론 국방정책실장도 노려볼 수 있다.

그래서 다들 무리하고 있는 것이라고 장관이 생각한 것이다.

'누가 거짓말을 하고 있으려나?'

장관은 씩 웃었다.

'한번 확인해볼까? 너무 잔인한가? 아니야. 확인해봐야지. 성재가 알겠지. 누군지는!'

그리고 병사를 불렀다.

"강성재?"

"상병 강성재!"

"육군 총장이 잘해줘? 해군 총장이 잘해줘? 공군 총장이 잘 해줘?"

국방부장관의 난감한 질문. 갑자기 각 군 총장들의 눈빛이 바로 성재를 향하고.

그들의 표정은 이렇게 말하고 있었다.

'성재야! 육군 총장! 육군 총장!'

'할아버지 마음 알지? 내 이름 대! 내 이름 대야 돼! 해군 총장이라고!'

'강성재! 나를 똑바로 봐! 나를 봐! 나를 보라고!'

그러나 성재는 그들의 눈빛에도 별다른 고민을 하지 않았다.

이미 정답을 알고 있었으니까.

"세 분 모두 잘 해주십니다."

그런데 국방부장관은 사실 좀 짓궂다.

"그래? 꼭 한 명만 뽑으면? 가장 좋아하는 사람이 있을 거 아니야?"

그의 질문에 각 군 총장들이 긴장한다.

그런데 성재는 군대에서 상급자들을 상대하며 처세술에 대해 많이 배웠다.

그래서 여유 있는 미소로 대답했다.

"국방부장관님이 가장 좋습니다."

그러자 갑자기 얼굴에 미소가 피어나는 장관님. 그리고 안심하는 총장들.
국방부장관의 시선이 성재를 향해있다.
반짝반짝한 눈빛으로 쳐다보는 병사. 오늘 맛있게 음식을 해준 녀석.
국토교통부 장관 앞에서 자신의 조직이 우수하고, 인재가 많다는 것을 알린 요리병.
'휴가를 줘볼까?'
국방부 장관이 웃었다. 그리고 똘똘해 보이는 병사를 향해 물었다.
"말하고 싶은 게 있는 거지?"
"어떤 것 말씀이십니까?"
"한 가지만 말해봐. 들어줄 수 있는 거라면 얼마든지 들어줄게."
기분 좋은 국방부장관의 입에서 나온 말.
'휴가라고 말해. 줄게 병사야.'
장관의 예상은 당연히 휴가. 병사들이 원하는 가장 큰 복지는 휴가이기에.
그런데 성재의 입에서는 다른 부탁이 흘러나온다.
"그럼… 하나 있긴 합니다."
"그래. 말해봐."
"저희 단장이 매번 열심히 하는 것 같습니다. 단장 표창 좀 주시면 안 되겠습니까?"
"어? 단장?"
"네. 배원영 준장입니다."

병사에게서 나온 기특한 말. 자신의 공을 상관에게 돌리는 녀석.
참된 군인의 자세. 국방부장관의 얼굴에는 다시 한번 커다란 미소가 깃들었다.
"배원영!"
"네. 장관님."
"얼마나 병사들한테 잘하기에, 병사 입에서 이런 말이 나와? 열심히 하나 보네?"
"아… 과찬이십니다. 저는 그저 지휘관으로서 남들 하는 만큼만 하고 있습니다."
"그러면 병사 입에서 저런 말은 안 나오지. 잘하고 있어. 아주 잘하고 있어. 병사야."
"상병 강성재?"

"표창은 장관이 좀 더 지켜보고 고려해 볼게. 알았지?"

"네. 알겠습니다."

"그리고 각 군 총장들, 매번 열심히 하는 거 내가 알고 있으니까, 지금처럼 잘 지내. 서로 각자 열심히 하려는 모습이니 보기가 좋네."

"감사합니다. 장관님!"

"그럼 올라가 보겠네. 그리고 배원영!"

"계근단장!"

"그 병사, 아! 강성재… 강성재… 이름 강성재. 이제 외웠다."

국방부장관이 군복 입은 병사를 보며 씩 웃었다. 그리고 다시 배원영을 보며 말했다.

"네가 휴가 좀 챙겨줘."

"네. 알겠습니다."

"네가 받는 표창은 긍정적으로 생각해보지."

"아닙니다. 안 주셔도 괜찮습니다."

"주고 말고는 내가 결정해. 그럼 간다!"

장관이 차량에 탑승하고. 각 군 총장들과 간부들이 경례를 실시한다.

[장관님께 대하여 경례!]

육군은 "충성!"을.

해군과 공군은 "필승!"을.

각자 경례구호는 다르지만, 마음은 같다.

상급자에 대한 존경. 예우.

장관이 떠나고. 육군 총장이 병사를 향해 입을 열었다.

"성재야."

"상병! 강성재!"

"잘했어!"

"감사합니다."

그리고 해군 총장. 공관병을 했었기에, 같이 수영장에서 수영도 한 사이였기에 중요 부위 빼고 모두 알아서 더욱 친근한 사이.

"우리 성재."

"상병 강성재?"

"우리 마누라가 보고 싶다고 하는데 언제 볼 수 있을까?"

"앗… 일요일에 사모님께서 무궁화회관 예약하신 것으로 알고 있습니다."

"후후후, 그래. 그래! 그때 보자."

그리고 공군 총장님.

"강성재!"

"상병 강성재?"

"우리 마누라도 널 좋아해. 알지?"

"네. 잘 알고 있습니다."

"그런데 이제 나도 널 좋아해야겠다."

"?!"

"우리 성재. 잘했다. 잘했어!"

이때다 싶었던 50대 초반의 배원영이 난감한 이야기를 꺼냈다.

"죄송합니다. 총장님, 마음대로 무궁화회관 휴무를 토요일로 정해버려서."

그러자 육군 총장이 씩 웃는다.

"괜찮아. 우리 성재가 요리대회 나간다고 하는데, 당연히 허락해야지!"

그리고 해군 총장 또한 마찬가지.

"우리 손주 같은 자식, 대회 나간다는데 지원해줄 건 없나?"

공군 총장 역시 생각은 같았다.

"요리대회 나가면 예산도 필요하겠네. 뭘 지원해줘야 하려나?"

그리고 뜨는 시스템창.

> ⚙ ✓ ✗
>
> 사용자 강성재에 대한 국방부장관과 국토교통부장관의 호감도가 상승했습니다
> 달성조건 1, 2를 완료했습니다

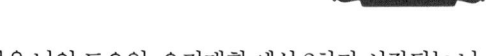

다음 날인 토요일. 요리대회 예선 2차가 시작되는 날.

성재는 군복을 입고 외출을 나왔다. 이번에는 인솔간부도 함께였다.

"하아… 십할!"
"……."
"야! 강성재! 오늘 나 휴무인데, 내가 너 운전기사 해야겠냐?"
"……."
"아오! 일주일에 하루 쉬는 것도 못 쉬겠네."
개과천선 한 줄 알았던 행정보급관.
하지만 개 버릇 죽어서도 못 고친다고, 하루 못 쉰다고 욕하는 박재영.
그러나 이제 성재도 상병이다. 실장님이란 직책보다는 행보관이라는 직책이 더 반갑게 다가오는 건 사실. 그래서 행보관이라고 부른다.
"행보관님?"
"뭐야? 갑자기 왜 행보관이라고 불러?"
"이거 받으십시오."
조금 전까지 화를 냈던 행보관의 얼굴에 미소가 피어난다.
"응? 이게 뭐야?"
"총장님들께서 하나씩 주셨습니다. 요리대회 열심히 하라고 지원해주신 겁니다."
"그래?! 이거 다 써도 되냐?"
"아마도 그럴 겁니다. 이게 포상 개념으로 내려온 거라서, 괜찮다고 들었습니다."
"일찍 말했어야지. 괜히 열불 냈잖아. 대회 끝나고 맛있는 거 먹으러 가자."
"네. 알겠습니다."

서울 상암KBC. 예선을 통과한 사람들이 하나둘 도착하기 시작했다.
"참가자 분을 제외한 다른 분은 들어오실 수 없습니다."
"병사 인솔 간부인데 안 될까요?"
"네. 주차장까지만 들어가실 수 있습니다. 촬영 제한 구역 안에는 못 들어갑니다."
주차장에 차량을 주차한 박재영 상사가 성재를 향해 말했다.
"잘하고 와. 행보관은 차 안에 있을게."
"알겠습니다. 조금 오래 걸리는데 괜찮으시겠습니까?"
"응. 괜찮아. 걱정하지 마. 군 기본자세 유지하고."
"알겠습니다."

성재가 떠난 후, 박재영 상사는 씩 웃었다.
차량 뒷좌석으로 들어간 후, 커뮤니티 사이트에 들어가는 간부.
각종 추천 종목을 보며 미소를 짓는 부사관.
'역시 투자는 해당분야 1등 종목에 해야 돼.'
그는 자신의 잔고를 보며 미소를 지었다.

　평가이익 : 23,151,621원
　D+2일 추정예수금 : 76,415,643원

'삼성전자 팔아서 2,300만 원 벌었네. 다음 주에는 무슨 종목을 들어가야 하나?'

성재는 자신의 외모를 다시 한번 확인했다. 구겨진 곳 없이 쫙 편 군복.
반짝반짝거리는 전투화. 잘 정돈된 손톱과 머리카락.
평소 수염이 나지 않던 성재였지만, 솜털까지 미리 정리하는 꼼꼼함까지.
도착한 접수처. 세미정장을 입은 여성 둘이 참가자들에게 번호표를 나눠주었다.
"대전지역 예선 참가자 강성재입니다."
성재의 말에 여성들이 대화를 나누었다.
"언니, 군인이 한 명이 아니었나 봐요."
"그러네. 강원도 지역에서도 있었고, 대전 지역에도 있었네."
성재는 강원도 지역의 군인이 누군지 이미 알고 있었다.
경쟁자. 김용우 상병. 그가 보인다. 군복 때문인지 확연히 눈에 들어오는 남자.
성재가 먼저 용기를 내어 말을 걸었다.
"저기…."
그러나 그는 아무 말도 하지 않고 지나쳐갔다.
"후우~"
성재는 한숨을 내쉬었다. 대꾸조차 하지 않는 그를 보면 답답함이 밀려왔다.
'어디서부터 틀어진 거지?'
실력은 좋은데, 인성이 별로 좋지 못한 병사. 성재가 다시 말을 걸었다.

"저기요. 용사님!"

"뭡니까?"

"통성명은 하고, 서로 잘 지냈으면 좋겠습니다."

"빽으로 왔으면, 조용히라도 하면 중간은 가잖아요. 안 그래요? 아저씨?"

"저한테 왜 그럽니까? 전 잘못한 것도 없는데…."

"잘못한 게 없어요? 군사령부 요리대회에서는 총장님 빽으로 1등 하고, 세계군인 요리대회에서는 삼겹살로 1등하고, 진짜 요리사로서 부끄럽지 않아요? 실력이 없으면 노력을 해야지! 매번 꼼수로만 이기는 사람, 전 요리사라고 생각 안 합니다."

"무슨 말씀 하시는지 잘 알겠는데, 저 노력 많이 합니다. 그쪽에서 오해할 순 있는데, 저 여기까지 오려고 엄청 노력했습니다."

"노력했겠지. 대회 전날에는 외국인들하고 술 퍼마시고, 심사위원이 아무것도 모르는 외국인이라고, 동네 정육점에서 삼겹살 구해서 메뉴로 내놓는 노력. 그게 노력이라면 노력이겠네. 그쪽하고 인사하고 싶지는 않네요. 아는 척하지 맙시다. 알겠죠?"

"김용우 용사님은 제 대화를 들어주질 않으시네요."

"피차일반, 그건 마찬가지고."

요리등급 평균 5성 반의 김용우가 떠나자, 답답함을 토로하는 성재.

'잘 지내고 싶었는데….'

그때, 성재를 향해 누군가가 불렀다.

"오빠! 성재 오빠! 일찍 왔네."

"어. 그래. 윤아야. 오느라 고생했다. 단장님 아니… 아빠랑 같이 왔어?"

"아니, 아빠는 오늘 못 온다고 해서 엄마랑 둘이 왔어."

긴 생머리. 머리카락에 갈색빛이 도는 여성. 성재는 군복. 그녀는 교복.

그런데 반가운 얼굴은 그녀뿐만이 아니다.

"형~ 성재 형!"

"어. 종수야."

"저도 예선 합격했어요. 형 덕분이에요!"

윤아의 짝꿍 장종수. 강희철에 이은 성재의 두 번째 제자.

그런데 또 반가운 얼굴이 보인다. 프랑스에서 비행기를 타고 온 재벌집 남자.

"성재야."

"어? 동현이형?"

"놀랬지?"

"형도 합격했어요? 요리학교는요?"

"교수님께 말씀드리고 왔어."

윤동현은 성재를 보다 말고 갑자기 고개를 돌렸다.

그의 시선이 한 여성을 바라보았다. 그리고 방긋 웃음을 머금었다.

"윤아야. 또 보네."

"아, 안녕하세요. 오빠."

"그래. 잘 지냈지?"

그때, 빠직! 한 남자가 윤동현의 시선을 보며 질투에 사로잡혔다.

째려보는 장종수의 눈빛이 정확히 재벌집 손자인 윤동현을 향해 있다.

'윤아한테 저 눈빛 대체 뭔데?'

그러나 윤동현은 장종수의 마음을 읽고, 밝은 미소로 말했다.

"종수야. 형을 봤으면 바로 인사해야지! 형님! 안녕하세요~ 하고!"

재벌집 가문끼리의 격돌.

하지만 나이에서는 장종수보다 윤동현이 위. 그걸 지키는 게 재벌들 간의 암묵적 룰.

어릴 때부터 예절을 지키라고 교육받았기에 동생인 종수는 굽힐 수밖에 없다.

"형님! 안녕…하세요…."

"그래. 종수야. 잘 지냈지?"

"네. 형은요?"

그런데 동생을 무시하고, 다시 윤아를 향하는 윤동현의 시선.

"윤아는 저번보다 더 예뻐졌네?"

요리대회 2차 예선 (2)

반가운 사람들. 여럿이 모이면 갈등도 있을 수밖에 없는 법.

갈등관계에 일일이 대응하는 것보다는 적당히 걸러내는 것도 중요하다.

성재 또한 그러려니 생각했다. 모든 것을 맞출 수는 없으니.

자연스럽게 관계 정립이 되길 기다리는 것이다.

불꽃 튀기는 두 재벌남.

그러나 윤아는 둘에게 큰 관심은 없는 듯했다. 그녀의 관심사는 오로지 요리대회.

"오빠 미안한데요."

"응?"

"저 오빠한테 관심 없어요."

"뭐?"

그러나 그 둘에겐 크나큰 관심사. 종수가 입꼬리를 올리며, 윤아에게 말했다.

"가자."

"종수야?"

"응?"

"너도 마찬가지야."

이제는 윤아도 종수의 감정을 눈치챘다.

제아무리 둔감하더라도 이 정도로 티 나게 행동하는데, 모르는 게 바보.

그녀의 매정한 말에 상처 입은 종수가 생각했다.

'윤아야… 왜 내 마음을 몰라주니?'

그때, 방송이 시작되고.

"예선 2차, 리허설 시작하겠습니다. 모두 앞으로 모여주세요!"

켜지는 조명. 커다란 무대. 그리고 PD의 말.

[촬영 시작하겠습니다. 모두 정면을 봐주세요!]

쏴아악!

드라이아이스가 하늘 위로 솟구치고, 양옆으로 열리는 문.

문에서 나오는 심사위원. 거기서 모든 사람들이 환호성을 지른다.

"우아아아아!"

마이크를 든 남성. 키는 작지만, 우렁찬 목소리가 인상적이었다.

"안녕하세요. 이번에 심사위원을 맡게 된 윤석현이라고 합니다. 저는 현재 힐튼호텔 수석 주방장을 맡고 있습니다. 본선까지 좋은 교류를 나눴으면 좋겠습니다."

그리고 다음 여성. 50대 중반의 그녀는 단아한 한복을 입고 나왔다.

"만나 뵙게 되어 반갑습니다. 저는 궁중요리 전문가 윤혜숙이라고 합니다. 저희 외할머니는 구한말 고종 재위 시절 덕수궁 주방 나인으로 입궁해서 상궁까지 올랐습니다. 저는 외할머니로부터 30년간 궁중음식에 대해 배우고 있고요. 한식 전문 요리대회는 아니지만, 이번 대회가 한식의 우수성을 널리 알리는 자리가 되었으면 좋겠습니다."

마지막은 첫 번째와 마찬가지로 남성이었다. 단, 해외출신이다.

"헬로우! 저는 미국 텍사스 미슐랭 쓰리스타 〈A Stair to Heaven〉에서 13년간 요리를 배우고 온 마틴 최입니다. 판타스틱하고, 익사이팅한 시간이 되면 좋겠습니다."

세 명의 심사위원이 나란히 서자, 조금은 긴장되는 성재.

'첫 과제는 무엇이 될까?'

작년 베스트 셰프 1회 차에는 첫날부터 재료 맞추기를 했었다.

재료 맞추기, 기상 미션, 심사위원에게 자신을 소개하는 요리가 그에 속했다.

그런데 오늘은?

"여기 참가하신 분들은 작년 방송 많이 보셨을 거예요. 다들 보셨죠?"

"네!"

성재 뿐만이 아니다. 모두가 연습했고, 어떻게 해야 우승할 수 있는지 알고 있다.

그야말로 같은 조건. 그런데 올해는 조금 다르다.

왜? 일반인들만 모여서 예선전을 치를까? 그 이유가 지금 공개된다.

제일 먼저 힐튼 호텔 주방장 출신 윤석현이 말을 꺼냈다.

"여러분들에게는 각자 5만 원씩을 드릴 겁니다."

그리고 궁중요리 전문가 윤혜정이 말을 이어간다.

"그걸로 재료를 사시면 되고요."

마지막으로 마틴 최가 설명을 마친다.

"그 재료를 이용해, 음식을 만들어 수익을 내시면 됩니다."

사람들이 웅성거린다. 요식업을 했던 사람들과 하지 않았던 사람들의 희비가 엇갈리는 가운데, 윤석현이 참가자들을 진정시켰다.

"여러분들은 국내 최고의 요리사가 되기 위해 모인 분들입니다. 그렇다면 손님과의 관계에서도 원활해야겠죠? 이번 미션에서는 여러분들의 순발력과 적응력, 판단력을 종합적으로 평가할 겁니다."

"평가를 어떻게 하냐고요? 사실 간단합니다. 2시간 동안 신촌 광장에서 장사를 합니다. 시간은 오후 5시부터 오후 7시. 유동인구는 약 8천 명이며, 참가자들의 노력 여하에 따라 천차만별의 결과가 벌어질 것이라 예상됩니다. 그럼 여러분께 5만 원이 충전된 선불카드를 드리겠습니다."

선불카드를 받으며 당황하는 사람들.

쿠킹클래스 강사였던 백미현은 평소 손님을 상대해본 적이 없어서 당황했고.

요리전문고등학교 교사인 박관성 또한 시민들을 상대해야 하기에 당황했다.

그러나 이번 미션에 이견을 낼 순 없었다.

요리사라면 이 또한 극복해야 하는 일. 다른 사람에게 음식으로 행복을 주는 직업.

그들의 첫 번째 과제는 분명 그 목적에 충실했다.

무엇이 좋을까? 사람들은 고민했다.

주어진 것은 간이 테이블과 메뉴를 적을 수 있는 화이트보드, 매직, 그리고 불판, 버너, 후라이팬. 나머지는 다 5만 원 내에서 해결해야 한다.

재료도 사고, 조리도구도 사고.

대형마트 안. 분주히 움직이는 참가자들. 재료를 보며, 무엇을 살지, 어떤 메뉴를 골라야 다른 참가자들과 겹치지 않을까 고민하는데.

강성재만은 예외였다. 그는 여유가 흘러넘쳤다.

천천히 대형마트를 둘러보며 다른 참가자들을 바라보는 병사.

햄버거를 만들려는 사람도 있었고, 돈가스를 만들려는 사람.

스테이크, 호떡도 있었고, 닭꼬치를 만들려는 사람도 있었다.

심사위원들은 서로 의견을 나누기 시작했다.

"전 이번 참가자 중 가장 관심이 생기는 친구들이 고등학생 2명이에요."

"남학생하고 여학생, 장종수, 배윤아 참가자 말씀이시군요. 둘 다 이력이 특이하네요. 재벌집의 손자와 장군님의 딸."

"그렇죠? 이력도 그렇고, 실력도 생각보다 높다고 심사평에 나와 있더군요."

"그런가요?"

"물론 일반인 기준이고, 셰프들도 나오는 본선에선 어떨지 모르죠."

"군인들은 어때요? 한 명은 해외유학파고, 한 명은 배관공 출신인데, 군대에서 요리를 배우기 시작했다고 하더군요."

"아… 해외 유학파면 확실히 기본은 있을 것 같고, 배관공 쪽이 어떨지 궁금해요."

"배관공이면, 요리 쪽은 힘들지 않을까요? 정반대일 텐데…."

"그거야 잘 모르죠. 일단 예선 1차는 합격했으니까."

"한번 지켜볼까요?"

200여 명의 눈치 싸움이 시작되었다.
처음부터 앞서나가는 참가자가 있었다. 성재는 그녀를 보며 말을 걸었다.

"이번엔 안 도와줘."

"걱정 마. 오늘은 자신 있으니까."

스테이크를 굽는 여성, 단아하고 수수하며 화장기 하나 없는 얼굴.

그러나 맑고 깨끗한 피부가 매력적인 여학생이 교복을 입고 있다.

다소 부족한 것 같으면서도, 최선을 다하는 모습.
그렇기에 그녀로부터 진정성을 본 사람들이 몰리기 시작했다.
송글송글 맺힌 땀. 소매로 닦으며, 스테이크 조리방법을 기억해낸 배윤아.
그녀를 쳐다보는 남자들의 생각.

'와 진짜 예쁘다.'
'대박…. 귀여워!'
'예뻐. 연락처 받고 싶다.'
윤아의 주변에는 당연하게도 99.99%가 남성 손님.
반면, 같은 스테이크를 팔아도 다른 참가자들의 테이블은 파리만 날리고 있다.
한 남성 손님이 물었다.
"1인분에 얼마에요?"
윤아는 친절한 미소로 손님들에게 화답했다.
"5,000원이에요. 담아드릴까요? 아니면 드시고 가시나요?"
"미소가 참 좋으세요. 한 번만 더 지어주세요!"
손님이 말하자 방긋. 여고생의 밝은 웃음이 전해지고. 건네지는 만 원짜리 지폐.
"거스름돈 여기 있습니다."
"아니에요. 거스름돈 안주셔도 되요."
"네?"
"팁이에요. 열심히 하시는 모습이 보기 좋아요. 응원할게요. 열심히 파세요!"

반면 장사가 잘 되지 않던 장종수.
'아… 나 떨어지는 거 아니야?'
그는 특단의 대책을 내렸다. 그의 손짓에 등장하는 수상한 남자들. 가장
가장 나이 든 한 명이 종수에게 말했다.
"300개 부탁드립니다."
그런데… 너무 티가 난다.
'박 비서, 이 멍청한 놈! 300개를 한 번에 산다고 하면 어떻게 하냐!'
"손님, 그만큼 없어요. 30개만 사가세요."

"네. 30개만 부탁드리겠습니다."

반면 같은 재벌 윤동현은 정당한 방법으로 승부에 임했다.
그의 손에서 밀가루 반죽이 팬에 곱게 펼쳐진다.
딸기와 초콜릿이 팬에서 익은 반죽 위에 올라가고.
멕시코의 길거리 대표음식 또띠아가 신촌 광장에서 첫선을 보였다.
폭발적인 인기. 모양도 모양이지만, 달콤하면서도 시원한 맛.
그의 가게는 대박이 났다.

하지만 그건 빙산의 일각이었다.
여기 한 사내가 자신의 화이트보드에 '1박스에 5,000원'이라고 당당하게 적었다.
그 사내는 자신의 목소리를 부끄럽지도 않은지, 커다랗게 내질렀다.
"꿀타래! 장사 시작합니다!"
'그래. 이 정도 용기도 없을까 봐? 내가 푸드트럭에서 아버지랑 한 고생만 생각하면, 이 정도는 아무것도 아니야!'
군인정신. 그는 지나가는 사람들에게 호객행위를 시작했다.
그러나 강압적이진 않았다. 노래를 불렀다.
양손의 움직임을 노래 장단에 맞추고. 환한 미소로 손님을 맞이한다.
청년의 입에서 나오는
"원 플러스 원은~ 투!"
"투 플러스 투는 포!"
"포 플러스 포는 에이트!"
장단이 이어짐과 동시에 펼쳐지는 화려한 퍼포먼스.
성재의 손에서 만들어지는 16,384가닥의 꿀로 된 실. 그 안에 담긴 견과류.
성재의 노랫말과 함께 신기한 듯 몰리는 신촌 사람들.
순식간에 팔리기 시작하는 견과류 꿀타래.

오리지널리티. 희귀성.
적절한 가격. 퍼포먼스에 달콤한 맛.

거기에 유니폼이라면 유니폼인 전투복까지. 사람이 몰리지 않을 수가 없다.

심사위원은 혀를 내둘렀다. 이 정도까지 차이가 날 줄은 몰랐던 것.

손님들이 적당히 균형을 이룰 줄 알았는데, 특정 사람들한테만 너무나 몰려버린다.

불과 26분. 성재는 가장 먼저 준비한 80박스를 다 팔곤, 입을 열었다.

"심사위원님!"

"네?"

"번 돈으로 재료 다시 한번 더 사와도 될까요?"

심사위원은 곤란한 상황에 빠졌다. 성재는 1시간 45분 동안 무려 220만 원 어치를 팔았다. 시간이 가면 갈수록 지쳐야 정상인데, 녀석의 손은 오히려 더 빨라진다.

지치지도 않는지, 더욱더 빠른 손놀림으로 장사를 지속하는 군인. 여유로운 얼굴로 손님을 맞이하며, 장사를 무사히 완수했다.

이변은 그게 끝이 아니었다.

반대편, 배윤아가 장사하는 곳은 이미 손님들까지 나서서 장사를 도와주기까지 한다.

"줄 서세요! 5,000원짜리 잔돈 준비하시고요. 혹시 안심 대신 사오실 분 계십니까?"

방송인 것도 있지만. 젊은 대학생 일부가 윤아의 매력에 빠져 1일 알바를 자처한 것.

오후 7시. 결과가 발표되었다.

    1위. 판매수익 2,445,000원

    2위. 판매수익 1,855,000원

    3위. 판매수익 180,000원

    4위. 판매수익 164,000원

    5위. 판매수익 77,000원

    ※ 101위부터 불합격

같은 합격인데 1등과 꼴찌. 방송국을 나오는 두 사람. 그러나 대우는 천차만별.

"성재야! 몇 등 했냐?"

"행보관님! 1등입니다."

"오~ 잘했다. 잘했어!"

부들부들.

그를 맞이하는 1군사령부의 한 간부.

"용우야. 어떻게 됐어?"

"……."

그리고 그 간부가 성재를 향해 인사한다.

"성재야!"

"어? 강희철 하사님?"

"어. 그렇게 됐다."

주차장 뒤편에서 씩 웃는 행보관.

"얌마! 강희철!"

"?"

"이리 안 와!"

"아! 행보관님!"

"어쭈, 하사 됐다고 관등성명 안 대냐?"

"충성! 하사! 강희철! 부사관으로 임관했습니다!"

"그래~ 잘했다. 너도 인솔 왔냐?"

"맞습니다. 김용우 상병 대회 인솔 때문에 왔습니다."

"맛있는 것 먹으러 갈래?"

"저야 좋습니다. 사주십니까?"

"그래. 총장님이 주신 카드도 있으니, 서울까지 왔는데 그냥 가면 섭섭하지."

"네. 괜찮습니다. 대신 저희는 운전병도 챙겨주셔야 합니다."

"가능해. 맛집 아냐?"

"네! 알고 있습니다."

243
이제는 무시할 수 없는 녀석

김용우는 난감한 상황에서 할 말이 없었다. 하필이면 저놈이랑 같이 식사를 한다니.
요리 실력도 없고, 근본도 없는 녀석이랑 같이 있어야 하다니.
'아, 짜증난다. 짜증나.'
하지만 간부들이 결정한 사항. 자신이 토를 달 수 있는 환경이 아니다.
제아무리 선임이었던 병사라고 해도 지금은 하사가 되어버린 간부.
그의 이름 강희철. 그래서 김용우는 말을 아꼈다.

차량이 호텔 지하 주차장으로 향했다. 엄청나게 넓은 지하 주차장.
다섯 명의 일행들이 지상으로 가는 엘리베이터를 타고 음식점으로 이동한다.
강희철이 잘 아는 맛집은?
성재도 아주 잘 아는 곳이었다. 중화요리 레스토랑으로 유명한 호텔.
한 때, 성재가 선임으로 모셨던 분이 현재 수 셰프로 일하는 곳.
박재영 상사는 화려한 호텔의 외관에 일단 압도되었다.
단 한 번도 이런 곳에 온 적이 없는 남자.
최전방 군대에서 하사 때부터 원사 진급이 발표될 때까지 짱박혀 살았던 군인.
그가 걱정했다.

'비쌀텐데? 아니야. 비싸 봐야 얼마나 비싸겠어. 개인당 6만 원이면 충분하겠지?'
지인이 직접 하는 가게라니까 할인(D/C)도 충분히 될 거라 생각했다.
군복 입은 하사가 문제의 남자를 불렀다.
"효석이 형!"
"어. 희철아! 잘 지냈니? 너 진짜 하사 됐구나."
"그렇게 됐어요. 형! 저희 어디에 앉아요?"
"안쪽으로 들어와."
서효석은 한 때 같이 근무했던 강희철을 반갑게 맞이했다.
그런데 반가운 얼굴이 또 있다.

"어? 성재도 왔어?"
"네. 잘 지내셨죠?"
그런데 뒤에 아는 얼굴이 또 있다.
"앗. 안녕하십니까?"
서효석은 고개를 숙였다. 인접부대 간부 박재영 상사를 알아보고 먼저 인사한 것.
"네. 안녕하세요."
"말씀 편하게 하세요. 저도 60연대 간부식당 출신이어서 행보관님 알고 있어요."
"아… 우리 간부식당 조리병으로 일했어요?"
"네. 올해 초까지 연대 간부식당에 있었고, 그다음에 사단회관에서 성재랑 같이 복무하다가 군생활 마무리 했습니다. 말씀 편하게 하세요."
"아… 그랬구나."

박재영 상사는 서효석을 보며 놀라움을 감추지 못했다.
군대에서는 눈에 띄지 않는 말단 병사였는데. 지금은 사회적 지위가 장난이 아니다.
이게 불과 1년도 안 된 일이라니. 그것도 사회 초년생인 20대가.
서효석을 따르는 수많은 제자들이 주방에서 오더를 기다리고 있고.
그의 음식을 먹기 위해 대기 의자에서 수십 명의 사람들이 앉아서 기다리고 있다.
유명한 레스토랑의 셰프라는 직함 앞에서 군복 입은 육군 상사의 계급장이 상대적으로 초라해 보이는 것은 왜일까?

그건 이 장소가 군대 주둔지가 아니라 호텔 레스토랑이기 때문.
그럼에도 서효석은 예의를 갖췄다. 그의 인품. 몸에 밴 매너.
"예약석으로 모시겠습니다. 안쪽으로 들어오십시오."
그리고 멋진 말투. 자연스러운 접대 예절. 오늘의 주인공은 단연코 서효석이었다.
금관장식으로 화려하게 수놓은 샹들리에. 우드톤의 벽 장식. 반들반들한 대리석 바닥.
서양의 깨끗하고 하얀 식탁보 대신 짙은 갈색의 앤틱한 나무식탁과 바닥양탄자.

먼지 하나 없는 깔끔한 홀.
그곳으로 안내한 서효석이 미소를 지었다.
"예약한 것으로 드릴까요?"
웨이터, 웨이트리스 대신 직접 주문을 받는 수 셰프. 그만큼 특별한 대접.
"예약했었어?"
"어. 희철이가 예약했던데? 다들 같은 메뉴로 괜찮겠죠?"
"네. 좋습니다."
그런데 성재는 메뉴판을 뚫어지게 쳐다보고 있다.
그러자 서효석이 물었다.
"왜? 너 레시피 빼내러 온 건 아니지?"
성재의 비밀을 어렴풋이 알아챈 서효석. 그의 경고가 담긴 말.
'주방은 안 보여줄 거다. 올 생각 하지도 마.'
그런 생각을 아는지 모르는지, 성재는 방긋 웃으며, 선임에게 친근함을 표시했다.
"그냥 예약한 거로 주면 될 것 같아."
서효석은 떠올렸다. 한때, 녀석을 너무나 좋아했고 챙겨주고 싶었었다고.
그러나 지금은 경쟁자 위치까지 오른 성재.
'또 얼마나 성장했을까?'
놀랄만한 실력 성장에 조금은 부담스러운 것도 사실이지만 지금은 다 옛 추억.
자신은 민간인. 성재는 현역 군인. 다 부질없는 생각.
서효석이 생각을 정리하고 말했다.
"그럼 실력 좀 발휘해볼까?"
"네!"

요리가 나오길 기다리는 시간, 병사들은 싱글벙글이다.

성재는 이해가 가는데, 김용우는 왜?

비싼 코스요리를 시켜서? 아니었다. 그에게는 다른 이유가 있었다.

"강희철 하사님? 서효석 셰프님하고는 어떤 사이입니까?"

"어? 내 선임이었다. 왜?"

"헉… 그러십니까? 제가 가장 존경하는 셰프님입니다."

"그래?"

"예. 서효석 셰프는 엄청 유명합니다. 저희 또래 중에서는 정말 잘 나가는 분입니다."

"그래? 그 정도였어?"

화제의 당사자가 요리를 들고 온다. 운전병은 포함한 5명은 싱글벙글 미소를 지었다. 물론 행보관은 월요일에 투자할 주식 생각에 여념이 없었지만, 뭐 상관없었다.

성재에겐 행보관의 생각보다 지금 앞에 나오는 요리가 더 중요했으니까.

성재가 눈동자를 굴린다. 또 눈을 깜박인다.

'요리사의 눈'에 시동을 걸고 발동시킨다. 자신의 선임이었던 사내가 들고 오는 요리.

곧바로 시선을 돌리는 성재.

화들짝!!!!

'말도 안 돼.'

서효석의 요리.

충격. 미라클 오브 미라클.

무려 6성 반.

recipe	서효석이 4시간 동안 정성 들여 조리한 동파육 ★★★★★★☆ ✕
	돼지고기를 푹 삶아 특제 비법에 수 시간 쪄낸 후, 튀기는 과정을 반복했다
	서효석이 스승님께 전수 받은 특제 비법에 의해 ★만큼 등급이 향상 되었다

먹어보지 않아도 알 수 있다.

한방에 찐 것 같은 짙은 색과 윤기 나는 중국식 수육이 성재의 눈앞에 놓여 있다.

적당한 비계와 살 그리고 껍질. 한국인이 가장 좋아하는 삼겹살 부위.

껍질에는 눈에 보이지도 않게 미세한 미립 분자가 된 캐러멜이 붙어 있다.

이것을 발견한 것. 그건 성재의 요리사의 눈의 능력.

'한방 재료가 아니었어. 캐러멜로 색깔을 낸 거야. 대~박! 대박이다.'

성재의 눈에 의해 밝혀지는 비밀.

"캐러멜을 직접 설탕으로 만드셨구나."

성재의 혼잣말에 서효석이 당황한다.

"야! 강성재! 인마!"

"네?"

"너 이 자식! 또 주방 훔쳐봤지? 언제야? 어? 언제야!"

"형! 내가 뭘 훔쳐봤다고 그래. 조금 전에 왔는데…."

"아… 진짜!"

서효석이 당황하자 행보관이 고개를 돌리며, 상황을 파악했다.

"무슨 일 있었어? 무슨 상황이야?"

간부의 말에 대답하는 익숙한 강희철.

"아마 성재가 효석이 형이 만든 동파육의 비밀을 알아챈 것 같습니다."

"어? 그래? 난 몰랐네."

"모르는 게 당연한 겁니다. 성재가 신기한 겁니다."

옆에 있는 김용우 상병. 녀석의 눈도 동그랗게 커진다.

'캐러멜이었어? 이걸 알아냈다고? 절대미각? 아니야. 아직 먹지도 않았잖아.'

설탕으로 직접 만든 캐러멜이 발라진 비계 부분.

튀기고, 삶고, 또 튀기고, 삶고. 수차례의 반복된 조리과정 끝에 딱딱해진 달콤한 껍질. 그 안에서 나오는 은은하면서도 달콤한 맛의 비밀이 밝혀졌다.

모두의 입안에 들어간 동파육은 춤을 추고 있었다.

우리나라의 대표 야식 수육이 입안에서 살살 녹는 느낌이라면….

동파육은 달콤하면서도 까끌까끌한 껍질의 식감까지 동시에 느낄 수 있다.

조금 느끼하다고 느낀다면 개인의 기호에 맞게 청경채와 같이 입안에 넣으면 된다.

그리고 짭짤한 맛을 느끼고 싶다면? 옆에 밑반찬으로 짜샤이가 준비되어 있고.

그런데 뒤에 또 다른 요리가 들어온다.

서효석 밑에서 일하는 셰프가 따로 들고 오는 듯했다.

성재는 요리사의 눈으로 관찰한 후, 또 한 번 환호를 내질렀다.

 | 서효석이 직접 만든 멘보샤 ★★★★★★
바삭바삭할 정도로만 기름을 먹인 식빵 안쪽 부위와 버터를 녹여 다진 새우, 달걀 흰자와 녹말가루를 반죽해 튀긴 요리
서효석이 스승님께 전수 받은 특제 양념에 의해 ☆만큼 등급이 향상되었다

양 면이 노릇노릇하게 구워진 멘보샤. 바삭한 토스트의 식감 이후, 바다의 향을 그대로 간직한 최고의 해산물인 새우가 입안에서 만났다.

"우… 와. 말이 안 나오네."

박재영 상사가 놀란 표정을 짓자, 강희철이 말을 꺼낸다.

"저 행보관님?"

"어?"

"사실 여기 댓글 평은 그저 그랬습니다. 그런데 직접 먹어보니까, 장난 아닙니다."

"그러니까 사람들이 대기하겠지. 뒤쪽에 줄 선거 봐라. 얼마나 많이 기다리나…."

"그렇습니다. 그런데 멘보샤 말입니다."

"어?"

"버터향이 대단한 것 같습니다. 달콤한 향이 대박입니다."

"그렇지? 버터가 핵심인 것 같네."

다들 감탄하는 와중에, 성재는 또 한 번 레시피의 비밀을 찾았다.

"어? 칠리 소스도 아주 소량 넣은 것 같은데…?"

그러자 서효석이 불편한 심기를 드러낸다.

"야~ 으~ 강…성재!"

성재는 장난기 섞인 얼굴로 대답했다.

"상병 강성재?"

"인마! 그거 말하지 마! 왜 말해! 너! 또 어떻게 알았어? 맛으로 알아낸 거야? 아니면! 또 훔쳐봤어? 어떻게 알아냈어?"

"아니… 칠리 소스 맛이 나는 것을 칠리 소스라고 하지. 제가 뭘 어떻게 말합니까?"

레시피 도둑. 그의 이름 강성재. 바로 앞에서 성재의 대단함을 엿본 김용우.

그는 꿀 먹은 벙어리가 된 채, 성재를 멍하니 바라보았다.

'진짜 여기 처음 온 거야? 멘보샤에 칠리 소스가 들어 있었어? 맛을 느끼지 못할 만큼 적은 양이었는데? 나는 거의 느끼지도 못했는데? 맛이 특이하다 싶긴 했는데, 버터의 느끼함을 중화시킨 게 그거였나? 아직도 모르겠다. 모르겠어.'

그와 마찬가지. 서효석 또한 성재를 보며 답답한 듯 고개를 저었다.

"됐다. 됐어. 내가 너한테 뭐를 바라냐. 죄송합니다. 제가 좀 흥분했네요. 어떻게 이번 요리 만족이 되셨는지 모르겠습니다."

"응? 이게 끝인가?"

"네. 예약은 이게 끝이고, 다음 손님도 10분 후에 예약이 되어 있어서 죄송하지만…."

최대 1시간만 앉아있을 수 있다. 그래도 모자라는 좌석. 끊임없이 밀려드는 주문.

대한민국에서 가장 잘 나가는 중화요리 전문점 중 하나.

그곳에서 일하는 서효석. 그가 성재를 향해 말했다.

"성재야."

"네. 효석이형!"

"본선 꼭 올라와라."

"네?"

"나, 셰프 자격으로 본선 50인에 올라갔으니까, 꼭 올라와. 그때 정식으로 붙자."

서효석의 마음. 이제 실력으로 무시할 수 없는 강성재.

열성과 노력, 거기에 천부적인 재능까지 겸비한 후임병.

그와 정정당당한 승부를 내보고 싶었던 남자의 진심이 전해진다.

"알겠습니다. 저도 최선을 다하겠습니다."

김용우. 그는 오늘 알게 되었다. 강성재가 실력을 감추고 있었다는 것을.

자신이 존경하는 셰프가 인정할 만큼 대단한 녀석이라는 것을.

연애보단 요리 (1)

토요일을 제외하곤 언제나 문을 여는 회관.

다른 회관 근무병들은 땡보직이라며 다들 부러워한다지만, 성재가 복무하는 곳은 사정이 다르다. 예약제로 하다 보니, 모든 홀이 매번 만석이기 때문이다.

그래서일까? 개인 시간이 늘 부족하다.

늦은 밤. 당직사관이 성재를 보며 물었다.

"왜? 또 연등하게?"

"네. 연등 신청하겠습니다."

"그래. 23시까지만 해라."

"24시까지 안 되겠습니까?"

"내가 근무 설 때는 23시까지야. 시켜주는 것만 해도 다행으로 알아. 알았어?"

"알겠습니다. 충성! 용무 마치고 돌아가겠습니다."

군대라고 모든 게 체계적인 것은 아니다. 오히려 아무것도 잡혀 있지 않은 부분도 많다. 지휘관의 권한이나, 지휘관 부재 시 지휘관을 대리임무하는 당직 근무자들의 권한이 너무나 크기 때문이다.

밤 12시까지 할 수 있는 연등(야간자율 공부시간)이 11시까지만 허락되었다.

하지만 성재는 실망하지 않았다. 침대에 누웠다. 그리고 침낭에 들어갔다.

촉 끝에서 빛이 나는 볼펜. 검지와 중지 마디로 버튼을 누르면, 침낭 안에서 들키지 않고 책을 읽을 수 있다.

전 세계의 요리사, 최소 30억 명. 단 한 번이라도 음식을 해 본 사람. 최소 50억 명. 초등학생도 식빵을 꺼내 토스트를 만들 수 있는 세상. 알려진 요리도 수천, 수만 가지.

군 입대 전, 배관공으로서 인생을 걸었던 것처럼 지금은 요리에 모든 것을 걸었다.

또다시 토요일이 되었다. 박재영 상사가 같이 가줄 줄 알았는데, 이건 생각 못 했다.

"성재야! 타!"

단장의 개인 차량. 앞좌석에는 권사님. 뒷좌석에는 윤아, 그리고 성재.

단장님은 한 달에 한 번 있는 휴가를 사용하셨다.

딸의 예선 2차 통과 소식을 듣고, 살고 있는 아파트에서 혼자 환호성을 질러 경비아저씨가 쫓아왔다는 소문도 들렸다. 그만큼 단장은 딸바보 임이 틀림없다.

딸의 합격도 기뻤지만, 자식같이 생각하는 성재도 2차 예선을 통과했다.

기쁨이 두 배. 기왕 가는 김에 같이 태우고 가는 것. 그가 성재를 향해 물었다.

"아버지께서는 오신대?"

"아닙니다. 대전에서 서울까지 올라오시는 건 조금 그렇고, 어차피 방송국 안에는 들어오지도 못하기 때문에, 나중에 여유 되면 올라오신다고 하셨습니다."

"맞네. 우리도 촬영장 구경 못 하잖아. 당신도 저번 주 윤아 대회 못 봤다고 했지?"

"이번에도 아마 그럴 거예요."

아직 프로그램이 방영 전이니, 최소한의 노출을 원하는 방송국. 그것을 따르는 게 참가자로서는 당연한 법. 딸의 촬영 모습을 못 보는 게 아쉽지만, 어쩔 수 없다.

고속도로. 안성을 지나는 도중, 성재는 좋은 소식을 알게 되었다.

그건 바로 권사님이 아이를 가진 것.

"윽!"

"어? 당신! 괜찮아?"

"아, 괜찮아요. 환기 조금만 할게요. 문 좀 열어야 될까 봐."

"그러니까 왜 따라온다고 했어? 집에서 좀 쉬지. 이제 홀몸도 아닌데…."

"괜찮아요. 우리 딸이 2차까지 붙었다는데, 당연히 응원 가야죠."

"엄마, 저 때문에 미안해요."

"아니야. 괜찮아. 차 탄다고 크게 문제 될 일은 없어."

행복한 가정을 이루게 된 윤아네 가족.

성재는 그들이 축복 속에 행복하게 살기를 진심으로 응원했다.

방송국에 도착했다. 저번과 같은 곳. 차량을 주차장에 놓고, 인사를 나누는 사람들.

임신한 아내는 차에 있고, 차에서 내린 단장이 아들 같은 성재와 딸인 윤아를 응원했다.

"윤아야. 잘하고 와!"

"네. 아빠, 열심히 할게요."

"성재도, 꼭 합격해라."

"감사합니다. 단장님!"

성재는 자신을 응원해주는 단장님께 조언 하나를 드렸다.

"저… 단장님? 권사님, 족발 드시고 싶어 하실 것 같습니다."

"뭐?"

말하고 보니 조금 이상하다. 그래서 얼렁뚱땅. 태세전환하고 바로 돌아가는 성재.

"아닙니다. 가보겠습니다. 충성!"

두 녀석을 보내고 다시 운전석으로 돌아가는 단장.

그때 조수석에 있는 아내가 남편을 보며, 입을 열었다.

"여보. 우리 족발 먹으러 가요."

"어? 족발?"

"지금 막 땡겨. 아이가 먹고 싶대요."

"아~ 가야지. 바로 가자. 어디로 갈까?"

단장은 빙긋 웃었다.

'녀석, 어떻게 알았지?'

성재와 윤아가 걸어갔다. 지하 주차장에서 올라가는 두 남녀.

성재는 정면을 보며 아무 말 없이 걸어갔다. 그러자 윤아가 토라진 듯 말을 걸었다.

"성재 오빠! 지금 무슨 생각해?"

"음… 요리대회 준비? 내가 공부했던 것들?"

"그것 말고, 요리대회 말고 다른 건 생각 안 해?"

"음… 네 생각?"

"어? 정말?"

"그래. 너희 가족 행복해서 좋다고."

성재의 말에 윤아가 미소를 지으며, 다시 물었다.

"그것 말고는?"

그녀의 도가 넘은 질문. 성재의 얼굴이 진지해진다.

"윤아야."

성재의 부름에 또다시 떠오르는 시스템창.

> ⚙ ✓ ✗
> 사용자 강성재에 대한 배윤아의 호감도가 25 상승했습니다

성재는 아까부터 계속 뜨는 호감도에 결국 짜증이 폭발했다.

'호감도 안 볼 수 없나? 호감도 오프! OFF!'

그러자 신기하게도 반응하는 시스템 창.

> ⚙ ✓ ✗
> 사용자 강성재가 배윤아에 대한 호감도 표시를 잠금했습니다
> 이제부터 배윤아의 호감도는 볼 수 없습니다

그러나 시스템적으로만 차단한 것이다. 그녀의 표정, 제스처, 말투 등을 통해 윤아가 자신을 어떻게 생각하는지 성재는 확연히 알고 있었다.

이 중요한 요리대회에서 저런 메시지가 자꾸 떠오르니, 심기가 불편해진 성재.

그런 감정을 가진 남자의 부름.

"윤. 아. 야."

그녀는 한껏 기대에 부푼 얼굴로 대답했다.

"응. 오빠. 나 준비됐어."

그러나 성재는 그녀를 타일렀다. 자신의 생각에는 이게 옳은 거였다.

"너, 스테이크 장사할 때 매출은 잘 나왔었지만, 실력 때문이 아닌 거 알지?"
그녀는 원하는 말 대신 엉뚱한 말이 나오자 토라진 듯 얼굴에 실망감이 드러났다.
"…알아. 그래도 나 열심히 했어."
"그래. 열심히 하는 건 알아. 스테이크가 비록 균일하게 익진 않았지만, 열심히 했을 거야. 하지만 실력 면에서는? 이제는 보여줬으면 좋겠어."
"오빠, 나 노력했어. 했다고! 내가 얼마나 노력했는지 오빠는 모르잖아"
"그래. 그럼 증명해. 본선에 올라가 최종 우승까지 해 봐. 아니, 나를 이겨봐. 그전까진 나, 절대 너한테 마음 절대 열지 않을 거야."

성재도 이제는 이렇게까지 매정해야 그녀를 밀어낼 수 있다는 것을 알게 되었다.
자신의 주제에 대해서는 너무나 잘 알고 있었다. 키가 큰 것도 아니고, 외모가 뛰어난 것도 아니다. 여자들한테 인기 있는 것도 아니고, 잘 사는 것도 아니다.
평범한 외모. 그런 자신을 좋아해 주는 윤아의 마음이 얼마나 고마운지도 알고 있다.
그래서… 그래서 더욱 밀어낼 수밖에 없다. 흔들리면, 도저히 주체할 수 없을 테니까.
윤아는 더욱 예뻐졌다. 소위 말하는 물올랐다, 라는 표현은 윤아에게 딱 맞았다.
갈색 긴 생머리에 아기자기하면서도 지켜주고 싶은 얼굴.
여자치고는 적당히 큰 168cm에 50kg. 마르면서도 볼륨 있는 체형.
청순한 얼굴에 나긋나긋한 말투까지. 재벌집 남자들도 혹하게 만드는 그 매력.
단순히 예뻐서가 아닌, 인간 자체로서의 치명적인 매력.
'매정하게 굴어서 미안하다.'
이게 성재의 실제 속마음.
앞질러가는 성재와 뒤에서 눈물을 글썽이는 윤아가 대비되는 가운데, 시간이 흘렀다.

그리고 그들 앞에 놓인 한신 브랜드의 시그니쳐 아일랜드(조리대).
세계 유명 가구 디자이너가 디자인했다는 검은색 아일랜드 뒤에 참가자들이 서 있다.
그리고 참가자들 뒤에 커튼으로 가려진 무언가. 그게 아마도 오늘의 주제가 될 터.
심사위원들이 등장하고! 그들이 입을 열었다.
"모두 2차 예선을 통과하신 것을 축하드립니다. 이곳에는 지금! 100여 명의 일반 참가자들만이 살아남았습니다."

"그렇군요. 오늘이 마지막 예선이죠?"

"맞습니다. 오늘 이곳에선 50명의 탈락자가 결정되게 될 겁니다. 여러분 뒤에는 오늘의 주제가 나와 있는데요. 한 번 확인할까요?"

심사위원의 진행에 분위기가 고조되고.

심사위원 역시 이 분위기를 즐겼다.

정적이 흐른 가운데, 심사위원 중 하나가 입을 열었다.

"길게 말하지 않겠습니다. 오늘의 주제를 지금 바로 공개하겠습니다!"

한 남자가 권총을 위로 들었다. 그리고 방아쇠를 당겼다.

터지는 공포탄. 엄청난 소리와 함께.

파아아앗!

심사위원 양옆 원형 기둥. 그곳에서 갑자기 흰색 기체가 위로 솟구쳤다.

그와 동시에 떨어지는 커튼. 참가자들의 시선이 모두 뒤에 있는 커튼으로 옮겨진다.

커튼 뒤. 수백 개의 같은 재료. 하나에 무려 10kg짜리 흰색 가루가 든 자루.

사람들이 평소에 매일 먹는 요리의 기본 재료.

그건 바로 중력분. 밀가루.

참가자들이 당황한 가운데, 심사위원이 말했다.

"각자 밀가루 10kg을 자신의 아일랜드로 옮겨주세요."

사람들은 자리에서 벗어나 뒤쪽에 있는 밀가루를 옮겼다.

윤아는 밀가루를 들려 했다. 그런데 무겁다.

'너무 무거워.'

땀이 삐질삐질 흐르자, 옆에 있던 장종수가 입을 열었다.

"윤아야. 내가 들어줄게."

종수는 환한 미소와 함께 윤아의 대답을 기다렸다.

'기다릴게. 윤아야. 난 너 포기 안 해. 네 마음이 열리는 그 날까지… 언제까지든…'

하지만 윤아의 시선은 종수가 아닌 성재를 향해 있다.

반대편, 이미 밀가루를 아일랜드에 옮긴 채, 심사위원의 진행을 기다리고 있는 남자.
그래서일까? 윤아의 심정에 변화가 생겼다. 온몸으로 밀가루를 감싸 안은 윤아.
그걸 옆에서 장종수가 도와주려 하지만 그녀는 싸늘한 말로 말했다.
"종수야. 다른 사람 앞에서 나 쪽팔리게 하지 마."
"아… 미안…."
윤아는 결국 스스로의 힘으로 밀가루를 옮긴 후, 성재를 응시하며 결심을 굳혔다.
'그래. 성재 오빠! 내 실력 보여줄게. 내가 그동안 얼마나 열심히 했는지, 얼마나 최선을 다했는지! 나중에 나 놓치고 후회하지 마.'
"자! 여러분들 앞에 오늘의 재료가 놓였습니다. 여러분들에게 주어진 시간은 1시간 30분, 이제 미션을 발표해야겠죠?"

두둥두둥.
참가자들이 시선을 심사위원에게 옮긴다.
성재의 시선은 지금은 자신을 째려보는 윤아.
그가 생각했다.
'그래. 네 실력 보여줘. 그럼 인정할게. 우승해 봐. 알겠니?'
매정하게 심사위원에게 시선을 돌리는 성재.
윤아 또한 감정이 격앙되어 심사위원에게로 시선을 돌렸다.
'우승할 거야. 성재 오빠. 두고 봐. 진짜 두고 봐.'

긴장감이 오가는 가운데, 드디어 미션이 발표되었다.
"오늘의 예선 3차 미션은…."

연애보단 요리 (2)

성재는 밀가루를 보며 안심했다.
자신이 가장 잘 다루는 재료. 분명 면 만들기 미션이 나올 것이다.
칼국수? 소면? 아니면 뭐가 나올까?
뭐가 나와도 솔직히 성재에겐 상관없었다. 이것만큼은 전문분야나 다름없으니까.
그런데 그 예상은 보기 좋게 빗나갔다.
심사위원의 발표.
"3차 미션은 바로 시카고 피자 만들기입니다."
피자?!
이탈리아의 대표 음식. 전 세계에서 사랑받는 음식임이 분명하지만.
한국의 요리대회에서 피자를 만들라고? 혼란스러운 참가자들. 무덤덤한 심사위원들.
"여러분들 조리대 안쪽에는 시카고 피자를 만들 재료와 오븐이 준비되어 있습니다."
심사위원들의 말에 참가자들이 아일랜드 밑에 있는 서랍장을 열어보았다.
그 안에 든 수북한 재료들. 토핑 재료들과 이스트, 설탕, 소금, 생수 등이 놓여 있다.
황당하기 그지없는 사람들. 피자를 만들어본 적도 없는 사람들이 거의 절반.
그건 성재 또한 마찬가지였다. 당황하는 참가자들을 보는 심사위원들.
"왜 그립니까? 다들 여기서 포기할 건가요?"

"아닙니다!"
"그럼 오늘 심사방법을 말하겠습니다. 주어진 시간은 2시간. 그 시간 내에 최대한 많은 시카고 피자를 만들면 되는 과제입니다."

시카고 피자. 두께가 두껍기에 다른 얇은 피자보다 더욱 어렵다.
거기에 설상가상. 반죽의 크기와 재료도 정해준다.
아니, 이건 오히려 좋은 건가?
"두께 3cm, 너비 33cm, 토마토 3큰술, 모짜렐라 치즈 4줌, 베이컨 1줌, 양파 1/4개, 블랙 올리브 3개, 페페로니 5개. 파마산치즈, 파슬리 다들 적었습니까?"
참가자들은 심사위원들의 말에 종이에 적는 사람도 있고, 미리 심사위원이 말하는 양만큼 한편에 빼놓는 사람도 있었다.
각기 다른 사람들이 모인 곳. 그래서 결과가 예상되지 않는 가운데….
경기가 시작되었다.
"제한시간 내에 가장 많은 시카고 피자를 만들어낸 사람이 본선에 진출할 수 있는 기회를 얻게 됩니다. 모두 시작하세요! 그럼 지금부터 반죽 시작합니다."
피자.
성재는 이제껏 살면서 피자를 만들어 본 적이 없었다.
그렇다고 이탈리아 요리 레시피에 투자한 것도 아니었다.
만만할 줄 알았던 요리대회. 이제까지는 순탄했지만. 지금은 다르다.
시작부터 위기가 닥쳐왔다.
'반죽 양은 얼마나 맞춰야 하지? 도우는 어떻게 만들어야 되는데?'
군 부대에서 피자가게에서 피자를 시킬 때, 일하는 아저씨를 조금이라도 유심히 봐 두었더라면, 이런 사태는 일어나지 않았을 텐데. 안일했던 게 사실.
그러나 후회해봐야 소용없다.
매일 연등하며 요리에 대해 탐구했던 시간이 물거품처럼 느껴질 정도지만.
그건 다른 참가자들도 마찬가지였다.
참가자 100명. 이곳에서 밀가루 반죽을 자신 있게 하는 사람들은 많이 없었다.
한국에 살면서 제대로 된 피자를 만들어본 사람이 얼마나 있을까?
업종 종사자가 아니면 힘든 주제. 그래서 심사위원의 심사 포인트는 지금 얼마나 노력하는지, 지구력, 체력, 순발력, 요리사로서의 자세에 중점을 두고 있다.

더운 날씨. 실내 스튜디오라고 해도 실내 온도가 무려 28도.

그 안에서 밀가루 반죽을 하는 사람들의 얼굴에서는 땀이 주룩주룩 흘렀다.

"조민태 참가자!"

"네?"

"이마에서 땀이 반죽에 계속 떨어지는데, 그거 우리 먹으라는 건가요?"

"죄송합니다. 닦겠습니다."

"아니요. 조민태 참가자는 요리사에게 있어 가장 기본적인 위생 관념이 없는 것 같습니다. 지금 바로 이곳 예선 경기장을 떠나주세요."

"……."

겨우 5분 만에 첫 번째 탈락자가 나왔다.

사람들은 수건 하나를 이마에 두르고, 비닐장갑을 착용한 채, 다시 반죽을 시작했다.

더운 날씨. 비닐장갑 안. 손가락 손톱 부분 밑에 땀이 가득 차오른다.

그만큼 엄청나게 많은 밀가루 양. 무려 10kg.

윤아는 인생 처음으로 중대한 위기를 맞이했다.

'시카고 피자는 학교에서 배운 거였는데, 너무 양이 많아.'

근육이라고는 거의 없는 마른 체형. 그녀에게 요리사는 잘못된 직업이었을까?

남들보다 1/3은 뒤처지는 반죽량.

그때 심사위원 한 명이 다가왔다.

"배윤아씨? 이대로 되겠어요?"

"열심히 하고 있습니다!"

"말은 열심히 하는데, 몸은 열심히 안 하는 것 같아."

배윤아는 오기가 바짝 올랐다. 여기서 질 수 없었다. 탈락할 수 없었다.

반죽만 다 하면, 피자 만드는 것은 일도 아닌데….

서러움. 그리고 눈물. 하지만 질질 짜지 않았다.

국내 최고의 여성 요리사.

그녀는 목표가 있었기에. 여기에서 탈락하려고 온 것이 아니기에.

심사위원이 매의 눈으로 지켜보고 있는 가운데.
있는 힘껏 밀대를 밀고 있는 윤아의 손이 저려오기 시작했다.
찌릿찌릿. 너무나 아픈 손.
하지만 최선을 다했다. 쉬지 않고 밀었다. 팔에 멍이 들어도 상관없었다.
남자처럼 붉으락푸르락 커다란 근육이 붙어도 상관없었다.
이게 자신이 선택한 길. 결코, 쉽지 않은 길이지만, 자신이 나아갈 길.
그녀는 다른 사람에게도 눈길을 주지 않았다. 오로지 자신의 반죽에 집중했다.
어린 여학생. 그녀의 집념, 용기, 투지를 본 심사위원은 다음 참가자에게 향했다.

장종수. 재벌 주제에 근성도 있는 녀석.
녀석 또한 체력 면에서는 밀리지 않았다. 이론적으로도 꽤 수준급이었다.
그럴 수밖에 없었다. 학교에서 배우고, 집에서 요리 과외를 하며 배웠기에.
같은 교과 과정을 거치는 학생들보다 몇 수는 뛰어났다.
그래서일까? 심사위원도 녀석의 모습을 보며 재벌이라는 편견을 버렸다.
'생각 외잖아. 재벌이라 대충대충 할 줄 알았는데, 아니야.'
그러나 더 집착이 심한 녀석이 있다. 체력도 되고, 나이도 많은 재벌.
윤동현은 20대 중반. 그는 싱글벙글, 긍정적인 태도로 반죽을 계속하기 시작한다.
'저 친구는 더 하네. 아주 근성이 흘러넘쳐. 군대 다녀와서 그런가?'

한 시간 후. 여기저기서 탈락자들이 속출하기 시작했다.
심사위원들이 이제는 참가자의 근성에 더해, 숙련도도 보기 시작한 것.
"반죽 크기가 이걸로 되겠어요? 저희가 말한 크기로 다시 반죽을 만들어보세요."
반죽의 적정 크기. 그것을 충족시키지 못한 참가자.
그리고 하나라도 더 빨리 만들려고 기본적인 순서를 지키지 못한 자.
"숙성시키지 않고 바로 오븐에 넣었나요? 30분이라도 비닐에 넣어서 숙성해야죠."
거기에 더해….
"밀가루 10kg 반죽은 다 해야지. 거기 밑에 숨겨두면 모를 줄 알았나요?"
밀가루를 5kg만 반죽하고 나머지는 조리대 안쪽에 숨겨둔 사람까지…
남은 사람은 73명. 성재는 아직까지 도우 반죽 하나 제대로 만들지 않았다.

그 이유는 간단했다.

떨어지지 않기 위해서.

그것을 눈치챈 심사위원 중 하나가 성재 앞으로 다가왔다.

"강성재 참가자, 제 앞에서 남은 밀가루 꺼내서 도우 반죽 만들어보세요."

"…알겠습니다."

성재는 다른 참가자들을 둘러보았다.

그리고 입술을 꽉 깨물었다. 요리사의 눈을 켜고 도우를 만들기 시작한다.

그때 뜨는 창.

> ✿ ✓ ✗
> 피자 도우 만들기 (입문)을 알게 되었습니다

'다행이다. 정말 다행이다.'

누가 가르쳐주진 않았지만, 여기 있는 수많은 사람들을 관찰하며 얻은 능력.

성재의 두 손이 바쁘게 움직이기 시작한다.

밀가루 300g만큼 덜어내고, 적정량의 설탕, 소금, 이스트를 넣는다.

밀가루의 반 정도 되는 20도 물을 넣고 비닐장갑을 낀 손으로 반죽하는 병사.

그가 손으로 치댈 때마다 반죽이 반들반들해지기 시작한다.

하나의 반죽을 동그랗게 만든 후, 유리 볼 안에 넣고 올리브오일을 뿌려주는 녀석.

그다음은 볼 위에 비닐을 얹으며 입을 열었다.

"여기에서 30분에서 한 시간 정도 숙성시키면 됩니다."

심사위원은 조금 전까지 주변만 둘러보던 병사가 반죽을 완성하자 의아해했다.

"좋습니다."

일단 대답한 후 다음 참가자를 향하며 생각하는 심사위원.

'쌩초보는 아니었나?'

반죽이 완성되자, 그다음부터는 일사천리. 성재는 자신의 능력을 개방했다.

'요리사의 신체 개방.'

지치지 않는 불굴의 체력. 게이지가 떨어질 때까지 같은 속도로 움직이는 지구력.

요리의 숙련도를 올려주지는 않지만, 지금처럼 많은 양을 할 때는 엄청난 도움이 된다.

군인이라 다른 참가자들에 비해 체력도 높은 편인데, 능력까지 사용하기 시작하자 순식간에 참가자 중 최상위권으로 실력이 뛰어오른다.
손으로 치대고 뭉개고, 밀대로 밀고.
반죽이 끝난 다음은 미리 숙성시켜놓은 피자의 도우에 토핑을 시작하는 것.
성재를 비롯한 모두가 피자 토핑을 얹어 오븐에 굽기 시작했다.

오븐에서 하나하나 나오는 피자들.
심사위원들은 참가자들 앞에 놓여있는 피자의 완성도를 확인했다.
"두께가 전체적으로 너무 얇아요. 이건 시카고 피자라고 말할 수 없어요. 아쉽지만, 5개 전부 완성된 숫자에는 포함시키지 못하겠네요."
"심사위원님… 봐주시면 안 되겠습니까?"
"죄송합니다. 강종문씨, 예선 탈락입니다. 지금 즉시 이곳에서 떠나주세요."
"감사했습니다."
고개를 숙이고 떠나는 강종문.
그리고 배윤아의 차례가 다가왔다. 그녀는 이미 녹초가 다 되어 있었다.
그런데 외모의 변화가 있었다.
성재는 자신의 요리에만 신경 쓰다가 윤아를 지금에서야 확인했고, 깜짝 놀랐다.
그녀의 트레이드 마크. 긴 생머리가 사라졌다.
싹둑.
스스로 요리 가위를 이용해 요리사로서 거추장스러운 머리카락을 잘라낸 윤아.
너무나 짧은 단발머리. 거기에 요리모를 바짝 쓴 여학생.
그녀 앞에 놓인 완성된 피자는 무려 10판.
하나같이 정성을 다한 것들.
"배윤아 참가자, 그 집념 대단했어요. 하지만 두께는 3.5cm로 우리가 요구한 것보다 약간 두꺼워요."
"……."
윤아는 최선을 다했기의 말이 없었다.
심사위원들의 결과를 기다릴 뿐이었다. 모두가 윤아의 탈락을 안타깝게 바라보았다.
특히 장종수의 얼굴에는 착잡한 심정이 드러났다.

그런데… 반전이 있었다.

"시카고 피자는 보통 3cm~5cm의 두께로 만들어요. 3.5cm는 충분히 허용범위 이내죠. 최연소 여성 참가자의 합격을 축하합니다."

윤아의 팔이 부어있다. 밀대로 얼마나 밀었는지 통통 부은 팔. 그리고 짧게 자른 머리.

그녀는 본선 진출에 성공했다. 그리고 드디어 눈물을 흘렸다.

"감사합니다."

그리고 다른 참가자들.

"강성재 참가자!"

"네!"

"13개 축하합니다."

"장종수 참가자!"

"네!"

"6개 합격 축하해요."

"윤동현 참가자!"

"넵!"

"7개 축하합니다."

"김용우 참가자."

"넵!"

"3개 완성했네요. 간신히 합격했으니, 더욱 열심히 해야겠죠?"

"열심히 하겠습니다."

"이상으로 50여 명의 합격자 발표를 모두 마치겠습니다. 본선 진출을 축하합니다."

본선 진출. 이제 아마추어끼리의 전장이 아니다.
호텔에서 갈고닦은 실력으로 무장한 셰프들과의 대결.
성재는 입술을 꽉 깨물며, 자신의 의지를 불태웠다.

To be continued...